魅丽文化 花火工作室

岁月知云意

容光 著
RONGGUANG
WORKS

江苏凤凰文艺出版社
JIANGSU PHOENIX LITERATURE AND
ART PUBLISHING, LTD

图书在版编目（CIP）数据

岁月知云意 / 容光著. -- 南京 : 江苏凤凰文艺出版社, 2018.5
ISBN 978-7-5594-2084-8

Ⅰ. ①岁… Ⅱ. ①容… Ⅲ. ①长篇小说－中国－当代
Ⅳ. ① I247.5

中国版本图书馆 CIP 数据核字（2018）第 087203 号

书　　名	岁月知云意
作　　者	容　光
出版统筹	黄小初　邹立勋
选题策划	朵　爷　夏　沅
责任编辑	胡小河　姚　丽
文字编辑	夏　沅
责任监制	刘　巍　江伟明
出版发行	江苏凤凰文艺出版社
出版社网址	http://www.jswenyi.com
印　　刷	湖南关山美印有限公司
开　　本	880 × 1230 毫米　1/32
字　　数	336 千字
印　　张	10
版　　次	2018 年 5 月第 1 版，2018 年 5 月第 1 次印刷
标准书号	ISBN 978-7-5594-2084-8
定　　价	38.00 元

目录

CONTENTS

目录

CONTENTS

Chapter 01 青山不见

路知意入学报到那天，很玄幻。

早晨七点钟，山间云雾缭绕，青山将醒未醒，但镇上已然热闹起来。由赵镇长带头，冷碛镇几十户人家一齐上阵，为路知意践行。

几个老人家龙虎精神，在前头敲锣打鼓。队末是好些个少年人，撑着惺忪的睡眼，懵懵懂懂地举着长达数米的红色横幅，上书一行大字：热烈祝贺冷碛镇杰出青年路知意同学考入中国民用航空飞行学院。

那可是中飞院呀，中国民航飞行员的摇篮！

黑压压的人群挤在公路中间，七嘴八舌，冷空气都被热情驱散。

路知意在小姑姑路雨的陪同下，拎着一只简简单单的行李箱，才刚从家后的小道踏上公路，就被眼前这阵仗惊呆了。

为了给她一个惊喜，赵镇长特意让大家先别急着敲锣打鼓。眼下，“杰出青年”终于登场，赵镇长满意地抬手一挥，示意大家，“可以开始了！”

一时间，铜锣腰鼓纷繁杂乱的声音打破岑寂，厚重的云雾后面，不愿示人的红日似乎也被惊扰了，竟没忍住，露出一角来，暗中观察。

人们喜气洋洋，个个红光满面。

“……”

路知意站在原地，呆若木鸡。这阵仗……

最后，她被人簇拥着，稀里糊涂地上了面包车，赶往十二公里外的汽车总站。

七点已过，迟迟不肯露面的太阳终于跃出云层，天光大亮。

路知意正抬腿往车上迈，察觉到这光亮，下意识回头望了眼。在四周的青山之外，浮动的云端，贡嘎雪山现出身影。晃眼的金，耀目的雪，还有飞速流动的云瀑，撞了个满眼。

她在原地停留片刻，目光下移，再一次看向前来送行的人群。

几分钟前操着方言对她寄予厚望的赵镇长站在最前方，他身后是一张张熟悉的脸——水果店的李婶，五金店的刘大伯，卫生站替她打过针的张姨，还有总是偷偷塞豆花给她又不肯收钱的王阿婆……

最后，视线落在路雨身上。

小姑姑看着她，还是一如既往的凶巴巴的，满脸不耐，“还看啥呢！不赶紧上车，你以为你是什么大人物，全车人就等你一个？”

可兴许是阳光炙热，竟生生将路雨的眼照出了几丝不寻常的光亮来，看上去像是闪烁的泪光，在那张黝黑的面庞上格外醒目。

路知意那点少年人的倔强刹那间冰消雪融。前一刻还嫌这阵仗着实丢人，眼下只觉热泪难耐。

贡嘎雪山下，海拔两千多米的冷碛镇上，游客们不远千里追逐的佛光盛放在云端，静静地注视着这一幕。

她在这小镇上沐浴高原日光，看牦牛游荡，没想到眨眼就是十八年。

十八岁的路知意用力挥挥手，吸吸鼻子，扭头钻入车里。老旧的面包车遍布泥巴，绝尘而去，很快消失在盘旋的山路上。

路知意考上的是中国民用航空飞行学院。

众所周知，中飞院是中国民航飞行员的摇篮，中国民航管理干部的“黄埔”。

以上这句话，光开学的第一天，路知意就听了不下五遍，分别来自校长发言，副校长发言，院长发言，书记发言，以及辅导员发言。

这话说多了之后产生了副作用，以至于上台发言的人但凡开口说出前半句，台下的人就会无比自觉地补上后半句。

于是在学院的开学典礼上，当大三的学生代表上台发言时，照着稿子刚念了一句：“大家好，我是陈声，欢迎各位新同学来到中飞院。”

下一句就出意外了。

稿子是书记给的，知道他这人我行我素惯了，会前叮嘱了不下十遍，“少给我整些幺蛾子，照着稿子一个字一个字念，漏一个字，错一个字，一百个下蹲没得说！”

陈声嗤之以鼻，“您以为我还有工夫专程给您写一篇稿子？也是脑洞清奇。”

书记：“……兔崽子说什么呢？”

总之，拿了稿子，懒散如陈声，在开学典礼前是一遍都没看过的。

自我介绍之后，他漫不经心地站在台上，照着稿子念出下一句：“众所周知，我们中飞院……”

意外陡生。

因为台下一百来号人忽然异口同声接了下去：“是中国民航飞行员的摇篮，中国民航管理干部的‘黄埔’。”

那声音整齐划一，直接把他的后半句淹没了。

“……”

陈声一顿，抬头看台下。

礼堂里，上百号人哄堂大笑，严肃正经的场子顿时被这突如其来的意外冲得整段垮掉。领导们齐刷刷坐在台上，靠边坐着的书记一急，噌的一声站起身来。

反倒是陈声淡定回头，不紧不慢冲他抬了下手，示意他别过来，然后好整以暇地把摊开的演讲稿对折，再折，轻飘飘地往身后一扔。

纸张落地，极轻的一声，被笑声的余韵吞掉。

不过他这动作倒是吸引了大家的注意，原本玩手机的、打瞌睡的，都抬头目不转睛地盯着他。

路知意就是那打瞌睡的人之一。

她昨天坐了六个多小时的车，翻了好几座大山，才晕晕乎乎赶到学校报到。晚上和三个室友熟悉了下，在食堂聚了个餐，回寝室拿出路雨备好的床上四件套，乱铺一气，倒头就睡。

结果隔壁床叫苏洋的女生，人看着“白富美”，夜里鼾声如雷……冷碛镇的牦牛都比她安静！

总之一言难尽。

偏偏今天又得起个大早，从学校开学典礼到学院开学典礼，初入大学的兴奋劲儿直接被倦意和领导们的套话磨了个七七八八。

路知意眼睛都睁不开了，坐在后排，缩在苏洋旁边打盹。

偏这人还一个劲儿问她：“昨晚你不是一吃完饭就回寝室倒头睡觉了吗？半夜是梦游去了？怎么就跟吸了鸦片似的？”

路知意："……"

看来这位大姐十八年来都没被人告知过她睡觉时精彩绝伦的表现。

路知意睡到一半，迷迷糊糊，隐约听见身侧的室友在讨论上台致辞的高年级学生代表。台下好像还起了一阵骚动？她昏昏欲睡，眼皮都没抬一下。

直到那人才刚说了一句开场白，就忽然间被台下整齐划一的声音打断，路知意顿时惊醒过来，睁眼迷茫地向台上望去。

台下哄堂大笑，七嘴八舌的声音在礼堂里回荡。

嘈杂声雄浑有力，清一色是男声，原因是路知意所在的飞行技术学院——中飞院的重中之重，主要是为国家培养飞行员的，而一百个飞行员里，能出一个女飞行员就不错了。

一寝室四个人，只有路知意和苏洋是学飞行的，赵泉泉学空乘，吕艺学空中交通管理。

而直到路知意来到大礼堂，才发现这一届学飞行的一百来号人里，竟然就只有她和苏洋两个女生。

总之，路知意睁开眼睛，下意识朝台上望去。

新生代表是个男生，个子很高，那搁话筒的演讲台只及他胸以下，以至于他说话时不得不微微弓腰，靠近话筒。

背景是一片深红色的幕布，最顶上挂着欢迎新生的横幅。

他站的地方，前有演讲台，后有白色背景的大屏幕。奇怪的是他穿的也是一件白衬衣，却并未被那白色背景吞噬，反而显眼得很。

领口的纽扣随意地松开一颗，袖口挽至小臂处，露出一截白净的皮肤。

路知意下意识地摸了摸脸，他好像……比她还白？

在座新生个个都顶着土里土气的发型，毕竟刚从高三熬过来，为进中飞院进行各种体能训练，文化课也得拼命达标，压根没工夫顾及形象。

可台上的人倒好，略微细碎的刘海遮住了眉毛，却又恰好露出一双漆黑的眼，头发不长不短，层次感分明。看那样子，分明用了发蜡。

路知意的手上移了几分，摸了摸自己的板寸，他的头发……好像比她还长？

这都是转瞬即逝的念头。

台上的人在听见这一阵突如其来的哄笑后，原本懒散又漫不经心的表情一顿，唇角忽地一弯，眼睛里仿佛有一闪而过的亮光。

路知意下意识盯着他，目不转睛地盯着。

而台上，陈声伸手，将桌面上的演讲稿拿起来，折了两折，轻飘飘抛到身后，又拿起那低得过分的话筒，凑到嘴边。

在他身后，站起来就忘了坐下去的书记仿佛有了不好的预感，他的手还没来得及伸出来，最害怕看见的一幕就上演了。

他最欣赏，也最头疼的学生，陈声同学，十分爽快地扔了演讲稿，开始即兴演讲。书记的世界顿时天崩地裂，日月无光。

拿着台式话筒的年轻男生，一手随意地插在裤兜里，一手轻轻地举着话筒，唇角带着三分笑意，七分漫不经心。

他说："在座的各位，想必听了一上午套话，也不耐烦再听。正好，你们不愿听，我也不爱讲。"

语气稀松平常，透着几分懒散。

台下笑了。书记握紧了手。

"这里是中飞院，而我们学的是飞行技术，各位能考进来，都是奔着什么去的，不用我多说。毕竟，刚才你们也已经用'生产大合唱'补全了——这里是飞行员的摇篮。"

又是一阵哄笑声。书记扶住了额头。

"开学第一天，本该以鼓励为主，但我刚才说了，套话你们听得够多了，我也不耐烦说。"陈声话锋一转，笑意忽敛，"这里是中飞院飞行技术学院，人人都会学飞，人人都想成为飞行员，但如果飞行员是这么好当的话，各位进校时就不用过五关斩六将，九九八十一难一个都没逃掉了。

"以我个人经验来说，各位现在大概还在庆幸，苦日子过去了，就要熬出头了。自打收到录取通知，这一整个假期以来，恭维话你们大概听得耳朵起茧了。昨天来校报到，家长的殷切希望恐怕听得不少，但我要说的是，各位，欢迎来到'地狱'，苦日子才刚刚开始。"

"你以为你为了进中飞院，体训已经很刻苦了吧？"陈声笑，"进到这里，再加十倍。"

台下的笑声弱了下去。

"你以为毕业后顺理成章就能成为飞行员了，对吧？"他又笑，"十个人里，能有一个吧。"

台下没人笑了。

"带着家人的期望来到这里，你们要做什么？简单说来，先学完普通大学四年的基础课程，再学完专业课程，然后一年时间学飞，一年时间实训。在这四年里，不断淘汰，不断选拔，最后能留下的，十之八九……”

台下的人目露希望。

哪知道陈声笑笑，“十之八九——拜拜。”

一片静默声中，唯独路知意笑出了声，也因此，格外突兀。

陈声的目光落在她面上，唇边笑意不减。

停顿片刻，他微微笑着，对准话筒，字句清晰地问：“倒数第二排那个脸蛋红红、身体健壮的男生，你能告诉我是什么给了你这样盲目的自信吗？”

路知意：“……”

？？？

来自高原地区的少女，面颊上确实有两团高原红没错。

所以脸蛋红红她认了，请问身体健壮？请问男生？

鸦礼堂瞬间鸦雀无声，坐在路知意周围的人回头看清她后，疯狂大笑起来。那笑声震耳欲聋，险些把礼堂的屋顶掀翻了。

开学第一天，陈声的致辞成为了最大的亮点。据书记所说，他那番致辞对于新生来说“无异于毁灭性的打击”。

事后，书记在后台压低了声音，重重地戳着陈声的胸肌，痛心疾首地要他准备好偿还一千个下蹲的“债务”。

戳完之后，他咬牙甩了甩手，骂了一句——

这小子，胸肌真硬，戳得他手指头疼！

陈声看一眼他，揉了揉胸，很冷静，“我都没说您袭胸，您倒反过来指责我胸不软。”

听听这话，反了天了！书记随手拿起一旁的会议记录，握成一卷就朝他头上砸下去。

可惜年轻人每日锻炼，身体素质太好，条件反射地侧身。这一砸顿时落空，反倒是书记，因为用力过猛，身体朝前一倾，眼看着重心不稳就要倒下去。

陈声眼疾手快，赶紧伸手把他扶稳了。

“您老快别这么客气，我知道我的即兴演讲很精彩，可您也犯不着向我卑躬屈膝，磕头下跪，让人看了多不好。”

书记脸色发青，险些没昏过去。他站定了，扶住一旁的墙壁，咬牙切齿地又戳了陈声一下，“三千个下蹲，明天早上七点就给我去操场报到！”

陈声眨眨眼，“打个商量，一天五百个，一周做完？”

书记咆哮：“滚！”

因为要接受书记训话，陈声差不多是最后从礼堂出来的人。

礼堂外，秋高气爽，几个少年倚在墙边等他。

包括陈声在内，四个男生都高高大大，托中飞院的福，他们每天天不亮就起来晨跑，天黑了才从操场离开。少年人立在充沛的日光下，宛若几株挺拔向上的白杨。

见他面有不虞，凌书成勾起嘴角：“书记批你了？”

陈声“嗯”了一声。

一旁的张裕之一听，赶紧凑过来，“这回罚了多少个下蹲？”

见他一脸关切的神色，陈声面色稍缓，心道室友爱还是感天动地的。

“三千。”

哪知道这数字一报出来，三个少年纷纷开始怪叫。凌书成睁大了眼睛，一脸懊恼地骂了声。上一刻还一脸关切的张裕之居然喜笑颜开，“哈哈哈”笑个没完没了。素来沉稳的韩宏，朝凌书成把手一摊，“给钱。”

凌书成胡乱抓了把头发，迫不得已掏出钱夹，抽了四张粉红色钞票，两张塞进韩宏手里，两张拍在张裕之掌心。

末了，把钱包塞回裤兜，一脸郁闷地望向陈声，“赵老头不是一向疼你吗？这回你不就来了个临场发挥，他至于罚你三千下蹲？”

韩宏笑了笑，“就一个即兴演讲，当然不至于三千下蹲，但你也不动脑子想一想，咱们声哥是那种认罚的人？随便顶几句嘴就够把赵老头气得脑溢血了，这下蹲嘛……”说着得意扬扬地伸出两个手指，“至少两千以上。”

张裕之狗腿子一般搭只手在韩宏肩上，“还是我们‘人民歌唱家’有先见之明。”

韩宏脸一绷，把他的手拍了下去，“说谁‘人民歌唱家’？”

他最恨别人用“韩红”这个梗涮他。

打赌的三个人你一句我一句，冷不丁听陈声悠悠插话了：“行啊你们，我被罚下蹲，你们还挺高兴，拿我打赌呢？”

三人：“……”

韩宏干笑两声，“这不等你等得无聊嘛，随便玩玩。走走走，赶紧的，食堂吃饭去。”

话音未落，手里的两百块，连同张裕之手里的两张钞票，被陈声轻飘飘地抽走了。

张裕之跳起来怪叫：“哎哎，我说声哥，生气归生气，好歹给我留一张啊！”

陈声一个人走在最前头，扬了扬手里的四张粉色薄钞，“三千个下蹲，感谢你们给我补身体了。”

另外两人嘻嘻哈哈，唯独凌书成扯着嗓门儿，反复强调：“什么你们？是我！四百块都是我的！跟他俩没半毛钱关系！你谢我一个人就成！”

新生一来，食堂顿时拥挤了不少。

不光食堂，老生们现在一提起食堂、澡堂、电梯之类的，个个怨声载道。

陈声四人径直走到最短的队伍后方，开始排队。队伍人少，自然是因为该窗口饭菜偏贵，素来有中飞院“贵族窗口”之称。

巧的是，正排着队呢，凌书成忽然一拍陈声的肩膀，朝一旁的队伍努努下巴，“哎哎，这不是今天那个……”

尾音拉长，然后意味深长地止住。

陈声低头玩手机，头也不抬，问：“哪个？”

凌书成揶揄地笑两声，“就那个脸蛋红红、身材健壮的‘男生’啊。”

陈声：“……”

指尖一顿，收起手机，抬头看了眼。

一旁歪歪扭扭的队伍里，四个女生结伴站在那，排第二的正是今天被他认错性别的那个新生。

他凝视片刻，觉得自己的视力真没什么问题。

一米七几的个子，一头短发只比板寸长点，皮肤略黑，双颊还有两团可疑的红晕。这形象，这气质，谁看了不得把她当成个男的?

正想到这，就听见张裕之凑过来问了句：“说真的，她到底是腮红使用过度，还是时时刻刻都处于害羞脸红的状态？”

陈声：“……”

另外两人扑哧笑出声来。

张裕之莫名其妙，“有什么好笑的？”

陈声："那叫'高原红'，朋友。"

张裕之一顿，立马据理力争，"我又没去过高原，哪里知道那是高原红？"

凌书成："没知识也要有常识，没常识请你多看电视。"

这边的男生们很热闹，那头的女生有过之而无不及。

苏洋正在向吕艺和赵泉泉隆重介绍在学院开学典礼上致辞的学长，也就是不远处的陈声同学。

"长得巨帅，活脱脱偶像剧里走出来的人。"

"学飞的不是每天体能锻炼吗？按理说该是黑皮肤才对，他居然那么白！

"本来大家一起打断了他的演讲，我还等着欣赏他气得小脸煞白、语无伦次的样子呢。哪知道他把演讲稿随便一折，往后一扔，居然开始即兴演讲！"

吕艺和赵泉泉听得津津有味。

路知意站在一边听她添油加醋、绘声绘色，纳闷这人小时候是不是去学过相声……

苏洋还在吹，把陈声吹得天花乱坠，丝毫没留意到陈声本尊就在几米开外的队伍里。

"你晓得伐，他折演讲稿那动作，苏炸天际，真的是不紧不慢、漫不经心，一个眼神，一个动作都有种电影慢镜头的画面感！"

"哎，更苏的是什么，知道不？"

她还卖关子，神秘兮兮地眨眨眼，"重头戏要来了，我跟你们说，他不仅人长得美如画，那即兴演讲……"

苏洋在那口若悬河地吹，一旁的几个男生就差没笑疯。

凌书成搭在陈声肩上，啧啧两声，"看来你虽然眼瞎，但完全不影响人家对你青睐有加啊。"

张裕之："有脸就够了，眼瞎不是问题。"

韩宏："傻了吧，陈声要是眼瞎，当初怎么进的中飞院？这顶多叫作性别认知障碍！"

转头打量陈声两眼，捏住他的下巴仔细瞧瞧，"也就比我白点，比我高点，怎么就成她们口中的美如画了？"

陈声一把拍下他的手。

那边的苏洋刚把陈声认错路知意的段子说完，赵泉泉就开始笑。

她朝路知意歪着头，“按理说，一般的桥段都是这样，男主角和女主角不打不相识，弄得鸡飞狗跳，然后就会越看越顺眼，天雷勾地火……”

陈声：“……”

身旁三人就像吃了炫迈（口香糖），笑得停不下来。

陈声的视线停留在短发少女脸上，这么仔细一看，皮肤更黑了，又粗又暗，高原红醒目而突兀。

嗯，他会跟那高原红“天雷勾地火”？

勾你祖宗。

室友笑得太猖狂，陈声觉得再让她们这么旁若无人地议论下去，这三个畜生大概能嘲笑他一整年了。

得让她们闭嘴。

他面无表情地脱离队伍，朝她们几人走去。走到一半，短发少女出声了。

路知意耸耸肩：“那可不行，我不喜欢小白脸，尤其是涂脂抹粉还喷发胶的小白脸。”

她是半开玩笑，半认真的。

高原上的少年，纵马放牛，沐浴日光，健康而黝黑。城市里的人却巴不得远离日晒，男孩子也给惯得娇里娇气的，皮肤比女孩子还白，缺少阳刚之气。

走到一半的陈声霍地顿住脚步，隔壁队伍里霎时间爆发出一阵忍无可忍的笑声。

四个女生一惊，纷纷转头，就看见笑得“花枝乱颤”的几人以及站在他们最前面，正眯着眼睛盯着路知意的高个子……很是面熟。

还是那身白衬衣，袖口挽至手腕处。身姿挺拔，个头很高，站在那像棵树。皮肤白而干净，白豆腐似的，没有青春期留下的半点青春痘印记。

他定定地站在那儿，眼神微眯，看不出表情。

赵泉泉和吕艺不明就里，只觉得空气似乎顿时凝固了。

赵泉泉凑近苏洋，小声问了句：“这人好帅啊，喂，你说的那个上台发言的学长，有没有这个帅？”

苏洋：“……”

最怕空气突然安静。

虽然说几步开外的人并没有露出怒意，也没有多余的动作，但路知意下意识后退了一步。她有些心虚，抬头去看陈声的脸，只看见他面无表情地盯着自己。

眼神直勾勾的，还挺可怕。之前还说他小白脸，这一刻那张小白脸就变成了“小黑脸”……

“小黑脸”看她片刻，视线从面颊滑落至胸前，扫了一圈，然后定格。

闹哄哄的食堂里，唯独剩下这个异常安静的小圈子，不止四男四女，事实上周围的人都安静了，目不转睛地看热闹。

陈声的眼睛眯了又眯，在路知意看来无疑是种警告。

她不是有意使用那么具有攻击性的描述的，只是想活络活络气氛。思及此，路知意率先打破沉默。

“对不起，玩笑开过火了。”

高个子定定地看着她，下一秒，勾唇笑了。那一笑颇有些风流云散的意味，仿佛雪霁天晴，云雾初开。

路知意有种解放了的错觉，心里一松。

你看，一句对不起可以化解多少干戈？价值千金啊。

高个子走到她面前，居高临下，皮笑肉不笑：“没关系。”

她扯着嘴皮冲他笑。

笑到一半，听见下一句：“你放心，像我这种涂脂抹粉的小白脸，对胸肌还没我发达的异性不感兴趣。”

路知意：“……”

笑容僵在了脸上。

新生们上午开会，下午领军训用品，忙了一整天，夜里还得收拾行李，整理各自的狭小领域。

赵泉泉从厕所出来，无意中撞到苏洋的行李箱，箱子纹丝不动，倒把她撞得不轻。

她捂着膝盖嗞了一声，“苏洋你装了一箱子砖头来？”

苏洋一边开箱，一边说：“我妈说军训能把人晒脱一层皮，硬往我行李箱里塞了一大堆防晒霜、护肤品什么的。”

箱子开了，赵泉泉眼睛都直了，“我天，‘神仙水’？”

随着苏洋翻动那堆瓶瓶罐罐的动作，她简直要哆嗦起来了。

眼霜是雅诗兰黛的，护手霜是兰蔻的，防晒霜是资生堂的……赵泉泉看看护肤品，又看看苏洋，肃然起敬。

吕艺在一旁整理衣柜，随便扫了眼，“你也用‘小棕瓶’啊？也不知道是网上吹得太神了，还是它不适合我，反正我用了半瓶也没啥用，还长了不少脂肪粒。”

赵泉泉的视线又落在吕艺那儿。

书架上没书，倒是摆好了一堆瓶瓶罐罐，全是耳熟能详的英文标签，价格绝对不比苏洋这边的低。收回视线，看了眼自己桌上那三瓶百雀羚，她不吭声了，最后忽然想起什么，赶紧往路知意那扫一眼。

路知意的行李少得可怜，十来件衣服往衣柜里一挂，几本书摆上书桌，别无他物。

赵泉泉在她桌面上搜寻半天，才看见角落里那只不起眼的白色圆罐。

不是吧？

她一顿，怀疑自己眼花了，目光没能从小罐子上移开，最后没忍住问了句，“知意，你用的啥护肤品？”

路知意对她们说的牌子都不太熟悉，顶多在广告里听过，当下回头看了眼自己的“护肤品”。

“啊？我？”搔搔头，她说，“春娟宝宝霜。”

正在挂衣服的吕艺手里一顿，整理箱子的苏洋也是神情一滞，然后一寝室的人都笑起来。

苏洋：“巨婴啊你，这么大人了还在用宝宝霜？”

路知意脸不红气不喘，“挺好的啊，我从小用到大，便宜又好用……”

赵泉泉和吕艺都没说话了。前者看了眼自己的百雀羚，觉得顺眼很多。后者忙着挂自己那足以塞满一整个衣柜的衣服，身上穿的也是件精致又考究的丝绸睡裙。

一个人的出生与家境，其实往往三言两语、几件物什就能勾勒出来。城里长大的孩子锦衣玉食，而她是山里的孩子，无缘琳琅满目的名牌护肤品。

大家各自埋头忙着，寝室霎时安静下来。

苏洋看了眼两手空空没事干的路知意，顿了顿，起身去厕所洗了把脸。出来时，她往路知意桌前一站，拿起那只白色小罐子：“来，让我试试你的宝宝霜到底有多好用。”

路知意：“你说真的？”

然后就看见苏洋拧下盖子，沾了少许，一边往脸上抹，一边啧啧称奇，“还挺怀旧，我上幼儿园的时候我妈也给我用的这个。”

“好像真挺润。

“顿时觉得自己是个宝宝哈哈哈，明天我也去买一瓶。”

一寝室的人都笑起来。

睡前，路知意去关窗。窗外树影憧憧，冷月高悬，她仰头多看了一阵。

这座城市处在出了名的盆地，没有冷碛镇的高山，也没了环绕山间影影绰绰的云雾。

远处是万家灯火，朦朦胧胧，美则美矣，可人造光到底比不上漫天星光。从前身在福中不知福，如今才开始挂念。

她关了窗，灭了灯，回身，噌噌爬上床。

头那边，苏洋正开着手机的电筒抖被子，抬头看见她的身手，说：“可以啊路知意，就跟猴子爬树似的，你怕是练过什么神功吧？改天教我几招？”

路知意说：“家传绝学，谢绝外传。”

苏洋：“猴子爬树也能是家传绝学，少蹬鼻子上脸！”

路知意钻进被子，闭眼时笑了。

其实，这里的夜色也挺好的。

隔日，军训开始，新生们正式入“地狱模式”。

这一届的飞行技术学院只有两个女生，苏洋和路知意，于是两人理所当然被编入了其他学院的营，第四营。

巧的是，赵泉泉也在四营。

于是 326 寝室的四人，除吕艺在第六营外，其他三人都会合了。

都说男人是泥做的，女人是水做的，教官是水泥做的。这话一点儿不假。至少第一天众人刚刚集合完毕，教官就给她们来了个下马威。

一群女孩子穿着迷彩服，懒懒散散地站在早晨七点的初阳下，包里揣着手机，脚边搁着饮料和矿泉水。

教官看起来不过二十出头，站在人群前方，四下扫了一眼。

“来干什么的？”

众人不明所以地望着他。

他又扯着嗓门儿吼了句：“问你们话，你们是来干什么的？！”

三十个人一惊，异口同声答道：“军训！”

教官眼神一沉，“军训？不知道的还以为你们秋游来着！怎么着，口渴是吧，还个个脚底下摆瓶水？”

“……”

“要不要我再给你们弄个架子烤点肉？”

有人没忍住，笑起来。

教官眼睛一瞪，咆哮：“谁在笑？”

全场鸦雀无声了。

军队里纪律严明，有问必答。

教官又扯着嗓门重复一遍：“问你们话，要不要给你们弄个架子烤点肉？！”

众人蔫蔫地回应：“不要！”

“都没吃饭？大点声！”

“不要……”震耳欲聋的尖嗓门儿。

教官指指身后的铁丝网，喝道：“全给我把饮料扔过去！”

一群女生们忙不迭弯腰捡水瓶，朝着操场的铁丝网扔过去，瓶子撞在网上，落在地上，闷响不断。

赵泉泉嘀咕了一声：“好凶啊。”随即把手里的可乐朝铁丝网重重一砸，哪知道用力过猛，可乐竟然飞过了铁丝网，划出一道优美的弧线落在了网那边的第二运动场。

巧的是，那边有人在锻炼。

起初路知意没仔细瞧，只在来操场集合的时候瞥了眼，有两个人在铁丝网那边运动，一人站着不动，一人反复做下蹲。

如今这可乐被赵泉泉一下子扔过了铁丝网……咣当一声，结结实实砸在那人背上。

男生个子挺高，穿着蓝色连帽卫衣，被砸得闷哼一声，双手撑地才勉强稳住身形。下一秒，霍地站起身来，捂着背回头找凶手。

赵泉泉“啊”了一声，条件反射往路知意身后一躲。

路知意反应慢半拍，扑哧一声笑出来，目光落在那人身上……笑容一滞。

等等。

这，这不是……

小时候学成语，陈声问老师：“‘多事之秋’为什么是多事之秋，不是‘多事之夏’，也不是‘多事之冬’？”

老师憋了半天，解释说：“‘秋’只是一个泛指，它可以是春天，也可能是夏天和冬天，可以是任何一个动荡不安的时期，并不是说动荡不安的都是秋天。”

陈声对这个答案非常不满意。

直到二十一岁这年的秋天，有人醍醐灌顶，令他茅塞顿开。

多事的，还真是秋天。

好端端上台发个言，底下的新兵蛋子们不配合，他刚说了上句，他们就补全了下句。

行，那就即兴演讲。

结果他苦口婆心“炖了锅鸡汤”，一番肺腑之言换来书记一顿好批，外加三千个下蹲。

行，蹲就蹲，没在怕的。

六点半起来做早操，三千米跑完，立马被赵老头拎到第二运动场做下蹲。

哪知道天降可乐，砸哪不好，偏偏砸到腰。

男人的腰有多重要，× 生活时才知道。

他狼狈地起身回头，去找罪魁祸首。

目光越过铁丝网，落在第一运动场，那里的一群新兵蛋子在军训。叫他逮着那吃了熊心豹子胆的兔崽子，他……

下一秒，视线一顿。

铁丝网那边，红色的塑胶跑道在太阳底下熠熠生辉。

一群绿油油的新兵蛋子左顾右盼，唯有第一排中间那个，直勾勾盯着他，唇角带笑，扎眼得很。

他多看两眼。

呵，不只扎眼，还眼熟。

陈声来气了。

行啊，不就嘴上针锋相对了几句吗？敢情那“高原红”搁这儿等他呢？

他弯腰捡起那瓶冒着气泡的可乐，回头跟书记说了句：“您等我下。”

书记没回过神来，“上哪儿去？腰没事吧？”

陈声不说话，绕过通道，往旁边的操场走去。

几乎是看见他朝这边走的一瞬间，路知意就知道，出事了。

她回头看赵泉泉，却发现赵泉泉躲在自己身后。

“他好像认错人了。”路知意提醒她。

赵泉泉见来者不善，有些心慌，“我不是故意的……”

路知意点头，“这话你该跟他说。”

那头的男生握着可乐，越过操场，径直走到教官旁边，不知道说了些什么，其间还指了指她。

路知意回头再看一眼赵泉泉。赵泉泉低着头，不说话，脸色发白。然后，那人一步一步走了过来，停下脚步。

人群是面朝东方的，初升的朝阳悬在半空，明晃晃的，有些刺眼。而此刻，伴随着他的到来，投射在路知意面上身上的日光，被他完全隔绝开来。

她以为自己已经很高了，毕竟生在南方，人均海拔有限，而她从小到大都在同龄人里鹤立鸡群。路雨还经常笑话她，说高原上阳光充沛，晒得她跟青稞似的疯长一气。

可那人竟然还是高出她一个头来，居高临下地看着她。

赵泉泉不吭声，路知意只能张嘴替自己解释。

“我……”

衣服后摆被人猛地一拉。原来是身后的赵泉泉，哀求似的拼命拉她的衣角。顿了顿，路知意闭上了嘴。再开口时，她说：“对不起。”

一旁的苏洋回头看了眼赵泉泉，眉头一皱，赵泉泉低头，假装没看见。

陈声拎着可乐站在那，面无表情，“路知意，是吧？”

路知意：“是。”

他眯眼，一字一句，“看不出啊，报复心还挺重？”

“我不是故意的。”

“你猜我信不信？”

路知意：“……”

不信。

众人都看着这一幕。

陈声拎着可乐，干脆利落朝操场侧门一指，“出去谈。”

路知意没出声，最后回头看了赵泉泉一眼。赵泉泉紧咬下唇，站那没动。苏洋推她一把，她还是不动。

路知意没说什么，收回视线，跟在陈声身后走出操场，停在台阶下。

陈声扭头看她，“有什么话，在这一并说了吧。”

路知意：“？”

想了想，她说：“刚才已经说了一遍了，对不起，我不是故意的。”

事情不是她做的，歉倒得不够诚恳。

陈声笑了一声，“我是说，你有什么不满，在这全发出来，免得下次我一不留神又被偷袭。可乐倒还砸不死我，万一有人丧心病狂丢煤气罐什么的……”

很有想象力。

路知意：“我没那么无聊。”

“是么？”

气氛有片刻凝滞。

眼前的男生个子很高，双手插在卫衣口袋里，漫不经心站在那，看她的眼神谈不上友好。

他不是个会掩饰情绪的人。或者说，他看上去自大狂妄，从来就没打算要掩饰自己的想法。路知意几乎能轻易看明白他的念头，所有想法都清清楚楚摆在脸上。

他看着她的高原红，很轻蔑。

他扫过她极短的发，面露不屑。

每一句话都透露出不耐烦的信号，似乎觉得跟她说话是浪费时间。

顿了顿，她说：“是。我对胸肌比我发达的小白脸没什么兴趣，所以你大可放心，除非我想不开，否则绝对不会跟你产生交集，引起你的注意，不管是用可乐，还是什么煤气瓶。”

优越惯了的人，总以为所有人都在不遗余力地围绕他转。

她替赵泉泉最后一次道歉，“对不起，今天的事是个意外，请你不要放在心上。”

“……”

“我还要军训，先走一步。”路知意转身走了。

陈声没见过这么猖狂的人。砸了人，道歉毫无诚意就算了，还反过来骂他。因为她那句小白脸，昨晚他已经被寝室里那三个“畜生”嘲笑得丧失自尊，今天居然又来一遍?

台阶上，身姿笔直的高个女生穿着军绿色制服往上走。

身后忽然传来陈声的声音，“路知意。”

不疾不徐，一字一顿。

路知意脚下一停，回头，还没看清他的人，就见一道阴影当空袭来。她下意识闪躲，一个趔趄扑在台阶上，可那玩意儿还是咚的一声撞在她腰上。

那瓶可乐已经是第二次充当炸弹了，在地上滚了几圈，停在她手边。这一砸力道不大，惊吓为主。她惊魂未定，爬起来就回头看。

准头极好的男生立在台阶下，笑容满面看着她，不紧不慢说了三个字：“扯平了。”

然后他转身走人，右手懒洋洋举到半空，比了个再见。

路知意：“……”

这个人？！

她怒吼一声：“你幼不幼稚？”

陈声头也不回，潇洒地走远了。

Chapter 02

欢 喜 岁 月

二十岁出头的大男生，幼稚起来有多可怕？

陈声扭头，撩开卫衣下摆，看了眼腰上的瘀青，又松手往椅子上重重一坐。结果屁股还没挨着椅子，就嘶的一声蹙起眉头。

先跑个三千米，紧接着三千个下蹲，手脚都不是自己的了。高原红的脸在眼前一闪而过，他有点心烦。指尖在桌上叩了两下，又想起什么，回头问正打游戏的凌书成："你那两条'中华'呢？"

凌书成玩得正嗨，头也不回，"柜子里呢。"

陈声霍地站起身，毫不意外又感受到四肢传来的一阵酸痛，脸色更难看了。几步走到凌书成衣柜前，拉门，抽了两包烟出来。

命根子被人拿了，凌书成顾不得打游戏了，警惕地侧头看过来，"你干吗？"

陈声："借我两包。"

"你又不抽，借来干吗？"

"有急用。"

凌书成的视线胶着在他手里，"我好不容易从我爸那顺来的，冒着被他逐出家门，断绝父子关系的风险，你不交代清楚用途，是不是太不尊重我和我爸的父子情了？"

要做坏事，陈声没脸说。顿了顿，他指指显示屏上的游戏界面，"你要死了，倒计时三秒钟。"

凌书成霍地回过头去，这才发现自己站人家塔下了，也没个小兵保护着，血条见底，赶紧手忙脚乱一顿操作，治疗加闪现出塔。

结果一群小兵从身后射来的炮弹还是把他打死了。

屏幕一片灰暗。

队友们在对话框里疯狂打问号，问他为什么送塔送人头。

他赶紧解释："接了个电话，不好意思。"

再回头，罪魁祸首不见了。

喂，他的烟！

赵泉泉砸了人却让路知意背锅，这事叫苏洋有点想法。

当天夜里，四个人都早早躺上了床，四肢酸痛，压根不想动。

苏洋看了眼对面，黑暗里，赵泉泉的脸被手机屏幕照亮，还没睡。她语气平平地问了句："赵泉泉，你今天砸到别人了，人家找上门来，你干吗不吭声？"

赵泉泉动了动，说："我想解释，没来得及……"

苏洋哧的笑了一声，"没来得及？"语气里有显而易见的不屑。

赵泉泉没吱声。

吕艺也没睡，好奇地问："什么砸人？"

苏洋："哦，就今天军训的时候，赵泉泉把可乐砸在别人身上了。这个'别人'你也认识，昨天咱们在食堂碰见的那个，说知意胸肌还没他发达那男的。"

吕艺："就很帅的那个大三学长？"

苏洋是和路知意共进退的，很够义气地换了个描述："是啊，就自以为胸肌很发达那男的。"

赵泉泉赶紧跟路知意道歉，"真的对不起，知意，我当时有点吓傻了，没回过神来……"

路知意翻了个身，停顿片刻，说："没事。反正我昨天骂他小白脸被他听见了，梁子早结了，不差这一下。"

赵泉泉赶忙补了句："你人真好。"

路知意笑了一声，"小事情。"

大概是闷在被子里的缘故，听上去有些语焉不详。虽是小事情，但到底心里是不舒服的。算了，反正她肚里一向能撑船……

黑暗里，路知意睁眼看着天花板，眼前走马灯似的。她想起了很多事情，悉数与冷碛镇的那群少年们有关。

小学上体育课时，一群人在班里调皮蛋的带领下，偷偷潜入数学老师的办公室，擅自打开垂涎已久的教具盒。盒子里是琳琅满目的彩色板，对小孩子极具吸引力。

偏路知意手脚笨拙，东摸摸，西碰碰，咔嚓一声，不慎掰断了三角板。

一群小孩吓傻了，手忙脚乱把东西塞了回去，头也不回跑出办公室。

次日，数学老师在课上厉声质问："谁干的？"

课堂上鸦雀无声。

路知意坐在底下手脚都在发抖，后背全是冷汗。她不敢举手，妈妈要是知道了，非揍她一顿不可……

年迈的女老师可不是省油的灯，拿着教棍使劲敲讲桌，"没人承认，那就全班起立，给我站一节课！要是还没人坦白，所有人都吃不了兜着走！"

施压好一阵，她重新问了一遍："再给你们一次机会，谁干的，举手！"

几秒钟的岑寂后，有人举手了。可老师愣在那，一时之间竟说不出话来。

因为颤巍巍举在空中的不止一只手，而是整整五只。虽然哆嗦着，没什么底气，但却来自五个勇敢的小孩。他们面有惧色，眼里却仿佛有光。

弄坏教具的只有一人，可承认错误的却不止一人。

那一天，路知意举着手，困惑地看着另外四只手，眼眶里忽然涌起一阵热气。她说不上来自己为什么红了眼，但胸腔里仿佛有沸腾的水雾翻涌着，让她很久很久以后都记得那一刻。

冷碛镇的少年们与大山为伴，纯白如纸。

可她听见四周翻身的动静，怅然地闭上了眼。很难再回到从前了，因为她已离开了冷碛镇，离开了二郎山，也离开了那群淳朴真诚的人。

"冤家路窄"这句老话，想必是有几分道理的。

隔天军训时，满操场的人都在认真训练，绿油油一片。有人闲庭信步走到四营的训练场地，手里拿了包烟，跟教官勾肩搭背起来。

四营的女生们正受罪呢，午后日头正盛，她们却在苦哈哈地站军姿。

苏洋用胳膊肘碰了碰身旁的人，"哎，你看那是谁！"

还能是谁？报复心极重的小白脸呗。

路知意盯着和教官称兄道弟的陈声，只见他递了支烟给教官，唇角含笑，亲手点好，两人有说有笑。

赵泉泉嘀咕："他不是大三的吗？来我们这干什么？"

她还有点心虚。

路知意没吭声，盯着那人，他也很快在人群里找到了她的身影，唇角一勾，笑得不怀好意。

人群开始窃窃私语。

"那谁啊？长得挺好看啊。"

"看着挺面熟，昨天好像也来了一趟。"

"是我们这届的新生？"

"你见过几个新生有胆子跟教官勾肩搭背的？"

答案很快揭晓。

陈声把那包中华往教官兜里一揣，走到铁丝网边，懒洋洋地倚上去。该说的都说完了，烟也送出去了。就等看戏。

抽完烟，教官扔了烟头，清清嗓子，"稍息！"

仿佛有人咔嚓一声剪断了琴弦，前一刻还绷得紧紧的人群立马松弛下来。

"军姿差不多了，接下来，我们学扎马步。"

目光在人群里扫视一圈，果不其然落在路知意身上。

他装模作样指了指，"第二排个子最高那女生，对，就是你，出列。"

路知意出列。

"扎个马步看看。"

她站在人群前方，依言照做，马步扎得稳稳的，姿势十分标准。

教官问："以前学过？"

"体育课的时候学过一点。"

教官顿了顿，瞄了陈声一眼，又说："那，会走正步吗？"

"会一点。"

"走一个看看。"

路知意侧身，规规矩矩走正步，膝盖永远与腹部呈九十度，没有丝毫差错。

教官有点无语，"……凑合吧。"

路知意停下来。

这下教官有点没辙了。人群都看着他，路知意也看着他，一旁的陈声也看着他。包里的"中华"像烫手山芋。

他酝酿片刻，说："看你底子还可以，昨天学的东西都记住了吗？"

路知意点头，“坐下、蹲下、起立。”

“你做一遍给大家看看。”

这比扎马步和走正步都来得简单，路知意照做了一遍。才刚起身，就见教官满意地点了点头，“不错，很标准。”

虽然不知道陈声来搞什么鬼，但路知意自认教官的命令都完成得不错，那家伙应该翻不出什么浪花来。

哪知道教官忽然对她说：“队伍是一个集体，光一个人好是不行的，得一起进步。”

她点头。

“行，那这样，接下来你负责把这三个动作连贯地示范给大家，跟着我的命令来。”

再点头。

教官吹了声哨子，看她倏地把背挺直，在原地立正，就开始下达指令。

“蹲下！”

她一丝不苟地蹲了下去。

“坐下！”

干净利落切换姿势。

“起立！”

转瞬之间又站定了。

队伍里，苏洋在替她鼓掌，赵泉泉也跟着拍手。

哪知道教官口中仍在继续，命令不停。

“蹲下！”

“坐下！”

“起立！”

“坐下！”

“蹲下！”

“坐下！”

……

速度越来越快，并且毫无规律，完全是想到什么说什么。

做了没到四十下，路知意已然满头大汗。先前还鼓掌的苏洋和赵泉泉都惊呆了，不止她俩，人群都没吭气，呆呆地看着路知意，此刻她已经没法游刃有余地重复指令了。

约莫到了六十下时，路知意坐下去后，爬不起来了。双腿有些发抖，汗珠从额头上吧嗒吧嗒滚下来，瞬间消失在热气腾腾的塑胶跑道上。

她抬头看着教官，喘着粗气，“对不起，教官，我体力透支了。”

教官与她对视，不知怎的，也许是那双眼睛太亮了，他竟挪开了视线，咳嗽一声，“那你入列吧。”

路知意汗流浃背地入列了。

教官看她片刻，下达命令：“全部坐下，休息五分钟。”

然后转身走到十来米开外的陈声那儿，把烟掏出来扔还给他。

“老子不干了。”

“那你刚才在干吗？”

教官瞥了他一眼，压低了嗓门儿，“我那是看上你的‘中华’，没多想，你说让她累一累，我觉得累一累也没啥。可她明知是被整了，也毫无怨言照做，没跟我争，也没下我面子，我可干不下去这缺德事了。”

陈声看着手里那包烟，心头有点烦。

说实话，他以为那丫头会反抗，照她那有仇必报，锱铢必较的小心眼子，怎么着都会嚷嚷一顿吧？让她知道他的厉害就行。可她半句怨言都没有。

他添堵不成，反倒把自己堵得慌。

教官跟他差不了几岁，迷途知返，居然大言不惭反过来说他，“你说你一大老爷们儿，气量多小才让我跟你合起伙来欺负一姑娘家？我没文化，人糙就算了，你这还本科文凭，中飞院高才生，你说你幼不幼稚？”

陈声黑了脸，从盒里抽了支烟，二话不说塞他嘴里，堵住他滔滔不绝的说教。然后极不耐烦地把烟盒子也塞他手心里，头也不回地走了。

人群里，苏洋咬牙切齿地盯着他的背影，“人至贱则无敌，这畜生真是欺人太甚了！”

知道是自己惹的麻烦，赵泉泉低头跟路知意认错，“都是我不好，昨天要是我跟他说清楚，他也不至于来折腾你了……”

“那你怎么不追上去解释清楚？”苏洋不耐烦。

赵泉泉一时语塞。

苏洋斜眼看她，“人还没走远，这会儿去还来得及。”

“……”

“怎么不去？”

路知意笑了两声，摘了帽子，仰头躺在青草上，闭眼伸了个懒腰。

苏洋：“行啊你，心理抗压能力不是盖的，都被人欺负到头上了还笑得出来。”

“欺负我？”

苏洋一愣，“你莫不是蹲下、起立做傻了吧？连这都看不出来？”

路知意睁眼，因为阳光刺眼，抬手遮了遮，在阴影里冲她一笑。

“他可帮了我个大忙。”

五分钟后，休息时间结束。

教官恢复正常，把烟揣进衣兜里，一来就夸了几句路知意姿势标准、身体素质不错，算是结束刚才的风波。

“接下来，我们练齐步走。”

谁知他话音刚落，路知意慢吞吞举起手来。

教官一顿，放柔了语气，“怎么了？”

“报告教官，我腿麻，站不起来。”

教官拨开人群，“怎么就站不起来了？”

路知意仰头看着他，目光诚恳，“可能是刚才剧烈运动，肌肉拉伤了，就连坐下来都一直抽筋。”

“是吗？”他很怀疑。

女生点点头，“我想回去休息休息，假条稍后跟辅导员要，明天给您送来。”

教官不是傻子，秒懂她的意思，客气地笑了笑，“这不好吧？军训是苦，但没有正当的请假理由，光说累是不行的。”

路知意为难地看着他，“这样啊，那请假理由如果是教官让我连做六十一组蹲下、坐下、起立，导致肌肉拉伤呢？”

“……”

教官看看她，头皮发麻，把手一挥，“准假。”

可以，栽在一新兵蛋子手上了！

离家前，路雨问：“每月给你多少生活费合适？”

路知意知道她赚钱不容易，说：“八百块就够了。”

然而钱递到手里时，有一千五。

“这么多？”

“刚开学，买杂七杂八的日用品得花不少钱，拿着吧。”

高原不比城市，工资不高。

路雨在镇上的小学当老师，一个月也就两千收入，如今一半都要拿给路知意当生活费。好在家里有几头牦牛，几只藏香猪，但路雨工作忙，平日里还多亏了邻居帮她照料。

生活走到捉襟见肘处，才更显艰难。

路知意一开学，军训就交了六百伙食费，生活用品花了三百，手上没剩下多少。果然钱不是万能的，但没钱是万万不能的。

晚上大家敷面膜的敷面膜，玩电脑的玩电脑。她坐在桌前，在手机上找兼职。

超市打工太耗时，发传单工资极低。最后她选了几个招家教的，投了几份简历，也不知道会不会有结果。

洗了个澡，刚走出来，就听苏洋说：“刚才你手机响过。”

她一边用手扒拉几下湿漉漉的短发，一边走到桌前，拿起手机。电话是路雨打来的。

路知意拨回去，“小姑姑？”

“干什么去了，电话都不接？”

“洗了个澡。”

“军训好几天了吧？我听说军训挺苦的啊，你吃得消吗？”

路知意笑了，“比起帮你放牛喂猪，这点压根儿不算苦。”

“……”

多说了几句日常，路雨问她：“钱还够用吗？”

“够用。”

“如果不够就跟我说，你那边还有没有什么需要购置的东西？”

“没有。”

有。

老师说他们需要一台笔记本，她上网查了下价格，沉默了。

这些年来，路雨一个人既当爹又当妈，辛辛苦苦把她拉扯进大学，连婚都没结，实在被她拖累太多。她不想再给路雨增加负担了。

电话打完，赵泉泉随口问了句：“你小姑姑啊？”

“嗯。”

“关系还挺好的呀！我家除了我爸妈会这么关心我，亲戚们只有逢年过节才客套几句。”

路知意笑了笑。

赵泉泉把脸上快干掉的面膜摘下来，又想起什么。

“哎，知意，你开学的时候是自己来的吧？”

“嗯。”

“我就说，吕艺和苏洋的父母都来过宿舍，就你是一个人拎着大包小包进来的，也没见人陪。你还挺独立啊！”

“还好。”

“你爸妈真好，放心你一个人来报到注册。我爸妈可烦人了，我不想让他们来，他们非要跟过来。”

路知意顿了顿，笑着说：“那也是关心你。我家离这挺远的，爸妈……忙工作，没空送我来。”

假的。

一旁的吕艺随口问了句：“你爸妈是做什么的？”

“我爸是村支书，我妈……在卫生站上班。”

还是假的。

赵泉泉点头，“那是挺忙的，村干部事情多，卫生站我没去过，但肯定也和医院差不多。我舅舅是省医院的外科医生，一天到晚忙得脚不沾地。”

苏洋笑了一声，“脚不沾地？那他都用飞的？”

赵泉泉：“……”

这天没法聊了。

吕艺呢，大概是觉得话题无聊，压根没有参与谈话的欲望。

女生们各做各的事，早早上床睡觉，军训太累，还得养精蓄锐。

只有路知意成功从教官那逃了出来，托了陈声的福，他用一包中华想整她，结果给了她一个请假的好理由。

路知意第二天就收到了兼职网站的回复，马不停蹄往两公里外的一家咖啡馆赶去。

见面相当顺利。

年轻的母亲彬彬有礼，得知她的高考分数和英语成绩后，很快拍板，将自己正读高二的儿子拜托给她。一周四小时补习时间，时薪一百块。下周六正式开始补课。

路知意对这位母亲的爽快态度感到惊讶，很快得出一个不那么愉快的结论——这位小朋友，估计是个问题学生，没那么容易教。

可为了这一周四百块的工资，她表示自己头很铁。

最近学校出了个项目，国家拨款，选拔大三优秀学生去加拿大进行实训。

书记看了眼名单，有些惊讶，“陈声那兔崽子呢？”

辅导员略头疼，“他大一上期‘马克思’挂了，这回上面有硬性要求，明文规定入选的学生不能挂科。”

“……”

“这家伙像头驴似的，明明只要他愿意，就能做得百里挑一，但他要不愿意，强按头也没辙。我昨晚想了一宿，今儿还厚着脸皮去找教务处，丢尽了脸。”

“教务处怎么说？”

“说他要是优秀学生干部，也能弥补挂科的劣势。”

书记干巴巴笑两声，“学生干部？”

要那兔崽子当干部，恐怕杀了他要容易得多。

陈声此人，天赋出众。

当初以全校第一的成绩入校，原以为文化课好，体能大概会比较差，哪知道大一上期的运动会，他一举夺下百米短跑、跳远冠军，还破了校纪录。

中飞院可不是普通大学，来的个个四肢发达。他看似文弱书生，哪知道身体素质相当出色。

大二那年，开始学习专业课程。

据说这位少爷拒上早晚自习，除了上课，几乎从不踏入教室，辅导员、书记挨个找他谈话，没用。赵老头就是那时候跟他熟起来的。

他至今仍记得，那个秋天，陈声穿了件白色卫衣，一脸没睡醒的样子，半眯着眼睛在他办公室坐下来。

“陈声同学，今天叫你来，是想了解一下你最近的学习状况，你不用紧张。”

作为书记，说话是会埋伏笔的。首先从关心学生开始。

那兔崽子坐他对面，懒懒散散揉了下眼睛，“别客气，赵书记，您老直奔主题就好。”

……

书记被噎得险些忘了主题是什么。很快，他想起来了，开门见山问陈声："为什么不去上早晚自习？"

"因为我早上起不来，晚上睡得早。"

赵老头："……"

压了压怒火，他一拍桌子，"这是做学生该说的话？早上起不来，晚上睡得早？就你一个人喜欢睡懒觉？就你一个人想早点上床？"

陈声不揉眼睛了，抬头对上他的视线，耸耸肩。

"每个人作息习惯不同，与其去教室打瞌睡，不如在寝室多睡会儿，反正我上不上自习都比他们学得好。"

前半句差点没把赵老头气死，后半句让他眯起了眼。

"小朋友，做人这么狂可不好，说大话不打草稿？"

陈声打了个呵欠，"您不信？那我们打个赌，要是我期末考了全年级第一，下学期的早晚自习您给我免了。"

大二上学期结束时，赵老头的邮箱里多了一封新邮件。点开，附件是一张教务处后台的成绩截图。九门课程，陈声拿了八门满分，还有一门接近满分。

邮件内容只有一句话：赵书记敬启，小朋友狂是狂了点，但并非说大话 :)。

末尾那个微笑的表情符号，不管怎么看都很有挑衅意味。

赵老头凝视它片刻，骂了句"臭小子"，没忍住笑出了声。从那以后，他对这个叫陈声的狂妄后生就多了几分关注，而事实证明，这小子确实有狂妄的资本。

陈声被叫到办公室，辅导员和书记都在。

赵老头开门见山，要他这学期当干部，帮学院做点事。

陈声比他还直截了当，"没空。"

桌后的老头眉头一皱，把文件夹朝他跟前一砸，"臭小子，别身在福中不知福！明年年初要去加拿大学飞，你大一上期挂了科，不当干部没你的名额！"

陈声看了眼名单，说："没就没吧，你们当领导的不秉公办事，还给我开后门？"

"……"

赵老头几十年来练出来的涵养，到他跟前，真是说不上几句话就要前功尽弃。

一忍再忍。

“国家一年花一百万供你去加拿大培训，你以为谁都有这么好的机会？知道小型飞机一小时花费多少吗？知道国内能有几架中型飞机给你练手吗？留在学校，大型客机你摸得着吗？”

陈声顿了顿，“那也不当干部。”

“当干部能要得了你的命？！”老头子吹胡子瞪眼睛。

“当干部颜面无存，晚节不保，成天对上点头哈腰，对下颐指气使。要么是传声筒，要么是马屁精，我不干。”

他的幼稚简直让人抓狂。赵老头咬牙切齿，克制住揍他的欲望，最后一次妥协。

“不让你当传声筒，也用不着你拍马屁！就一件事，这学期由你负责，每天早晚带大一新生训练，监督他们早操晚操，这总行了吧？”

陈声看了他片刻，笑了：“成交。”

他从桌上端过茶盅，推门而出，两分钟后又重新走进来，把灌满开水的杯子凑到赵老头面前。

“学生不争气，累得您老给我八方讨人情了。”

他眨眨眼，霎时间从那狂妄后生变成了懂事乖巧的小可爱。

赵老头：“……”

几乎是立马明白，他又上当了。

这家伙一早就打算争取去加拿大学飞的名额，偏在这儿跟他推三阻四不当干部，敢情就为了挑战他的底线，捞个最轻松的活儿！

他想骂人，话到嘴边，变成一声长叹。

后生可畏。

老了老了！

军训结束的第二天，飞行技术学院的一百来名大一新生开始正式参加早操晚操。由于飞行员对体能有严格要求，因此他们早晚七点都必须参加体能训练，风雨无阻。

早上天刚蒙蒙亮，新生们已经乌压压聚在操场。

326 寝室的吕艺和赵泉泉并不在飞行技术学院，这会儿还在寝室睡大头觉，八点才去上课。另外两人，苏洋和路知意，难逃一劫。

两人站在一百来号男生之中，相当扎眼，周围不少人套近乎。尽管路知意顶着一头板寸，皮肤略黑，好歹是个女的，异性相吸是亘古不变的真理。

苏洋有气无力地抱怨，“还以为军训完了，苦日子就到头了，哪知道还有早操晚操等在这儿，这跟军训有什么区别？”

路知意倒是很淡定:“至少早晚操没人送中华贿赂教官,要他合起伙来搞我。”

苏洋嘴角抽了抽，“你倒挺知足。”

一旁站了个叫武成宇的一米九大壮汉，凑过来，“谁搞你？我们技术院这届就你们俩院花，谁敢动你们？”

苏洋回头，上下打量他两眼，“兄弟，还挺自来熟啊。”

武成宇摸头笑，“进了技术院，都是自家人，用不着客气。”

路知意也笑了。

天边泛着鱼肚白，云雾将散，日光渐亮。一群睡眼惺忪的年轻人踩在软绵绵的青草地上，四周是红白相间的塑胶跑道。

昨晚开年级大会，辅导员说会派一名优秀的师兄来带大家做早操晚操。

众人都在等候这位传说中的师兄。

没一会儿，操场正门处有人迈上台阶，径直朝大部队走了过来。

人群有了骚动。

“来了来了。”

“希望别是个‘灭绝’师兄，咱们同门一场，放点水，你好我好大家好。”

“辅导员都说了，是个优秀的师兄！优秀俩字儿啥意思你不知道？此处可以约等于‘灭绝’，‘灭绝人性’的‘灭绝’！”

那人走得并不快，明明迟到了，偏偏一点不着急。

个子挺高，穿一身黑白条纹运动服，两手插在卫衣兜里，一副懒懒散散的样子。走到一半，还不耐烦地扒了下头发。于是耳朵上戴的那副金色降噪耳机也显露出来，在日光下泛着光。

人群一片哗然。

“可以可以，这身阿迪很骚。”

“看样子不好惹。”

“啧，我说你是乌鸦嘴吧！还真是‘灭绝师兄’。”

“我天，还戴个耳机来，这是来带我们做早操，还是来带我们跳广场舞？”

那人越走越近，抬手看了眼表，又无所谓地放了下去。步伐还是没加快，很肆无忌惮。

更近了，近到大家能看清他的脸。

薄雾悉数消失在他身后。

神秘面纱终于消失。

与此同时，人群里爆发出一声响亮的脏话，众人纷纷注目。

一向低调的路知意，对早操毫无怨言的路知意，前一刻还在跟苏洋感叹苦日子过去的路知意，终于在此刻看清了来人，忍无可忍骂出了声。

谁能告诉她，她上辈子到底做错了什么事？为什么传说中的师兄又是那个贿赂教官的小白脸！

陈声是独行侠，从小到大特立独行，不爱参加集体活动。要他来带一群新兵蛋子做早晚操，简直强人所难。

走到人群前头，他摘了耳机，言简意赅，“又见面了。”

人群愣了几秒钟。

路知意右手边的壮汉武成宇，率先反应过来，“咦，你是那天开学典礼上致辞的师兄！”

众人定睛一看，可不是他嘛！那天穿得正儿八经的，白衬衣、黑西裤，还真挺有模范精英的样子。今天忽然改走运动潮人路线，险些认不出来了。

陈声看向武成宇，点头，“是我。”

继而目光一顿，留意到一旁的路知意，两人对视片刻。他扯了扯嘴角，挪开视线，心情莫名愉悦了些。哈，还忘了这茬，她也在这儿。看来带新生做早晚操，也不见得会很无聊。

陈声简单说了下早晚操的内容安排，就开始带操。

“先跑个一千米热热身。”

有人举手，“师兄，不点名吗？”

“不点。”

“那要是不来跑操，会有什么惩罚吗？”

“没有。”

人群一阵骚动，跃跃欲试的逃课者不少，毕竟没人想每天起个大早做体能训练。

陈声双手插在卫衣兜里，漫不经心地说："你们的名单，我有，但点不点名，意义不大。想来的自然会来，不想来的来了也没用，与其懒懒散散当混子，跑步慢吞吞，训练不努力，还不如在寝室睡大头觉。"

他也是从大一过来的，怎么会不知道他们在想什么？赵老头给了他名单，他留在桌上没要。

"但有一点，我想提醒大家。开学那天，我说得很清楚，每年进中飞院的学生不少，四年后能成为飞行员的却只有十之一二。我们这行，不仅对专业知识要求很高，体能也很重要。你们来这是为了什么，为了那个目标需要付出些什么，想清楚了，自己决定要不要跑操。"

人群安静下来，之前的骚动不复存在。

陈声笑了，虽然还是那副懒洋洋的模样，但已没了先前的不耐烦，"还有问题么？"

新生们整齐划一地回答："没有！"

他笑意渐浓，朝人群左侧走去，"很好，那我们开始热身。"

路知意有些困惑。他看起来好像和之前不一样了。这么说也不太准确，因为这一刻的他和在开学典礼上致辞的他一样，说起"飞行员"三个字时，眼里若有光。

很认真，很清晰，也很笃定。

她纳闷儿的同时，没注意自己一直盯着他，直到陈声经过她面前，脚步一顿，侧头看她一眼。

"这位同学，请你克制一下自己，不要用这种充满爱意的眼神望着我。"

人群爆笑。

路知意："谁用充满爱意的眼神望着你了？"

陈声笑了笑，头也不回走到队伍最前方，声音干净而轻快。

"起步——跑！"

路知意跟着大部队出发，内心呼啸而过一万头草泥马。

他认真个屁，清晰个屁，笃定个屁！根本就是个幼稚无聊的自大狂！

一千米跑完，陈声开始带大家练引体向上。

这是中飞院选拔时的选择项目，一部分学生并不会，他便做了个示范。一百来双眼睛望着他，而他站在单杠下，轻松一跃，双手抓了上去。

"双臂自然下垂，两手的距离略宽于肩。"

接着，他开始将身体往上拉。

"用背阔肌的力量将身体向上拉起，下巴超过单杠时，停顿一秒，使背阔肌彻底收缩。"

说完，他开始下降。

"逐渐放松背阔肌，慢慢往下，直到双臂恢复完全下垂的状态，再重复做下一组。"

年轻的男生在跃上单杠的一瞬间，慵懒的表情彻底消失。

他的声音很干净，带着一种风的味道，稍纵即逝，叫人抓不住，摸不着。朝阳初升，透明的日光洒在他面上、发梢，隐隐泛着金色。而他姿态舒展地示范引体向上时，卫衣因双臂而上升，露出了腹部。

饶是在场十之八九都是男生，也没忍住啧啧两声。

"师兄，腹肌有点帅啊！"

"这必须练很长时间吧？"

"可以可以，这引体向上从今天开始是我的新欢了。"

路知意的视线在他的小腹停留片刻，但也只是片刻。她很快看向一边，免得他抓住机会，又说她用充满爱意的目光盯着他。

她盯着一旁的铁丝网出神。

几块来着?

六块。

整齐得像是邻居家的菜地。

年轻人肤色白皙，肌理均匀，随着身体的动作，那肌肉轮廓逐渐清晰，有一种说不出的赏心悦目。

她正兀自出神，那边的陈声已经跳下单杠，让人一组一组去训练。目光在人群里一扫，他注意到这"小心眼子"正盯着一旁发呆，不知道在琢磨什么。

遂走到她面前。

"怎么，沉迷于我的腹肌无法自拔?"

像是有人一把攥住她的神经，路知意猛地回神，抬头盯着他，面上一红。

他，他怎么知道?

陈声眯眼打量她片刻。

"啧，这高原红可以啊，很能迷惑人，我都不知道你到底是脸红了还是本来就这样。”

路知意终于忍不住反驳，“我说师兄，你这么关注我干吗？我的高原红跟你有什么关系，劳您老人家这么费心？”

陈声眯眼，“我关注你？”

下一刻，伸手一指边上的单杠，“那位师弟，麻烦你先下来，让这位想象力比体能还出色的同学上去试试。我倒想看看她引体向上做得有多好，能在我示范的时候神游天外。”

那位男同学撒手，跳下单杠，把位置让给路知意。

路知意没吭声，二话不说站单杠底下去了，深吸一口气，轻轻松松跃上单杠，双手牢牢抓住。

身体上拉，缓缓吸气。

停顿一秒。

接着双臂下垂，同时缓缓呼气。

……

她一连做了五个，额头上都有了一点晶莹的汗意，在太阳底下熠熠生辉。然后跳下来，冲着面前的陈声微微一笑。

“师兄，我过关了吗？”

陈声站在那看她，女生呼吸急促了些，但动作完成得很好。

肤色原本挺暗的，此刻在日光底下似乎也变亮不少，睁着那双圆溜溜的眼睛瞪着他，像只桀骜不驯的恶犬。

他几乎能看到她脑门上冒出的对话框气泡——“有本事就挑刺啊？说说我哪里做得不好啊！”

笑了两声，他不紧不慢地点头，“做得不错。”

路知意嘴角一扯，笑了。

笑到一半，忽闻下一句：“难怪有工夫沉迷于我的腹肌。”

“……”

陈声没理她了，走到下一个单杠前面，伸手去拨弄那人的拳头。

“双手距离略宽于肩，挪过去点。”

“下一个，抬腿轻踹一下。”

“撅着屁股干吗？”

武成宇笑哈哈看着一旁的人，“想被那什么呗。”

路知意：“……”

彻底被无视了。

周六的时候，路知意开始给高二的小孩补课。她的预感前所未有的准，那小孩是个货真价实的问题少年。

路知意头一回踏进他的房间时，就被那装潢风格震慑住了。

房子很大，且位于高档小区。这还是其次，如果说外面的客厅是明亮而有格调的，这小孩的房间简直就是精神分裂症专属风格。

四面墙壁涂着不同的色彩，一面大红，一面纯黑，一面雪白，一面花里胡哨。

小孩那年轻漂亮的妈妈端着咖啡进来，满脸尴尬，咳嗽一声，“路老师你别介意，小伟他从小就被我们惯坏了，这墙是他好几年前非要涂的。那时候还小，小孩子的审美没法当真。”

温柔的目光在转向儿子时，立马犀利起来。

“陈郡伟，老师来了，你还瘫在那干什么？”

大得吓人的床上，少年头戴耳机，仰面八叉躺在那，听见动静后睁眼，瞧了眼两人，扯下耳机，爬了起来。

“新家教啊？”他唇角一弯，在路知意面前站定。

非常有礼貌地伸出手来，“老师好。”

床上的耳机还在发出金属乐的嘈杂声，细小，但不容忽视。

眼前的小孩……

不，小孩可没这么高，接近一米八了。

路知意伸手和学生握了握手，目光停留在他这身红黑相间的浮夸行头上，心道审美有问题的可能不只是小孩，有的人不管是童年还是成年，都一样很有问题……

漂亮妈妈再三叮嘱，路知意只管随便折腾小孩，一切有她撑腰。

小孩天真无害地坐在那，笑得像只小绵羊。

路知意直觉有诈。

显然，漂亮妈妈很清楚儿子的秉性，离去前分别和两人对话。

“我还有点事情要处理，得出门一趟，路老师，我们家小伟就拜托你了。”

这是温柔的请求。

下一刻，秒变母老虎，杀气腾腾盯着小孩，“陈郡伟，你知道‘造反‘的下场是什么吧？”

态度切换自如，仿佛身上安了个按钮，说不定再按一下，她就能立马扭个秧歌。

漂亮妈妈走了。

偌大的家里只剩下路知意和眼前的小孩。

路知意很客气地说：“你能把教材给我看看吗？可以的话，也把你平时的测试卷一并给我吧，第一次见面，我想了解一下你的英语水平。”

小孩还是礼貌地笑着，“当然可以。”

然后动作轻快地从书架上里取出一本崭新的英语书，和好几张批得花花绿绿的试卷。

路知意翻了翻那本高二的英语课本。

“……”

崭新得像是昨天才刚发下来，一点笔记都没有。她怀疑这小孩根本没有翻开过它。

再看那几张试卷，鲜红的分数毫不留情地戳在卷子上方，分别是 48 分、52 分以及 7 分。

路知意怀疑自己的眼睛出问题了，特意看了眼卷子前方的小字。

……满分确实是 120 分。

所以 7 分是什么情况？她摊开卷子，仔细看了看答题状况，沉默了。

以下，是小孩在补全对话这道大题中的回答。

题目：假如你是 Frank，正在和 Alice 讨论使用哪种交通方式上学，请补充完整下列对话。

Alice: Good morning, Frank.

Frank: (Less cliche), Alice.

Alice: So, tell me Frank, how do you go to school?

Frank: I go to school（in my dad’s Cadillac）.

Alice: Well, I go to school on foot. What do you think of it?

Frank: I think (you are really a poor woman).

Alice: Thanks, Frank!

Frank: (You are welcome, idiot).

路知意：“……”

Chapter 03 夜 色 温 柔

该怎么评价陈郡伟?

能使用 cliche 这种地道表达，也能正确拼写凯迪拉克的英文全称，然而整张卷子却只得了 7 分。

最后一个空，you are welcome 原本能得分，却因为末尾那个画蛇添足的 idiot，最终分数无法突破个位数大关。

以及，他的作文答题卷上一片空白，只字未动。

路知意前后看了一眼，这家伙根本没有认真做题。六十道选择题，他统统选了 A。可惜他运气太差劲，这套题的标准答案里，竟只有七道题该选 A。

她沉默片刻，抬头问小孩："你说说看，你觉得自己为什么只拿了 7 分？"

然后把卷子轻轻摆在他面前。

小孩坐在书桌前，右手拿支笔，有一搭没一搭转着，手指灵活而修长。他歪着头，状似严肃地思索了一阵。

"因为我没有听同桌的话，全选 B？"

"……"

另外几套卷子，清一色是这样的答题思路。

选择题乱选一气，填空题大秀智商，他使用的表达言简意赅，我行我素，放在刻板的题型里几乎让人忍俊不禁。但他蔑视试卷，飞扬跋扈，逆反心理显而易见。

路知意："凯迪拉克是什么？"

“车。”

“那开凯迪拉克去上学，是什么交通方式？”

“开车。”

“开车的英语表达是？”

“By car.”

“那你为什么不直接把 by car 填上去？”

“因为没劲。”

“by Cadillac 就有劲吗？”

小孩用黑漆漆的眼珠看着她，笑得很甜，“凯迪拉克的话，开起来确实比一般的汽车要带劲。”

路知意发现，这小孩的问题不在于智商，不在于学习能力，而在于态度。他基本上无视她的一切问题，看似有礼貌，实际上一个问题都没回答。

她看他片刻，把卷子平摊在桌上，拿起笔来一道一道讲解。

“I rush to the railway station, only to find the train has gone. 这里的 only to 是结果状语，表示得到的结果是出乎意料的。”

“老师你发音好土。”

“第三题是反义疑问句，前肯后否，前否后肯，所以这里选 B。”

“你是哪里人？贵州，西藏，还是内蒙古？”

“lead to 是导致、引起的意思。第四题，吸烟导致他的肺出问题了，该用 lead to，应该能理解吧？”

“到底是哪里人？这两团高原红挺特别。”

……

一个多小时里，小孩没有停止过东拉西扯。而路知意呢，她没有回答他任何一个问题，心无旁骛地讲解试卷，哪怕他根本没在听。

后来漂亮妈妈回来了，小孩停止了发问，她也讲完了一整套卷子。

面前的咖啡一口没动。

临走时，路知意非但没有跟漂亮妈妈抱怨半个字，还当着小孩的面说：“小伟的英语水平很好，比同龄孩子都要好。”

大人和小孩都是一愣。

漂亮妈妈：“路老师你是开玩笑吗？用不着跟我客气，这家伙几斤几两，他清楚，我心里也有数。”

路知意摇头，“我是认真的，您放心，他比你想象的要出色很多。”

她披上外衣，谢绝了漂亮妈妈的相送，头也不回出门了。

半掩的房门后，小孩一声不吭坐在书桌前，出神地盯着那套卷子。末了，有些烦躁地扒拉一把头发，戴上耳机躺回床上了。

星期天下午，路知意又来了。

敲门声响起时，陈郡伟看了眼墙上的挂钟，分针秒针都到位，恰好停在两点。她是机器人吗？分秒不差？

这一回他变本加厉。

她讲题，他就打岔。他说她发音土，说她有高原红，说她的小雀斑，说她高得像男生，还说她寸头标新立异有个性。

他夸她，损她，品头论足，没完没了。

路知意权当没听见。

最后是小孩先停下来。他终于不耐烦了，把卷子扣起来，指尖转个不停的笔吧嗒一声，清脆地落在桌面上。他撑着桌子，仗着身高凑近了些，黑漆漆的眼珠子锁定她的眼。

四目相对。

“老师，你不会生气的吗？”

路知意终于把视线从卷子上收了回来，轻飘飘地抬头，和他对视，半点没有退让的意思，哪怕他凑得极近，眼看着就要贴上来了。

她平静地看着那双眼睛。很亮，很年轻，没被人生的艰难折磨过，尚在丰厚的物质生活里我行我素着。

他们就这样对视了好一会儿。

路知意说：“你的目的不就是激怒我？我要是轻易就生气了，那不是让你称心如意了吗？”

小孩不笑了。他眯起眼睛，终于收起彬彬有礼的假象，“你放弃吧，再怎么补课也没用。你答应我妈帮我提高英语成绩，对吧？提高多少分？及格？你信不信我可以一次比一次考得差，让你交不了差？”

路知意点头，“我信。”

她扫了眼那几套卷子。

“我一点都不怀疑你的能力，实际上我对你很有信心，你完全可以精确到个位数，下次考 6 分，再下一次 5 分，直到某天零分。”

小孩冷冰冰地看着她。

她直勾勾地对上他的目光，毫不避让，“知道什么样的人能精确地避开所有正确答案吗？烂到极点的差生？不，成绩再差劲，也有几分狗屎运。”

“你想说什么？”

“我想说什么？”路知意终于弯唇笑了笑，亲切地望着他，“我想说的是，我并没有答应过你妈妈任何有关成绩的请求。这也多亏了你，赶走过太多家教，以至于只要有人肯来教你，你妈妈就感恩戴德地把人请进门了。而根据这两天对你的了解，我觉得你相当出色，事实上出色到根本不需要请家教的地步。”

“所以？”小孩的声音愈加冰冷。

“所以？我确实来自高原，确实又土又穷，确实很需要这笔家教费用。既然你喜欢假装差生，我又刚好喜欢这份家教费用，所以……”路知意将桌上的卷子翻了一面，“所以，第三十二题，我们来看一看它为什么选D。”

有那么一刻，路知意很想笑，但她憋住了。她发誓她肯定听见了小孩牙齿咯咯响的声音。

陈家老爷子七十大寿那天，一家人都赶回了老宅。

老爷子早年是国内空气动力学的泰斗，后来身体不济，在老伴的劝说下来退了下来，在家中安享晚年。

饭桌上，一家人其乐融融，谈笑风生。

大儿子陈宇森从事法律工作，谈起这半年来经手的几件印象深刻的案子，众人七嘴八舌点评。

二女儿陈宇琳在大学任教，继承了老爷子的衣钵，也研究空气动力学。她一开口，一大波“外星词汇”袭来，众人纷纷转移话题。

“哎，那什么，隔壁王大爷的孙子前几天在美国结婚了。”

“是吗？我小时候还跟他一起跳过井呢。”

“跳，跳什么玩意儿？”

“跳井。他说下面在发光，肯定有金子，老子信了他的邪……”

陈声出口就是老子，立马被陈宇森喝住，“陈声！”

陈声笑了两声，看了自家老子一眼，打住。

一旁的陈郡伟还想知道下文，凑过来，“然后呢？”

“然后？”陈声朝父亲努努下巴，“然后你哥不敢讲了，怕这个真老子捶他。”

正好，陈郡伟也不想听大人们那些无聊的对白了，说了句：“我吃饱了。”然后使了个眼色，让陈声一起去阳台上吹吹风，透透气。

秋夜微凉，阳台外是一片澄澈月光。老宅在郊区，外面有瓜田，有农舍，有小径，有麦田。

陈家往上数几代，也是农家出身，只是后来陈老爷子有出息了，读书读出了一条路来。可人老了，还是愿意回到这安静的乡下郊区，听蛙鸣，看虫飞。遂翻新了房子，建成了郊区的小别墅。

吹着风，陈郡伟问：“后来呢？你真跟隔壁那小子跳井了？”

“哪能呢？你哥又不傻。”陈声笑了两声，伸手慢条斯理一比，“我数一二三，眼睁睁看着他跳下去了。”

陈郡伟噗的一声笑出来。他回头看了眼，从包里摸出包烟，拈了一根凑到嘴边。

打火机啪嗒一声，幽蓝色的光芒在黑夜里格外明亮。

陈声眼神一沉，伸手抽走那根烟，狠狠一掐，扔地上了。

“喂，你……”陈郡伟急了，“那可是外国烟，贵着呢！”

“好的不学，倒把抽烟学会了。”

“得了吧哥，你不就比我大几岁？平常疯起来没个人样，到我跟前摆起长辈架子了。”陈郡伟翻了个白眼，又想掏烟。

陈声瞥他一眼，警告：“你再往外掏一根试试？”

“干吗，你以为我怕你？”小孩警惕地看他一眼，一边嘴硬，一边还是把烟塞了回去。

陈郡伟从小就喜欢陈声，打从光着屁股开始，就跟着这个哥哥到处跑，后来长大了，哪怕兄弟俩嘴上总是不饶人，但他依然打从心底里愿意听陈声的话。

陈声又怎么不知道他？

看他一眼，微不可察地叹了口气，“你爸呢？”

陈郡伟表情一顿，冷笑两声，“说是在美国做生意，爷爷七十大寿都不回来。哈，天大的生意。”

“芝加哥？”

“不然呢？”

陈声没说话。

龙生九子，各有不同。老爷子一共三个孩子——大儿子陈宇森，也就是陈声的父亲，如今在法院当领头羊。二女儿陈宇琳，大学任教。小儿子陈宇彬，也就是陈郡伟的父亲，在哥哥姐姐的照顾下，自小优越惯了，长大后开公司，做生意，后来开始搞婚外恋，还不止一个女人。

陈声记得很清楚，几年前的除夕夜，一向漂亮活泼的小婶婶喝醉了，忽然哭着对老爷子说，陈宇彬说自己找到了真爱，为了给那个女人一个身份，把她带到美国芝加哥去安家，还举办了一场豪华婚礼，如今连私生女都生了。

从那天起，总是跟在陈声屁股后面的小不点就变了。

陈郡伟以前不是这样的，别说抽烟了，他一向是家里的小可爱，会奶声奶气跟爷爷奶奶撒娇，会弹钢琴弹吉他，从不像陈声这样叛逆到让全家人头疼。

可惜后来……

陈声立在阳台上，看着地上的烟，忽觉这秋天的夜也挺冷的。

他问："听说小婶婶给你请了个新家教？"

一提这个，陈郡伟就烦，"是啊，请了个有能耐的。"

字里行间全是抓狂的意味。

陈声笑了，"哦？能叫你这么说，那看来是挺有能耐的。"

"我十八般武艺全都用上了，她居然面不改色心不跳，端端正正坐在那讲她的题，整整两小时，雷打不动。这心理素质真不是盖的。"

"男的，女的？"

"女的。"陈郡伟不甘心，又补充一句，"说她是女的都算夸她了，男人婆！"

陈声笑了两声。

这个堂弟，也只有在抓狂的时候还依稀可见儿时的小可爱模样，那时候每回被他抢了玩具，就会可怜巴巴央求他，求而不得，就抓狂跺脚，然后到处告状。

天知道那会儿"中二"的自己这么欺负他，他为什么还一直当跟屁虫。

"男人婆啊？"陈声懒洋洋倚在栏杆上，好似想起什么，目光飘向遥遥黑夜，慢条斯理感慨一句，"这年头好像流行中性风，女的留板寸，一副响当当的男子汉模样，力拔山兮气盖世，小心眼子厚脸皮……"

附近有人放鞭炮，噼里啪啦一阵噪声。

陈郡伟没听清，凑过来追问一句，"哥，你刚才说什么来着？"

陈声收回视线，眼疾手快，一把从他包里把烟抽走，往远处的农田里使劲一扔。一道优美的抛物线，昂贵的外国烟坠落在廉价的土豆之间。

陈郡伟惊呆了，下一刻就炸了，“我去！”

“再多说一个字，我立马进去跟小婶婶举报你。”陈声“温柔”地摸摸他的头。

小孩气得浑身发抖，目露凶光，即便不说话也能看出浑身怒火，小宇宙爆发。

“陈声，你卑鄙无耻！”小孩凑近了些，咬牙切齿地道。

下一刻就被陈声打断。

高他半个头的堂哥朝着屋里就是响亮的一声：“小婶婶……”

小孩手忙脚乱捂住他的嘴，“你来真的？”

屋内，漂亮的小婶婶应了一声：“欸，怎么了？”

小孩迅速朝屋里探了个头，“哦，没啥，我哥说下周末约我去打个球，我说你肯定不答应，毕竟我月考没考好，得留在家里补课。他说他想亲口问问你。”

再回头，看见陈声似笑非笑盯着自己，“我什么时候说的？当事人自己都不知道？”

陈郡伟忍气吞声，从包里摸出钱夹，唰唰唰掏出所有零用钱，啪的一声拍在陈声手里。

“您大人不记小人过，绕了弟弟这回。”

“老子还需要你施舍？”陈声一巴掌拍在他脑门上，把钱塞回去，翻了个白眼往屋里走。

刚走进门，又回过头来看他。

“小伟。”

“干吗？”

“你装疯卖傻没关系，烟就别抽了。”年轻的兄长看他一眼，那一眼明亮而沉静，波澜不惊之下，仿佛早已洞悉他所有的秘密。

陈郡伟一顿。

夜风悄无声息地吹着，他没点头，陈声就一直回头望着他，两人静默对视着。

片刻后，陈郡伟点头。

“好。”

陈声也点点头，转身回客厅了。

阳台上只剩下陈郡伟一人，他摸出打火机，摁了下去，幽蓝色的火焰在风里晃动。

松开，熄灭。

摁下，亮起。

……

他重复这个动作很多次，终于松开了不再摁下，然后把打火机握在手里，朝着远处重重一扔。

对不起，大兄弟，你就和那包烟做伴儿，好好“安息”吧。

如果说这个世界上还有谁的话他愿意听一听——

陈郡伟低头自嘲地笑了。

大概只有这个哥哥了。

陈声是从被窝里被叫起来的。

下午没课，他躺在床上睡大头觉，结果手机响个不停。他按了一遍又一遍，可那人把锲而不舍的精神贯彻到底，死不罢休。

他闭着眼睛把人祖宗十八代都骂了个遍，从枕头下摸出了手机，看也不看，凑到耳边，“不管你是谁，最好能给老子说出个扰人清梦的理由来……”

话说到一半，眼睛猛地睁开。

“书，书记啊？”

五分钟后，穿戴完毕的人顶着鸡窝头，一边对着电话那头的人说第一百零一遍“对不起”，一边试图劝服赵老头取消“下蹲刑罚”。

寝室里另外三只俨然笑成了三朵狗尾巴花。

陈声走到门口，回头警告似的扫了一眼幸灾乐祸的人，可这点威严立马被下一句出口的话一扫而光。

“我错了，真的知道错了，下蹲就别罚了，这周我家老爷子过七十大寿，一瘸一拐去见老人家很失礼的。”

关门时，他听见门内传来那三个“畜生”的笑声。

凌书成还扯着嗓门号：“书记，他家老爷子上周刚过完七十大寿……别听他糊弄您！下蹲是必须要罚的！撒谎的人得加倍！”

陈声太阳穴突突直跳，干脆利落挂了电话，重新把门推开。

门后挂着扫把、拖布一类的清洁用具，他随手拎了支通马桶的，二话不说走向凌书成。

凌书成正打游戏呢，还没来得及反应，阴影从天而降，罩在他脸上。下一秒，他闻到一阵奇特的“芬芳”。

午后的 102 寝室传来一声惨绝人寰的尖叫。

陈声关门走人。

站着说话不腰疼的另两人，一边笑得东倒西歪，一边“安慰”正在洗脸的凌书成。

“朋友，让你知道什么叫作冲动的惩罚。”

“得了得了，那通马桶的也没怎么用过，你用不着倒半瓶洗面奶在脸上，全用完了我偷谁的用？”

凌书成一边洗脸，一边咆哮，满寝室回荡的都是他的脏话。

似乎所有的学校都偏爱银杏这种植物，秋天一到，满眼金黄。午后的阳光照下来，天地之间一片亮堂。

整个世界都是金色的。

陈声懒洋洋地站在电梯里，看见红色的数字停在5L处，正欲出门。结果门开了，有人从外面走进来，险些和他撞上。

他下意识侧了侧身，而那人和他一样，往同一侧挪了几步……两人依然面对面，挡着对方的去路。

“……”

这么有默契？

陈声抬眼看，看清那人后，嘴角蓦地一弯，脑中赫然冒出四个字——冤家路窄。

电梯外，和他默契十足的是个短发女生，标志性的高原红，一米七几的个头，女生中的大高个。

呵，又是她。

显然，路知意看见是他，也没什么好气。

“借过。”她不咸不淡地说了一句，侧身走进电梯。

看他没急着出去，她又抬眼问了句，“你不出去？”

“你跟谁说话？”

见他眉毛微抬，一脸正在等待下文的样子，她扯了扯嘴角，嘲讽地加了句，“师兄？”

“这就走……师妹。”

着重强调后两字。

陈声双手插在裤兜里，笑了笑，头也不回地离开了。再跩，再心口不一，还不得叫他一声师兄？

赵老头叫陈声来办公室，主要为了解新生的早操情况，顺便叮嘱一下，学习方面不可放松。

“下学期去加拿大这事，虽说人是我们选的，但也不是进了名单就十拿九稳。”

“去了那边，他们还要再选拔一次。”

“那边的特训教练会和你们先相处几天，随时提问，你们都得对答如流。所以专业能力好，答得上是一回事，英语能力不过关，还是会被退回来。”

“喂，你小子到底有没有听我说话？”

陈声一进门就注意到桌上的一堆文件，最上面的一份，姓名那栏写着三个熟悉的大字：路知意。

他下意识多看了一眼。文件上方，标题是……贫困生助学金申请表。

他又看了看旁边那摞矮一点的文件，生源地贷款。为首的依然是路知意的资料。

赵老头召唤他回魂，“兔崽子，我在跟你说话，你走什么神？”

陈声蓦地回过神来，“嗯？”

看着眼前霎时拉下来的脸，趁着几千个下蹲还没落在头上，赶紧说：“您操的什么闲心？有这工夫担心我，不如多做点正事。”

赵老头：“你但凡靠谱半分，我也不至于成天为你操心！”

陈声：“没事了？没事我先走了。”

“臭小子，你这什么态度？”

已经走到门口的陈声回头，扯扯嘴角，“感谢书记教诲，学生必定时刻铭记于心，好好学习，天天向上。这下行了？”

“……”

晚上跑操时间。

老规矩，全体人员还是先跑一千米热身。

陈声立在跑道旁，看着一群人在夜色里快慢不一地跑着，视线落在最前方。

监督新生跑操一个多月了，路知意永远是鹤立鸡群的那一个。不是因为她个头高，也不是因为她是“万绿丛中两点红”之一，而是因为她做什么事都一丝不苟。

毕竟是一群年轻人，哪怕满腔热血，一个多月下来，也渐渐学会偷懒。可她不一样，她永远跑在人群最前方。俯卧撑时，男生都趴下了，她还一声不吭继续做。

不知疲倦，沉默而认真。

他忽然想起下午在赵老头那看到的两份资料，大概因为自幼物质丰足，所以不曾留意过，如今才察觉到。

她穿的是一件深蓝色旧毛衣，小时候他也看同龄人穿过这种款式，一眼就能看出是手工织成的，很朴素，放在现在就有点土。

没有烫染过头发，永远素面朝天，和花枝招展的同龄女生截然不同。

一双黑色帆布鞋，边缘洗得泛白，脚后跟磨得很厉害，再穿几天就能直接磨穿了。

很穷，也很努力。

他定定地站在跑道旁，看着夜色里跑在人群最前面的女生，她的额头上有亮晶晶的汗，但眼里满是坚定……好像也不是那么一无是处。

军训刚结束的那一周，苏洋心血来潮，叫上一整个寝室的人去聚餐。

“军训完了还没改善生活呢。走吧，一起去小吃街开开眼界！”

赵泉泉第一个举双手赞成，“我想吃火锅！”

吕艺：“可以啊，吃什么你们定，我无所谓。”

路知意下意识瞄了一眼搁在桌上的钱包，没好意思明目张胆地数数还剩多少钱。

苏洋看出来了，笑眯眯补充一句：“这次我请客，咱们就不搞 AA 制了。大不了轮着来，下次你们再请我吃一顿好的。”

头一次寝室聚餐，三人都积极响应，路知意不好拒绝。哪知道第二周，吕艺就硬把大家拉去了学校附近的茶餐厅，把客请了回来。赵泉泉不甘落后，第三周也请了一顿西餐。第四周了，赵泉泉忽然问苏洋：“这周末咱们又去吃什么？”

苏洋一愣。

赵泉泉笑眯眯地说：“这周该知意请客啦。”

路知意骑虎难下，好在找到了家教兼职，虽然还没拿到工资，但小孩妈妈说下周就给她结算一次，料想不至于这周请完客就饿死。

她算过了，苏洋请了一顿火锅，花了两百九。吕艺请的香港菜，三百三。赵泉泉请的是中档西餐，两百出头。她手里还剩下四百来块，无论如何也能撑过这一顿，还能留下点下周的伙食费。

于是笑着点头，“你们想吃什么？”

吕艺还是那句话：“你们定就行，我都可以。”

苏洋：“火锅吃了，港餐吃了，西餐也吃了，还有啥没吃？”

赵泉泉一拍桌子，指着自己电脑上正在放的日剧，“喂，吃日料啊！怎么样？”

最后，由于赵泉泉对日料坚定不移的爱，众人点头，那就吃日料。

周五下午，六点钟的天已有些暗了，四个女生兴致勃勃往小吃街走。

似乎每所学校外面都有这样一条小吃街，每当城管下班，小摊小贩就在街边支起蓝色大棚，点起油亮亮的灯泡，人头攒动中，食物香气混杂一气，白雾四起，热气腾腾。

而小摊贩的背后，总是一些更正规的商家，双方谁也看不上谁。

赵泉泉选的是日料，小吃街只有一家日料店，装潢雅致，红彤彤的日式灯笼在门外迎风摇曳。

三人在大厅入座。

服务员拿着菜单过来时，路知意的手机忽然响了，她低头一看，脸色微变，很快站起身来。

“我出去接个电话。”

苏洋：“欸，要不就在这儿接吧？正点菜呢，你看看你想吃啥啊！”

赵泉泉点头，“今天你请客，你是老板，老板不点菜，我们不好意思出手。”

路知意一边往外走，一边说：“你们点就好，反正我没吃过日本菜，你们点你们爱吃的。”

她看上去是真急，脚下生风，很快走出了餐厅。

赵泉泉笑嘻嘻问：“搞得这么神秘兮兮的，难道是男朋友？”

吕艺说：“应该不是吧，之前没听她说过有男朋友。”

赵泉泉凑到苏洋面前，“你俩一个班的，待在一起的时间更多，怎么样，知意是不是有男朋友啊？”

“我哪知道？”苏洋把赵泉泉的脸推开了些，“少八卦点不会死。”

赵泉泉眨眨眼，“我猜肯定没有，有的话也不至于打扮成这样了。”

苏洋眉头一皱，听出她话里的揶揄，“哪样？”

“就那样啊，很 man 很糙。”

“谈不谈恋爱和个人风格没关系吧？”

“怎么没关系？”赵泉泉立马开始分析，“女生一旦谈恋爱了，就会变成精致小女人，不会穿得太穷酸，也不至于不修边幅……”

她一边点菜，一边说着她的长篇大论，说到一半，就被苏洋打断。

“服务员，点好了。”苏洋一把抽过她面前的菜单，交给服务员。

赵泉泉：“欸欸，我还没点完！”

“你够了吧你，都点了十来个菜了，就算不是自己掏钱，也别这么一气儿乱点吧？”苏洋有点不耐烦。

赵泉泉看看吕艺，噘嘴，“咱们不都请过了？轮着来的嘛，谁也没占了谁的便宜。”

“看看你点了些什么玩意儿，确定没谁占了便宜？”苏洋眯眼。

吕艺低头玩手机，不掺和。

寝室里四个人，苏洋一身正气热心肠，赵泉泉胆小八卦爱唠嗑，路知意爱笑简单话不多，唯有吕艺，赵泉泉曾经说她不食人间烟火。

她这个人，比较爱活在自己的世界，其他人的事，不关心也不参与。

门外，路知意急匆匆走到路边，把手机凑到耳边。

“爸。”

她呼吸急促，声音不稳。

那头的人说了些什么，她抿抿唇，点头，“挺好的，室友们都很好，同学也很照顾我，课上我很认真，老师提问我就积极举手发言，表现很好。”

“生活费够用，这边的消费水平也没有很高。对了！我还找了一份兼职，生活方面您不用担心……

“家里也好，小姑姑说虽然我走了，但是李大婶总在她上班的时候帮我们喂喂猪。

“是，是麻烦了她一点，但是她说反正她家也有猪，一块儿喂了也不打紧……”

她聊得太投入，没有看见身侧几个往日料店走的男生。

凌书成用胳膊肘撞了撞陈声，“欸，那不是……”

下巴努了努。

其实陈声比他先认出路知意，毕竟她依然是那身打扮，深蓝色毛衣，边缘泛白的帆布鞋。

他大老远就看见她在打电话,走近了,又听见她语速飞快地说着些琐碎家常。

有些诧异。这言简意赅的高原红，什么时候话这么多了？生怕一口气说不完似的，这些琐碎又无聊的事情也讲得这么带劲。

四人走进了日料店。

张裕之说：“她家农村的吗？我刚听见她说她养猪。”

韩宏:“怎么,就不兴城里人养猪了？猪又不是农村特有的。我就热爱小动物，我也喜欢猪，行不行？”

“你是喜欢吃猪肉吧？”

凌书成也插了一句，“哈哈哈，既然‘人民歌唱家’喜欢，喂，张裕之，你给他买一头啊，让他养成几百斤的那种，咱们宰来吃了。”

张裕之：“养个毛的猪啊，他要养在寝室，还不得臭死我们？”

一旁的陈声没参与对话，忙着跟服务员核对包间信息。

核对完毕,陈声终于转头,不耐烦地打断他们,“说够没啊？你管人家农村的，城里的？”

再瞥一眼成绩永远吊车尾的韩宏，“用不着养猪了，寝室里已经有一头了。”

“……”

韩宏：“喂你这么说话就有点人身攻击了。”

凌书成：“是吗？我怎么觉得很有道理？”

张裕之举起双手，“我赞同。”

陈声笑了笑，进包间前，回头看了眼店外的女生。

落地窗外，她一个人孤零零地站在那，身后是车水马龙，面前是摇曳的红灯笼。夜色如水，让她看上去比往常柔和几分。

她低头看着脚，忽而一笑，嘴唇动了动，依然在飞快地说着什么，大概又是养猪一类的琐碎日常。

陈声忽然想到什么，笑了一声。

她这样的个性，就算是养猪，大概也比一般人养得好吧。

电话总共只打了五分钟，一秒不多，一秒不少。

结束前，那边传来谁的提醒："到时间了。"

前一刻还在滔滔不绝的路知意，闻言一顿，话音终止。她动了动嘴唇，还想说点什么，却什么也说不出。千言万语涌入喉头，竟不知从何说起。

五分钟里，男人话少，大部分时间都在听她絮絮叨叨。

直到最后一刻，她停了下来，他才急切地加快语速，"知意，你要听你小姑姑的话，照顾好自己。学习要努力，好好念书，旁的都是无关紧要的事，一定要把书读出来……"

话说到一半，先前那道声音又插了进来。

"好了好了，时间到了，别说了，后面还有人排着队呢！"

男人匆匆忙忙说出最后一句："那就这样了，知意，下周我再打给你，你要……"

"路成民！"那个声音终于不耐烦了，重重地叫出他的名字，"你再这么耽误时间啰啰唆唆，下周还想不想打电话了？"

"对不起，对不起……"

最终，电话在他一叠声的道歉声中被挂断。

路知意站在冷风里，听着耳边骤然消失的话音，手机里只剩一阵冷冰冰的嘟嘟声。

她慢慢地把手机揣回兜里，揉揉眼，后知后觉地想起，她连一句"你最近过得好吗"都没来得及问出口。

店内店外，两个世界。

外间天色昏沉，秋寒已至；店内却明亮温暖，人声鼎沸。

路知意瞠目结舌地看着这一桌丰盛的菜肴，"这，这么多？"

苏洋瞥了眼赵泉泉，还没来得及说话，赵泉泉已经率先笑起来，"嗨呀，点多了，这不是想着你没吃过日料吗？就想每样都让你试试，哪知道这店里分量太足，其实一般的日料店分量都很少的！"

苏洋嗤笑了一声。

赵泉泉权当没听见，殷勤地夹了块胖乎乎的丸子给路知意，"来来，知意你尝尝这个，章鱼小丸子。"

路知意的确没有吃过日料，别说吃了，根本闻所未闻。什么猪豚骨原汤拉面、金枪鱼蔬菜什锦沙拉、北海道樱花冻，还有一大堆颜色各异的刺身……

她学着赵泉泉那样夹起一片三文鱼刺身，在苏洋替她准备的酱油碟子里上下左右蘸了一遍，傻乎乎送进嘴里，然后……

然后噗的一声吐出来，一股火辣辣的热气从脖子根倏地冲到头顶。

眼泪喷涌而出。

她手忙脚乱去拿水杯，咕噜咕噜往下灌，眼泪鼻涕挂了满脸。

一桌人都笑疯了，连带着被这动静惊动的周围几桌，也都跟着笑起来。

隔着一层日式门帘的包间里，凌书成听见外边这么热闹，也掀开帘子瞧了瞧，“……那‘高原红‘搞什么鬼？”

韩宏的脑袋也冒了出来，“是错觉吗？她那高原红比少先队员胸前的红领巾还红了八个度。”

陈声侧头瞥了一眼，恰好看见路知意灌下第二杯水，抬手去擦满脸泪花的样子。视线落在她碗边那片委屈的三文鱼刺身上，顿悟。

张裕之也凑热闹，“这女的真逗，走到哪儿都能成为人群焦点。”

陈声顿了顿，拿筷子头重重地敲了下凌书成的手。

后者吃痛地“哎哟”一声，猛然松手，帘子就落了下来，重新挡住众人视线。

“你发什么神经？”凌书成愤怒地盯着陈声。

陈声把筷子调了个头，夹了片三文鱼，塞进凌书成碗里，“废话少说，来，补补肾。”

“这个能补肾？”凌书成表示怀疑。

“能，补肾壮阳，强身健体。”

凌书成不信，但成绩每年都吊车尾的韩宏信了，二话不说拼命吃起三文鱼来。

男人，成绩差一点不要紧，阳刚之气最重要。

赵泉泉点的那一桌菜，吃到最后还剩下一半。

苏洋斜眼看赵泉泉，笑了两声，“可劲儿点吧，我要是不出声，你恐怕要把菜单点个遍。”

赵泉泉脸上一红，“少胡说八道，我是那种人？”

苏洋笑意更浓，“你不是那种人？”

路知意也没打圆场，起身说：“我去结账。”

她没心思劝苏洋少说两句，只能惴惴不安地握着兜里那几张薄薄的纸币，默默祈祷别超支。

可墨菲定律真是神奇，怕什么来什么。

柜台后的服务员笑眯眯抬头，从打印机里撕下小票，双手奉上，“你好，一共消费四百六十三，请问怎么支付？”

路知意捏着那四张纸币，手心都汗湿了。她勉力维持微笑，低声说：“不好意思，我出门打个电话，一会儿付钱。”

在服务员疑窦丛生的眼神注视下，她如芒在背，匆匆推门而出。

包间里，几个男生也吃了个七七八八，凌书成拿筷子敲了敲碗，“给钱，陈老板！”

另外两个拿起筷子一起敲碗，声音整齐划一，“给钱！给钱！给钱！”

陈声眼皮子一掀，“我给？刚才在寝室是哪个‘畜生’说要请客的？”

那两只又立马改口，转向凌书成，敲碗，“畜生！畜生！畜生！”

凌书成：“你上回拿了我两包中华，今晚还回来正好！”

“两包中华这么值钱？”

“江湖救急不救穷，我那是雪中送炭，情义重千金！千金岂是一顿饭能还清的？”

陈声看他两眼，笑两声，懒得多话，起身，掀开帘子往收银台走。他走到台子跟前时，正好看见路知意推门而出。

奇怪的是，她走出门就站那不动了，低头瞧着手机出神。

他收回目光，“二号包间，结账。”

屏幕上还显示着路知意的账单，服务员没法给陈声结账，道了个歉，“不好意思啊，前面那位客人还没付钱，您稍等片刻。”

陈声一顿，看见台面上摆着的收银小票，四百六十三。再扭头，玻璃门外的高个子女生定定地站在那，土里土气的毛衣，磨得发白的破旧帆布鞋，还有光看侧脸也显而易见的心烦意乱。

她一手拿着手机，另一只手垂在腿边，捏着一卷薄薄的什么东西。

陈声的视线在那抹粉红色上停留片刻，隐约分辨出来。拿着钱夹的手微微一顿，几秒钟后，稳稳地从里面抽了五张粉色钞票，递给服务员。

“她那桌的，一并付了吧。”

他指了指窗外，低声说。

深秋已至，夜风也变得猖狂起来，飞扬跋扈地卷起路边的塑料袋，吹得它哗哗作响，满街跑。

路知意站在风里，盯着手机屏幕上的小姑姑三个字，拨号键始终按不下去。

她问自己，没钱为什么要穷大方？小姑姑从不网购，支付宝无法转账，若是开了这个口，她必定要跑到镇上的 ATM 机前取款。高原不似城里，夜里温度奇低，那儿的风会像刀子一样割在人身上，。

最让路知意心烦的是路雨一个月辛辛苦苦也就赚两千块，而她一顿饭就吃了四分之一。

她从不是让人操心的孩子。

过去十八年，她一直勤俭节约，从未大手大脚过，因为穷人的孩子早当家，因为遭逢变故的家庭经不起她不懂事。

可今天……

路知意认了命，指尖发抖，颤巍巍朝着绿色拨号键落下。指腹仿佛已触到冷冰冰的屏幕，下一刻，有只手从天而降，倏地抽走手机。

她猛地回头，眼神一沉。

“又是你？”

一个又字，充分表达了她的不耐烦，不乐意和不待见。

陈声顿了顿，将手机退出拨号界面，连同小票一起塞回她手里。手背触到她手心时，他察觉到什么，飞快地低头看了眼，借着头顶的红色灯笼，他看清了她的手掌，遍布手心的是一些粗糙的茧。

一双不属于这个年纪的手。因为紧张和心烦，她还出了汗，被夜风一吹，冷而潮湿。

路知意莫名其妙地拿回手机，视线落在最上面的白色小票上，神情一变。

“什么意思？”

陈声张了张嘴，又很快闭上了。

“顺手帮你结了账。”他俩并没有熟到这种地步。

“猜到你钱没带够，刚好我很有钱，江湖救个急。”——装逼遭雷劈。

于是他想了想，说：“我陈声一向做好事不留名，你可以叫我‘红领巾’。”

说完，他转身迎来吃饱喝足从包间里悠然漫步而出的三人，打道回府。

大学城的夜色，似乎总与别处有些出入。

来来往往的都是年轻面庞，嬉笑打闹也是朝气，喜怒哀乐都显蓬勃。也有喧哗热闹，但这份热闹里没有声色犬马；亦有男女成双，但那背影里似乎多了些天真纯粹。

回宿舍的路上，张裕之和韩宏走在前头。

后面的凌书成想起什么，问身旁的陈声：“刚才你跟那‘高原红’在门口说什么了？鬼鬼祟祟的。”

陈声低头看见晃动的树影，有几分漫不经心，“哦，好歹熟人一场，打了个招呼。”

“你当我是傻子？”

“哦？难道你不是？”讶异的表情，夸张的语气。

凌书成一拳捶过去，“要不要这么贱！”

陈声笑起来，揉揉肩膀，“随手帮个忙。”

“哟，这是我耳朵聋了，还是你脑子坏了？前不久不还拿了我的中华去贿赂教官整人家？今儿太阳打西边出来了，还顺手帮一把？”

陈声干脆利落还他一拳，“别‘秀’了。说我贱，回头照照镜子，你比我贱多了。”说完懒得搭理他，双手揣兜里往前走。

可脑子里浮现出那两团高原红，他也有些莫名其妙。原本是冤家路窄，怎么今天他还做了个顺手人情？

啧，归根结底，还是爸妈教育得太好了，想他这么个根正苗红的社会主义好青年，路见不平一声吼，该出手时就出手。

简直感人。

Chapter 04 明亮的他

夜里，路知意翻来覆去睡不着。

她搞不清陈声在做什么，为什么平白无故帮她付了账，是秀优越感，找到了羞辱人的新方式，还是看穿了她的窘迫境况，所以好心相助。

而赵泉泉吃撑了没事干，一边在床上蹬腿，一边挨个找人聊天。

“吕艺，你爸妈是干啥的？”

“银行里上班的。”

“父母都是吗？”

“都是。”

“是高管吗？还是负责贷款这一块儿的？听说搞贷款的都有很多油水可捞。”

吕艺笑了笑，没说话。

蹬腿的人翻了个身，换了条腿，也换了个聊天对象。

“苏洋，你爸妈是干吗的？”

苏洋的回答一如既往符合人设，“你管那么多干吗？调查户口？”

赵泉泉撇嘴，“人家关心关心你嘛。”

“开公司的，行了吧，长官？”

“什么公司？”

“正经公司。”

“我是问你他们公司卖什么东西的？”

“狗皮膏药。”

吕艺和路知意都笑出了声。

赵泉泉嘀咕几句，又把话题转向路知意。

“知意，那你爸妈是干什么的呀？”话音刚落，她又立马记起来了，“哦，对，上次你说过了，你爸爸是村支书，你妈妈在卫生站工作。”

路知意不笑了，嗯了一声。

赵泉泉说：“怎么没看你爸妈平时打电话给你啊？”

“他们……工作忙。”

“工作忙也不能够一个电话都不打吧？”

“打过，每周一两通。”路知意含糊道，“只是你没听到，我都是去走廊上接的。”

像是为了证明什么，她说：“今晚吃日料的时候，我就出门接了个电话，我爸打来的。”

赵泉泉蹬腿蹬累了，喘着气问：“那还挺快的，一周打一次电话，一次就几分钟。”

路知意没吭声。

赵泉泉又问：“村支书到底干吗的？平常都做些啥？”

一个又一个问题砸来，她支支吾吾，含糊其词，因为脑子里一片空白，竟也忘记其实她是可以拒绝回答的。她没那个本事，做不到将谎言说得和真的一样。

可她能怎么办？她躺在床上，只觉得手心都出汗了。

也许一开始就不该说谎。

第一次赵泉泉问起她为什么独自来学校时，如果她不说父母忙就好了。如果没有那句话，就用不着说出父亲是村支书、母亲在卫生站上班这种鬼话来，如今也不用绞尽脑汁去编村支书的日常工作了。

最终还是苏洋帮忙解围。

“你管人家村支书是干吗的！跟你又没啥关系，怎么，你打算毕业去当大学生村官啊？”

“喂喂，苏洋，你干吗老对我那么凶？我关心室友也不行吗？”

“你那是关心还是多管闲事？”

“你……”

最终，赵泉泉忙着和苏洋拌嘴，再也没往下追问。

路知意松了口气。

十一点，寝室终于熄灯了。

窗帘没合上，从树梢上跃进来一缕白茫茫的月光，落在地上，落在床上，落在黑暗里不愿合上的眼睛里。

高一那年，语文老师布置作业，要全班写一篇八百字命题作文，标题是《我的父亲》。

路知意问路雨："我该怎么办？"

路雨说："没人规定作文得完全真实，创作这种事情嘛，真真假假，虚实结合就行。"

于是用了一整个下午，路知意写出洋洋洒洒八百字。

她语文一向不错，写作功底强，于是周一的班会课，老师让她上台朗诵这篇得了优的作文。

她站在台上，低头看着手里的作文本，念道："我的父亲是一名村干部，他在冷碛镇担任村支书一职——"

台下立马有了反应。

一个初中与她同班的男生忽然出声："不对！你爸爸已经不是村支书了！"

班主任还没来得及阻止，男生已经一语道破真相："他现在是劳改犯！"

全班哄堂大笑起来。

"劳改犯"这个词语，在这群孩子们的生命里只以一种形式出现过——每当班里的男生剃了个近乎光头的板寸时，就会有调皮蛋开玩笑说："××× 剃了个劳改犯头！"

这个词便失去了原有的残酷意味，成为一个颇具喜剧色彩的词语。

可对于路知意来说，它一点也不好笑。

"劳改犯"三个字，意味着她的父亲在坐牢，在服刑，在接受来自命运最严苛的惩罚，在时刻忍受与至亲分离的苦痛。

后来呢？

后来，站在一众探寻的目光里，路知意把作文本撕了。

班主任欲说点什么，收拾这烂摊子，可她赶在她上台之前开了口。

手里用力地攥着那把碎纸，嘴上轻描淡写，"我爸爸是个劳改犯，在坐牢，过失杀人罪。死的是我妈。"

"……"

就连班主任都忘了说话。

“他以前是村支书，老好人一个，冷碛镇家家户户出了事他都第一个赶到。修路他参与，报酬都分给村民。人家打架他出面，最后被误伤，头破血流的也是他。镇上有人借钱开养猪场，结果那年夏天猪链球菌病爆发，没一头剩下。十万块，他攒了一辈子的积蓄，就那么笑着跟人说，不用还了。我妈说他是傻子，好人二字，大抵和傻脱不了干系。

“他当了半辈子村支书，人人都说当村干部油水多，可他一个子儿也没存下。家里的电视机用了七八年，坏了无数次，我妈要买新的，他一个人捣鼓半天，非说还能用，结果转眼就给镇上的孤寡老人买了台新的送去。镇上的孩子偷了我妈过年腌的腊肉，那是我妈准备拿去市场卖的。我爸说小孩子，不碍事，谁吃了不是吃。他俩总吵架，吵了大半辈子。

“我初一那年，他去山上监督工人修路，有人受伤进了医院，他赶回家拿钱给人垫着。结果回家的时候，家里多了个衣衫不整的男人，刚跟他打了个照面，就急匆匆地跑了。我妈拉着他不让他追，他急了，猛地一推，我妈从二楼摔下去，头朝地，当场死亡。”

教室里鸦雀无声，所有人都瞠目结舌看着她。

路知意低头，摊开手，那堆碎纸被她手心的薄汗浸染，湿乎乎的。

她笑了笑，说：“我爸是个劳改犯，有人说他杀了我妈，心狠手辣。”

抬头，她环视一圈，平静地说：“可我知道，我爱他。”

《我的父亲》，这就是她的作文。

第一次触及这个话题，大抵也是人生里的最后一次。她带着报复心理，像是《基督山伯爵》里写的那样，完成了一场自我复仇。

寂静的教室里，就连三十来岁的班主任也怔在原地。

次日，她去镇上的理发店剪了一个板寸——众人口中的“劳改犯”的发型。

镜子里，理发师手持剪刀，迟迟下不了手，再三询问：“……真的要剪？”

她言简意赅，“剪。”

细碎的发丝落了一地，镜子里终于出现了如今的路知意。

他在那铜墙铁壁里，她在这高原小镇上。他的世界夜夜灯火通明，她便在这广袤山地间陪他，摸摸那头扎人的刺猬头，她闭上眼，恍惚间记起儿时他总这样摸她的头，叫她知意，知意。

床上，路知意看着那片月光，很久很久也没有合眼。

她知道做人不能太虚荣,说谎的人没什么好下场,可面对赵泉泉的刨根究底,她终究是难以启齿，无论如何说不出“劳改犯”三个字。

事隔经年，她变成了胆小鬼。

周日下午，路知意继续给问题小孩补课。

共享单车真是一件神奇的发明，省了地铁费用，还能强身健体。她一路骑到陈郡伟家里，面上红扑扑的，跟客厅里的漂亮妈妈打了个招呼，背着书包就进了小孩房间，切入正题。

小孩还是一如既往的懒散，你不知道他究竟有没有用心听，多半是身在曹营心在汉。

这周的随堂测验，他考了 71 分。

漂亮妈妈端着刚切好的水果进屋时，面上洋溢着显而易见的喜悦，不住地感谢路知意，“都是路老师的功劳。”“这是小伟今年考得最高的一次！”“路老师，来来来，吃点水果。”

最后，漂亮妈妈喜滋滋出门去了，“不打扰你们，不打扰你们。”

路知意直觉有诈，扭头去看陈郡伟。

小孩漫不经心靠在椅子上，斜斜地朝她看过来，“有什么问题就问，别跟我眉目传情。”

她直截了当发问：“你想通了？”

“想通了？”小孩笑了一声，凑过来，饶有兴致，“路老师，你猜猜看，要是这次我考了 71 分，下次 80 分，90 分，最后期末考试一分班，一打乱座位，我就被打回原形，继续考个位数，我妈会怎么想？”

路知意看着他。

小孩咧嘴，“你猜我妈会觉得我是上哪儿学会作弊的？”

路知意看了他片刻,笑了笑,“你以为我很想教你吗？大不了期末就不教了,重新找个家教做。反正在你家做多久拿多久的钱,你妈妈一毛钱也不会少给我,我又没损失。”

小孩不笑了。

她拿起笔，指指卷子，“来，看下一道题。”

小孩忍无可忍，骂了一声。

课讲到一半时，一门之隔的客厅里有了动静。

漂亮妈妈接了一通电话，话说了没几句，忽然间吵起来。

“陈宇彬，你良心都被狗吃了！

“离婚？原来你还知道你结过婚？在芝加哥大办婚礼的是哪个王八蛋？我没告你重婚完全是怕老爷子辛苦一辈子挣来的那点名声被你败得个干干净净！

“哈，你还记得小伟？你还记得你有个儿子？我以为你早疯了，压根儿不记得你结过婚，有老婆孩子了！”

路知意一直以为陈郡伟的母亲就该是平日里那个漂漂亮亮、天真活泼的年轻妈妈，却没想到会听到这样一顿歇斯底里的宣泄。

她一顿，下意识抬头去看眼前的小孩。

小孩面无表情地看着她，眼珠黑而亮，像儿时的玻璃球，却又带着几分嘲弄。

客厅里的独角戏愈演愈烈，直到几分钟后，女人连门也没敲，忽地推门而入，将一只信封送到路知意面前。

“路老师，这是你前几周的工资。”她勉强笑着，声音略哑，匆忙又说，“我手头上有点要紧事，要出门一趟，今天小伟就拜托你了。”

向来处事得体的女人，连她的回答也没等上片刻，就急匆匆转身走了。

客厅里传来大门合上的声音，带着显而易见的怒意。

路知意无意探听他人家事，但那么几分钟的痛斥，足以让她想明白很多事情。

男人出轨的原因不尽相同，夫妻间的纠葛也复杂难懂，甚至，家家那本难念的经，也没有一本如出一辙。

她握着那只信封，抬头看陈郡伟。

说到底就是家庭纠葛，夫妻不和，丈夫出轨这样浅显易懂的一件事。

陈郡伟的叛逆，说到底，不过是少年人幼稚的抵抗，看似冥顽不灵、无坚不摧，实际上千疮百孔、苍白无力。

这个家华丽又精致，他的生活锦衣玉食，应有尽有。可到底是缺了点什么。

缺了什么呢？

路知意低头看卷子，惊讶于在作文答题卡上，陈郡伟一改往日的作风，破天荒写了一句话。

这一次的作文题目是：My Family。

而陈郡伟工工整整在答题卡正中央写道：My family is completely a piece of shit.

她忽然间笑了。

说不上来为什么，哪怕陈郡伟一直对她极其不礼貌，但她却对他有一种莫名的欣赏。他的抵抗是悲壮而愚蠢的，却也是异常英勇的。

她盯着那行英文出神片刻，片刻后，语气轻快地说："小孩，今天我们学点不一样的。"

陈郡伟一顿，狐疑地看她："什么不一样的？"

"今天，我教你如何不使用一个 dirty word，表达 my family is a piece of shit，120 个单词，一个词都不会少。"

她认真地奋笔疾书，开始为他写范文，偶尔沉思时，下巴抵在水笔上。

陈郡伟忽然笑出了声。

她侧头，"笑什么？"

陈郡伟耸肩，"笑一笑，十年少。"

他才不告诉她那支水笔漏墨，在她下巴上印出好长一条深蓝色墨渍呢。

可陈郡伟发现，这个下午，这样一篇"大逆不道"的作文，是路知意讲过最投入、最尽兴的一堂课。当然，他并不知道有新发现的人不止他一个，对路知意来说，这是她的问题学生头一次佯装漫不经心，却把耳朵却竖得尖尖的，一字不漏把她的话听进去了。

临走前，路知意在那张卷子上方的空白处留下一句话。

她搁下笔，站在桌前，与她这古怪学生对视着，头一次用了些许感情，而不再是那样刀枪不入的"金刚女家教"形象。

她念了一遍，英语发音一如既往不太地道。

她的学生照例嗤笑一声，以示反抗。

但路知意不在意，她背起书包，挥挥手，"走了。"

桌前的少年顿了顿，目光落在卷子上方。

空白处，他的家教用娟秀的笔迹写道：All over the place was six pence, but he looked up at the moon.

很简短的一句话，高二学生没有任何障碍就看懂了它。

"在满地都是六便士的地方，他却抬头看见了月亮。"

那一瞬间，他的脑子里闪过很多念头，像弹幕一样，飞快而凌乱。

她想说什么？

哪怕身处恶劣环境，也要积极向上？虽然生在钱堆里，但要有理想有追求？

或是不要只看到眼前，而要着眼于将来？

陈郡伟不知道。

他由着那些纷繁芜杂的念头一闪而过，最后只抓住了最重要的那一个。

“路知意！”他叫她的名字。

可大门砰的一声合上了。

她走了。

他叫出她名字的同时，从椅子上蹦了起来，跳得老高，却没能叫住她。他站在那儿，手握了握，到底是什么也没握住，一颗心又慢慢落了下去。

他只是忽然想提醒她，下巴上有墨渍，别这么傻不拉几就走出门，平白无故叫人笑话。

周末晚上也要跑操。

一群人唉声叹气出现在操场，看得出，人数比往常少了些。

陈声依然不点名，奉行“革命靠自觉”策略：“先跑步，热热身。”

他就站在跑道旁，手插在裤兜里，直挺挺立着。

众人一个一个跑过他面前，很难不注意到，从前的两朵金花今天只剩下一朵。

于是苏洋跑过他跟前时，他忽然出声：“路知意哪去了？”

不管刮风下雨，天热天寒，那家伙雷打不动，永远跑在队伍最前方，今天却忽然不见了。要说她是因为天气冷，旷了晚操，他不信。

苏洋脚下一顿，有些吃惊地扭头看他，“……给学生补课去了，骑车回来的，说是路上有点堵，迟点到。”

陈声“哦”了一声，没说话了。

苏洋好奇地看了他两眼，又跟着人群跑起来。

果不其然，没过几分钟，操场入口出现个人影，步伐极快朝这边走来。陈声大老远就认出了她，高个，短发，像是笔直的白杨。

她走到他跟前，有点喘，“不好意思，迟到了。”

“干什么去了？”他明知故问。

“离校了，回来的路上有点堵。”

意料之中的回答。

他闲闲地说了句：“大一课多，体能也要跟上，别光顾着补课赚钱，把正事落下。”

路知意倏地抬头看他，“你怎么知道？”

他用下巴朝跑步的队伍努努，一脸“我什么不知道”的表情。

没想到换来一句：“既然知道，干什么多此一问？”

“……”

他被堵得说不出话来，多看她两眼，才发现她下巴上有道黑乎乎的印记，正想说话，她却从包里掏出只信封，抽了五张纸币出来，递给他。

“那天钱没带够，多谢你出手帮忙。”她说话时没看他，就那么垂着头，盯着手里的钱。

陈声没接，视线落在她洗得泛白的帆布鞋上，心道都快入冬了，还穿这鞋子，不冷吗。

随口说了句：“用不着还。”

她一顿，重复一遍，“用不着还？”

“没多少钱，你自己拿着吧。”

他说得很随意，路知意简直匪夷所思，终于抬起头来和他对视。

“这算什么，你在施舍我吗？”

“施舍？”

“多谢你这么好心，但是没必要。”她拉起他的手，五张纸币塞到他手里，然后松开。

陈声眉头一皱，将钱又塞回去，“我不缺这点钱，都说不要了，你坚持个什么劲儿？”

哪知道路知意倏地收回手去，那几张纸币轻飘飘地落在地上，散落开来。

陈声看着一地的钱，又看了看她的帆布鞋，有些不耐烦了，“有空跟我啰唆，不如拿这钱去买双鞋子。”

几乎是话音刚落，他就知道自己说错话了。下意识抬头看她，只看见她刹那间沉下去的眼神，泛着怒意，像这夜晚一样冷冰冰的。

路知意朝后退了一步，“我的鞋子是破是旧，如果碍着你的眼了，那我们离远一点，大家相安无事，眼不见心不烦。”

他张了张嘴，没说出话来。

“陈声，你搞清楚一点，我不是乞丐。”路知意冷冷地说完这句，不顾地上散落的纸币，转身就走。

不是这样的。

他并没有把她当乞丐，压根儿从头到尾都没那个意思。不过是想着这几百块对他来说不算什么，可对她来说却很有分量。

每天跑操，体能训练那么长时间，买双新鞋吧。只是顺手帮个忙而已，没别的意思。

陈声冲着她的背影喊了一声："路知意！"

可她压根没理他，头也不回追上大部队，混入跑操的人群里。

热身完毕，俯卧撑和压腿也照例走了一遍。她就在人群里，陈声频频看她，可她从头到尾都没朝他投来一眼，一眼都没有！

臭着张脸干什么！

他握着刚才捡起来揣兜里的钱，也有些火大。他是为她着想，她居然这个态度，这个反应。吕洞宾总是被狗咬！

九点四十五，跑操结束，人群三三两两往外散了。

苏洋喘着气，"走吧。"

路知意点头，哪知道没走上两步，手腕被人一把抓住。

阴魂不散的陈师兄就这么站在她身后，"你等下，过来说两句。"

"我没什么想跟你说的。"

"那你闭嘴，听我说。"

路知意挣了两下，可男生力气大，鹰爪似的钳住她。她干脆不挣了，"行，你说。"

陈声的眼神顿时落在苏洋身上。

苏洋立马会意，"行，行，你俩说，好好说，别打起来啊。我去操场门口等你。"

最后一句是跟路知意说的。

人是留下来了，空间也挪出来了，操场上不出片刻，只剩下呼啸的风，和一地青葱的草。可到了这份上，陈声却又迟疑了。

说点什么好？

路知意催他："说啊。"

他烦躁地抹了把头发，看她一眼，又留意到下巴上那道墨渍。多大的人了，还这么不注意形象！他把手伸进兜里，往外拿东西。

路知意以为他又要把钱还她，下意识地蹙眉，不耐烦，"都说了不要了，你……"

谁知道修长的手在半空中摊开来，掌心摆了包纸巾。

她一顿，“干什么？”

陈声一把将纸巾塞她怀里，“自己照照镜子，下巴上有东西。”

他说完这话，不耐烦地转身就走，骂自己多管闲事，像个傻 ×。

路知意半信半疑，掏出手机借着路灯的光照了照，下巴上当真有一道长长的蓝色印记。

什么时候弄上的？

她一边抽了张纸巾去蹭，一边回忆，很快想起写范文时小孩那阵莫名其妙的笑声……臭小子，幼稚得很！

墨渍早干了，用力蹭了几下，下巴都发红了，还是没擦干净。她犹豫片刻，飞快地把纸巾凑到嘴边抿了抿，借着口水再擦擦。擦完了，正对着手机屏幕仔细看时，身后传来陈声不冷不热的声音。

“路知意，你还是个女的吗？”

她吓一跳，扭头一看，才发现刚才大步流星走掉的人不知何时又回来了，正一脸嫌弃看着她。

饶是脸皮厚，也没忍住血气上涌，红了耳根。

她故作镇定走到他面前，把那包纸巾塞他手里，冷冷淡淡说：“谢了。”

然后擦肩而过，头也不回往外走。

走了几步，听见身后人不轻不重的一声：“我不是那个意思。”

脚下一滞，她背对他停下来。

他的声音被风送到耳边，因为距离与风声显得有些语焉不详。

“路知意，我没当你是乞丐。”

路知意握着那张擦过下巴的纸巾，难以置信地回头看，却看见他反向离开的身影。年轻的背影单薄似剑，似要劈开这混沌天地、沉沉黑夜，孤勇地杀出一条路来。

她嘀咕一句：“要道歉，‘对不起’三个字就完了，拐弯抹角说些有的没的，神经病。”

晚上十点，洗了个澡。

陈声坐在桌前擦头发，手机响了。

电话是父亲打来的，小叔叔、小婶婶那边出事了。陈郡伟他爸对芝加哥那女人有了真感情，死活闹着要离婚，还要求财产均分。这事他已经嚷嚷好几年了，陈郡伟他妈当然不同意，拖了这么好几年，就是不离。婚姻名存实亡也无所谓，反正我不痛快，你也别想痛快。

这回两人约在外头见面谈判，结果一言不合打起来了。

路人报了警，两人局子里见，连老爷子也给惊动了。

陈宇森在电话那头摘了眼镜，捏了捏鼻梁，声音里带着些许疲惫，“你去小伟家里看着他。刚才你妈给他打了个电话，那孩子知道这事以后，一个字也没说，笑了笑就把电话挂了。我担心他一时冲动，做什么傻事。”

陈声扔了毛巾，“好。”

转头就给陈郡伟打了个通电话，言简意赅：“哪儿也别去，我买点酒，一会儿上你家喝两罐。”

顶着半干的头发下楼，超市买了洗漱用品，到校停车场取车，上路。一气呵成。

开了将近一个小时，到了陈郡伟家里。

少年穿着 T 恤和短裤来开门，见他两手空空，“酒呢？”

屋内开着中央空调，温度调得很高，就跟过夏天似的。

陈声：“没买。”

顺便吐槽，“有你这么败家的？冬天还没来，空调就开了，穿件长袖会死？”

“会。”陈郡伟念念不忘，“不是说好买酒来，你骗我？”

陈声一巴掌拍他后脑勺上，“高二的学生喝个屁的酒。”

接着关掉空调，上他房间打开衣柜，拎了件长袖卫衣出来，“套上。少浪费电。”

陈郡伟不服，“又没让你交电费，你管那么多干什么？”

“天下兴亡，匹夫有责。一事无成的米虫不配浪费国家资源。”

“你到底上这儿来干什么的？”

陈声又是一巴掌招呼过去，“少跟老子没大没小。”

“就准你说脏话，不准我说？”陈郡伟就差没跳起来。

“什么时候你像我一样成熟懂事识大体，我就准你跟我平起平坐说脏话。”

陈郡伟：“……”

他有一句 MMP 不知当不当讲。

陈声来去自如，就跟在自己家中一样，烧水，煮面。出锅后，端了一碗放茶几上，自己手里捧一碗，开了电视，坐在沙发上吃起来。

他没调频道，电视上在放一部法国老电影。也没招呼陈郡伟，面他煮了，爱吃不吃。

陈郡伟不会做饭，到底是饿了，坐他旁边也端了面开吃，一点没客气。

隔着热气腾腾的烟雾，他看见电影里那短发少女仰头问杀手：“Is life always this hard, or is it just when you are a kid？”

杀手说：“Always like this.”

夜里，他非要跟陈声一起睡。

陈声一脸嫌恶，“滚，我不跟男人睡。”

陈郡伟站在门口搔首弄姿，“你可以把我当女人。”

“女人要都跟你一样，我这辈子除了看破红尘、燃灯守夜，不做他想。”

话是这么说，他还是进了陈郡伟的房间。书桌上开着一盏台灯，铺了张卷子，他走上前看了眼，注意到卷子上方有一行娟秀漂亮的英文。

拿起来看了看，“谁写的？”

“我家教。”

“字写得不错。”

“人长得不行。”

“人家是来当家教的，长得好看有屁用。”

“这你就不懂了。就跟秀色可餐一个道理，她要是长得好看，我接受知识的能力也会噌噌蹿上去。”

陈郡伟忽然想起什么，坐在床边说：“人挺傻的，今天给我写范文，也没注意到那笔漏墨，弄得下巴上都是，就跟长胡子了似的。哈哈，我故意没跟她说，让她出去丢人现眼。”

陈声一顿，脑子里仿佛闪过一道光，劈开混沌。

两个多小时以前，那家伙在操场上用口水擦下巴，那道黑乎乎的痕迹……看着挺像墨渍。

她室友说她为什么迟到来着……做家教。

不会吧？

他捏着那张薄薄的卷子，眉心一蹙，盯着那行小字慢慢开口，“你那家教，叫什么名字？”

床边的少年漫不经心地说：“你问这个干吗？想处对象？她不行的，像个男人似的，你……”

“陈郡伟，我问你她叫什么名字。”

被他突如其来的认真弄得一愣，少年抬头看，“怎么了？……行行行，别瞪我，告诉你就告诉你，她叫路知意。”

“……”

“咋了？”

“……”

“哥，怎么回事？你，你那什么表情？”

陈声松了手，那卷子轻飘飘地落在桌面。他吸口气，说：“可能是吃了屎的表情。”

床很大，兄弟俩背靠背，中间隔着楚河汉界。墙上点了盏小夜灯，蘑菇形状，清辉数缕蔓延一地。

陈声闭眼半天，到底还是转身推了陈郡伟一把，“睡着了？”

陈郡伟迷迷糊糊睁开眼睛，“干吗啊？刚要睡着。”

“你那家教，就是一个月前你妈刚给你请的那个？”

“是啊。”

“她……那你上一个月课了，觉得怎么样？”

“什么怎么样？”陈郡伟揉揉眼睛，翻了个身，“就那样呗。口语不太行，笔试很厉害，语法讲得头头是道，就是全程一副性冷淡的样子。我跟她横，她就拿那牛眼睛盯着我，冷冰冰的，也不说话。”

陈声笑了两声，眼前浮现出今晚在操场上，路知意冷冰冰地盯着他的样子。

性冷淡？

总结得不错。

陈郡伟没听见回应，迷迷糊糊眯眼又要睡过去，冷不丁听见下文。

“我问你，你没少挤对她吧？”

他又睁开眼来，昏暗的灯光下，陈声定定地瞧着他。困意下去了些，陈郡伟把眼睛撑开了些，“你问这个干什么？”

陈声清楚自己这个弟弟的脾气，小婶婶给他找了那么多家教，哪一个不是被他挤对走的？有一回，陈郡伟把人鞋子从五楼上扔下去了，结果那家教赤脚下楼捡鞋子，补课费都不拿就走人了。还有一回，他把一年轻女老师活活弄哭了。

尽管薪水优渥，但没人愿意干这活儿。

黑暗里，那双洗得发白的帆布鞋在眼前晃了又晃。

手心的薄茧，人群里总是跑在最前方、仿佛不知疲倦的身影和那头在风里飘摇的短发。

……

不知哪里来的一股冲动，他忽地开口："陈郡伟，别招惹她。"

这话叫陈郡伟一愣，片刻后，歪着脑袋凑过来，"……你认识她？"

陈声避而不答，只说："别的人你招惹也好，作弄也好，我都不管。这个人，你看着点分寸。"

"你喜欢她？"

"放屁！"

"那你干吗帮她说好话？"

窗未合紧，夜风鼓进来，湛蓝色窗帘波浪般起伏。

陈声不耐烦了，一把推开陈郡伟的脸，"你哪来那么多问题？"

"我……"

"总之记着，别招惹她，她这人又穷又认真，你就当行行好，做慈善，让她赚这笔家教费。给谁不是给？她需要这钱，给她正好。"

陈郡伟眨眨眼，"不赶她走，没问题。但你得先告诉我，你俩到底啥关系？"

陈声沉默片刻，从嗓子眼里挤出俩字："仇人。"

"仇人你还帮她说话？"

"……仇人的意思就是，必须亲手解决才有快感，不然谁动了她，都是跟我过不去。"

"……"

"……"

开学两个多月，蓉城入冬了。前一阵还"满城尽带黄金甲"，如今只剩下横七竖八、光秃秃的枝丫。

天气虽然冷了，但日子好过了很多。问题学生一如既往不认真学习，但至少没跟路知意对着干。

有天课讲到一半，他忽然问她："问你个事。"

她抬头看他，"什么事？"

“你和我哥……”小孩看她片刻，耸耸肩，“算了，没事。”

倒是陈声那边打过好几通电话给陈郡伟。

第一回，“喂，陈郡伟，你还在挤对她没？”

第二回，“陈郡伟我跟你说，要是我发现你找她麻烦，你吃不了兜着走。”

第三回，“陈郡伟……”

他才刚开了个头，陈郡伟自动把话补充完整：“没有，没挤对，没找麻烦，别让我吃不了兜着走。再见。”

陈声：“……”

入冬的第二周是校庆。

年级群里早半个月就开始张罗，要大家积极报名，参加校庆晚会的演出。路知意素来不是什么积极分子，这事跟她没啥关系。

可哪知道报名截止后，名单公布在群里的那个晚上，赵泉泉忽然叫起来：“欸，知意，你不是说你不报名吗？”

路知意在预习第二天的《飞行理论》，压根没去关注群里的名单，闻言一怔，“什么？”

赵泉泉把手机往她面前一搁，屏幕上是个EXCEL表格，第十一位赫然写着路知意的名字。再往上看，表格的标题：校庆晚会演员选拔名单。

当初群里吆喝大家报名时，赵泉泉兴致勃勃想策划个节目，可寝室里没人响应。

苏洋是没什么才艺，吕艺对公众表演不感兴趣，路知意是不爱出风头。赵泉泉自己没什么拿得出手的才艺，最后只得作罢。

路知意反复看了看那表格，还以为有人跟自己同名同姓，可学院那一栏确实写着“飞行技术学院”，年级学号也的确是她的。

她莫名其妙，“我没报名啊！”

话音刚落，从超市回来的苏洋推门而入，拎着带零食，笑嘻嘻坐到自己凳子上，指指自己，“你是没报，可有位‘田螺姑娘’帮你报了。”

“……”

事情是这样的……

几周前，路知意补完课回寝室，发现屋子里灯火通明，一个人都没有。而赵泉泉的电脑开着公放，节奏明快的音乐流泻一室。

那天路知意刚好做满第二个月家教，拿了笔对她而言异常丰厚的工资。心情一好，就容易放飞自我。她随手将信封扔在桌上，跟着音乐开始晃动，一边跳着，一边脱了外套，又转了两圈把鞋甩了出去。

路知意会跳舞，她谁也没告诉过。

高原教育资源严重匮乏，路雨在小镇当小学老师——数学老师、语文老师、音乐老师、舞蹈老师，身兼数职。

路知意是跟路雨学的跳舞，从小身体协调能力异常出色，极有舞蹈天赋。

高原上没别的娱乐活动，她闲着没事就跟路雨在院子里跳舞，从爵士到现代舞，从桑巴到伦巴，包括广场舞，一个没落下。

那天晚上，她在寝室里一气乱舞春秋裤，刚好被推门而入的苏洋瞧见。

苏洋顿了顿，眼睛一亮，“可以啊路知意，这身段，还是个练家子！”

后来校庆报名开始，她二话不说帮路知意报了名。

赵泉泉还在就此事小题大做，嚷嚷没完。

苏洋不耐烦地打断她：“知意会跳舞，你会干什么？人家一个人上去跳，技惊四座。你上去，跳广场舞啊？”

寝室里四人都在，苏洋也没多说什么，末了拿出手机，发了条图片消息给路知意。

路知意打开一看……校庆报名通知的截图。

“参加校庆演出的全体演员，期末操行分加十分。”

“正在输入”闪了闪，下一条文字消息很快跃入眼帘。

苏洋：我听学姐说，大一的国家奖学金竞争会很激烈，因为期末考试分差不大，全靠操行分拉差距。十分不少，上去跳个舞，国家奖学金不在话下。

她知道路知意家境不好，能帮得上忙的地方，尽力而为。

路知意侧头，看见苏洋眨眨眼，抛了包薯片过来。

“放心吧，就那天的惊鸿一瞥，我浑身鸡皮疙瘩都起来了。你没问题的。”

事实证明，苏洋是个预言家。路知意一路顺风顺水，很快通过院里和校级的选拔，拿到了校庆晚会上唯一的独舞资格。

校庆当天，偌大的场地上人头攒动。天边流光溢彩，橙红色的落日将天地晕成一幅水彩画。

中飞院就连校庆也与众不同，傍晚时分，拉开帷幕的第一个节目不是诗朗诵，也不是歌舞表演，而是飞行演出。

主持人没露面，音响里不报幕。

四座的年轻面庞翘首以盼，忽闻天际传来一阵均匀而有规律的响动，仰头一看，从中飞院制高点——十四层楼高的校图书馆上方，五驾小型表演机腾空而起。

头顶是明黄的一片，云与光混为一色，浸染开来。

在那样温柔而盛大的黄昏里，五驾飞机仿佛冲破云霄的子弹，刹那间划破天际，整齐划一地朝操场驶来。

这是路知意第一次目睹真正意义上的飞行表演，也是全体新生第一次看见来自中飞院的飞行表演。

不知是谁带的头，振奋人心的尖叫声一浪高过一浪。没有语言，也无须语言。他们前所未有地感受到自己是中飞院的一员，冲上云霄是所有人离校前想要完成的心愿。

年轻的学生们仰头望着那五驾飞机，看它们稳稳地驶在半空，正中的那架忽然开了舱门，有什么东西被扔了出来。

几秒钟后，那个红色的点迅速展开，变成了一条长长的横幅，只不过是竖着的。

“我来自中飞院。”

就在那一刻，另外四驾飞机也整齐划一地抛下了横幅。

纯白色的飞机悬浮在半空，醒目的红色横幅迎风招摇。

从左到右依次是——

“我在这里拥抱青春，

“我从这里冲上云霄，

“我来自中飞院。

“生日快乐，

“我的母校。”

初冬的傍晚，空气湿冷，可黑压压的人群仰头望着天际，仿佛感觉不到寒意，只是不知疲倦地高声呼喊着。

也许他们也不知道自己究竟在呼喊什么。可是那一刻，看见苍穹之中闪耀着的那一抹白，热血忽然就沸腾起来。

五驾飞机在操场上空盘旋一阵，最终缓缓落在隔壁运动场。

四名主持人登场，说了什么路知意都记不得了，唯独听见他们说：“接下来，我们有请这十位飞行员登场！”

全场都沸腾了。

一架飞机两名飞行员，十人登场，皆是身穿纯白色飞行制服，面戴墨镜。

路知意从小到大都很清醒，从未耽于男色、追过星，可如今身在疯狂的人群之中，忽然间被感染了，真真切切觉得那一排笔直的白色身影，令人目眩神迷。

许是制服诱惑。

许是因为他们来自苍穹。

她坐在飞行技术学院的方阵里，由于四个年级的女生加起来也不过十一人，他们这方阵还算淡定，呼喊声只响了一阵。

可隔了条过道，隔壁赵泉泉的空乘学院女生居多，尖叫声袭来，简直“振聋发聩”。

她有些好笑，看了眼一旁吼得起劲的赵泉泉，再次把视线挪向台上。

耀目的灯光下，那十人摘了墨镜，冲着台下挥手示意。

人潮呼喊中，她的视线简单地扫视一圈，却骤然间停在正中的那个人身上，瞳孔微缩。下一秒，猛地瞪大了眼。

怎么会？怎么可能！

他明明才刚上大三！

开学两个多月了，中飞院的学制她再清楚不过——大一公共课，大二专业课，大三才开始模拟飞行，少数佼佼者才有资格赶在大三的尾巴正式上天。

她定定地坐在那里，张着嘴，忽然间一点声音也发不出来。满场呼声都因这摘墨镜的一幕抵达新的高潮，唯独她怔怔地望着那个身影。

那一排笔直的人影里，陈声一身白色制服，赫然站在正中央。听见台下的尖叫声，他晃了晃手里的墨镜，漫不经心地笑了。

隔着这样不远不近的距离，他的每一个细微动作依然清晰可见。

漆黑的眼眸里有几分懒散，唇角的笑意总是很敷衍，可是他站在那里，正了正领带，接过了从左到右依次传来的话筒。

几秒钟前，飞行员们一一介绍自己。

“我是中飞院 2008 级毕业生，罗飞，现任国航机长。”

“我是中飞院 2012 级毕业生，李夏英，现任中国航空研究院技术员。”

“我是……”

话筒传到他这，他伸手接过了，唇角浮起一抹笑。

“我是陈声。”

干脆利落四个字，别无他言。

同属一个学院的人自然知道他还是大三在读生，没有介绍也实属平常，旁人却以为他言简意赅、标新立异。

可路知意看出来了。

那人的笑里有几分散漫，几分不可一世。她有一种直觉，就算将来毕业了，就算爬到了需要仰望才能看见的位置，他的头衔也永远不会是什么机长，什么技术员，更不会是其他。

他只是陈声。“陈声”二字，对他来说即可涵盖一切。

路知意怔怔地看着台上，冷不丁被一旁的苏洋拉了起来。

“快，文艺部长叫你去后台准备了，你是第四个节目，最多还剩二十分钟就得登场。”

苏洋拉上她，又把赵泉泉叫上，“赵泉泉，你带化妆品了吧？”

“带了，怎么了？”

“文艺部长说不能素颜上去，赶紧的，给这死不化妆的人整个淡妆。”

“行。”

路知意也没能再看台上的互动，匆匆忙忙赶到了后台。

她裹着厚重的羽绒服，里面穿着表演服，被赵泉泉一把摁在凳子上，后者开始从包里往外掏化妆品。

她有点不安，赶紧强调一句：“就化一点，别太浓了。”

赵泉泉说：“我自有分寸。”

路知意比她黑，粉底色号不对，用了也不太合适。

赵泉泉仔细看看她，“皮肤很好，那就画个眉毛，涂个口红，最后打点腮红眼影。”

正按部就班地化着妆，前台隐隐传来一阵声浪。

大概是飞行员们退场了……路知意心不在焉地想着，正好看见赵泉泉掏出了腮红，忙说：“腮红就别画了吧？一会儿弄得跟猴子屁股似的……”

身后冷不丁响起道熟悉的声音：“不涂都跟猴子屁股似的。”

背脊一僵，她霍地转过头去。

这声音，未见其人她也听得出是谁。

Chapter 05

寂　静　草　原

果不其然，陈声从前台下来，一撩帘子就看见了她。隔了几步远，双手插在裤兜里，似笑非笑。

路知意回头的瞬间是要回嘴的，可眼神刚落，就看见他穿着那身纯白色的飞行服，手持墨镜，梳着与往常迥异的大背头。

他不耐烦地扯了把系得板正的领带，松开一颗扣子。

有那么一瞬间，她仿佛看到昏黄的天际坠下来一颗耀眼的星，不偏不倚落在眼前。她触到那双眼，那双含着笑，说着戏言，却看不出恶意的眼，有那么一瞬间的语塞。

陈声说："怎么着，高原少女要上台表演啊？"

路知意回过神，白他一眼，懒得多说。

那人却一脸诚恳地对手持腮红的赵泉泉说："辛苦你了。"

赵泉泉没反应过来，"啊？"

他又笑开了些，指指路知意，"我们高原少女底子差成这个样子，也是苦了化妆师。"

赵泉泉面上一红，声如蚊蚋，"哪里，哪里……"

路知意："……"

后台很吵，工作人员穿行其间，一地杂乱的电线。

路知意不搭理人，陈声也不留下来自讨没趣，想问一句"你表演什么节目"，可看她片刻，到底问不出口。

他俩又不是什么好哥们，这么问了，她别以为他在搭讪。笑话，他会跟她搭讪？

陈声瞥她一眼，暗道一句性冷淡，扭头走了。

刚走出操场，群消息就到了。

凌书成在寝室群里问他："还没完？啥时候回来？"

韩宏紧接着发来磕头的表情，"声哥，为了这顿饭，我中午就没吃饭了。你要再不回来，你的好室友即将成为一具尸体。"

凌书成立马接梗："快报！快报！高校学生横尸寝室为哪般？"

张裕之："为等哥们儿吃顿饭。"

韩宏："我都快饿死了，你俩还搁这儿讲相声？"

天冷了，四人约了今晚吃火锅。陈声很快回复消息，正准备按下发送键，耳边听到主持人的播报，指尖一顿。

下一刻，他删了原来的话，重新打字："快了，再等十分钟。"

收起手机，他转过身去，隔着铁丝网朝操场内看。

天已昏黄，落日即将消失在远方。他却一动不动站在那儿。

接下来的十来分钟里，台上一共表演了三个节目，诗朗诵、小品以及来自音乐学院的大合唱。他耐心等待着，终于听见主持人报幕，念出了路知意的名字。

出人意料的是，她竟然要跳舞。

陈声眉头一扬，那家伙会跳舞？难以想象。他没忍住，往铁丝网前又凑近两步。

入冬的天黑得太快，短短十来分钟，夕阳已然落幕。搭了好几天的舞台不负众望，耀目的灯，斑斓的光，交织成令人目眩神迷的网，铺天盖地压下来，映照着一众年轻的面庞。

报幕结束，灯光骤然熄灭。干冰的效果立竿见影，白雾很快弥漫了整个舞台。模模糊糊，有个人影站在正中央，一动不动，看不真切。

观众们静默着，等待着。

短暂的沉寂后，啪，一盏射灯亮起，耀目的白光不偏不倚打在那人身上。

紧接着，又是啪的一声，第二盏射灯亮起。

一长串连绵不绝的声音里，灯光一盏接一盏亮了起来，所有光束从天而降，悉数落在第一道白光之上，严丝合缝叠在一起，罩住了烟雾中的人。

台下传来盛大的欢呼，可巨大的音乐声轰然而起，将所有无关紧要的嘈杂都镇压下去。

Wait'til you're announced

We've not yet lost all our graces

指令未发，切勿妄动

迄今为止，你我荣光仍在

那个人影从烟雾中而来，不动声色垂着头。

The hounds will stay in chains

Look upon your greatness and she'll send the call out

恶犬在心，蠢蠢欲动

仰望你的神明吧，直到她一声令下

她自耀眼的白光中倏地抬头，黑色棒球帽遮住面容。

举手投足，凌厉果决。每一个动作都点燃一把不灭的火。

她穿件深蓝色卫衣，虽无图案，但镶有亮片无数，聚光灯下鱼鳞一般，光芒闪烁，纯黑色牛仔长裤勾勒出笔直修长的腿。

她没有面容，没有表情。

她只有一支舞。

Call all the ladies out

They're in their finery

把所有女士驱逐出去

她们个个雍容华贵，琳琅满目

Dancing around the lies we told

Dancing around big eyes as well

Even the comatose they don't dance and tell

围绕着谎言

在众目睽睽下起舞

不必理会周遭昏昏欲睡之人

……

台上的人是熊熊燃烧的烈焰，撒下一把火种，台下为之疯狂。

她把这支舞跳成了战歌，没有一星半点娇媚。可轰鸣的音乐声里，她又是唯一的星光，带着无关性别的纯粹美感。

她在音乐声戛然而止的瞬间，摘了棒球帽，扔下了舞台。

台下，一片在半空里争先恐后的手，一阵震耳欲聋的呼喊声。

路知意站在制高点，面容棱角分明，短发利落，肤色健康，未着半点脂粉，眉眼清冽，若高山之巅的一缕晨光。

像歌里唱的那样，不雍容华贵，不琳琅满目。

她笑了笑，鞠躬，下台，对这舞台毫无留恋。

隔着半个操场都能感受到人潮的沸腾。

陈声立在铁丝网后，双手懒洋洋插在裤兜里，又杵在那好一阵。掌心的手机震了又震，说好的十分钟早已过去，饥肠辘辘的室友濒临“死亡边缘”。最后，他终于挪动了步子，转身离开的瞬间，掏出手机低头看。

韩宏从“快要变成一具尸体”到“已成为一具尸体”。

凌书成让他回寝室的路上顺便买点纸钱。

他回了句：“就来。”然后把手机揣进包里，加快了步伐。

走着走着，没忍住，嘴角蓦然一弯……到底还是小瞧了她。

接下来的日子，相安无事。

他照样带大一的学生跑操，她照样沉默寡言跑在最前面。虽然陈声嘴贱，但路知意知道，只要她不搭理他，这人也翻不出什么浪花来。

沉沉冬夜，她第一个跑到终点，“跑完了，走了。”

他站在跑道边瞎子似的，在空气里一气儿乱摸，“路知意，你在哪呢？黑不溜秋煤炭似的，一到夜里伸手不见五指。”

起雾的早上，他对第一排那瑟瑟发抖的胖子说：“怕冷啊？裹得跟球似的，来跑操还是来玩儿相扑的？”

下一句：“你看看你后面那女汉子，学学人家，皮厚的人不需要穿棉袄，自带防寒服。”

下雨的天气，她戴着帽子跑步，经过他身边。他冲她说："多淋点雨是好事，说不定如雨后春笋，某些扁平部位也能拔地而起。"

艳阳天，她趴地上做俯卧撑，脑门儿上忽地被人扣下一顶帽子。

陈声站在她面前，狭长的阴影覆在她身上，低头笑眯眯对她说："凉快吧？你人黑，吸热，戴顶帽子刚好。"

她爬了起来，摘下帽子一看。

绿的。

陈声就跟个幼稚的纨绔子弟似的，不损上她几句总不舒服。

路知意一般不搭理，不耐烦了就骂两句，那人拿她没办法，顶多绞尽脑汁再想点损人的话，留着次日继续挤对她。

他挤对归挤对，她扬长而去。

苏洋起初是震惊，接着是抱不平，后来习以为常。哪天陈声要是不调侃路知意一两句，她反倒浑身不自在。

室友们的聊天话题，从美妆品牌渐渐升级，发展到每晚睡前一问："今天，陈声羞辱路知意了吗？"

答："必须的。"

苏洋再绘声绘色描述一通，室友们方可安心入睡。路知意刚开始是无语，后来听苏洋唠嗑，听着听着，自己都笑了出来。

赵泉泉问她："欸，陈声是不是对你有意思啊？"

路知意："要像他这么个对人有意思的法子，那他这人可真有意思。"

赵泉泉："那你呢？你居然由着他这么整你，他帅成那样，你难道不会对他有意思？"

路知意面无表情："我长了一张看上去像是得了斯德哥尔摩综合征的脸？"

一旁的苏洋拍拍大腿，"有进步啊路知意，连斯德哥尔摩综合征都知道了，啧啧，看来已经逐渐脱离了高原少女的气质！"

"……"

但你还别说，盆地少日照，气候湿润怡人，来了蓉城三个多月，路知意照镜子时才发现，自己似乎真变白了点。

虽说只有一点点。

以及面颊上那两团高原红，颜色也浅了些。

圣诞节那天，恰逢周六。

路知意想了想，从这几个月攒下的家教费里抽了一点，给小孩买了个圣诞礼物。

虽然他还是那么不用功，老和她对着干，但这一阵的周考月考都及格了——除了一如既往不写作文，整整 30 分的大题，一分不拿，当真是“出手阔绰”，毫不吝啬。

两个小时的补课时间转瞬即逝，路知意收起纸笔，从书包里拿出个盒子，搁到他面前。

陈郡伟一顿，目光落在礼盒上，“这是？”

“礼物。算是嘉奖你这一阵的进步，虽然还有提升空间，但是……圣诞快乐。”

小孩没含糊，当她面就把盒子拆了……一盒小熊形状的巧克力。

他蓦地一笑，挑眉，“路老师，你当我是小孩子？”

“你不是吗？”她定定地瞅着他，微微一笑。

“我只比你小两岁。”他眯起眼。

路知意轻笑一声，“有时候，心智不以年纪计算。”

她看着他，那眼神确确实实把他当成个长不大的孩子。

陈郡伟敛了笑意，一字一顿：“我不是小孩子。”

“……”

“喂，你听见没？”他盯着她，非要确认。

路知意点头，“好，我知道了。”

“知道什么？”

“你不是小孩子。”

她的从善如流一看就是敷衍。

陈郡伟一下子来气了，半大不小的少年人，最恨被人当小孩，一把将巧克力塞她怀里，动作粗暴。

“谁要你的巧克力？哈，幼稚成这样，也不知道谁才是心智不成熟的人！”

动作过于粗暴，包装精美的礼盒顿时起了褶皱。缎带落在地上，无处安身，楚楚可怜。

路知意顿了顿，弯腰捡起缎带，“不要就算了吧。”

她平静地把礼盒放进书包，拉好拉链，转身走了。

客厅里，陈郡伟的母亲把视线从电视上挪过来，又看了眼墙上的挂钟，“呀，到时间了？天冷了，我送送你，路老师。”

路知意摆手，“不用不用，我骑车回去。”

“这么冷的天，怎么能骑车回去？不成，我开车送你。”

“真不用了，庄姐。”

她本欲叫人阿姨，可庄淑月不愿被叫老了，非让她叫自己姐。

路知意弯腰系好鞋带，起身笑笑，“我本来每天就要锻炼身体，这是学校的任务。骑车也是一种体能锻炼，正好。”

庄淑月只得作罢，“那，你路上小心点。”

她点点头，“庄姐再见。”推门离开。

屋内的少年听见关门声，像是被针扎了一下，猛地从椅子上弹了起来。想追出去，可到底走到门边又顿住了脚，回头走到窗边，拉开帘子看了看。

那道单薄的身影骑上门外搁着的共享单车，很快消失在视线里。

他有些烦躁地抓了把头发。都是她的错，哪壶不开提哪壶，明知道没人愿意被当作小孩，非跟他对着干！

校外的小吃街，无论寒冬酷暑，到了夜里永远热闹非凡。

路知意把车停在路边，走到卖砂锅米线的小摊旁，找了个位置坐下来，“老板，一碗牛肉米线。”

天冷以后，她补完课就爱上这解决晚餐。一碗米线，热气腾腾，端上来时还冒着泡——冬夜的不二选择。

骑车后的手指就跟冻僵了似的，搓都搓不热，哪怕身上还带着一层薄汗。她僵硬地从筷子筒里抽了双木筷出来，在茶水里烫了烫，正用卫生纸擦干净，就察觉到一群人一阵风似的从身旁掠过。

气势汹汹。

抬头一看，一群年纪差不多的人，穿得乱七八糟，逮着个男生，动作粗鲁地往步行街尽头推搡。

街角是地下停车场，阴暗冷清。

她转头的瞬间，瞥见那个被人押住的男生，一愣。

眉目清秀，个子挺高，最要紧的是，眼熟。叫什么来着……好像是凌什么。陈声的室友。好几次在跑操时闲闲地立在一边，结束后等着陈声一块儿回去。

那群人大冷天穿机车装，牛仔裤上破洞无数，还有人脖子后面文着刺青，张牙舞爪的。

路知意一顿，站起身来，想了想，搁下筷子跟了上去。

老板在后面叫她："欸，姑娘，你的米线不要啦？"

她匆忙撇下一句："要。您先煮了搁那儿，我回头就来。"

"凉了可就不好吃了！"

她顾不上答话，快步追上去了。

一群人推推搡搡进了停车场。

蓉城的冬天湿冷难耐，更别提这地下一层，空气里都仿佛弥漫着一层水雾。

路知意闪身而入，入口处有一辆黑色卡宴，她就躲在车后面，透过车窗往另一头看。

为首的人把凌书成抵在柱子上，骂骂咧咧，一个巴掌打下去，隔着十来米都能清清楚楚听见，足见力道之重。

那人笑了，声音在偌大的停车场回响。

"跟我抢女人，胆子不小啊？"

跟着又是一脚，正中小腹。

凌书成蓦地跪在地上，手里的手机重重地摔下来，他捂住腹部叫出了声。

接下来的场景不必描述。

路知意心头一颤，沿着墙边快步走出停车场，闪身靠在街边的榕树后头，从大衣口袋里摸出手机。

屏幕被冷空气冻得像冰块。

她飞快地按下三个键，拨通，"喂，是蓉城派出所吗？我要报警。"

……

刚打完电话，就看见一道黑影从面前晃过，风一样朝停车场入口跑去。

她下意识抬头看。

那人穿着灰色棒球服，脚下踏着眼熟的慢跑鞋……跟早上一模一样的打扮。他跑操时总是这行头，除了外套颜色从灰到白再到黑，风骚时鞋子是醒目的大红色，想要低调的华丽，那就纯白色。

有钱人大概总爱这样玩，同样的款式非得红橙黄绿青蓝紫都凑齐。

她想也不想，冲出去，倏地抓住他。

"别进去！"

陈声是在操场上接到电话的。

周日下午,他在家中与父母吃过早晚饭,到校时还有半个钟头就要跑晚操了。索性过寝室而不入，去操场上等。

正吊单杠时，手机急促地响了两声，不等他跳下来，声音又戛然而止。

他松手，站稳了，掏出手机。是凌书成的电话，也不知道为什么响了两声就挂了。

他拨回去，听见那头一片嘈杂。

“喂？”

没人说话。

“凌书成？”

他叫他的名字，还是没有得到回应。正准备挂断，那头终于有了动静

电话那端，有人问：“这停车场有没有监控？”

谁答了句：“有也无所谓，看着点，找看不清脸的角落。别弄出人命就行。”

“我记得南门附近有派出所，一会儿看见有人来了就赶紧跑，别等人报警就跑不掉了。”

陈声面色一凛。

下一刻，有人笑了一声，不紧不慢说：“跟我抢女人，胆子不小啊？”

一脚下去，他终于听见了凌书成的声音。痛苦，隐忍，夹杂着颤抖和怒意，凌书成吼了一声。

陈声蓦地握紧了手机，想也不想往中飞院南门跑。

前一阵，凌书成看上隔壁技术学院一姑娘，成天发情的小公狗似的，围着人转个不停。

起初陈声没太在意，技术学院就技术学院吧，谈个对象还论学历高低，那是古代人吧？这年头不讲究门当户对。

后来听说那姑娘是个小太妹，出来混的。他提醒了凌书成一句：“别的不要紧，她要是关系复杂，你注意着点，别着了人家的道。”

凌书成家里是做生意的，父亲身价上亿。多少人瞅着他就跟香饽饽似的。

接着凌书成沮丧了好一阵，说是有个男的跟那姑娘走得特近，看着就不三不四，像混社会的。

“就他那德行，不知道她看上他哪点？”

陈声笑了两声，不紧不慢，“她自己不就是个混社会的？这叫志同道合，你怎么戴着有色眼镜看人？”

凌书成一脸不服，陈声也没多想。

没想到今天出事了。

寻常人十来分钟的路程，他跑得跟百米冲刺似的，转眼就到了停车场门口。正往里冲，手臂蓦地被人捉住了。

“别进去！”

他喘着粗气，倏地回头，就看见了路知意，和她面上那抹淡淡的红。

“放手！”此刻他没空搭理她，猛地往回一抽。

岂料女生力气大，他已经很用力了，居然没挣脱。

“没空跟你闲扯，有急事，你赶紧松手！”他几乎是咆哮着把话说完的，转眼又要往里冲。

路知意非但不松手，还横在他面前，挡住去路，“里面有九个人，带着刀和钢管，你寡不敌众，进去也是送死。”

她凝神蹙眉，语速很快。

“哪怕里面有九十个人，我也不会放下他不管。”陈声看着她，一字一顿。

说完，一把将她往边上赶。

路知意干脆死死拖住他外套上的帽子，害他险些被勒死。

“我报了警了，派出所就在南门，不出五分钟，警察马上就能赶来！”

“我让你松手！”他一把扯回帽子，眼神凌厉似刀。

冲动，热血，做事情不过脑子。路知意看着他，刹那间下了判断，这人鲁莽至极，就知道逞一时英雄。

江湖人士打起架来，皮肉伤已经是最好的下场。想凭一己之力进去救人？他真是天真得可笑。

看着他转身往里冲，她最后喊了一句：“陈声，你要是进去伤了，残了，这辈子还要不要当飞行员了？”

极为简单的质问，成功令陈声顿住脚步。

但他没回头。

“别进来，就在外面等警察。”说完，他头也不回往里走。

地下停车场里阴暗潮湿，头顶的灯光明明灭灭。

路知意站在原地，看着地上一缕摇曳的影子，顿了顿，从一旁操起块碎砖，一咬牙，也跟了进去。

一切都乱了套。

暗不见天的角落里，一盏白炽灯忽明忽灭，因为年代久远，染了灰，即使亮起来时也不明亮。

凌书成仿佛困兽，被人围在中间。他被打得鼻青脸肿，左眼上方在淌血，乍一看，还以为眼睛受了伤，触目惊心。

那群人只是起个围墙的作用，将人堵住。每当凌书成要推开他们逃跑时，就被一脚踹回去。

真正动手的，是中间那个穿墨绿色衣服的人。和他差不多的年纪，却心狠手辣。他拿着半截钢管，一会儿照着凌书成的下巴挑一挑，纯属羞辱；一会儿又在他试图挣脱时，朝他身上用力一砸。

凌书成寡不敌众，又没有武器防身，只有吃亏的份。

陈声见状，浑身血液往脑门儿冲，一把推开边上的人，挺身挡了上去。

那人正握着钢管往凌书成身上砸，冷不丁被一把握住，想抽出来，却被陈声攥得死死的。拳头上都青筋暴起了，冰冷的管子纹丝不动。

“你哪根葱？”钢管男急了，“信不信连你一起打？”

陈声一胳膊肘朝他推去，正中胸口。

对方闷哼一声，钢管也脱了手，被陈声夺了过去。

“葱？”陈声盯着他，冷冰冰地反问，“这儿除了你穿得绿油油的像根葱，还有别的葱？”

再扫一眼另外八人，恍然大悟似的笑笑，“哦，这儿还有八根呢。”

紧赶慢赶跟来的路知意，刚好听见这不可一世的开场白，在揪着头皮的紧张感中，油然而生一股笑意。

这种一夫当关，万夫莫开的架势，和以一敌九却气势汹汹的模样，想必陈声也不全是鲁莽行事，多半胜券在握。

事实证明，是她想太多。陈声虽然体能好，素质强，但毕竟是个正儿八经的大学生，从小根正苗红，哪里打过什么架。

九个人一齐冲了上来，他只有挨揍的份。既要护着凌书成，又要抵挡“钢管大军”，要想赢，除非他是千手观音。一边挨打，一边乱舞着钢管反击，动作是帅，可落在身上的棍子也不计其数。

他拖着凌书成往外逃，可那绿衣服的家伙从腰间掏了把不长不短的水果刀，眨眼间就冲了上来。

“小心！”

路知意下意识惊呼一声，操起板砖就跃了上去，一脚踹开钢管男，然后一砖头拍在旁边一家伙的脑袋上。

陈声逃过一劫，一脚踹开左侧扑上来的人，却并没感激她。他扭头冲她怒吼一声：“不是让你待在外面，别进来吗？”

“我不进来，你也跟他似的瘫在这了！”路知意一把揪住凌书成的右边胳膊，和陈声一人架一边，飞快地朝外跑。

中飞院的学生，别的不行，身体素质却杠杠的。两人哪怕拖着个要死不活的凌书成，也依然健步如飞。

可身体素质好，并不代表他们是超人，那群人来势汹汹，拎着棍棒一拥而上。

路知意见状，将凌书成一把推上陈声的背，“你带他走，我断后！”

她飞快地用一只手从陈声手里夺过钢管，另一只手照着陈声胳膊上重重一推，权当助跑。

她力气大得惊人，陈声不由自主朝前扑腾几步，赶紧稳住背上的人，回头去看。路知意挡在那群人前头，身姿灵活，出手矫健。每一棍子都砸在人背上、腿上，不是要害，却又叫人吃痛得紧——她没有伤人之心。

自己跑掉，却叫一姑娘挡住一群恶鬼，这事，陈声做不出。

可凌书成受了伤，腿软绵绵搭在那，还不知是不是伤了筋骨。他若盲目回头逞能，只会把自己连同背上这个伤患一同交代在这。

一瞬间，内心天人交战。

而路知意在又打趴下一个壮汉时，头也不回朝他吼：“是不是要全死在这儿才甘心？出去叫帮手啊！”她就跟后脑勺长了眼睛似的，知道他不肯走。

陈声牙一咬，背着凌书成朝外面跑，跑到马路中间了，将人往地上一扔。随手拉了个路人，“替我看着他！”

转身又往里冲。

一地狼藉，两三个青年被打趴在地，叫声连天，起不来。路知意还在跟人打，可她也只有两只手，被人乱打一气，身上中了好多下。

陈声进去时，刚好看见钢管男的水果刀扎进她胳膊。

路知意一脚踢开他，手里却拿不住钢管了，哐当一声，管子落地，咕噜噜滚了几圈。

他心一凛，冲上去拉住路知意，将她朝身后一扯。

就在同一时间，车库入口处哗啦啦涌进来一堆民警，穿着制服，大叫着："都停手！不许动！"

警棍在手，声音威严。

"干什么呢？都给我蹲下！"

一群乌合之众，见了警察才慌了神，地上躺着的，还站着的，全都丢了武器。

陈声也扔了钢管，却没有及时停止，还一脚朝地上的钢管男踩过去……正中胳膊。那家伙痛得惨叫一声。

路知意捂住伤处，疼得冷汗直冒。脑子里却下意识想，他，他这是故意踩人胳膊，给她报仇？

陈声很快回头，问她："你怎么样？"

话音未落，就看见她眼一闭，软绵绵地往地上倒去。

他吓一大跳，眼疾手快，一把扶住她。路知意就这样倒在了他的怀里。

有那么片刻，陈声心跳都快停止了。脑子里无数个声音蹦出来。

不是只在胳膊上中了一刀吗？

难道还有别处受了伤？

伤到了要害？

……

长这么大，陈声横行霸道，无法无天，但都是小打小闹。

不上晚自习，成绩好就行了。花钱大手大脚，家中富裕也无所谓。中小学时拉帮结派，一呼百应，至多不过仗势欺人，打不起来。

可今天，他参与的是真正的聚众斗殴，亲眼看见路知意中了刀，眼前一黑倒了下来。

他死死抱着她，惊慌失措地握住她的胳膊。伤口很深，那一刀割破了大衣，割破了毛衣，鲜血还在拼命往外淌。他的手上很快也红了大半。

陈声死死箍住她的身体，明明出事的是她，惊慌失措的，却是他。

"路知意！"

"路知意？"

"你醒醒啊！"

可她一动不动，像是死了一样。

民警在往现场跑，他蹲在地上抱着她，手中温热，脑中却一片空白。

直到下一刻，怀里的人不动声色拧了把他的腰。他一震，看见她把眼眯了条缝。

在民警跑到两人身边之前，陈声错愕地望着“死而复生”的人，听见她以极低的声音，忍无可忍地说：“你轻点成吗？”

“你……”他眼神一滞。

下一刻，赶在民警到达前，路知意飞快地翻了翻嘴皮，“不想记过就好好配合演出。”

说完，她又一次合上眼，一动不动躺他怀里，仿佛一具尸体，眼都不眨一下。

陈声：“……”

可以。

厉害了。

急中生智得如此迅猛。天知道刚才他给吓得怎么呼吸都不知道了，她居然还在计较聚众斗殴不计过？！

可打架这事，可大可小。要是记过了，将来很可能会因此失去飞行资格。这一点，陈声也是明白的。

于是，就在为首的民警蹲下身来，询问路知意的状况时，他做了一件事——一只手抱住路知意，一只手去拉民警的手。

抬头，热泪盈眶。

“警官，你救救我女朋友，她还要当飞行员，她不能有事啊！”

民警由于过于关注这位态度诚恳、悲痛万分的小伙子，竟没察觉到，在他怀里早已昏迷的“女朋友”，嘴角一抽，险些笑场。

路知意憋了又憋，好不容易才忍住了笑。

这演技。也是可以的。

众人在警察的押送下，很快出了停车场。

前一阵还躺在马路中央的凌书成已经没了人影，等在那的路人见陈声来了，迎上来说：“我见他伤得厉害，已经让出租车送他去医院了。”

陈声一顿，松口气。这下好了，罪魁祸首不见了，最好三个人谁也不用记过。

虽是聚众斗殴，但一群人伤的伤，“死”的“死”，民警分两拨，直接开车送人上医院。

路知意全程装死，进了医院就被送进急诊室。全程陈声都背着她。

下警车的时候，他没注意，把她撞在门框上了，咚的一声，正中脑门儿。路知意险些叫出来，果断一口咬在他肩膀上，阻止了那一声。

反倒是陈声冷不丁被咬一口，叫出声来。

警官回头看他，“怎么了？”

陈声嘴角抽了抽，“脚崴了。”

背上，路知意装死装得很彻底。

终于进了急诊室。

医生查看片刻，下了结论：“没有大碍，都是皮肉伤，应该只是脱力了，又受了惊吓，再加上有点感冒，才晕了过去。”

转头嘱咐护士：“你给她包扎一下，我去看看那边。”

受伤的可不止路知意，隔壁还躺了一群挂彩的家伙。民警挺细心，担心两拨人又起了冲突，还专程让医生把他们隔开。那边人多，自然多几个民警看住。路知意这边，就她和陈声，遂只有个姓赵的民警跟着。

赵警官见问题不大，也不再去看躺在床上的女生。站在床尾，掏出笔记本，问陈声：“怎么回事？”

陈声瞥了眼床上一动不动的人，拿出了在路上想好的说辞。

“我和我女朋友是中飞院的学生，今天晚上在步行街吃完晚饭，刚出餐厅就看见那群人，气势汹汹把一个男生往地下停车场里拽。我俩跟上去，就看见他们拿钢管拿刀子的，把人往死里打。我们怕闹出人命，就上去救人，结果被他们反过来打成这样……”

他握紧了手心，垂眸去看床上的人，一脸担忧。语气里有难以掩饰的愤慨和心疼。

床上的人动了动，面部肌肉没能控制好。好在他眼疾手快，伸手去摸了摸她的脸，挡住了警官的视线。

这在赵警官看来，不过是对女友的心疼爱抚。

他没注意到女生的动静，抬眼问陈声：“九个打一个，你们为什么跟上去？哪来的胆子救人？”

陈声从容答道：“他们打的那人也是中飞院的学生，我在学校里见过几次。

都是校友，被人在校门口欺负成这样，我不能坐视不理。”

“校友？”赵警官笔尖一顿，“叫什么名字？”

怕凌书成被叫去警察局录口供，事情闹大，陈声摇了摇头。

“不认得，只是见过几次，比较面熟而已。”

赵警官又往本子上添了几笔，“你们俩中飞院的，哪个系？哪个班？学号姓名都告诉我，这事得跟学校通报一声。”

陈声一点没犹豫，一五一十交代清楚。

好在他那有大一新生的名单，路知意的学号好记，前面几位数是年级，末尾四位 0107，他看过一遍就记下了。

他俩这也算是见义勇为，赵警官的态度温和下来，口供算是录完了。

临走前，叮嘱了两句：“让小姑娘好好养伤，见义勇为是好事，但下回可得好好掂量掂量，别弄巧成拙，反而把自己弄伤了。”

陈声点头，“谢谢赵警官，今天真是麻烦你们了。”

还挺懂礼貌啊。赵警官越发客气，毕竟隔壁那群人自打进了医院就开始吵闹，隔着一堵墙还能听见动静，不配合警官，不配合医生，一直嚷嚷着要走。

反观自己这边的两个年轻人，可真是天壤之别。

他又说了句：“不用客气，隔壁还有得忙活，我去看看。”随即转身往外走。

陈声把他送到门口，关上了门。再回头，立马对上那双又黑又亮的眼睛。

床上的人用没受伤的胳膊支着身体，坐起来，“走了？”

“走了。”

她一溜烟爬下床，“行，那我们也走吧。”

正欲站起身来，却被人一把攥住胳膊，拦住了。

陈声看着她，“路知意，你是听不懂人话吗？”

“……”

“九个打两个，你跑进来干什么？”

“……”

“送死来的？”

路知意抽回胳膊，“那你呢？你跑进去干什么？也是送死去？”

“我那不一样……”

“哪儿不一样？”她反问。

“那是我室友，是我兄弟，我不能见死不救。”陈声不耐烦地瞥她一眼，“你跟他非亲非故，干什么赶着送死去？”

路知意平静地望着他，“不是室友，不是兄弟，就该见死不救了？”

“……”

“换做路边的阿猫阿狗，奄奄一息了，我也救。”

“行了，你不打个电话给你室友，问问他现在怎么样了？”说着，路知意伸手摸自己的手机，上面有苏洋的未接电话，好几通，“晚操我没去就算了，你这督察也不去，叫人白等一晚上，明天书记问起来，自己想好说辞吧。”

陈声笑了两声，“还用我想说辞？明天警察就去学校通报我们聚众斗殴了。”

路知意上下打量他一眼，素来干净整洁的人，如今头发乱了，衣服脏了，脸颊上还有打架时留下的伤口。

想必是钢管边缘擦伤的，破了皮，有点渗血。

她毫不留情地说：“聚众斗殴？你确定不是聚众被殴？”

陈声：“……”

面子挂不住，他绷着脸反驳：“胡说八道什么？没见我把他们打得胆儿颤？我一个……”

话没说完，手肘被人一捏，疼得他嗞的一声，倒吸一口凉气。

“你干什么你？”

路知意是专程照着他手肘上那块脏了的地方捏的，打架时她看得很清楚，那一处被“钢管男”用力砸了一下，想必伤得不轻。

“把他们打得胆儿颤？打架没多厉害，嘴上功夫数你第一。”

她懒得多说，看笑话似的，瞥了眼他那狼狈的模样，走了。

陈声一口气憋在嗓子眼里，上不下，来不去，最后只能快步跟上去。这女人真是，眼睛毒，心肠更毒！

陈声在走廊上给凌书成打了个电话，他也在人民医院，五楼骨科。

“照了个片儿，腿骨骨折了。”

陈声骂了句：“活该。”

想直接上楼，看了眼一旁的路知意，顿了顿，才对那头说：“这会儿在干什么？”

“打石膏。”

“今晚回寝室吗？”

“住医院吧。”

被打成这样，鼻青脸肿的，凌书成没脸回去。更何况宿舍都是上床下桌，他这腿上打了石膏，哪里爬得上去？

陈声说：“那你先待着，我一会儿买点洗漱用品，再带点吃的喝的给你。”

那头的人立马蹬鼻子上脸，“我受伤了，得补补，医生让我多喝猪蹄汤。你让老板弄个蘸水，别放香菜，多放点蒜和……”

“再见。”

“欸？陈声我话没说完……”

“嘟……”

挂了电话，他带路知意往外走。

路知意被电话内容逗笑了，走出了医院大门，和他一同停在路边上。

夜风很大，吹在脸上像刀子，还呼呼往脖子里钻。

蓉城是个不夜城，路灯排成一线，照亮了头顶的整片夜空。医院附近不少商店，洗漱用品、吃的喝的，应有尽有

陈声伸手招了辆出租车，把门拉开，“进去。”

夜里九点半，公交车已经收车了。

路知意想省钱也没办法，只得坐了进去，正准备抬头道别，哪知道“你回去吧”还没说完，就见陈声也钻了进来。

“你不是要回去看你室友吗？”

他没有正面回答，只把手腕上的表凑到她跟前，短暂地停留几秒钟。

路知意摸不着头脑，看了眼表，亮闪闪的表盘上有几个小小的字母，电视广告上倒是见过，好像中文是叫西铁城。

她以为他在展示名牌手表，便客套了一句：“挺好看的。”

陈声：“……”

真想扒开她的脑袋看看，这奇怪的脑回路是怎么长出来的。

“太晚了，先送你回去。”他瞥她一眼，算是解释。

路知意愣了愣，视线在他脸上多停了片刻。

那眼神太直接，隔着这样近的距离，明亮清澈，有疑惑，也有惊讶。

陈声挪开眼，嗤了一声，“你以为我在干什么？”

“秀手表。”她倒是诚实。

他没好气地说：“是吗？那你也是很优秀啊，来自高原的土霸王，居然还

认得 Citizen。”

路知意沉默不语。

他话音刚落，又有些后悔，见她不说话了，悔意更浓。扭头看窗外，短促地说了句：“只是玩笑话。”

路知意顿了顿，“嗯。”

他想回头，却又克制住了，没头没尾又添一句：“高原挺好的。”

哪知道她平静地反问他：“哪里好？”

“……”这下他说不上来了。

连高原都没去过的人，怎么说得出高原哪里好？这女人，真是哪壶不开提哪壶，他都示弱了，服软了，她还非要较真地刺他两下！

路知意笑了两声，在他听来，格外不是滋味。

十来分钟的时间，出租车抵达校门口。

陈声开了门，下车，在她出来时伸手去扶，可她没去握住那只手，靠着没受伤的左手撑住坐垫，挪了出来。

他只能把手收了回去。

路知意抬头看他，“进去吧，凌书成还在医院等你。”

他嗯了一声，看她转身离开，夜色里背影萧然。手指动了动，不知哪里来的冲动，忽然关了车门，几步追了上去。

“路知意！”他叫住她。

路知意惊讶地回过头来，“……还有事？”

“你吃过晚饭没？”

她于是后知后觉想起来，一拍脑门，“完了，我的砂锅米线！”

陈声蓦地笑了，指指前面的步行街，“正好，我也没吃。”

往前走了几步，察觉到她没跟上来，又回头，“怎么，不吃饭？”

看她迟疑的模样，他很快补充说：“请你吃个饭，算是感谢你见义勇为，帮了我和凌书成。”

“感谢我收下，吃饭就算了吧……”

“不给面子？”男生的眼睛顿时眯了起来，“路知意，你为这事受了伤，我这人，最不爱欠人情，你要是不肯吃这顿饭，我就得一直欠着你。欠着你，我就吃不下，睡不好，跑操的时候但凡挤对你，都愧疚心虚。为了毫无负担地继续折腾你，这饭你必须赏脸吃了。咱俩谁也别欠谁。”

说完，也不等她拒绝，拽住她没受伤的那只胳膊就往前走。

路知意：“……”

她只想问一句：这得心理素质多好，才能脸不红气不喘说出这种奇葩的理由，生拉硬拽着她去吃饭？

于是一路上，两人都在理论。

“不吃行吗？”

“不行。”

“这么着，这顿我不吃，您老也别费劲儿挤对我了，怎么样？”

“不怎么样。”

“做人得讲道理，我们无冤无仇，你干什么老挤对我？”

“看你不顺眼。”

“哪儿不顺眼，您说，我改！”

陈声停下脚步，看她片刻。

路知意满心期待。

哪知道他指指她的脸，“高原红，碍眼。”

“……”

再指指她的短发，“板寸，碍眼。”

“……”

从上到下打量一遍，摇摇头，“哪儿哪儿都碍眼，要不，你去整个容？”

他那认真的样子，活生生把路知意气笑了。但她知道他在开玩笑。

夜色里，路灯昏黄，道旁的餐厅生意火爆。

她斜眼看看他，“那可难办了，我对自己这模样很满意，并不想改。”

一摊手，无赖似的说：“整容也挺麻烦，毕竟从头到脚都得整，一来我没那个钱，二来太费时间。要不，你吃点亏，把眼珠子挖出来，咱俩一了百了，你眼不见心不烦，我也日子舒坦？”

她鲜少对他笑，两人之间，从来都是剑拔弩张地幼稚对垒。

而此刻，她站在灯火辉煌里冲他笑，眼珠漆黑透亮，仿佛淬了光。一头短发干脆利落，发尾在灯光下仿佛有星光跳跃。

风来，她发丝微动，像黑夜下无声飘摇的寂静草原。而那两抹淡淡的红，在这一笑里骤然生辉。

陈声凝神看着她，心内一动。鬼使神差，有句话凑到嘴边，又咽了下去。

其实，这样也挺好的。

别改了。

权当他在放屁吧。

Chapter 06 人间烟火

两人在路边摊吃了碗米线。

陈声本意是请她吃顿日料，却被路知意一口否决。

“我不会吃日料。”

“那上次……”

“寝室轮流做东，上次轮到我，日料店是室友挑的。”

陈声笑了一声，“难怪。”

“难怪？难怪什么？”

“难怪吃片三文鱼，表情像是吃了屎。”他还记得上次从帘子里头看过去，她坐在大厅里被芥末辣得面红耳赤的样子。

“……”

路知意指了指路边的砂锅摊子，“你要真想请客，就请我吃这个吧。”

陈声：“你什么意思？看不起我？”

路知意头也不回，伸脚勾了张小板凳，坐下来，“高原土霸王，不会吃日料，来点实惠又美味的米线，填饱肚子就好。”

她拿他的话来顶嘴，极其顺溜。

陈声也坐了下来，暗骂一句小心眼子，他不过随口一句，她就记在账上，随时准备奉还给他。

大学城是不夜城，年轻人精力充沛，夜里十点正热闹。

人流来去匆匆，路边摊却有人埋头吃米线，砂锅刚端上来时还咕噜咕噜冒着泡，热气腾腾，有滋有味。

等米线的时候，路知意去附近的药店买了点东西，拎着塑料袋回来了。

陈声问她："买了什么？"

她也不说。

右手受了伤，包着绷带，只得用左手使筷子。她姿态笨拙，老夹不住滑溜溜的米线，顿时有几分尴尬。

后悔选了米线。

反观陈声，气定神闲，慢悠悠吃着米线喝着汤，不时夹起一筷子在半空中晃荡，炫耀的意味异常明显。

路知意问他："你不这么嘚瑟会死吗？"

陈声回答："会。我就是我，颜色不一样的烟火。"

路知意真想把整碗米线扣他脑袋上。

饭后，他一路送她回宿舍楼下。

经过操场时，她忽然叫住他，"陈声。"

陈声一顿，侧头看她。

她指指路旁的长椅，"坐。"

"你要干吗？"

她从塑料袋里拿出瓶药酒，又拿出袋棉棒，"脸上有伤，消个毒。"

他一愣，没想到她是去药店买这个，随即笑了，"这么关心我？"

路知意点头，"毕竟你这人，幼稚嘴贱脾气大，能顺顺利利长到今天，还没被人干掉，也全靠这张脸了。"

"……"

离得近了，看得也更清楚。昏黄路灯，光影逶迤，落在他脸上。白而干净，细腻到毛孔都不明显。睫毛颤动时，像是蝴蝶振翅。

她看着他薄薄的唇，莫名想到高原的格桑花，其中一种是粉色，淡淡的，春天一来，漫山遍野都是。

她拢了拢心神，嘱咐他别动，沾了药酒往他脸上擦，他嘶的一声，倒吸一口凉气。

"你是女人吗，下手这么重？"

路知意停下来，似笑非笑，"那你呢？你是男人吗，这点痛也怕？"

陈声真是气炸了。他和她，说不上两句就恨不得打一架。

他咬牙切齿任她擦药，仿佛为了证明自己是个顶天立地的男子汉。目光落在她脚上时，又蓦地一顿。

初冬的天了，气温低得要命，可她依然穿着那双破旧的帆布鞋。

他挪不开视线，怎么看怎么碍眼。

她怎么就不能换双鞋呢？三个月了，三个月还不换！他真是恨不得把她摁在这，一把扯下那破鞋子，扔得她打着灯笼也找不着。

路知意收手时，顺着他的目光往下一瞧，顿住。

“你看什么？”

他问：“这鞋都这样了，还不扔？”

“还能穿。”

“这也叫能穿？”

路知意不耐烦地退后两步。他又来了，站在经济制高点，对别人的穷困窘迫指指点点，理直气壮。

她把棉棒扔进垃圾桶，又将那只塑料口袋一把塞进陈声手里。

“自己拿回去，爱抹不抹。”

说完，头也不回走了。

夜里，陈声在医院陪凌书成。

他脚瘸了，打水如厕都需要人照料，却又不愿告诉家里人自己为着个姑娘跟人打架了，只得麻烦陈声。

陈声问他：“到底怎么回事？”

凌书成前一刻还自嘲呢，一想起这事，立马跟霜打的茄子似的，神情萎靡，“……他说他们青梅竹马，让我滚一边儿去，少招惹她。”

“他？”

“就那拿钢管打我的。”

陈声顿了顿，手长脚长的人窝在长椅上，怎么睡都不舒服。翻了好几个身，最后语焉不详问了句：“你到底喜欢她哪点？”

小太妹，不学无术。不上进就罢了，还成日招惹是非。

凌书成想起那日遇见宋星辰时，路边有人欺负乞讨老人，她冲上前去，飞起一脚把人踹趴下，一头染得橙粉色的鬈发在风里飞扬。

像火。

像风。

她嚼着口香糖，冲那人怒喝一声："找死呢你？"

他竟觉得可爱至极。

为什么喜欢她？

他苦笑两声，"我要是知道，那就好了。"

陈声不是个爱谈心的人，男人跟男人的对话，腻腻歪歪谈些情情爱爱，像什么话！

他躺在那摆弄手机。

凌书成睡不着，凑到床边去瞅他，赫然发现屏幕上是淘宝界面，他居然在浏览女式运动鞋！

陈声是爱收集运动鞋不错，寝室里光他一人的鞋就摆满了一整个架子。可今天他居然连女人的鞋子都看起来了……

凌书成的眼神变得古怪起来。

可陈声选好了鞋子，心头却异常烦躁。翻来覆去大半宿，突然想起什么，翻身就坐起来，一把将凌书成推醒。

凌书成迷迷糊糊问他："干吗啊你！"

"从你爸那儿给我找几个实习生来。"

"你要干什么？"

"卖鞋。"

"……啥玩意儿？"

"卖鞋。"陈声坐在那里，斩钉截铁地说。

聚众斗殴的事情，警察最终还是知会了学校。但关于陈声和路知意，赵警官只说了他们路见不平、助人为乐的事迹，别的就没再提了。

赵老头把陈声批了一顿，无非是老生常谈，杜绝个人英雄主义。

陈声听得呵欠连天，问他："您老打算念多久？要是超过半小时，我干脆趴这儿打个盹儿，您讲完了把我叫醒就成。"

赵老头恨不能一巴掌拍死他。

之后，陈声照样每天监督大一的跑操，原本以为路知意受伤了不会来。

可她说："伤的是手，又不是脚，为什么不来？"

他看她片刻，挥挥手，"随你的便，反正疼的不是我。"

看她跑远了，他又没忍住，笑了。

只是，每逢路知意跑过面前，他都忍不住去瞥她的鞋。

笑容戛然而止。

碍眼。

恨不能拔下来一把火烧了！

凌书成的事情过去一星期后，学校里忽然热闹起来。不知是哪来的一群人，在宿舍楼底下支了个摊子，拉着一车运动鞋，跑来中飞院搞特价处理。

赵泉泉兴奋地跑回寝室，“欸，全是阿迪耐克，一双只要一百块！”

苏洋哼了一声，“这么便宜，能买着真货？”

吕艺问了句：“学校能让外面的人把生意做到校内？”

赵泉泉说：“好像说是爱心拍卖，赚的钱都会捐给高原山区，建希望小学。”

一百块一双的假货名牌跑鞋，中飞院的大部分人都是看不上的。但对此本来不感兴趣的路知意，在听闻赵泉泉那句捐款的话后，也去那摊位前转了一圈。

大红色横幅上写明了“希望工程爱心拍卖活动”。

坐在摊位那的几位小姐姐极尽忽悠之能，把这项目和这堆鞋吹得天花乱坠。

“这是阿迪慢跑鞋，虽说是前年的款了，但也是采用国际最新材料，轻薄有弹力……

“山区的孩子多不容易啊，咱们特价处理鞋子，也是为他们略尽绵薄之力……

“孩子就是明天的希望！我们要一起托起祖国明天的太阳！

“买吧买吧，买一双吧，同学？”

摊子正对八号男生公寓。

一楼的窗口，陈声慢条斯理看着这边，拿出手机，在屏幕上摁下一行字。

“加钱。”

老板都这么说了，摊后的实习生低头一看屏幕，登时笑成了一朵花，更加热情地劝说路知意。

路知意笑了笑，指了一双白色慢跑鞋，“这个有三十七码的吗？”

“有的有的有的。”实习生仿佛得了口吃，重复循环无数遍。

最后，路知意试穿了新鞋，确定合脚，给了摊主一百元，笑着离开。

她没看见的是，当她的身影消失在宿舍大门口后，实习生们收到指令，以迅雷不及掩耳之势收起了那堆鞋子，往一旁的轿车里拼命塞。

有路人上前问价，想要买鞋。

为首的实习生头也不回摆手说：“不卖，不卖了。”

路人：“？”

为什么他一来就不卖了？

当晚，陈声喜滋滋地拎着两大盒猪蹄汤，去凌书成在校外刚租的屋子看他。

爬不上宿舍的床，又不愿回家露了馅，只得选择租房这条路。凌书成一边啃猪蹄，一边说：“那‘高原红’上钩了？”

陈声把眼一眯，“叫谁‘高原红’？懂不懂做人最起码的尊重！”

“行，那么，我们小红上钩了吗？”

“……”

陈声：“上了。”

“她买鞋了？”

“买了。”

“多少钱卖的？”

“一百块。”

凌书成噗的一声把汤吐了出来，“八九百的阿迪，你一百块就卖给她了？”

“不止。在她来之前，为了把名声打出去，吸引她，我一百块卖了八双了。”

“……”

末了，凌书成竖起大拇指，“兄弟，受教了，你这才是我辈楷模，追人不下苦功夫，哪来桃花香彻骨！”

陈声一巴掌拍掉他那手，“我追谁了？追她？你脑子没坏吧？”

凌书成嗤笑两声，“那你费力搞这一出，亏了那么多钱低价卖她双鞋，图什么？”

陈声一顿，片刻后，说：“我看不惯她脚上那破鞋。”

“得了吧，天底下多少人穿的鞋子破破烂烂，就她的你看着不顺眼，死活要帮人弄双新鞋，还费尽心思不让人知道？”

“我又不是佛祖，难不成要我普度众生？她在我跟前，我随手帮个忙，有什么问题？你爸妈没教过你做人要善良，要乐于助人？”

“哦，所以你这是选择性大发慈悲？”

“我……”

“说话啊！怎么着，被我说中了，答不上来了？”

“……”

“喂，哑巴了？”

凌书成嚷个不停，冷不丁被人端走面前的两盆猪蹄汤，一惊，“哎哎，你抢我汤干什么！”

陈声面无表情捧着汤，“嘴贱的人，不配喝汤。”

第二天早上跑操，陈声前所未有的积极。

天冷了，众人起床都有难度，他亦不例外。可这天早上，闹钟一响，他就一个鲤鱼打挺坐了起来。

穿衣，洗漱，出门跑操，宛若打了鸡血。

七点跑操，他六点四十五就抵达操场，站在往常的位置等待众人，频频看表。

空气里弥漫着薄雾，好半天才有三三两两的学生，踩着点来跑操。

路知意是六点五十七分到的。穿过薄雾，一身白色运动服，短发依然很扎眼，但似乎比刚来学校时长了一点。

苏洋就走在她旁边。

陈声下意识去看她脚下，顿时一愣。她依然穿着那双黑色帆布鞋……

新鞋呢？

他的好心情顿时消失得无影无踪。

不是买了双新鞋吗？为什么不穿？这么冷的天，留着那鞋子回家过年？他心中有十万个为什么，就差没冲上去摇着她的小身板，咆哮着质问她了。

可不成，他不是没脑子的人，费尽千辛万苦，找那么多人配合演出，不就为了保留她那点昂贵的自尊心？这么上去一问，前功尽弃。

陈声黑了脸，心里很不爽。

众人零零散散走到他面前，站定，缩着脖子，在冷风里瑟瑟发抖。

武成宇哀号：“师兄啊，大冬天的还跑操，学校不人道啊！”

一旁的李睿跟着吐槽：“我听说隔壁体育学院的也没这么严格，哪像我们，一周七天风雨无阻。也不知道开个飞机练跑步干什么，出事了，难不成从三千米高空跑步逃生？”

李睿很可怜。但可怜的不是他不知道他的师兄心情不爽，而是他不知道他的师兄心情不爽，还上赶着撞枪眼。

陈声站在那儿，一身黑色运动服，面无表情地盯着他。

“第一，我国民用航空飞机的飞行高度，在七千米到一万两千米之间。你要想在三千米开辟你的独家航线，可以，先问问鸟类同不同意。”

“……”

“第二，没有良好的体能，无法胜任长时间的飞行工作。从北京到洛杉矶，十二小时的航程，你打算躺着开？”

李睿干笑两声，“师兄你别理我，我就随便说说……”

武成宇瑟瑟发抖，凑到一旁的路知意耳边，“师兄好可怕。”

路知意看陈声一眼，觉得他今天似乎心情欠佳，遂对武成宇说：“陈师兄是小心眼子，你今天好好锻炼，免得他罚你下蹲。”

武成宇体能不好，又爱偷懒，总被陈声逮住，稍不留神，下蹲伺候。他心有余悸点点头。

陈声简直气炸了。他离得又不远，那“高原红”以为他听不见他们说话？忍了又忍，他冷冷地剜了她一眼。

“开始热身。”

众人一个个跑过他面前。

轮到路知意时，他终于还是没忍住，开口问她：“天这么冷，穿这鞋，不冻脚？”

路知意：“还好。”

头也不回地跑前面去了。

陈声又忍了忍，等到她第二圈经过他面前时，又问：“底都快磨破了吧？真打算当众磨穿它？”

路知意皱眉，瞥他一眼，“那又怎么样？”

第三圈，她大老远跑过来，就看见他有话要说的模样。果不其然，跑近了，他又凑过来。

“路知意，你怎么这么恋旧？鞋子买来就是穿个舒服的啊。底都磨成这样了，你……”

你怎么就是不穿新鞋呢？话到嘴边，他咽了下去，“你怎么就不知道换一双新的呢？”

路知意停了下来，对上他的视线，“你有完没完？”

陈声：“……”

他也想有完好吗？她只要穿了新鞋，这不就完事儿了吗！他憋到内伤，简直想掐死她。

费那么大力气，结果到头来她还是这么固执，这鞋子到底哪里好？真想半夜潜入女生宿舍，把这鞋给她剪得稀巴烂！

他咬牙切齿，把手一挥，“跑你的去，我完事儿了。我贱。我活该！”

路知意：“……”

莫名其妙看他两眼，骂了句神经病，继续跑步去了。

隔了一整周，路知意终于穿上新鞋了。

陈声的心情立马阴转晴，看她穿着那双白色跑鞋，总觉得她连跑步的姿势都轻快许多。他甚至和颜悦色跟大家说话了。

武成宇跟人埋怨天气冷，被他听见了，吓得双腿一软，生怕前方有一大波下蹲即将袭来。哪知道他笑容满面，还一本正经点点头，“这天是挺冷的，辛苦大家了。”

武成宇以为他在说反话，差点跪下。

路知意跑了一圈，他凑过来，“新鞋子呀？”

“嗯。”

第二圈，继续凑过来。

“挺好看的啊！”

“谢谢。”

第三圈，眨眨眼。

“还是阿迪的慢跑鞋，有眼光啊路知意。”

内心其实在夸自己。他可真有眼光！

路知意扯了扯嘴角，低头看鞋，随口就说：“不是真的。有人在宿舍楼下募捐，带了一车假货，我看着质量也还行，又是捐款给希望小学的，就买了一双。”

“……”

“没想到现在的高仿做得这么好，看着跟真的似的。”

“……”

陈声干笑两声，“不会吧？我看着，这是正品啊。”

路知意得意扬扬地蹬了蹬腿，“哈，你也觉得它以假乱真吧？”

“……”

陈声想一板砖拍死她。

什么叫以假乱真？这本来就是真的！他花了九百八十六，从官方旗舰店买来的！可他不能说。

看着路知意蹦蹦跳跳跑远了，他真想狠狠抽自己一巴掌。

叫你手贱！

叫你助人为乐！

不就一双鞋吗？折腾他这么久，好心没好报，狗咬吕洞宾！

一月初，全校停课，进入考试周。

陈声还是那样，每天看上去都游手好闲，监督众人跑操。反观路知意，压力很大，每天都蹙着眉，挂着两个黑眼圈，一看就是熬了夜。

跑完步，他问她：“干什么去了，三更半夜不睡觉？”

她揉揉眼，“这么明显？”

“自己照照镜子吧。”他扯扯嘴角。

路知意仿佛有急事，顾不得跟他多说，拔腿往外走，“我先走了。”

陈声一顿，拉住后面的武成宇，他和路知意一个班。

“那‘高原红’，怎么回事？”

武成宇看了眼匆匆离去的背影，说：“还能怎么？考试周啊！她平常就刻苦得要命，现在简直是不要命。”

“怎么个不要命？”

“图书馆西区一层不是通宵开放吗？她搁那儿熬了两个晚上了，困了就趴一会儿，醒了继续看书。”

陈声：“……”

他还以为是什么，原来就这事。就为考试，通宵看书？她不是一直很努力吗，一直很努力的人还需要临时抱佛脚？这也太争强好胜了。

晚上跑完操，他见路知意从操场边上拎起书包，一看就不是回寝室，又要去图书馆通宵，心念一动，跟了上去。

路知意进了西区一层，找到了老位置，去热水间倒了杯水，回到座位上看书。

对流层是大气的最底层，其厚度随纬度和季节而变化。在赤道附近为16~18 km；在中纬度地区为10~12 km，两极附近为8~9 km。

从对流层顶到约 50km 的大气层为平流层。在平流层下层，即 30~35 km 以下，温度随高度降低变化较小，气温趋于稳定，所以又称同温层。

她背得头昏脑涨，热爱飞行是一回事，背概念、记数据又是另一回事。正努力将那些字句往脑子里塞时，眼前的书忽然被一片阴影覆住。

抬头一看，她错愕地张开了嘴。

“你，你怎么在这儿？”

陈声端详她片刻，看清了眼球上的红血丝，和略显苍白的脸色，眉头一蹙。

那个健康活泼、精力充沛的路知意哪去了？

他的手原本撑着她的椅背上，此刻却忽地落在她胳膊上，“跟我出来。”

图书馆外，隆冬的风呼啸而来，仿佛夹杂着冰碴儿。每呼吸一下，都觉得肺部要炸开。

室内有空调，路知意脱了外套，此刻出来得仓促，又觉得大概只是几句话的事，应该不会耽误太久，遂穿着毛衣就出来了。

陈声没注意这个，只皱眉问她：“熬了多久了？”

她凑过去看看他手上的表，“这才十点，还没开始熬啊。”

“我是问你，熬了几个通宵了？”

她一顿，“两个。”

又问：“你怎么知道我在这？”

这是关键吗？他怎么知道她在这很重要吗？陈声不耐烦地抬起她的胳膊，将毛衣袖子往上使劲一撸，吓得路知意慌忙缩手，“你干吗呢！”

他没理她，重重地攥住她的手腕，撸起衣袖一看。伤口还在，有的地方结了疤，有的地方痂脱落了，新肉与深色的痂混在一处，看着都疼。

他举着她的手臂问她：“伤好了？熬夜有助于伤口恢复？”

路知意拼命缩手，“你放开！少女的衣袖，是你想撸就能撸的？”

“你以为我想看你这破手？”他冷冰冰地说，很快松了开来，“路知意，你又不是差生，平时不努力，临时抱佛脚。你只差没学岳飞在背上文身，刻上‘勤学上进’四个大字了。这时候有必要这么慌？”

路知意一把撸下衣袖，“我努力有错吗？”

“那你不想想自己身体受不受得住？”

“我的身体，我自己知道。”她有些不耐烦，“你来就是为了说这个？那说完了，我能进去了吧？”

说完，她转身就朝里走。没想到被人一把抓住了手臂。

陈声问她：“你就这么要强？非得争个第一？”

她回头，斩钉截铁，“是啊，我就想当第一。除了第一，第二第三都不行。”

他看她冷得打了个哆嗦，一顿，这才意识到她只穿了件毛衣，被他生拉硬拽弄了出来。遂取了围巾，塞她怀里，“先戴上。”

找个避风的地方说话。

可路知意没动，只把那围巾一把塞回给他，“我不需要。”

她盯着他，淡淡地说了句：“陈声，我谢谢你的关心，但我的身体，我比你更清楚。可我想要的东西，你未必清楚。”

陈声急促地笑了一声，“我不清楚？那你倒是说说看，你那可笑的不服输到底是为了什么！”

路知意转身就走，走了几步，又猛地停下，扭头说：“国家奖学金，一个年级只有一个名额，整整一万块，够交两个学期的学费。”

他一顿。

黑漆漆的眼珠盯着他，路知意还在继续，“一个班有一个一等学业奖学金，两千块，够我用两个月。”

“……”

“现在够清楚了吧？”她微微笑着，看着这个不知民间疾苦的大少爷，“陈声，不是所有人生来就家境优越，物质生活富足，比如你。这个世界上还有更多不那么幸运的人，他们用尽了全力，就只是为了过好平凡的一生，比如我。”

她望着他，穿着那件旧毛衣，短发桀骜不驯地在风里飘摇。

她说：“多谢你的好意，但我只是想再努力一点，努力让自己……”停顿片刻，唇角露出一抹笑意，“不那么平凡。”

“你听说过王尔德的那句话吗？我们都生活在阴沟里，但仍有人仰望星空。”

“……”

“我就是。”

她走后，陈声在风里站了好一阵。想追进去，脚下却仿佛生了根。明明不过几步路距离，却总有一种追不上的感觉。

那道离开的背影瘦瘦高高，仿佛稻草似的，风一吹就能倒。

他感到前所未有的烦躁。

而他不知道的是，路知意转身的瞬间，就笑不出来了。把自己的穷困潦倒这样赤裸裸地示人……

真难堪。

前半夜看书，后半夜实在困了，路知意披着厚厚的棉衣，趴在图书馆睡着了。迷迷糊糊感觉到有人在推她，睁眼，陈声站在她面前。

“你怎么……”

怎么又来了？

她坐直了身子，扫了眼窗外，天刚蒙蒙亮。

西区一层，学生已经走得差不多了，只剩下零零星星几个人，为了期末考试熬夜复习到这个点。

陈声抓起她的书包，把桌上的书本笔袋一股脑往里塞，言简意赅：“跟我走。”

“去哪儿？”

“去了就知道。”

她一把攥住书包，皱眉，“陈声，你到底要干什么？”

陈声一顿，收回了手，平静地看着她，“不是想拿第一吗？”

扫一眼桌上仅剩的那本书。

“我有比在这熬夜更好的法子。”

天边云雾未散，霞光冲不出云层。

早晨七点，校园里一片寂静，只有零星的人影。食堂刚开，窗口透出暖黄色的光，在薄雾里格外明亮。

路知意问：“不跑操了？”

陈声说：“我跟你们年级的武成宇说了，让他通知大家，期末就不跑操了。”

武成宇是大家公选的年级主席，头脑简单，四肢发达，热情又好说话。

“为什么期末就不跑了？”

陈声扫她一眼，“因为临时抱佛脚，看书熬通宵的太多了。”

“……”

这个人，说话带刺已经不是一次两次了。

两人走到停车场，陈声把她的书包扔在后座。

路知意迟疑片刻，“你的车？”

“不然呢？”

她打开车门，坐进了副驾驶，没忍住又问："到底去哪儿？"

"去了就知道。"他还是那句话，发动引擎，朝着校外驶去。

经过一个巷口时，车停了下来。

路知意问他："到了？"

"没有。"他开门下车，头也不回，"你在这等我。"

怕她冷，他也没关暖气。

巷子在某个家属区外，狭窄逼仄，有人骑着自行车丁零丁零往外赶，不少老人拎着菜篮子出门买菜去。路知意趴在车窗上，觉得这一幕颇有人间烟火的气息。

几分钟后，陈声拎着两个塑料袋回来了，把一个塞给她。袋子里有一杯滚烫的豆浆，两个胖乎乎的红豆馒头。

路知意一顿，捧着豆浆，小声说了句："谢谢啊。"

陈声掏了掏耳朵，"你说什么？"

她放大了音量，"我说，谢谢啊。"

"谢谢谁？"

"你。"

"我什么？什么我？"

"谢谢你！"她没忍住笑出了声。

陈声把吸管插上，喝了口豆浆，斜眼瞥她，不说话，但心里好歹松了口气。

昨晚把话说得那么僵，他还以为她再也不会给他好脸色了。没想到两个馒头、一杯豆浆就能打动她，真是……

他看她不该叫"路知意"，该叫"路知足"。

吃过早餐，陈声继续开车。

半小时后，车停在基地门口。

他开窗，探出头跟门卫打招呼："李大爷，早上好。"

头发花白的老大爷在窗口里头笑呵呵问他："哟，又来找你姑姑？"

他点头。

老大爷又问："陈老爷子身体怎么样？听说前儿刚过了七十大寿，精神还好吧？"

寒暄几句，毫不迟疑地开门放行。

车缓缓往里开，路知意的视线停在大门口挂着的白色标志牌上，空气动力研究院。陈声轻车熟路开进去，显然对这里异常熟悉。

下了车，他带她往大楼里走。上了三楼，又东弯西拐，最终停在某扇门前。门是密码锁，他很快解锁，推门让她进去。

屋内陈列着各式各样的模型，四周挂着无数图片，图下是密密麻麻的介绍。

路知意走了几步，触目所及令她难以置信，脚下一顿，再也迈不动步子。

陈声就在她身侧，顺着她的视线看过去，那张图上画着中世纪的猎人，手举弹弓，瞄准停在枝头的飞鸟。

他说："空气动力学研究，最早可以追溯到人类早期对鸟类或者弹丸在飞行时的受力和力的作用方式的种种猜测。"

往前一步，第二张图。

"17 世纪后期，荷兰物理学家惠更斯第一个估算出物体在空气中运动的阻力。"

第三张图，众人所熟悉的牛顿肖像。

"1726 年，牛顿应用力学原理和演绎方法得出……"

陈声说到一半，路知意毫不迟疑接了下去："在空气中运动的物体所受的力，正比于物体运动速度的平方和物体的特征面积以及空气的密度。"

陈声笑了，"牛顿的发现，意义在于……"

他停在那儿，等她说下去。

路知意凝视着那幅图，轻而易举地说出答案："它标志着空气动力学经典理论的开始。"

偌大的室内陈列着空气动力学研究的前因后果、细枝末节。陈声总是说话说半句，把剩下半句留给路知意。

"20 世纪，航空事业蓬勃发展，对空气动力学起到的作用是……"

"促进了空气动力学从流体力学中发展出来，形成力学的一个新分支。"

"1894 年，英国的兰彻斯特首先提出……"

"无限翼展机翼或翼型产生升力的环量理论，和有限翼展机翼产生升力的涡旋理论。"

"然而他的想法在当时并未得到人们的重视，直到……"

路知意张了张嘴，答不出来。

陈声目不斜视，盯着墙上的图，说出答案："直到 1910 年之前，库塔和茹科夫斯基分别独立提出了翼型的环量和升力理论,并给出升力理论的数学形式,建立了二维机翼理论。”她知道的，他循循善诱，引导她有序地重温一遍；她不知道的，他指着模型，简短利落地向她说明。窗外云雾渐散，日光冲破厚重的云层，投入室内，倾泻一地。屋子里有陈旧的味道，光影里清晰可见飞舞的灰尘。

路知意着迷地看着图片上的历史，又凝视着玻璃柜台中的模型，最后侧头去看身边的人。他还是那副懒懒散散的样子，双手插在大衣口袋里，额头前面有一缕头发翘了起来。

他说：“与其死记硬背，不如在历史里亲自走一遍。”

侧头，似笑非笑对上她的视线，“怎么，爱上我了？干吗用这么含情脉脉的眼神望着我？”

路知意啼笑皆非。

“只是觉得，你也并不是完全不靠谱。”

他嘁了一声，“知道我年年期末考第几名吗？”

“第几？”

“第一。”

“……”

他眼睛一眯，“你不信？”

路知意笑了，真心实意地说：“我信。”

能把课内课外的知识融会贯通，讲得头头是道，她信。

陈声的情绪变化真快，上一秒是不悦，这一秒就笑开了花，一脸得意地问她：“年级第一特意给你补课，传授经验。你自己说，你该怎么表示表示？”

路知意脑中一动，忽地想起什么，从背上取下书包，拿出了那盒被陈郡伟嫌弃的巧克力，递给他，“谢礼。”

礼盒在书包里搁了好几周了，她自己舍不得吃，却又不知该如何处理。

如今正好。

陈声匪夷所思，她居然未卜先知，准备了谢礼？看了眼那小熊礼盒，明白那大概是给别人的礼物，却不知为何临时交给了他，有些嫌弃，“你当我是小孩子打发？”

她一顿，又把礼盒往书包里塞，“不要就算了。”

结果又被他一把拿走：“不要白不要。”

两人在基地待到午后，直到路知意肚子咕咕叫，陈声才一边笑话她，一边带她离开。

把车开出基地，他理直气壮地说："路知意，请我吃饭。"

上次请客钱不够的状况还历历在目，路知意吃一堑长一智，直白地说："简餐没问题，贵的请不起。"

陈声笑出了声，把车停在路边，随手一指，"这家就行。"

一家朴素的饺子店。路知意松口气。

服务员拿了菜单来，陈声点了三两猪肉白菜，路知意点了三两猪肉莲藕。

他有些意外，"可以啊路知意，你是我见过第一个一顿吃三两的女生。"

路知意答："在家要做的事情很多，喂猪劈柴，放牛割草，养成了多吃的习惯，不然没力气干活。"

陈声一愣，下意识问："你爸妈呢？怎么事情都让你一个人做？"

她张了张嘴，有的话都快脱口而出了，最终却成了冒出水面的气泡，咕噜咕噜就没影了。

她含含糊糊说："爸妈工作忙，我能做就帮着做。"

内心有个声音在拼命叫嚣着，不是这样。

不是这样的。

她与他虽是不打不相识，他带刺，脾气坏，冲动幼稚，却无比坦诚。他愿意在与她结有梁子时出手相助，把她的窘迫与穷苦看在眼里，甚至带她去他的秘密基地温习。

凌书成被人群殴那次，他与她也算是患难之交。

开学以来，路知意说了太多的谎，她不想再这样遮遮掩掩，她并不觉得父亲有什么地方是羞于启齿的。

说谎仿佛是对他的一种侮辱。

她想停下来。

可这样的思绪翻腾了几秒钟，到底被理智压了下去。进中飞院是有政审的，个人不得有犯罪记录，家庭情况表上要填父母的信息，直系亲属不能是受过刑事处罚的人员。

只是学校的审核重点在于个人记录，家庭情况表只要有当地派出所和街道办事处出事的印章，就算过关。学校并不会严查。

路成民为镇上贡献了几十年光阴，路知意在他的身份上撒了谎，而整个冷碛镇的人都在帮她完成这件事。

个人记录良好。

家庭情况清白，无犯罪前科。

父亲：村支书。

母亲：病故。

陈声望着她，在这小而朴素的饺子馆里，空气里弥漫着饺子香气，墙壁上有斑驳的痕迹。一切都是朴实无华的，除了他的眼睛。

那双眼睛有浅浅的内双，总是懒洋洋地望着你。

睫毛长而密，时刻在眼睑处投下一圈模糊的阴影，借此遮挡住他偶尔的柔软善良。他喜欢让自己看起来浑身带刺，刻薄又张扬。大概觉得这样很帅。

幼稚。她在心里这样评价他。

可他们对视着的此刻，路知意不由得低下头来。他的坦诚不设防，令她的倒影看上去懦弱可耻。

很快，热气腾腾的饺子端上桌了，一人一盘。陈声还点了瓶橙汁，给她倒满，又替自己倒上。

她拿筷子戳饺子，忽然问他："为什么帮我？"

陈声靠在椅背上，懒洋洋地说："因为我是少先队员，助人为乐会让我胸前的红领巾更加鲜艳？"

路知意："我说真的。"

她手持筷子，抬眼看他，很认真。

陈声一顿，"我不知道。"

"是因为同情吗？"

"不是。"他斩钉截铁。

想了一会儿，陈声低头看着那堆白生生的饺子，笑了，"路知意，我知道，在你眼里我大概就是个纨绔子弟，仗着家里有几个钱，大手大脚，不务正业，做事幼稚冲动，不知人间疾苦。"

"……"她没否认。

他又抬头看她，饺子的热气模糊了他的面容。

他说："这些我都承认，但我也有我的堡垒，我愿为它横刀立马，坚守终生。"

唇角一动，他目不转睛地盯着她："我知道，你也一样。"

她也一样。

在基地里他就看出来了，着迷似的望着那些模型，仿佛一心要钻进那堆历史里。在外人看来死气沉沉、枯燥乏味，他们却总能从中找到动人之处。

可路知意望着他，却觉得有哪里不一样了。到底是哪里呢？

她不喜欢小白脸，也看不惯他漫不经心的样子。她讨厌他的刻薄张扬，嫉妒他的无忧无虑。这个人浑身上下都是她求而不得的东西，从天赋到实力，从家境到心境。

可此刻，他笑得意气风发朝她举杯。

他说："路知意，敬我们共同的堡垒。"

她却忍不住端起面前那杯橙子，与他在半空中一碰。

她想，他们终于有一点共同之处了。

Chapter 07 格 桑 花 开

回学校的路上，陈声开车，边开边跟路知意说话。

半路上，他问她："复习得差不多了，今晚总该不熬夜了吧？"

没回应。

他盯着前方，疑惑地叫她："路知意？"

还是没回应。

侧头一看，这家伙上一秒还在跟他说话呢，下一秒就靠在椅背上睡着了。他失笑，把车停在路边，从后座把自己的外套拿出来。

大概是这几天太累了，她居然在车上也能睡死过去，外面车水马龙，汽笛声不断，她居然一点没醒。

陈声看她歪歪扭扭斜在那儿，凑近了些，欲把外套替她披上。可披上之前，没忍住，仔细打量了片刻。

头发长些了，覆在耳边，不再是男孩子似的板寸。面颊上的高原红似乎浅了些，但依然明显。肤色有些黑，但露出发尾的耳朵倒是珠圆玉润的，耳垂圆溜溜，胖乎乎。

他把外套搭了上去，她睫毛一动，慢慢睁开眼来，迷迷糊糊地望着他。

下一秒，看两人离得这样近，她吓了一跳，眼珠都瞪圆了，"你，你干什么？"

他松了手，任那衣服滑落在她肩头，似笑非笑反问一句："你希望我干点什么？"

她低头一看，看见他的外套，立马会意，略有些尴尬地说："谢谢。"

陈声笑了两声，斜眼看着她，“路知意，你想得有点美啊，还盼着我对你有点什么非分之想？”

“我可没那个福气。”她没好气地回瞪他。

可下一刻，他却盯着她的耳垂笑了。

他说：“我们家老爷子常说，耳垂又圆又大的人，将来是有福气的人。所以路知意，你也别灰心。虽然你长得一点也不漂亮，将来大概是没什么福气在爱情上面找到个像我一样帅得人神共愤又才华横溢的美男子了，但是说不定你会财源滚滚、官运亨通。”

他用了好长一串形容词来修饰自己。

路知意露齿一笑，甜甜地说：“我谢谢你。对我来说，财源滚滚和官运亨通，其实都比不上将来找个和你完全不一样的对象有福气。”

陈声一顿，“我怎么了我？”

眼神很不友善。显然，她要敢再多说一句他的坏话，他会立马翻脸不认人。

路知意可犯不着又去惹恼这位宇宙级的自恋狂，干脆顺着他的话往下说：“你太好了，我配不上。为免将来爱情不顺，婚姻坎坷，我还是找个丑的、没才华的，我们‘王八看绿豆’，刚刚好。”

陈声知道她在说反话。这丫头嘴上一个样，心里却完全是另一个样。

他不紧不慢笑了一声，“你也别妄自菲薄。你虽然模样差了点，但再怎么也比王八强一点。”

她一噎，没来得及答话，就听见下一句。

“王八蛋还差不多。”

“……”

她就知道，这个人好不过三秒！

隔天是周六，下午，路知意照旧去给陈郡伟补课。

这是本学期的最后一次补课。

出人意料的是，最后一次周考，陈郡伟没有像他说的那样，考个糟糕的分数来气死他妈，反而又一次及格。当然，作文还是只字未动。

她看了眼作文题目，《My Dream》。便问他：“你有梦想吗？”

小孩：“有。”

“什么梦想？”

“希望我爸早点死掉，别再丢人现眼，拖累全家。”他冷冰冰地答道，干脆利落。

路知意一顿，抬头看他，“你真这么想？”

小孩耸耸肩。

路知意不语，半天才说：“你爸有错，但罪不至死。”

“他活着和死了，对我来说有什么区别？”小孩嘲讽一笑，“哦，也不是完全没区别。他死了，我妈就解脱了，用不着三天两头被他闹离婚，也不至于死不离婚，浪费自己的人生。”

陈郡伟说这话的时候，眼神里饱含怒意。少年面容尚带稚气，青春期的变声还未完全度过，嗓音里有几分喑哑。

路知意望着他，仿佛看见了曾经的自己。

她说：“你不是真的希望他死。”

小孩笑了两声，轻蔑地说：“你根本不懂。”

“我懂。”

“你懂什么？”他一副看傻子的模样看着她，“少给我灌鸡汤，少在那站着说话不腰疼，没经历过的人就没资格指手画脚。”

路知意仿佛没听出他的嘲讽，平静地说：“我经历过。”

小孩瞬间怔住。

下一秒，她却指指卷子，“继续讲题？”

理所当然地，小孩猛地蹙眉，“你刚刚的话，什么意思？”

“你想听？”

他干巴巴地说了句：“不想。”

可还是没忍住，“我最讨厌说话说一半的人，你既然开了头，那就讲下去。”

路知意笑了，“如果我讲完了，你发觉我有资格对你指手画脚，那你愿意听听我的建议吗？”

小孩略一停顿，很警觉地盯着她，“你先讲，讲完再跟我谈条件。”

还真是个不好糊弄的小孩子。路知意搁下笔，靠在椅背上，端起水杯抿了一口。

“我妈出轨的时候，我并不知道。我爸是村支书，老好人一个，成天在镇上帮这帮那，忙得不可开交。因为他太过好心，借出去的钱收不回来，家里的日子一直过得紧巴巴的。我妈怨他，毕竟别人做村干部，都有油水可捞。他非但没在家里带半个子儿，反倒把日子越过越穷。”

她盯着那卷子，声色从容，仿佛在讲述别人的故事。

“后来我妈就出轨了。我当时太年幼，镇上又不如城里，花花世界无奇不有，我什么都不懂，只知道那阵子山上修国道，爸爸忙得要命，常常一周才回家落个脚，家里总有另外一个男人出入。我妈说，家里事情多，镇上的刘叔叔好心肠，总来帮忙劈个柴，做点农活。

“这事我爸也知道，他很感激那个刘叔叔，家里做点香肠腊肉什么的，也会往人家家里送。

“后来有一天，工地上出了事，我爸回家拿钱，给受伤的工人垫付医药费。结果正好撞见我妈和那个刘叔叔衣衫不整，这才知道他们早就好上了。”

小孩一脸震惊看着她。

路知意却问：“你猜猜看，结果如何。”

他只能重复一遍：“结果如何？”

“结果，我妈硬拉着不让我爸追上去，发生肢体纠缠时，我爸失手把她推下了二楼。她头朝地，当场死了。”

路知意抬眼望他，平静得可怕。

小孩的嘴开开合合，半晌才问出一句：“那，那你爸呢？”

“在坐牢。”

“可他不是故意把你妈推下楼的啊！”

路知意顿了顿，“我也这么想过。开庭那天，法官宣判他六年有期徒刑的时候，我差点像疯狗一样冲上去揍那法官。”

“……”小孩大概没想到，有人会用疯狗来形容自己，“后来呢？”

“后来啊。”她靠在椅背上，揉了揉眉心，“后来不那么年少无知了，知道家有家规，国有国法，哪怕是无心之失，那也是一条人命。”

两人对坐着，路知意仿佛沉浸在往事之中，忘了开口。

最后还是小孩装作不经意地问了句：“你不是要给我点什么建议吗？”

她抬头，“你愿意听了？”

“你先说说看呗。”

她笑了笑，这家伙，口是心非。

“我曾经很恨我妈，成天跟我爸吵架。后来她自己出轨，却害得我没了母亲，也没了父亲。

“可是时间长了，我又好像想明白了。日子不好过，没有哪一方该承担全部的责任。我妈是自私了点，可我爸也未免太无私，帮人帮到自己家里揭不开锅。过犹不及，其实也是一种自私。

“其实后来这些年，我常想起我妈妈。她并不是一直都那样的，她曾经对我好，对我爸也好，家里井井有条。那么多年，都是她一个人忙里忙外。”

小孩打岔，“可她出轨了，这就是她的错！”

“是，她是有错。可一个人有错，不代表我们要全盘否定。就算她出轨了，叫人不齿，也不应该用性命去偿还。”她笑了笑，“毕竟没有她，就没有我。他们曾经也过得很开心，只是后来性格不合，理念不同，日子过不下去了。”

小孩愤愤不平，“不是这样的，日子明明过得下去，是他们自己非要出轨。吃着碗里的，看着锅里的。这叫贱！”

路知意停顿了一阵，才说：“可是小伟，你不是真的希望你爸爸死掉。你今年十六岁了，十六年里，他并不总是像今天一样混蛋。十六年前，是他心心念念在产房外守着你妈和你。他做的最大的错事并不是爱上了别人，而是在爱上那个人的时候，没有像个男人一样跟你妈坦白，要么回归家庭，要么彻底离婚。”

陈郡伟沉默了。

路知意知道，今天该到此为止了，遂收回话头，最后说了一句：“我今天说的事情，希望你不要告诉任何人。”

他忽地抬头，“你没跟别人说过？”

她摇头，“来上大学以后，你是第一个知道的。”

小孩不知怎的，无端雀跃起来，欲言又止了很久，最终问出这几周都想问的那个问题：“你上次要给我的那盒巧克力呢？”

路知意一顿，没料到他忽然转移了话题。

“怎么了？”

“送出手的东西，没有收回去的道理。”他若无其事地转着笔，也不去看她，“所以我考虑了一下，还是勉为其难收下它吧。”

路知意啼笑皆非，最终摇头，“我已经送给别人了。”

小孩一听，奓毛了，“哪有你这样的？说好送我，那就是我的了，你怎么能给别人？”

“是你自己不要，为免浪费，我才送人的。”

陈郡伟怒发冲冠，坐在那喘了好几口气，最终咬牙切齿，“你送谁了？”

路知意想了想，说：“一个和你一样幼稚冲动，但是心肠很好的人。”

这么一想，还真有些巧，她饶有兴趣地补充，“他也姓陈。”

也姓陈？

陈郡伟狐疑地看着她，忽然想起什么，张了张嘴，又闭上了。

补完课后，他和路知意一起出门。路知意回学校，他说要去他哥哥家蹭晚饭。

路知意也没多想，很快和他分道扬镳，临走前，含笑鼓励了一句：“小伟，期末考试加油！”

陈郡伟嘁了一声，翻了个白眼。

她站在夜色里冲他笑，“知道你水平高，看不起那种无知的测试题，但拜托你拿出点本事，把作文也给写了，至少让那些看不起你的老师大跌眼镜，知道你的厉害。”

“啰唆死了，快走吧你。”他摆摆手，扬长而去。

出小区后，陈郡伟打个了车，很快抵达陈声家门外，砰砰砰敲起门来。

来开门的是他大伯伯，陈声的父亲，一见他，有些惊讶，“小伟来了？”

陈郡伟飞快地叫了声：“大伯伯。”

脑门往里一探，“我哥呢？”

陈宇森说：“他要带大一的学生做晚操，已经回学校了，前脚刚走，你这就来了。怎么，你找他有事？”

陈郡伟想了想，说：“他上回答应借我本书，我进他屋子自己拿，行吗？”

他在家中排行老幺，个个都宠他，陈宇森自然不会不同意。横竖就一本书的事。

“行，你自个儿拿去吧。”陈宇森往厨房里走，“还没吃饭吧？我跟你大伯母说一声，多添双碗筷。”

陈郡伟径直往陈声屋子里走，应了一声：“好嘞。”

推门而入，陈声的屋子很大，有一面墙从头到尾都是书架，内嵌式。床头有个陈列架，上面摆放着各种模型，全是型号各异的飞机。

陈郡伟一眼看见摆在床头柜上的小熊礼盒，二话不说走过去，拿起来就往书包里塞。

果然在他这里！

死陈声，夺人所好就算了，还好意思摆在床头柜上。他想起上回，上上回，还有上上上回，那家伙三令五申，还隔三差五打电话来查岗，非要他好好对待路知意，不许找碴儿。

还敢说心里没鬼？

人家送盒巧克力罢了，居然这么大张旗鼓摆在枕头边上！怎么，还想睹物思人不成。

随手抽了本书架上的书，看也没看是什么，拎着书包就往外走。

那边的陈宇森在摆碗筷，“找到书了？”

“找到了。”

“找到就好，来吃饭吧，尝尝你大伯母的手艺。”

陈郡伟心情一好，连着吃了两碗饭。

陈声开车开到半路上，想起那盒周五带回家的巧克力。

他不太喜欢那玩意儿，甜得发腻，但碍于是路知意送的，也没想着送人。毕竟高原少女买这么一盒巧克力也算是奢侈，他不愿糟蹋她的心意。

半路上，忽然想起她周一就要考试了，这几天严重睡眠不足……干脆拿给她，让她考前吃两颗，长长精神。

看了眼表，还有时间。陈声一打方向盘，掉头往家驶去。

进门时，饭桌上三人都有些讶异。

父母几乎异口同声：“怎么回来了？”

“有个东西没拿。”陈声的视线落在多出来的那个人身上，一顿，“小伟？你怎么来了？”

陈郡伟张着嘴，一口饭没吞下去，筷子吧嗒一声掉下来。

他飞快地站起身，去沙发上拿书包，“大伯伯、大伯母、哥，我忽然想起还有点事，赶时间，先走一步！”

这表情，这反应，明显有鬼。

陈声下意识抓住他的书包，“什么事这么急？”

书包拉链没拉上，两人这么一拉扯，巧克力礼盒吧嗒一声滑落在地。

陈郡伟赶忙去捡，小心翼翼抱在怀里，一蹦三尺远。

陈声眯眼看他，声音低沉，“拿来。”

陈郡伟把巧克力抱在怀里，一脸警惕，“这本来就是我的！”

“你的？”陈声逼近一步，“你敢说不是在我床头柜拿的？”

陈郡伟一顿，下一刻，不服输地说:“那也是她先送给我的！是我赌气说不要，她才给你的。”

陈声慢条斯理笑了笑，“那你挺能的啊。当初既然有骨气说不要，这会儿又上赶着来我家偷，这是什么招数？”

陈郡伟被一个“偷”字激怒了。

“什么叫偷？本来就是我的东西，我不要了才是你的。如今我要，你难道不该还给我？”

陈声说：“那你刚才吃了我家大米，因为我不缺米，所以不跟你计较。现在我觉得缺米缺粮了，诚邀你吐出来还给我。你吐不吐？”

餐桌上的陈声父母都走了过来，不知两人在闹什么别扭。但这哥俩打小就这样，一个比一个幼稚，动辄斗嘴吵架，感情却不错。

眼前这事，略一看就明白了。

陈郡伟可是无事不登三宝殿的主儿，约莫今天本就不是为了本书来的，醉翁之意不在酒，在巧克力。

陈母看了眼陈郡伟死死护在怀里的那盒东西，劝了句陈声：“行了行了，就一盒巧克力，犯不着跟你弟弟闹。”

陈父也觉得陈声不大像话，“就一盒巧克力，有什么好吵的？也不嫌丢人。”

陈郡伟占了上风，拎起书包就开跑。没跑上两步，被陈声一把揪住后背的衣服，“不把东西放下，你休想走。”

陈郡伟翻身就要推开他，被他一巴掌打在后脑勺。

“你拿不拿来？”陈声眯着眼，攥着他的书包带子，声音难得一见的紧绷。

陈声父母赶紧上来拦着。

“你干什么！快松手！这都什么事啊？为了盒巧克力，两兄弟要打一架？”

陈郡伟气红了眼，狠狠将那盒巧克力往地上一砸。

“还你！你以为谁他妈稀罕啊！反正是我不要的，你都拿去啊！那穷逼爱给谁给谁，我又不是买不……”

巧克力散落一地的同时，陈声一把揪住了陈郡伟的衣领。

明亮的灯光遍洒一地，屋里看起来温馨至极。

可陈声前所未有地发怒了，一字一句说：“你有本事再叫一句穷逼？”

少年人的词汇总是很丰富，别提陈郡伟了，陈声自己也常常在寝室里这样与人说话。傻逼，穷逼，捞逼，牛逼……

可哪怕嘴上这样说，本意却并非如此。骂人不是目的，多数人不过是仗着年轻气盛，总要逞一时口舌之快。

但是眼下，陈郡伟这样称呼路知意，陈声勃然大怒。

他揪着弟弟的衣领，居高临下盯着他，“她是穷，可她不知道比你好到哪里去了。至少她认认真真，脚踏实地活着，为了养活自己，连你这种自暴自弃的废物都肯教。你呢？要不是有你爸妈养着你，你今天有什么资本穿戴整齐地当个败家子？你有什么资格嘲笑她穷？”

“陈声！”陈宇森一口喝住儿子。

“废物”二字，太过严重。少年人如何承受得起如此具有侮辱性的词语。

陈郡伟的目光凝固了一刹那。他一把推开陈声，“哈，我是废物？”

他哈哈大笑起来，“你早就想这么说了吧？你觉得我是个废物，你一直都这么看我！是啊，我哪里比得上你呢？中飞院的高才生，家庭和睦，父母相敬如宾。我算哪根葱呢？我连家都没有，那算家吗？我不过丧家之犬罢了！”

说完，他朝地上那堆包着锡箔纸的巧克力用力踩去，泄愤一般踩了好多脚。

他说：“陈声，你今天终于说了真心话了。假惺惺这么多年，我真看不起你！”

然后转身，摔门离去。

陈声定定地在原地站了好几秒，不顾焦灼的父母，猛地朝门外追去。

“陈郡伟！”他叫他的名字。

可陈郡伟跑得飞快，一眨眼就不知道上哪去了。

陈声站在路口，盲目地左顾右盼，最后看到一个似像非像的背影，不顾一切追了上去。

而小区门口的花丛里，陈郡伟衣摆的一角露了出来。少年蹲在泥地里，死死攥住拳头，不让自己哭出声来。

是男人就不要哭。

哭有个屁用！

不是不知道自己说错了话，也不是不后悔。他并没有真的那么看她，即便一开始对她颇为不屑，因为她土里土气，英语发音难听，做事情一板一眼。可到后来，当她在卷子上写下那句话，当她对他讲出未曾对人讲述过的故事，他就再也没有任何不屑了。

一星半点都没有了。

他仰起头来，看见夜幕低垂的天际挂着一弯白色的新月，背景是漆黑一片的天幕，那月光也因此显得格外皎洁。

热泪模糊了视线，也模糊了月亮的轮廓。

他蹲在那儿，带着哭音喃喃念着："All over the place was six pence, but he looked up at the moon."

在满地都是六便士的地方，他却抬头看见了月亮。

他抬头，静静地看着那月亮。

最后抹了把泪，低声说："对不起。"

对不起，路知意。

而他没看见，在离他几步开外的地方，去而复返的陈声站在他背后，看见少年蹲在花丛里，一个人吹着冷风，傻乎乎地抬头看月亮。

松了口气，心却像是被谁紧紧攥在手里。

那句呢喃的话被风送到耳边。他的手垂在腿边，动了动，慢慢地握成拳头。

陈声走了过去，站在他身后，不动了。

陈郡伟听到了他的脚步声，却没回头，直到听见陈声对他说："对不起，小伟。"

他笑了笑，还那么仰着头，眼里亮晶晶的，"对不起什么？你骂得对，我就是个废物。"

"你不是。"

"我是，我不只是个废物，我还是个败家子，屁都不懂，就知道挥霍家里的钱。"

"你不是。"

"我是。我就是。"他一遍一遍重复。

陈声把他拉起来，想用衣袖帮他擦把脸，可到底他们都大了，这动作总叫人难为情，做不出来。

最后他轻轻按住陈郡伟的肩，说："小伟，你知道她写给你的那句话，出自哪里吗？"

陈郡伟摇头。

"出自一篇书评，评论的是《月亮与六便士》。书里还有另一句话：一般人都不是他们想要做的那种人，而是他们不得不做的那种人。"

陈声望着他，眼神安静又温柔，"可是小伟，别忘了，你也有选择的权利。"

考试周只有短短七天，九门课程。但对于不少人来说，简直是度日如年。

考最后一门课时，路知意靠窗而坐，答完卷正在检查，窗外，有人轻声叩响了玻璃。

她一惊，扭头一看。

陈声闲闲地站在那儿，用眼神问她："你行不行啊？"

她翻了个白眼，摆手让他赶紧走。

他扫了卷子一眼，似笑非笑对着讲台上招招手，转背走了。

路知意抬头看讲台，监考的是赵书记，看了眼窗外扬长而去的人，鼻子里哼出了声，眯眼点评四个字："无法无天！"

可就连她也看得出，那眼神里有不加掩饰的偏爱。

最后一门考试结束，学生们还不能离校，得集体参加本学期最后一次年级大会。

辅导员说，下学期开学有一个高原集训的项目，所有大一学生都必须参与，目的在于强化体能，一练耐力；二练前庭功能，也就是如何克服在特殊情况下，因飞机过于颠簸而产生的眩晕呕吐感。

台下叫苦不迭。

"天天跑操就够了，居然还有高原集训！"

"那可是高原啊！"

"我在平地上锻炼都要死不活了，还要去空气那么稀薄的地方！"

"妈妈救我！"

路知意笑出了声。

苏洋瞥她，"你就好了，天生适应高原，居然在这儿幸灾乐祸！"

她举双手，"冤枉啊，我明明是被那句'妈妈救我'给逗笑的！"

武成宇立马回头，扬扬得意，"怎么样，我很有'幽默细菌'吧？"

一旁的李睿立马接口："你不只有'幽默细菌'，你还有傻 × 病毒。"

"我去你的！"

男生们打打闹闹，气氛一片祥和。考试一过，假期来临，大家面上都有藏不住的放松。

中午，室友们在食堂欢聚了一顿，赵泉泉叽叽喳喳问大家假期去哪玩。

苏洋说："大过年的，玩个屁啊，当然搁在家里睡大头觉了。"

吕艺说："我爸要去日本的分公司巡视，说让我和妈一起去，就在京都过年了，泡泡温泉也好。"

赵泉泉一脸羡慕，又问路知意："那你呢，知意？"

路知意说："我哪儿也不去，就在家待着。"

"你不去看看雪？"

路知意笑了，"我家在高原，一年四季都有雪山。冬天家门口也会下大雪，还能堆雪人。"

赵泉泉眼睛都瞪大了，"那我能去你家看雪吗？"

路知意一顿，不知该怎么回答。

苏洋没好气地对赵泉泉说："人家不过年啊？人家忙了一年，凭什么好不容易歇下来，还得分神去照顾你？"

赵泉泉撇撇嘴，"开个玩笑嘛。"

苏洋："并不好笑。"

赵泉泉一脸尴尬。

吃过午饭后，苏洋和吕艺的家人都开车来接，吕艺先走，苏洋后走。

临走时，苏洋问路知意："你行李都收好了吗？要不一块儿走，我让我爸先把你送到汽车站去，我们再回家。"

路知意不愿麻烦她，赶紧说："没事，你先走，我还有点东西没收好。"

反倒是赵泉泉一蹦三尺高，"哎哎，我要去高铁站，我的行李早就收好啦！苏洋、苏洋，能让叔叔送我一程吗？"

苏洋白她一眼，"你倒是自觉。"

两人也很快离开了。

下午两点，路知意拎着满满一箱行李离校。

她给路雨买了件羊绒毛衣，前一阵商场打折也要五百多块，可她咬咬牙，从兼职的工资里省下这钱，买了下来。

这些年路雨含辛茹苦带大她，已经很久不曾买过新衣服了。

可当她拎着沉甸甸的行李箱走到校内公交站时，简直被那弯成无数 S 形的队伍给惊呆了。

全校师生都要离校，校车系统简直要瘫痪了。她从两点钟排到三点钟，依然没能排上车。

直到一辆熟悉的黑色轿车停在眼前，那人降下车窗，言简意赅对她说："上车。"

路知意一愣，下意识摆手，"我坐公交就行。"

那双总是饱含嘲弄的眼睛，果不其然，又眯了起来，扫了眼里三层，外三层挤得水泄不通的公交车站，"你打算排到四五点，一路慢吞吞摇到汽车站去，然后错过最后一趟回家的车？"

她瞧了瞧那望不到头的队伍，认命，讪讪地说："那就麻烦你了。"

又指指面前的行李，"这个放后备厢？"

陈声在车里摁了摁，后备厢发出咔嗒一声，缓缓打开。

路知意拎着行李走到车尾，正欲抬箱子，车主却开门走了下来，一把接过她手中的行李。

她下意识说："我来就可以，不用这么麻烦……"

陈声已经干脆利落将箱子放了进去。回头看她，嘴角一扯，"虽然看起来像个男人，但好歹有点自知之明吧。路知意，你是个女人，以后这种事不要跟男人抢着干。"

路知意微微一笑，"中国已经改革开放很多年了，陈师兄。我诚恳建议你，早点放下男女不平等的观念，痛改前非吧。"

陈声一顿，"哟，还能还嘴了？"

作势要再开后备厢，"要不，我把行李还你，你还是自个儿走着去汽车站吧？"

路知意眼疾手快，一把摁住他的手，"大丈夫一言九鼎，说过的话怎么能随随便便就收回呢？"

陈声目光下移，盯着她摁住自己的那只手，"可以啊路知意，现在不只动嘴，还动起手来了？"

"……"路知意分辩，"我这不过是摸了一下，怎么就算动手了？我又没打你。"

"我说的是那个动手吗？"陈声似笑非笑睨着她，"我说的，是'动手动脚'这个'动手'。"

路知意："……"

下一秒，倏地缩回手来。

"变态！"

这次轮到陈声笑话她了。

“路知意同学，如你所说，中国已经改革开放多少年了？摸摸小手就算变态的话，那亲亲小嘴岂不是该被抓起来枪毙？”

路知意一顿，抬头触到他的视线，发觉他正直勾勾盯着她的嘴。

?

她一惊，伸手捂住自己的嘴，“你，你想干吗？”

他凑近了些，越来越近，越来越近。公交站的人都兴致勃勃观望着。

而最终，他凑到了路知意的耳边，笑意浓浓地说：“我想干吗？我想告诉你，自作多情是病，得治。”

“……”

中飞院距离汽车总站有一个半小时车程，偏偏今天是放寒假的日子，蓉城大大小小十来所高校，不少人都在今天离校。

路上根本水泄不通。光是上绕城公路的那一小段路，半个小时他们就只开出一百来米。

路知意频频看表，心里越来越没底。汽车站六点半收车，她恐怕回不了家了。

陈声侧头看她一眼，没说话，点开导航，屏幕上是一大片红色堵车区域，注定了此行艰难。

“可能赶不上末班车了。”他提醒路知意。

路知意也看见导航了，点点头，说：“那一会儿找个地方掉头吧，我再回学校住一晚，明天早上回家。”

陈声“嗯”了一声。

车在原地堵了三分钟，路知意的情绪有些低落。

陈声看她两眼，问她：“晚一天回家而已，用得着这么沮丧？”

路知意苦笑两声，“明天是我小姑姑的生日。”

“你们关系很好？”

她想说自己是由路雨带大的，可话到嘴边，还是遮了一半，“像母女一样。”

陈声顿了顿，又过了半分钟，重新打开导航，若无其事地问路知意：“你家在哪？甘孜是吧？”

她望着窗外水泄不通的车辆，漫不经心回答说：“嗯，甘孜州，冷碛镇。”

几秒钟后，忽然听见导航的声音：“正在为您选择从蓉城到甘孜州冷碛镇的最佳路线……”

她一惊，猛然回头。

就在此时，车流又动了起来。陈声将导航设定好，重新扶住方向盘，目不斜视地发动汽车，仿佛根本没注意到身边人投来的目光。

路知意张了张嘴，“……你干什么？”

“送你回家。”

送她回家？从省城，一路开车把她送回高原？

“不用不用，掉头回学校就好！”路知意吓一大跳，难得慌乱起来，赶紧推拒，“我家离这六个多小时车程！”

“所以呢？”

“所以你别麻烦了，我明天回去也一样。”

“哪里一样了？不是说小姑姑过生日吗？”

“那也不能让你开六个多小时……”

“为什么不能？”他反问。

路知意一顿，想说他们不熟。可这话不对，他们并非不熟。每天早晚都见面，打打闹闹一整个学期，还一起拿过砖头打过架……这哪里不熟了？

最后只能挑重点：“都是弯弯曲曲的山路，还要翻好几座海拔几千米的山，地势太险。陈声，你真别送了，我不是跟你客气。”

陈声笑了两声，“你是担心我车技不行，没把你安全送到家，反倒把命送了？”

“……”

他瞥她一眼，“我十八岁学开车，三年多，跟我爸跑过西藏，去过西昌，他累了就换我开。甘孜再险，险得过川藏线？”

路知意顿了顿，还是没忍住纠正了一句：“去甘孜也得走川藏线……”

他笑了笑，“那正好，让你看看我神乎其神的车技。”

下一句，振振有词：“路知意我告诉你，质疑男人什么都行，两件事情，绝对不可以。”

“……哪两件？”

“车技、床技。”

“……”

车内一度陷入谜之沉默。

路知意反复推辞，但对于陈声来说，推辞并没有任何作用。开车的是他，他目视前方，选择把她的拒绝当耳旁风。

“陈声，我都说不用了，你赶紧掉头吧！”

“喂，麻烦你听我讲话啊！”

“真别送了，这都几点了？你把我送到家了，你还要不要回来？”

陈声淡定地说：“正好我没去过甘孜，在那住一晚，看看高原风光。”

“……”

大概是路知意拒绝得太坚决，他侧头看她一眼，不耐烦地问了句：“我就这么不招人待见？顺手帮个忙而已，你一副视死如归也不要接受的表情，几个意思？”

视死如归……路知意没绷住脸，想笑。他执意要送，她拒绝无果，只得接受，心情有些复杂。

路知意从来都不轻易接受他人的帮助，其一是怕给人添了麻烦，自己还不起；其二是因为父亲。

路成民是个好人，一个难得的好干部，镇上的人都这么说。宁可自己吃亏，牺牲小我，补贴村民。可是路知意不是那些群众之一，她生活在这个原本就贫穷，后来因为父亲的无私，生活更加紧巴巴的家庭里。

妈妈做的香肠、腊肉被镇上的小孩偷吃了，爸爸说不要紧，不追究。可那钱原本是用来给路知意买自行车的。

小升初，同龄人都拥有了自己的第一辆车，约好一同骑去上学。

结果因为爸爸的决定，那一个学期她都只能由路雨搭着去学校，坐在后座上眼巴巴看着同学们一个个绝尘而去，欢快得像只小鸟。

住在附近的李大爷病了，路成民开着镇上的车，连夜把人送到县城里的医院去。后来李大爷病好了，全家人送了面锦旗到他办公室。

所有人都说路成民是个无私的好人，只有路知意躲在被窝里哭了一整夜。

路成民轻易不用镇上的公车做私事，那天是因为路知意养了三年的小狗生病了，冷碛镇没有宠物店，也没有兽医，她在电话里央求爸爸带小狗去县城看病，路成民好不容易才答应。

可是车是开回来了，最后却载着李大爷和小狗一起走了。

路知意第二天还要上学，不能跟爸爸同去县城，送别时千叮咛万嘱咐，要爸爸第一时间把小狗送去治病。可李大爷的儿子在消防大队值夜班，没法抽身，拜托路成民在医院陪李大爷一晚。

路成民义不容辞答应了，却忘记了那只发病的小狗还奄奄一息等在车里。

后来，李大爷的病好了，路知意养了三年的小狗却死了。

那是只小土狗，傻里傻气，模样也不够好看。可它是路知意童年的玩伴，是她一手带大的，是亲人。

路知意没有记恨过父亲，因为她知道有的事情更重要，他是在帮助别人。可对她来说，并不是知道孰轻孰重就能不难过。

后来她就学会了独立，凡事不求人。

因为她明白，当她指望得到别人帮助时，就会占用别人的时间、精力。她怕自己是如意了，却有另一个路知意在夜里抱着小狗哭泣，坐在自行车后座为得不到那一点点奢侈的自由而失望。

可是陈声呢。

她从来没见过这么奇怪的人，表面上像只刺猬，恨不能时时刻刻扎你一下，看你狼狈的样子，他就开心了。可当你遇到困境，愿意把手递来的，还是这只“刺猬”。

车下了绕城公路，他没往市中心开了，车辆便少了一些，不再拥堵。

路知意问他：“你总是这么乐于助人吗？”

陈声：“什么意思？”

“帮我付钱，帮我复习，今天又执意送我回家。”她是个直言不讳的人，遂问他，“我以为你看我挺不顺眼的，为什么总帮我？”

尤其是，她明明每次都拒绝了，他还非帮不可。

陈声顿了顿，说：“路知意，你大概有所不知，我这人眼光很高，一般人我是不会放在眼里的。”

她有所不知？

路知意也笑了，“我又没瞎，你眼高于顶，狂妄自大，就差没弄个横幅贴脑门上了，我有什么不知道的？”

要不是看在这是高速路上，陈声都想一脚踩刹车了。

这人怎么说话的？他瞪她一眼，不想理她，于是继续自顾自地说，“反正一般人我都不放在眼里，所以能叫我看得顺眼的，和看不顺眼的，都为数不多。”

她笑出了声。

他又有些欠揍地弯了弯嘴角，“所以，我这么烦你，看你这么不顺眼，你也该与有荣焉。毕竟这表示你在我眼里和其他人不一样。”

路知意从善如流：“那我真是谢谢你啊。”

他知道她在揶揄他，但这并不妨碍他心情好，开车都开得一路微笑，仿佛是开着婚车去参加喜宴，喜气洋洋的。

车开一路，除去导航，还放着音乐。

那个民谣女歌手唱着：你是我梦里陌生，熟悉，与众不同。你是我梦里幻想，现实，不灭星空。

可不是吗？相处整整一个学期，他们多数时间在针锋相对，于情于理都该形同陌路。可她却又觉得俩人仿佛已熟识很久，他的每一个反应哪怕与众不同，也在她意料之中。

路知意看着他，片刻后才说：“可我看你挺顺眼的。”

陈声一顿，扭头古怪地盯着她。

她赶紧推他，“看我干什么？看前面！你别不看路啊！”

他这才回头继续看前方，嘴里却追问：“你刚才说什么？”

“我说，我看你倒是挺顺眼的。”她也没吝啬，又说了一遍，看着他的侧脸。

车窗外是一轮落日，昏黄壮丽。高速路旁的树林一簇一簇从他身后闪过，他时而沐浴在光影里，时而陷入昏暗中，可是怎么看，轮廓都像是泛起了毛边，有一种赏心悦目的温柔感。

路知意说：“我知道你嘴上不饶人，但是心肠是好的。表面上总是挤对我，但心里还是盼着我好。”

陈声一顿，挑眉笑着夸了句：“脑洞开得挺大啊，路知意。”

她笑着瞅他，“我知道你现在急于否认，因为你习惯了嘴上挤对人，不善于好言好语跟人相处。”

“……”

陈声：“你爸妈知道你想象力这么丰富吗？”

路知意没说话。

他顿了顿，没听她接话，瞥她一眼，似笑非笑再问一句：“既然你这么能，那不如再说说，你还知道些什么？”

她望着他再次沐浴在霞光里的侧脸，笑着说：“我还知道，你把我当朋友。”

陈声一怔，没了下文。

有种被人戳穿心事的感觉。光天化日之下，说这种什么你把我当朋友之类的话，肉麻死了。

沉默片刻，最后他还是开口了，就那么吊儿郎当地，懒懒散散地反问她："谁把你当朋友了，老子从小到大没有朋友，只有兄弟，你是兄还是弟啊？"

身侧的人仿佛早有预料他会是这个德行，轻飘飘笑两声，无视他的揶揄，只接着之前的话，定定地对他说："我也是，陈声。"

他一顿，目视前方，问她："你也是什么？"

她又不说话了，挪开视线，背对他去看车窗外的风景。

"喂！"

"……"

"你刚才说的什么意思？"

"……"

"什么你也是啊？你也是什么？"

"……"

"路知意！"他心里头像是有狗爪子在挠，又急又痒。

路知意头也不回地说："你不是听见了吗？"

"没听懂，你给解释一下。"

"我也是，陈声。这五个字，哪个字需要解释？"

"每个字。"他拉长了脸，"每个字都需要解释。中华文化博大精深，通假字那么多，多音字、多义词也一大堆，你用一段话给我解释一下，你刚刚说的这五个字什么意思？"

她趴在窗户上笑了。

"听不懂就算了，反正不是什么重要的话。"

"路知意！"

她笑得更厉害了，虽然没声音，但从身体的抖动就看得出，心情很愉快。

陈声有点恼羞成怒，绷着脸开车。

耳边反复回荡着那句话，轻飘飘的五个字。

"我也是，陈声。"

他一脸烦躁地望着前方的车流，视线落在几米开外的那辆车上。

城市越野在夕阳底下泛着光，仿佛有星星在车面跳跃，橘红色。天边的落日沉下了一大半，还剩三分之一在树林上方，橘红色。最后，他没忍住侧头，看她一眼。

那两抹红淡淡的，像是软绵绵的云，轻飘飘浮在她面颊上……也是橘红色。

从前总拿它们来笑话她，此刻却无端觉得，这样好像……也不错？于是开着开着，又好像不气了。

她趴在窗口轻快地笑，回头对他说："你看旁边这辆车，后座有只大狼狗。"

陈声瞥了一眼，右侧正在超车的小轿车后座上坐了只阿拉斯加，一边吐舌头，一边冲路知意龇牙咧嘴。

大狼狗？

嘲笑的话都到了嘴边，却在对上她笑吟吟的眼睛时，卡在嗓子眼里，上不来下不去。

那双眼睛亮而澄澈，不笑时总有一种倔强的姿态，仿佛要劈开一条路来，冲破那些困扰她十八年的贫穷与辛酸。

可眼下，她笑了。于是那其中蕴藏的点点笑意，刹那间变作星光数缕，无端多了几分温柔，几分明亮。

他收回视线，只觉心脏猛然一动，仿佛被人攥在手中。呼吸憋在身体里，出不来又回不去。

到底哪里来的错觉？

不是一向觉得她像个男人吗？

一头短发，肤色暗沉，高原红醒目又突兀，真是看哪哪别扭，找不出半点女性的美丽。

最后他咬咬腮帮子，握紧了方向盘，在心里暗骂一句。

审美扭曲了。

Chapter 08

山水流年

通往冷碛镇的路是大名鼎鼎的318国道，常年塌方。

六个半小时的车程，极其险峻。

他们要翻过两座大山，海拔最高处有两千多米。车的一边是山体，有的地方被植被覆盖，有的地方被绳网罩得严严实实，防止塌方；另一边是万丈深渊，来时的路变作弯弯曲曲的起伏线条，消失在群山之中。

陈声全神贯注开车，路知意也不太敢打扰他。唯独在车上了二郎山时，没忍住指了指，“你看那。”

陈声略一侧头，看见对面的山上有一片棕色的小点，在苍翠的绿草中微微移动。定睛一瞧，是牦牛。

到达二郎山顶的休息站时，他把车停在路边，有些疲倦地揉了揉脖子，“歇一下。”

路知意下车买了什么东西，用纸杯端着回到车上，递给他一杯。

“喏。”

他接过来一看，白乎乎的黏稠液体，“什么东西？”

“牦牛酸奶。”

陈声的视线落在路边摊的老人身上，厚厚的棉衣有些脏，皮肤黝黑，满面褶皱。低头，杯子里的液体闻起来有一种特殊的腥味。

未经工厂加工，手工制作，缺乏消毒流程的酸奶……

路知意静静地看着他，说：“尝尝看。我从小到大都爱喝这个。”

他撇撇嘴，算了，那就给她个面子。仰头一饮而尽。下一刻，五官挤在一堆，一把捏扁了纸杯，呛得咳嗽起来，“怎么这么酸！”

路知意哈哈大笑，小口抿了抿杯中的酸奶，“这个要慢慢品，才知道其中滋味。”

慢慢品个屁啊，酸得要命。

陈声满嘴的酸味，至今没能缓过劲来。从后座拿了瓶矿泉水，下车漱了漱口，开门的一瞬间，冷空气扑面而来，冻得他一阵哆嗦。

路知意从后座拿来他的外套，跟着下了车，搭在他肩上。

“高原上不能感冒，容易肺水肿。”

他把那水含在嘴里，也不急着吐，扭头指指车里，哼哼了几声。

她懂了，哈哈大笑，“还有偶像包袱，不想让我看见你漱口？”

陈声眼珠子一瞪，又指指车里。

路知意怕他感冒，赶紧举双手，“成，成，我这就进去。你赶紧把水吐了回车上。”

还啰唆？

陈声推她一把，看她转身了，才把水吐到灌木丛里。

肩上的衣服穿好了，他也没急着上车，站在路边看看天，又看看对面的山，最后瞧瞧公路底下的万丈深渊。

冷空气吸入肺里，清新又刺激。

蔚蓝色苍穹之下，远处的山顶是一片雪白，再往下，是一望无际的绿。

周遭的雾气像是凝固了似的，围在身边一动不动，再仔细瞧瞧，发现它们仍在缓缓流淌。

一旁有人赶着几匹浅棕色的小马过去了。陈声往边上退让了几步，瞧着它们过路，末尾的那匹还没他胸口高呢，侧头看他一眼，尾巴在空中荡了荡。

有那么一瞬间，他们四目相对。陈声怔怔地望着它。

后来回到车上，继续开车。

路知意还是没敢打扰他，他却回忆片刻那只小马的眼睛，侧头看她好几次。反复这么几回，路知意问他：“你老看我干什么？”

他撞进那双疑惑的眼眸里，笑了。

“路知意，你的眼睛和那马的眼睛，长得一模一样。”

“……”

你才长了双马眼睛。你全家都长了马眼睛！

路知意莫名其妙地白他一眼。

可下一刻，他却说："你们这地方挺神奇的，养出来的人和动物，都有一双干净漂亮的眼睛。"

路知意一愣，所以不是在损她？这回是夸她？

她狐疑地看着他。

陈声只定定地望着远处的山与草，漫不经心地说："大概是因为大山里面没有那么多城市里的繁华热闹，眼睛里只有蓝天和草原吧。"

路知意蓦地一怔。

夜里十点，抵达县城。

路知意的家在冷碛镇，离县城还有二十来分钟的车程，但她让陈声在县城停了车。

"先吃饭。"她带他轻车熟路穿街走巷。

晚饭吃的是炸土豆、牛肉面。

土豆是切成大块放入油锅里炸的，捞出来，沥干了油，沾着辣椒粉吃。外面的脆皮满口生香，里面却粉粉糯糯，烫得人眼泪花都出来了。

牛肉面是超大一碗，老板娘端上来时，嗬，把陈声吓一大跳。山里人都这么实诚？面条上的牛肉大块大块的，面碗也比蓉城的大了两倍有余。

可味道是真好。

他斜眼看路知意，"辛苦六个多小时把你送回来，你就请我吃面条土豆？"

路知意大言不惭："我穷嘛。"

她指指那大块的土豆，"但这是我们这的特色，别处你可吃不到这样的家伙。"

又夹了块牛肉在他面前晃了晃，"看见这肉没？纯天然牦牛肉，城里你可吃不着，吃得着也不会是这个价。"

哟，那得意的样子，真是够可笑的，活像面前摆的是满汉全席。

陈声呵呵两声，可最后却把那么大碗面全给吃下去了。

他对路知意强调："我这是饿的。开车全神贯注太费神，又一路饿到晚上十点，为了身体着想，才勉为其难多吃了一点。"

路知意从善如流："是的是的，您辛苦了，承蒙您不嫌弃，把我们这的粗茶淡饭都给吃了下去，您那金贵的肠胃也不知道会不会不舒服……"

话没说完，被陈声一个栗暴砸在脑门上。

“少跟我心口不一。”

这一下敲得可不轻，她捂着额头，怒目而视。

陈声满意了，“嗯，这种凶神恶煞的样子才是你。”

路知意：“……”

这人可真够幼稚的。

夜深了，路知意带着陈声去县城里的酒店开房。

陈声说：“你住哪？”

“我先帮你落脚，开好房间，一会儿坐出租车回镇上。”

“为什么不让我直接把你送回去？”

路知意说：“你都累了一天了，开了房，洗个热水澡就休息吧，我自己打车回去。”

陈声眉头一皱，“我是问你，为什么不直接让我住你家？”

在车上时，路知意说了，她家是个二楼小院，空屋子一大堆。

山里什么都缺，唯独不缺地。

路知意目光微动，笑着说：“这不是怕家里环境太差劲，你住不安生嘛。你那么挑剔，酒店环境好，住这儿正合适。”

陈声就这么看着她，皮笑肉不笑地说：“牦牛酸奶我喝了，六个小时的车也开了，土豆牛肉面一口没剩下，现在你跟我说我挑剔？嗯，是挺挑剔的。”

路知意语塞。

她当然知道他辛苦了一下午加一晚上，请他回家住一晚，好吃好喝地伺候着，最好明天让他睡个懒觉，再亲自送他离开，这才对得起他送她这一趟的情谊。

可她不能。

家中只有路雨一人，母亲早就死了，父亲在坐牢。她撒了个弥天大谎，让他一道回家，谎言不攻自破。

两人在酒店门口僵持片刻。

陈声看她沉默不语的样子，最终推门而入，将身份证拿出来，摆在柜台上，“一间大床房。”

办好手续，取回身份证，再回头时，路知意还站在玻璃门外。她形单影只地立在台阶上，沉默地望着他，眼里有些惴惴不安，又有些难以名状的伤感。

行李箱立在一旁。

身后是小县城的夜色，闪烁的霓虹灯和环绕四周的青山。

他会错了意，并不知道她在为什么事情伤感，还特有气度地走出门去，瞥她一眼。

“你那点小肚鸡肠，我还不知道？”

她仰头看着他，顿了顿，没说话。

陈声笑了一声，双手插在大衣口袋里，“行了，你不愿意让我看见你家里的境况，那我不去就是了。”

下一刻，眯眼打量她。

“只是路知意，我还以为你不会自卑的。”

毕竟她从来不将自己的贫穷藏着掖着，也坦言她需要奖学金，需要家教费用，从不乱花钱。

路知意知道他理解错了，却并不去解释。这样挺好，他自信满满，而她无须多言。说谎这种事，总是多说多错，倒不如不说。

她低头看着地上的影子，说：“谢谢你。”

“谢谢我？谢我这么理解你？”

“都有。谢谢你大老远开车送我回来。”

陈声笑了笑，懒洋洋地问：“这么正经啊？那下一句是不是要以身相许了？”

路知意一顿，抬头也冲他笑了，安安静静地说：“以身相许就算了，你门槛太高。我这状况，哪怕十个路知意也配不上你。”

陈声一顿。

她却挥挥手，“我先走了，明天早上我来酒店找你，带你吃个早午饭，送送你。”

说完她就往台阶下走。

“路知意！”陈声叫住她，“你明天不是要给你小姑姑过生日吗？还来干什么？”

她匆匆跑过了马路，回头冲他笑，“所以我说带你去吃个早午饭啊！把你送走了，我再回家陪我小姑姑吃午饭！”

这么麻烦？

陈声笑了两声，没好气地说：“用不着！你还是别来了。我自己去找点好吃的，免得你又用土豆面条打发我。”

路知意笑得更灿烂了，只隔着车流大声说：“明天见，陈声！”

说完，她招手拦了辆车，拎着行李箱进去了。临走前，她降下车窗，从里面朝他挥手，夜色里笑容满面，唇边还有白气呵出。

陈声看着她，觉得挺蠢的，他从来不跟人这样挥手。

像个傻蛋。

可手揣在大衣兜里，掌心莫名发痒。

就在那车离去的瞬间，他猛地伸出了手，她却已经合上车窗，随车一同扬长而去。于是陈声举到半空又停了下来。

几秒钟后，他低头看了眼自己的手，骂了句什么。

扭头，黑着脸进了酒店。

出租车迎风上山，二十来分钟就能抵达冷碛镇。

路知意趴在车窗上往回看，右侧可以看见地势较低的县城，流水与青山环绕四周，灯火点缀其间。

人类的力量伟大如斯，能在这苍茫山野中开辟出这样一片净土，远离城市喧嚣。

她望着那片灯火辉煌的小城，想起不久之前站在马路对面的陈声。他与这里，本应是格格不入的，但他吃着牛肉面和炸土豆，好像也融入得挺好。

想着想着，她趴在车窗上，笑了。

下车后，从公路上下了条小道，轻车熟路走了几分钟，双层楼的小院近在眼前。小镇上没有路灯，黑魆魆一片，头顶是星河，脚下是石子路。

她深吸一口气，回家的感觉真好。

路知意拖着行李箱，看见路雨蹲在院子里，面前是只硕大的盆子，水龙头开着，正往里哗哗注水，头顶亮了盏昏黄的灯泡。

她弓着腰在盆子里揉了一阵，又略微直起腰来，握拳往后背上捶了几下，复而弯腰，继续洗衣服。洗着洗着，又想起什么，赶紧把水龙头拧上，往厨房里走。

路知意跟了上去，从门外瞧见路雨拿汤勺在锅里搅了搅，一面下意识捶着腰，一面舀了一勺送入口中，尝尝盐放得够不够。最后把火关小了些，继续炖着，转身往外走。这一转身，就和路知意打了个照面。

路雨一惊，“回来了？怎么也不提前说一声啊！”

下一刻，笑成了一朵花，朝她招手，“快来快来，我还以为你明天才回得来，特意给你把汤都给炖上了，想着热一热，你就能喝现成的。”

路雨站在油亮亮的灯泡下，锅里碗里的热气蒸腾在半空中，却无论如何遮不住她那满脸的喜悦。

路知意看见她笑起来时，眼角好几道深深的褶皱。耳边有一缕淘气的鬓发钻了出来，夹带着刺眼的白。

心里有些酸楚。

她坐了过去，捧起碗，咕噜喝了一大口。

路雨凑过来，一脸期待地问她："好喝吗？"

"好喝。"

"那是，也不看看是谁的手艺！"路雨得意扬扬地摸摸她的后脑勺，忽然说，"哟，头发长长了。"

路知意说："省城剪头发很贵，动一次剪刀要三十，我就没剪。"

冷碛镇的理发店，剪一次头发才五块钱。

路雨赶紧劝她："还是别剪了，女孩子家家的，留什么发型不好，非得留板寸？你也大了，这年纪都该找小男朋友啦，还是把头发留长一点，更淑女。"

路知意说："也不知道我去念书那天，是谁千叮咛万嘱咐，要我好好学习，别急着谈恋爱。"

"……"路雨理直气壮地说，"我也不知道是谁说的。反正不是我。"

路知意扑哧一声笑出来。

端过她的碗，路雨又去锅里盛了些干货出来，搁在她面前，"刚出锅，有点烫，你别吃太急。我先上去给你把床铺了，一会儿还得下来把衣服洗了呢。"

路知意一把拉住她的手，"我自己来，你先歇着。"

把碗推到她面前，"小姑姑，同学送我回来的，我在县城和他一起吃过晚饭了，这会儿还撑着。这碗你先吃了吧。"

铺床，搁行李。

路知意把事情做完，看见路雨把衣服晾了，又回了厨房。她跟了过去，站在院子里，瞧见路雨把那碗装满牛肉和松茸的汤又给倒回了锅里，根本舍不得吃。

隆冬的风从远处吹来，在小院里转了个圈，又溜走了。

等到路雨出来，路知意若无其事问她："汤呢？你喝了没？"

路雨笑着说："喝了，喝了。"

一边说，一边伸手去理路知意的衣领，"你刚才说同学送你回来的？哪个同学啊？男的女的？开车送你回来的？”

路知意看着她的白发和皱纹，鼻子一酸。

她的姑姑今年三十八岁了，未婚，没有个伴，也没有子女。

路成民出事那一年，路雨已经有了交往好几年的对象，正谈婚论嫁。她这在冷碛镇算是晚婚了，一则家贫；二则路雨有自己的想法，不愿随便凑合过日子。最终因路成民是村支书，哪怕家里不富裕，在镇上还是颇有威望，她还是找到了心仪的人。

可一夕之间，家里变了天。

林芝心死了，路成民成了杀人犯，被法院判处二十年有期徒刑。

路雨带着刚上初一的路知意四处求人，从县城一路到省城，上诉，打官司，甚至打听到了法官的住处，拎着大包小包上门求情。

……

后来，路成民在二审被判处意外伤人罪，六年有期徒刑。

再后来，家中只剩下路雨和路知意，她既当爹，又当妈拉扯着这个侄女。对象没了，婚也不结了。

路知意至今记得，那年路雨带着她上门与那男人谈话，摸摸她的头，对她说：“乖，你去院子里和坤云哥哥玩，小姑姑有话和叔叔说。”

坤云哥哥是那叔叔的侄子，一大家子住在一起。

路知意点头，和那男生一起在院子里，你看我，我看你。

坤云先开口：“你小姑姑就要嫁进我们家了。”

路知意没吭声。

她其实是六神无主的，爸爸出事了，妈妈没有了，三个多月的时间里，她被路雨带着四处求人，四处打官司。

兴许是太年幼，她并没有沉浸在失去母亲的悲痛里，只是浑浑噩噩意识到一件事情——如今的她只剩下路雨一个亲人了。

如果路雨走了，就只剩下她孤零零一个人了。

那一天，路知意站在院子里，听到坤云说了那句话，没吭声，只是走到门边，偷偷地听屋内谈话。

坤云走上前来，“你……”

她一把捂住对方的嘴，眼圈一红，却异常镇定地冲他摇摇头。

坤云不说话了。

屋内，路雨对男人说的第一句话是这样的

“我哥出事了，现在在坐牢。我嫂子死了，想必镇上的人都知道，这些日子也没少议论。你呢？你有什么想法没？”

男人说：“那跟我们俩的事情没关系吧？是我们要结婚，又不是别人，两个人的事情，用不着扯上第三个人。”

路雨静静地站在那儿，从容地说：“不是，婚姻从来就不是两个人的事情。”

她说：“振林，我有一个侄女，我不能丢下她不管。”

“她今年只有十二岁，突然之间没了爹也没了妈，什么都没剩下，如今只有一个小姑姑。

“我看着她出生，看着她长大，她学会叫小姑姑的时候，连爸爸妈妈都叫不清楚。可她就那样傻乎乎笑着，口齿不清地叫完爸爸妈妈，又叫小姑姑。

“她骑自行车是我教的。她爸妈忙，家里穷，我每天送她上学放学，后来她说想学骑自行车，是我手把手教会她的。她没有自己的自行车，小小的姑娘就骑着我那辆大得离谱的车，摔在地上蹭破了皮，哇哇大哭着叫小姑姑。

“她二年级的时候，有一次发高烧，她爸爸不在家，妈妈又去地里干活了。我背着她一路往卫生所跑，一口气跑了两公里，看她打针吃药，看她在那睡着，然后才松口气，背着她慢慢悠悠回家了。”

“你大概不知道，她在我背上说胡话，叫的不是爸爸，也不是妈妈，是小姑姑。”

路雨说了很多很多。

说到后来，她笑了笑，“振林，我家出了这么大的事，我知道叔叔阿姨一定都有想法。为了给我哥打官司，我现在一毛钱也没有，还欠了一屁股债。更何况我还有个侄女，我不能丢下她。这婚，你还想结吗？”

叫振林的男人想要争取点什么，可路知意是他过不去的关卡。

没有谁希望未来的妻子带着个拖油瓶嫁过来，尤其是妻子欠债累累，还要掏出更多来供养这个和他非亲非故的拖油瓶。

后来路雨的婚事就吹了。

她出门时，笑吟吟朝路知意招招手，“走，咱们回家去。”

仿佛刚才告别一桩婚事的人不是她。

再后来，她一个人养着路知意，为了还债，为了赚钱，不仅在镇上身兼数职，当了好几门科目的老师，课下还给人补课，又在家中养了猪和牛。

她起早贪黑，仿佛不要命地为这个家付出。所以才有了如今的路雨，明明才三十八岁，看上去却远远超过了真实年龄。

路知意记得清楚，年幼的自己不懂事，在别人想给路雨介绍对象时，哭着闹着不依不饶。

她明明没有很清晰的念头，可潜意识里就是知道，有了新的家庭，路雨就会有丈夫，有孩子。那自己呢？自己又算什么？

路雨也不气，笑着推辞了那些相亲，只对人说："等我们知意长大些了，我再考虑自己的终身大事。"

路雨也有顾虑，她怕家中多出一个非亲非故的陌生男子，万一知人知面不知心，对路知意不利，怎么办？

后来路知意念高中了，仿佛一夕之间懂事了。她终于知道因为自己的自私，路雨错过了什么，至今仍孤家寡人一个。女人最美好的年华就那么短暂几年，如今被她拖得全没了。

这样想着，她一边愧疚，一边试图弥补。

某日，她佯装漫不经心地问路雨："小姑姑，你，你怎么不找个对象啊？"

路雨在沙发上织毛衣呢，闻言笑了，把她搂过来，捏捏她的脸，开玩笑说："小姑姑老喽，没人要啦！将来老了，只能指望你了。"

说着无心，听者有意。

那一天，路知意错愕地看着眼前的女人，生平第一次发现，小姑姑是真的老了。

两鬓生华发，眉间有纹路。

三十五岁的女人慈爱地摸着她的头，身上穿着多少年前的衣服，朴素而苍老，因为将最美的年华悉数献给了她。

献给了她的小侄女。

她强忍住泪水，说要回屋写作业，可一关上门就泪如雨下。

这些年来，路雨把最好的都给了她。可因为她的任性与自私，路雨错过了成家的年纪，也过早地苍老了。

她是那样懊悔，那样痛恨自己。

如今，路雨三十八岁了。

十八岁的路知意站在厨房门口，看着连一碗松茸牦牛肉汤都不舍得喝的女人，眼眶一热，转背说：“你等等我。”

随即爬上楼，擦干眼泪，从行李箱拿出那件羊绒毛衣。

她噌噌噌跑下楼，把毛衣双手奉上，献宝似的，“去试试看，我特意给你买的，‘温暖牌’毛衣！”

路雨一愣，捧着那毛衣，摸了摸，“羊绒的？”

下一句，“这，这得多贵啊！”

最后把毛衣往她怀里一塞，“我就算了，年纪大的人不怕冷，你自己拿去穿吧。蓉城湿冷湿冷的，穿这个正好，你们年轻人可不能冻着了，会冻出病来的。”

路知意的泪水又快掉下来了。

她把毛衣塞回去，“这是我给你的生日礼物，哪有把生日礼物退回来的？”

然后一退三尺远，“我不管，你必须穿！明天你要是不穿着它出门上班，我就立马回学校了。”

她难得任性，路雨愣了愣，然后扑哧一声笑了。

“好，好，好。”捧着那毛衣，路雨笑成一朵花，“我穿，我穿还不行吗？”

次日，路雨穿着那毛衣去上班了。

路知意还在洗漱，路雨就要出门了，站在卫生间门口提醒她：“汤锅我给你热好了，一会儿直接吃就行。”

她一边刷牙，一边点头，还不忘回头审视小姑姑到底穿没穿那羊绒毛衣。

路雨没好气地说：“穿了穿了，暖和得要命。”

路知意笑出了声。吐掉嘴里的泡沫，她冲过去抱了抱路雨，“小姑姑，生日快乐！”

路雨一怔，然后拍拍她的背，“你回来了，我就快乐了。”

路知意没吃早饭，从柜子里找了个很有年代感的不锈钢保温桶，将锅里一半的汤锅倒了进去，剩下一半留给路雨。

最后坐镇上去县城的大巴车，抵达陈声住的酒店。

他说哪个房间来着？昨晚说了一嘴，好像是307。

路知意走进电梯，摁下到三楼的数字键，拎着保温桶，猜测他起床了没。

都早上九点了，应该起来了吧？她还特意磨磨蹭蹭地来，心想成全他睡个懒觉。

走到 307 门口，她敲了敲门。里面没声。

又敲了敲，叫了一声：“陈声！”

还是没声。

打扫卫生的阿姨推着车走过来，“小姑娘，找人啊？”

她点头，“我朋友在里面，可能睡过头了，没听见我叫他。”

阿姨还有印象，一个钟头之前，她敲门问客人需不需要打扫。开门的是个小伙子，挺帅的，就是脾气不大好，火气很大地撂下一句“不用”，然后砰的一声关了门，继续睡觉。

看看眼前这小姑娘，拎着保温桶，鼻尖冻得通红。

阿姨问：“给男朋友送饭啊？”

路知意一顿，“不不不……”

“来，阿姨给你开门。”

热心过头的八卦阿姨从兜里摸出万能房卡，嘀的一声，把门刷开，“小伙子有起床气，你把他叫醒开门，他指不定冲你发一顿脾气呢。就这么进去，把饭给他搁面前，他肯定感动得要命。”

路知意：“谢谢阿姨……”

遂进了屋子，叫了一声：“陈声？”

屋里开着空调，温度挺高，暖洋洋的。

她拎着保温桶，试探着往里走，边走边叫他的名字，然后——倏地愣在原地，险些没拎稳手里的早饭。

另一边，陈声没带换洗衣物，自然不会穿睡衣睡觉了，只能赤膊入梦。又因夜里把温度调得很高，盖了被子嫌热，就这么迷迷糊糊踢到了一边。

早上被保洁员吵醒，他还挺心烦的，回来睡了个回笼觉，总算踏实不少。

二十岁的大男生，身体发育很好，自青春期起，就拥有了一个无比自然的生理现象，于是就出现了眼前这令人无限遐思的一幕。

年轻鲜活的肉体。

紧实性感的肌肉。

跑操时连一众男生都羡慕不已的腹肌。

和那莫名其妙鼓鼓囊囊的深蓝色平角裤。

隐隐约约，陈声听见有人在叫他。他迷迷糊糊睁开眼，看见有人走了进来，然后像是被雷劈了一样，一动不动待在原地。

他花了五秒钟时间，意识回笼。看看那人，又顺着她的视线看看自己，和腹部下方那“无比自然的生理现象”，彻底清醒过来。

路知意僵在那里，“你……”

陈声迅速翻身下床，一把掀过被子裹住自己，动作流畅，一气呵成。

两人大眼瞪小眼，都有些尴尬。

陈声裹着被子站在那儿，眼睛一眯，没好气地问她：“你怎么进来的？”

他皮肤原本就白，此刻面上更是红得像要滴出血来。

路知意把保温桶搁在桌上，内心也是天雷滚滚。但这种情况下，要是她也局促不安，场面只会更尴尬。

于是想了想，她镇定地说：“其实你不用这么大惊小怪，高原上不少孩子从小就不穿裤衩满山跑，我小时候见多了，已经见怪不怪了。”

“……”

陈声心中五味杂陈，拎着被子瞥她一眼，凶她：“那能一样？你见惯了别人不穿裤衩，不代表我也习惯了被人看光！”

“你，你又不是没穿裤衩……”路知意越说越心虚，面上发烫，还好有高原红帮忙挡一挡。

陈声真想把她从窗子扔出去，面上隐隐有愈来愈烫的趋势，可她还杵在那没动。他咬咬牙，一把拿下挂在衣架上的衣物，黑着脸走进了卫生间。

走进去之后，又发现毛衣还搁在床头柜，只能调头回来拿。可这一出来，就看见路知意还杵在那的背影。

她一动不动站在那，耳根子红了个透，袖子底下的手紧紧攥着，透露出主人的心慌和尴尬。

陈声一顿。

所以明明就是羞愧难当，为什么要拼命做出一副没羞没臊的样子？

他从她旁边擦身而过，一把拿起搭在椅子上的毛衣，手里攥着薄被，不冷不热地说：“不是见惯了人不穿裤衩吗？”

回身，指指她的耳朵，“那你红什么红？”

眯眼看着她，似笑非笑乘胜追击，“该不会是沉迷于我的美色无法自拔了吧？”

路知意：“……”

给脸不要脸，说的就是他这种人。

酒店的房间里有一个小小的阳台。

屋里开了一夜空调，陈声嫌闷，让路知意把早餐拎到阳台上，自己去洗漱。

刷完牙，他抬头瞄一眼镜子里的自己，面上还有残留的红，嘟囔了一句："就当便宜她了。"

一边嘀咕，一边撩开刚穿好的卫衣，审视一遍自己的腹肌……整整齐齐的六块，纹理均匀，肤色白皙。

他微微使力，果然，腹肌更明显了。有点后悔，早知道会发生刚才那一幕，他就提前吸口气，让她更惊艳一点了。

失算，失算。

几秒钟后，他又狠狠放下衣服下摆。

呸，失算个鬼啊！他为什么要惊艳她？果然是大清早起床，头脑还不清醒。自我麻痹后，他掬了一捧冷冰冰的水洗脸，降降温。

走出卫生间时，路知意已经在阳台上摆好一桌了。

小姑姑做的松茸牦牛肉汤锅，一人一碗。楼下买的青稞馒头，一人两个。怕他吃不惯青稞，嫌馒头粗糙苦涩，她还从家里带了一小罐蜂蜜来。

陈声站在屋子里，看见她认认真真摆早餐的样子，刚才的浮躁和恼羞成怒刹那间冰消雪融。

这情绪来的莫名其妙。

他甚至觉得阳台上那一幕，连同她背后云雾缭绕的青山、毫不起眼的小城，都足以裱成画。

她还是一头短发，穿了件普普通通的浅蓝色棉衣，灰色运动长裤。甚至连那高原红都与昨日一模一样。他却忽然间觉得赏心悦目。

正发呆，阳台上的人若有所觉，回头对上他的视线，一愣，"还不过来吃饭？"

他这才回过神来，一边往外走，一边暗暗地骂了句："有毒。"

吃饭时，两人随意地聊了几句。

陈声问路知意："期末考试怎么样？"

她答："好像还行，基本上没有不会做的题。"

“也不看看是谁帮你复习的。”他哼了一声，掰了一点馒头往嘴里丢，嚼着嚼着，蹙眉，“这馒头怎么是苦的？”

路知意拧开蜂蜜罐子，用勺子舀了些，替他涂在馒头上，“青稞馒头，是比白面馒头要苦一点，但是早晨吃粗粮对胃有好处。你要是嫌苦，这样就行了。”

她做这些事情异常娴熟，陈声的视线落在她的手上……薄茧一层，到底是做惯了活的人。

注意到她的食指和中指上有一点红肿，又问她：“手怎么了？”

路知意扫一眼，稀松平常地说：“哦，长冻疮了。”

“痒吗？”

“有一点。”她不太在意那个，端起热气腾腾的汤，喝了一口，“你尝尝这个，松茸牦牛肉汤锅，我小姑姑亲手做的。”

抬眼看他，黑漆漆的眼珠带了些笑意，颇有点献宝的意味。

陈声喝了一口，那汤意外的鲜美可口。可他的注意力不在这，说了句“好喝”，又问她：“你经常长冻疮？”

“基本上每年都长吧。”路知意手指微动，想缩回去，可到底已经被看见了，没必要藏，“这边气温太低，又要干活，家里的水都是山上流下来的雪水，冻得要命，很难不长冻疮。”

“去了学校也长？”

“嗯，补课的时候总是骑车来回，难免冻着。”

陈声没吱声，喝着汤，心思飘远了。

他很少见到路知意这样的人。贫穷的学生其实不少，但像她这样从头到脚，每一根头发丝都标记着“模范贫困生”的同龄人，他的的确确是第一次见到。

他慢慢地掰着馒头、喝着汤，最后问她：“路知意，你为什么想当飞行员？”

她一愣，片刻后，不假思索回答说：“因为我想飞出大山。”

年幼时，只觉得小镇生活自由自在；年岁渐长，才发觉这里虽广袤无垠，但精神生活仍然贫瘠。

不想一辈子贫穷，想改变现状。

不想和小镇姑娘一样，读完小学初中就回家结婚生子，忙碌一生。

不想天真地活在大山里，一辈子不知道外面的世界有多大。

她这样说着，抬头看了看一望无际的蔚蓝天空，笑了。“我第一次看见头顶有飞机飞过去，问我爸爸那是什么鸟，长得好奇怪。”

陈声扑哧地讥笑了一声。

“爸爸说那是飞机。我问他飞机是什么，他告诉我那是载人去世界各地的最快的交通工具。如果将来我想去看看冰川大海，沙漠戈壁，坐它就行了。”

“然后呢？”

“然后我就去书店翻书，去找他说的冰川大海，沙漠戈壁。我看到了撒哈拉，看到了地中海，看到了尼罗河，也看到了极光下的冰岛。我从小就只看见过山，绿色的山、雪山、光秃秃的山，总之全是山。看到它们，才发觉自己眼前的世界太渺小。所以我跟爸爸说，我想当开飞机的那个人。因为我穷，买不起机票。可如果我是开飞机的，那就可以不用花钱四处去看看了。”

陈声又笑了，“还挺鸡贼。”

路知意说：“这叫机智。”

“有什么差别吗？”

路知意肚里能撑船，不跟他计较，只问他：“那你呢，你为什么想当飞行员？”

“我啊。”陈声靠在椅背上，漫不经心地把手往兜里一揣，“我爷爷和我姑姑是搞研究的……”

“空气动力学？”她当然记得他带她去的那个基地。

“嗯。所以从小耳濡目染，也就对飞行很感兴趣了。我小时候有个外号，叫‘十万个为什么’，一天到晚缠着爷爷，问他飞机为什么能上天，飞行器是什么，天上什么样，为什么会有飞机这种东西……总而言之，名副其实的‘十万个为什么’。”

路知意笑出了声。

“后来爷爷被我问烦了，就跟我说，如果想要知道为什么，那就自己去尝试，去了解，别就只眼巴巴盼着一张嘴，答案就自己跑来了。”

陈声耸耸肩，“老爷子这么刺激我，我当然要做给他看了。”

“可你为什么没去做研究，反而跑来当飞行学员了？”

“因为我想让老爷子看看，他研究了一辈子，也就只会纸上谈兵，他孙子可不只有一张嘴，随便说说就行。”他眉眼微扬，不可一世地说，“老子的目标是上天。”

路知意哑然失笑。

可陈声轻飘飘地抬头看她，接着说：“另外一个原因，老爷子早年长期在研究所里待着，那时候条件上不来，蓉城又潮湿，他五十来岁就不太能走动了，腿脚不利索。我当时年纪也小，一脸天真地跟他说，等我长大当个飞行员，载着他满世界飞，用不着他长途跋涉奔波。这不，大话放得太早，后来想打退堂鼓也没脸抽身了。”

路知意望着他，年轻的男生坐在那，一如既往懒洋洋的，可他回顾往事时，眼里倒映着高原的苍穹与青山，唇畔夹带了一抹浅浅的笑意。

又有些别样的温柔。少了些许张狂，多了几分从容。

她看得出，那些话里真真假假，真的是对爷爷爱护，假的是他说当飞行员是为争口气。因为他说到飞行员时，眼里有不灭的光。

她想了想，端起剩下的那点汤，学着当初他的模样，朝他面前的汤碗清脆一碰。

“那就再干一次杯，敬我们共同的堡垒。”

眨眨眼，她笑着重复一遍当初他说过的话：“你有你的堡垒，愿意为它横刀立马，坚守终生。我也是。”

陈声惯会说些刻薄的玩笑话，此时该说点什么呢？

“路知意，你鹦鹉学舌学得还不赖嘛。”

“你的堡垒是大山里的土堡，我的可是有空气动力学泰斗镇守的，也能相提并论？”

可她这样认真地冲他笑，鹦鹉学舌也无妨了。

陈声望着她，很多念头一齐涌到嘴边，最后说出口的却是一句：“共勉。”

他端起剩下的半碗汤，一饮而尽。温热的汤汁入了腹中，又仿佛蔓延到四肢百骸，暖洋洋的一片。

牦牛松茸炖汤锅，蜂蜜馒头配青稞。

这山这水，这景这人，都叫人觉得自在。

时候不早了，陈声退了房，穿过马路去对面的空地上取车。路知意在窗外与他作别。

“路上慢点。”

“知道。”

“山路不好开，别走神。”

“嗯。”

“累了就停下来休息，不要疲劳驾驶……”

“有完没完？”陈声系好安全带，侧头瞥她一眼，“我这不是好端端把你送回来了？这会儿才来质疑我的车技，路知意，我跟你说过什么来着？”

“……”不能质疑男人的车技和床技。路知意默默脑补完毕，挥了挥爪子，“到了跟我说一声。”

说到这个，陈声忽然想起什么，把手伸出窗来，“手机给我。”

“嗯？”路知意一愣，依言递了过去。

一千块不到的杂牌手机，好在是智能机，不是老年人的直板机。这已经超出陈声的想象了，毕竟对她要求不能太高。

陈声接过手机，拨通自己的号码，听见响铃后，挂断，这才递还给她。

路知意会意了，“你的号码？”

“嗯，存好了。”他发动汽车，最后侧头看她一眼，言简意赅地宣布，“走了。”

汽车缓缓开上了马路。陈声把车窗合上，从后视镜里看她。路知意还站在原地没动，伸手傻乎乎朝他挥着，嘴唇动了几下，声音却被窗户挡住，又被汽车的杂音吞没。

可他知道她在说什么——陈声，再见。

像是为了给昨晚那个未完成的举动画上一个圆满的句点，他忽然一阵冲动，又重新打开车窗，一只手扶着方向盘，一只手探了出去。

懒洋洋地，在冷冰冰的空气里挥了两下。

他对自己说，真蠢。英明一世，毁于一旦。可另一个声音立马响起：这不是他的错，毕竟近朱者赤，近墨者黑。

都是她的错。

空地上，路知意挥了挥手，也不知道他看到没。多半没有。

那个人的个性，极为干脆，多说两句注意安全他都会不耐烦，哪有耐心去关注她的后续动作。可路知意感谢他为她做的这一切，硬是对着绝尘而去的车挥别半天。

正准备离开，却忽然看见那车窗重新降下。

一只手探了出来，极为随意地挥了两下，肤色白皙，在阳光底下熠熠生辉，仿佛一件艺术品，在这高原上难得一见。

路知意蓦地笑出了声，重新举起手，冲他用力地挥了挥，直到黑色的轿车消失在视线尽头。

Chapter 09 若有你在

小姑姑的生日，路知意亲自下厨做了一顿好菜。

穷人家没有那么多的花样，常常连生日都不过，这还是路知意挂在心上，路雨才过了次生日。吃一碗长寿面，穿着侄女送的羊绒毛衣，已经够她乐得合不拢嘴。

吃过饭，她休息了一会儿，又骑车回学校上课了。

路知意起得早，有些困，遂爬上床睡了个午觉。大概是前些时日熬夜复习，睡眠严重不足，她居然从午后一点一直睡到下午四点半，最后还是被一通电话吵醒的。

迷迷糊糊接起来，听见熟悉的声音。

“我到了。”

她一愣，清醒了些，在被窝里揉揉眼睛，“陈声？”

声音带了些刚睡醒的蒙眬喑哑。

陈声一顿，“你在睡觉？”

“嗯，一不小心睡过了头。”她坐起来，看了眼墙上的钟，吓一大跳，“都四点半了？”

窸窸窣窣往床下走，“饭还没做，猪还没喂，带回来的脏衣服还没洗，完了完了……”

说到一半，猛地想起什么，“你平安到了？”

陈声：“我刚才第一句话就说了，你耳朵扇蚊子去了？”

路知意说：“冬天哪来的蚊子？”

“……”

不愧是高原少女，笑话都这么冷。

陈声扯了扯嘴角，“行了，大爷我累了，不跟你啰嗦。”

他挂了电话，脑中却浮现出路知意忙忙碌碌做家务的样子。手上的冻疮，年后该更严重了吧……

还有八天就到春节时，陈声的母亲魏云涵，照例去商场买礼物。

陈家一大家子，过年不兴送红包，老爷子定下家规：送点实用的礼物比什么都强，不需要那些个铜臭味。

往年都是丈夫与她同去，可年末了，法院事情多，年终总结一大堆，陈宇森忙得焦头烂额，便吩咐儿子：“今年你陪你妈妈去。”

陈声下意识要回绝，回头看见魏云涵一脸期待的模样，顿了顿，“……哦。”

要过节了，商场人满为患，闹哄哄的。

魏云涵先是替小辈们挑了些玩具，年纪稍大些的就送文具用品。长辈们则是蜂蜜等营养补品。最后才轮到同辈。

女眷们送什么好？

陈声拎着大包小包，跟在母亲身后下了一楼，一整层都是化妆品专柜。混杂一气的香水味在空调热气里升腾翻滚，令人反感。

魏云涵在挑面霜，陈声百无聊赖立在一旁，一身黑色立领大衣，身姿挺拔，面容清俊，好似云端月，鹤立鸡群。

周遭不少女性，纷纷注目。

他低头摆弄手机，片刻后，无意中听见一旁有人问营业员：“这是今年最新款的手霜吧？”

陈声一顿，忽然想起什么，抬头扫了一眼。

妆容精致的服务员热情地对顾客说：“是的，这一款很滋润，是我们今年刚推出的最新款，防冻伤，对干皮有特别好的效果……”

后面紧跟着一大串女性才明白的描述，但陈声听进去三个字：防冻伤。

他把手机放回包里，走上前，忽然问了句：“手上长冻疮的，用了这个能好吗？”

服务员和那位年轻的女顾客都抬头看他。

那女生原本还有些不高兴被人打断，目光接触到陈声的脸，顿时一愣，那点不悦就一扫而空了，反倒还有些惊喜。

服务员点头，笑得比前一刻更甜了些，“这一款产品分三种，功效不同。这支主要防冻伤。”说着，她拿起另外一只粉色的，“这个是对已经冻伤的皮肤有镇定和止痛止痒效果的，味道也很好闻，是樱花味。上面的图案是国际知名设计师索菲亚……”

“帮我包起来。”他不耐烦听下文，直截了当地打断了她。

想到路知意脸上的高原红，陈声又问了句：“这种防冻伤的，有涂在脸上的吗？”

“您是说面霜吧？”服务员笑吟吟取来同款面霜，“这个就是，和手霜功效一样，它……”

“包起来。”

服务员看他言简意赅，一脸“你废话少说”的表情，收了心神，不再多嘴，手脚麻利替他包装起来。

那位女顾客却侧头看陈声，笑着说了句：“我认得你，你是飞行技术学院的陈声。”

陈声看她一眼，“你是……”

“我也是中飞院的，我在空乘学院，我叫唐诗。”她笑出了两个梨涡来，眨眨眼，“我们是一届的，上回你参加运动会，我看见你破纪录了。”

“哦。”

“对了，还有上次校庆，我没想到你居然大三就能正式飞行了！当时台上站了十个人，我一眼就认出你了，真的好厉害啊！”

“是吗。”陈声的回答完全不是疑问句，反倒有点敷衍。

这里浓郁的香水味快要扼杀掉他为数不多的嗅觉细胞了，他蹙眉看向那服务员，终于等来她包装好的礼盒。

“您好，先生，请问怎么支……”

他二话不说掏出钱夹，“现金。”

付钱，走人。

唐诗有些尴尬地站在原地，对上服务员的视线，面上隐隐发烫。

服务员笑着问她：“您还需要这款手霜吗？”

她本来就是冲着这手霜来的，如今只觉颜面无光，说了句不用，快步离开这个专柜。只是走着走着，又没忍住回头，看见陈声走到一位中年女子身边，说了几句话，两人这才离去。

哪怕他态度冷淡，对她视若无睹，唐诗依然觉得他光彩夺目。

就像那年运动会，满场男生，唯独他一人清爽干净站在那跑道边上，穿了件蓝白色卫衣，和周遭的人格格不入。听闻裁判一声“各就各位”，他姿态标准地弯腰俯蹲，动作煞是好看。

他自己大概不知道，周围不少女生的视线都锁定了他。

一旁有几个男生冲他吼：“陈声，别丢我们102的人啊！”

“跑快点，就跟屁股着火似的跑！”

“拿不了名次今晚没饭吃！”

他呢？他懒洋洋伸手挥了挥，扭头冲这边笑了下，没说什么，可那一脸难以言喻的张扬笑意又像是道尽了所有。

唐诗就站在那，她是礼仪队的，早就注意到陈声了。可那一刻，他对着她面前的几个男生笑，她踏踏实实撞进了那一笑里，忽然间就心跳加速起来。

后来他果不其然拿了第一，遥遥领先，满场观众都在为他欢呼，其中也有她。

唐诗记住了他的名字，后来跟人打听，知道了更多与他有关的事情，悉数叫人惊叹不已。

可陈声压根不知道，他只是不耐烦地对魏云涵说：“挑好了吗？再不走，你儿子即将嗅觉失灵了。”

魏云涵看了眼他手里多出来的礼盒，一愣，“这是……”

“哦，凌书成让我帮他买的，他在追隔壁学院的女生。”他大言不惭。

魏云涵不疑有他，只是一边往外走，一边笑，“书成都知道找女朋友了，你怎么还没动静？”

陈声皮笑肉不笑，“您再多带我来这种臭气熏天的地方逛逛，我大概会打一辈子光棍。”

“就你会瞎说。”魏云涵忍俊不禁。

而远方瘸着腿的凌书成正艰难地往厕所跳跃，忽然打起喷嚏来，还连打了三个。他揉揉鼻子，心想哪个畜生在说他坏话。

除夕那天，路知意接到电话，她有快递抵达县城。

高原不如城市，快递不能够送上门，只能亲自去县城的分拨点取件。路知意莫名其妙地坐上大巴去县城，快递小哥递来一只方方正正的小包裹。她晃了晃，挺轻的，不知道是什么。

回家后，她拆了包裹，愣愣地看着眼前的东西。

精美的纸袋子里装着一只小小的礼盒，还扎着粉色缎带蝴蝶结。礼盒上画着魔法少女，粉粉嫩嫩，还有万千星光。

打开礼盒，一支面霜，一支手霜。

她茫然地思索好一会儿，毫无头绪，猜不出送礼物的人是谁。可她认得这牌子，在小孩家里补课的时候，她看到庄淑月的化妆品就是这个牌子，价格不菲。

难道是小孩或者庄淑月送的？不可能，他们并不知道她的地址。

难道是苏洋？

不会吧。苏洋也不知道她住在哪里啊……

总而言之，千头万绪。可在路知意揣测的众多“嫌疑者”里，绝对不包括陈声。第一，他与这种少女心爆炸的东西毫不沾边。第二，他怎么可能会送她礼物？

她想了半天，没有头绪，只得作罢，把面霜和手霜小心翼翼放回礼盒，又扎上缎带，放回书桌上。

陈声这头，快递一早就显示“已签收”了，可他迟迟没接到路知意的答谢。

没接到就算了，他又不是那种邀功的人，况且她要真跑来谢谢他，到那时候，他该说点什么好？

“不用谢，我担心你的冻疮越来越严重，所以特地买了这个给你。”

恶心不恶心？

“哦，跟我妈逛街，随手买了送着玩。”

傻子么这是？

越想越后怕，他巴不得她永远不知道那东西是他送的。话又说回来，他当时怎么就脑子一抽，给她买了这玩意儿呢？这不是多管闲事吗？

这么一想，他又有了新的顾虑，毕竟鞋子的前车之鉴摆在那，他严重怀疑路知意会把这面霜、手霜搁置起来不用。

所以陈声思量再三，打电话给凌书成。

“有个事想跟你商量。”

他的口吻很严肃，凌书成神色一凛，正襟危坐，“你说。”

陈声言简意赅把事情交代了。

凌书成：“……”

下一秒，重新瘫坐到沙发上："所以这么屁大点事，你为什么要用商量国家大事的语气跟我说？"

陈声沉默片刻，"事关我的尊严，重要程度不亚于国家大事。"

凌书成在一秒内挂了电话。

可他到底没出息，屈服于陈声的淫威之下，很快又将电话拨了回去，两人郑重其事进行了十分钟男人与男人之间的对话。

夜里八点半，路知意正与路雨一同看春晚，忽然收到一条短信。

路知意反复看了好几遍，可她从来没有购买过任何该品牌的化妆品，为什么会送她试用品？

她愣愣地看着那条短信，最后想起什么，发微信给苏洋说了这件事。

苏洋："怕不是骗子吧？"

下一句："拍个照给我看看。"

路知意从善如流，立马把短信截图发过去。

苏洋："我让你拍那礼盒！"

路知意："哦哦。"

又很快回到房间拍了个照，发给苏洋。

苏洋研究了十秒钟："居然是真的！"

路知意："【/发呆】"

苏洋："我怎么就遇不到这种好事情？"

路知意："可他们怎么会知道我的个人信息？"

苏洋："你没看新闻？现在还有什么隐私可言？商家随随便便给点钱，运营商就把客户信息卖出去了，早就不是什么大事了。"

路知意愣愣地说："这样啊。"

可这回的信息泄露，免费换来了一套护肤品啊……好像，也不是什么坏事？她握着手机，最后蹙了蹙眉，现在我们国家的个人信息泄露，都严重到这种程度了吗？

除夕夜，路知意收到三份特别的祝福。

手机响个不停，群里、微信里、QQ里，年轻一代的祝福总爱通过电子信息抵达，配合着各式各样稀奇古怪、花里胡哨的表情包。

赵泉泉在寝室的微信群里发了一个喜气洋洋的表情："祝姐妹们新年快乐，大吉大利！"

正在日本过新年的吕艺很快回复："新年快乐啊大家！"

苏洋冒了出来："哈哈，我刚刚把新年愿望想好，十二点的时候准时许愿，祝 326 的女同志们考试全过。"

路知意："难为你了，这么大公无私地把我们也纳入新年愿望的范围内。"

赵泉泉："可是为什么这种喜庆的时刻要说这种令人伤心的事情！"

苏洋："行，看你这么不乐意，一会儿我许愿的时候改一改，改成祝福 326 除赵泉泉以外的女同志们考试全过。"

赵泉泉："NO！"

路知意一边看，一边笑，脚边摆着只铜盆，里头是燃烧的木炭，红彤彤一片。高原地区都这样取暖。柴火噼里啪啦发出爆裂声，屋子里明晃晃的灯，电视机里欢声笑语，歌舞升平。

下一秒，手机忽然响了起来，屏幕上写着两个字：庄姐。

陈郡伟的母亲。

她一愣，直起身来接电话，"庄姐？"

庄淑月的声音隔着电话都透着难以抑制的喜悦之情，"路老师，新年快乐呀！"

她有些拘谨，但也笑着说："谢谢庄姐，我也祝您和小伟新年快乐。"

庄淑月笑哈哈，"快乐快乐，今年尤其快乐。路老师，有个好事告诉你，今天小伟的期末成绩公布了，他的英语考了 114 分。"

路知意一愣。114 分？

她难得地语塞了几秒钟，才反应过来，"那真是很不错的分数了。"

"可不是吗？"庄淑月笑得合不拢嘴，"我盼星星盼月亮，只盼着他能及格，结果这回不但及格了，还考了这个分数，我高兴得没法说。说起来都是你的功劳，路老师，自从你来给小伟补课了，他的英语成绩就节节攀升。我真是，真是不知道怎么感谢你。"

一旁插了道少年的声音进来，"什么叫都是她的功劳？那我呢？卷子是我自己写的，怎么听起来像是没我什么事？"

不满里又夹杂着两分得意。看得出，陈郡伟自己也挺高兴的。

路知意笑起来，"庄姐您别这么说，的确是小伟自己努力。"

她是说实话，陈郡伟缺乏的从来不是英语能力，而是学习态度。自打教他的第一天起，她就知道这小孩的英语完全不需要补课。

只是如今这结果……说实话，她也没想到那小孩会这么快醒悟。

庄淑月又感谢了她好几遍，最终把电话递给了陈郡伟，“喏，快来祝路老师新年快乐，感谢她对你这一整个学期的悉心辅导。”

路知意连说：“不用不用，没事的。”

陈郡伟对她的态度一直就那样，频频挑刺，桀骜不驯，她可不指望这小孩恭恭敬敬、尊师重道。

可没想到的是，下一秒，陈郡伟的声音在那边响起。

他大剌剌直呼其名：“路知意？”

然后立马被人在脑门上狠狠敲了一记栗暴，“懂不懂礼貌啊？叫路老师！”

小孩下意识痛呼一声，随即不情不愿改了口，“……路老师。”

路知意笑了，这问题学生肯“纡尊降贵”跟她说几句话，她早就该受宠若惊了，遂先开口：“小伟，新年快乐啊，祝贺你这次考试取得了这么大的进步。”

小孩停顿几秒钟，“这么正式？”

嘟囔两句，“也就比我大两岁而已，说话就跟七老八十的长辈似的……哎哎，别敲别敲！”

最后一句明显是对又要动手的庄淑月说的。

路知意想笑，又怕伤他自尊，只能无声地弯起唇角。

又过了一会儿，小孩才不情不愿地说：“新年快乐啊，路老师。”

“好。”她眉眼弯弯。

“祝你……”他似乎思索了片刻，最后敲定了祝福语，“祝你新年发大财，重新送我一盒巧克力。”

路知意终于笑出了声。

她说：“借你吉言，发大财最好。但是不管发财与否，下学期开学，我都送你巧克力。”

小孩也笑了，颇有些稚气地说：“我要和上次那盒一模一样的！”

“好。”

“那你记住，别忘了啊。”

“好的，不会忘。”

最后一句，路知意说：“把作文发给我看看。”

114分，很显然，这家伙破天荒写了作文。

最后一次补课时，她叮嘱他把作文写了，让看不起他的人刮目相看。那时候他还不耐烦地让她赶紧回去，因此，路知意完全没抱任何希望。可他竟然听进去了。

陈郡伟顿了顿，最终没有拒绝，说：“好。”

彼此再道一声新年快乐，电话终止。

几乎是立刻，铃声又响了起来，路知意还没搁下手机呢，又拿起来一看。

看清屏幕上的“爸爸”二字，呼吸顿时急促起来，她几乎是下意识站了起来，急急地将手机凑到耳边，叫了一声：“爸爸！”

一旁，路雨也陡然收回看电视的目光，定定地瞧着她。

路成民在狱中表现不错，虽然人老实，一开始被人欺负吃了不少苦头，但最终还是咬牙熬了过来。

家徒四壁，不愿开口向家中要钱给狱警送礼，他受到的待遇不算好。人微言轻，不会拉帮结派，也没有人在冲突中给他撑腰。凡事都靠忍。

好人有没有好报，没人知道，但他踏踏实实忍到今天，总算是狱警也好，狱友也好，都清楚了他的性子，没人为难他，也没人再欺负他。

甚至，他为自己争取来了除夕夜的五分钟通话时间。

这一次，他说得更多些。

“多久回家的？小姑姑身体还好吧？你回家了要多帮她做点事情，她照顾这个家，又帮我照顾你，太辛苦了。

“期末考试爸爸从来没担心过，你念书一向努力，也一直很争气，只要尽力就好，别的都无关紧要。

“我在这里很好，大家都很照顾我，吃得饱穿得暖和，没什么值得担心的。”

“知意，新年好。新的一年，你又要长大一岁了。”他在那边笑着，慢慢地，慢慢地感慨一句，“第六年了，我的知意已经快十九岁了啊。等我回来，当初那个小不点都长成大姑娘了。”

他是笑着说出这话的，可那笑里的心酸却多过喜悦。

路知意胸口发胀，眼眶酸涩，最终只能笑着说句：“不管长多大，我都是你的女儿。”

路成民笑了，连说好几句好。

电话到了路雨那。路成民时间仓促，没法说太多，到头来絮絮叨叨半天，才低声说："我对不起你，小雨。"

柴火烧得通红，火星飘飘摇摇升起来，又啪啦一声爆裂消失。电视上正演到一个小品节目，熟悉的喜剧明星搭档你一言我一语，把观众逗得哈哈大笑。屋子很大，因为人少，更显空空荡荡。陈旧的家具透着年代感，角落里有蛛网，但山村里的人不在意，也不打理。

路雨坐在那，抿了抿唇，笑了。

她说："哥，这些话就不要说了，你知道的，我从来就没后悔过。"

手心攥紧了些，她垂眸看着脚边的炭火，轻声嘱咐："照顾好自己，我和知意都等着你回来呢。"

电话挂了，屋子里一时有些沉默，谁也没开口说话，好在电视上依然热热闹闹的，没有冷场。

最后是路知意站起身来，"时间差不多了，我去煮两个汤圆，咱们吃了暖和暖和。"

家中有这个习惯，除夕夜里来两只汤圆，新的一年顺顺利利，有什么挫折都能圆溜溜地滚过去。

路雨忙说："我去。"

路知意拦了下来，"你坐着看电视，让我来。"

厨房在院子的另一头，推开客厅的门，山间的风呼啸而来，吹得人满面刀割般的刺痛。

路知意把门关了，匆匆走进厨房，洗锅。开火，烧水。

心情有些沉甸甸的，她把水烧上后，没急着回客厅，而是倚在灶台边上，定定地出神。

外套口袋里的手机却呜呜震动两下。她拿出手机，低头一看，愣了愣。

陈声坐在老宅里，一大家子热热闹闹欢聚一堂，十来个人一起陪老爷子看春晚。他有一搭没一搭玩着手机，十点半时，看见小婶婶拉着陈郡伟去了阳台上，要他给家教打电话。

嗬，今晚陈郡伟风头可盛了，期末考得不错，全家人都竖大拇指，夸个不停。

陈声是欣慰的，站在兄长的立场上，他比谁都希望看见这个堂弟振作起来，有个人样。

可心下还是没忍住嘀咕一句，英语 114 就很了不起了？全家人众星捧月似的，就差没出门放个鞭炮，敲锣打鼓昭告天下了。想当年他高考考入中飞院，后来进大学年年第一名，也没见这群人这么欢天喜地过。

啧，差别待遇够明显的。

他扫一眼陈宇森，怀疑自己是被抱养回来的。这个怀疑在跟老爷子懒洋洋抱怨后，被老爷子一巴掌拍在背上，打消了。

陈老爷子刚过了七十岁大寿，头发花白，精神却很好，没好气地冲他说了句："这德行，没羞没臊，没大没小，也不知道跟谁学的！"

陈声耸耸肩，"这我哪知道啊。不过从小到大，大家都说我像你。"

陈老爷子捶他一拳，"臭小子！"

全家人都笑起来。

陈声又凑过去，再添一句："不过大家还说了，我没你年轻的时候帅。"

陈老爷子顿时乐呵呵笑起来，"那当然，你爷爷当年……"

咂咂嘴，回忆片刻，斜眼看陈声。知道孙子哄他开心，老人家也的的确确很开心。

只是……

陈声扫了眼阳台上乐呵呵的母子俩，耳朵有点痒。

他们在跟路知意说什么呢？那家伙在大山里干吗呢？手霜、面霜有没有用？

他漫不经心看着春晚，视线频频落在阳台上，最终在他们回来以后，又隔了十来分钟，没忍住掏出手机，点开了微信。

满屏未点开的祝福。

他素来怕麻烦，群发的祝福没多少真心实意，看不看都那样。

挑着给赵老头和从前如今的恩师们发了条祝福，言简意赅一句话："学生陈声祝恩师 ××× 新年快乐，身体安康。"

最后，手指一顿，划过屏幕，落在那只淡黄色的小人头像上。简笔画的小人儿是个姑娘，眼睛是两个小圆点，面颊上两团鲜艳的红晕。

她的微信，他是从高原回来后加上的，刚加上就乐了，这家伙选的头像和本人神似啊！可加上后一直没有说过话，毕竟好端端的，无缘无故说什么话？尬聊吗？

可今天，他想起她说的那句"我也是，陈声"，想起她端着热汤重复他说过的话，最终指尖一停，点开了她的头像。

既然大家都是朋友了，那就简单说两句，没什么问题吧？

同是天涯没事人，不如发个吉祥话。

可话又说回来，那家伙为什么不主动给他发个祝福啊？不是说也把他当朋友吗？朋友过年过节的也不发个问候，塑料友情？

他眯眼坐在那，盯着一片空白的对话框，看了好半天。要是这么平白无故特主动地发句祝福过去，倒显得他对她多上心似的。思索一阵，最后随意点开他人发来的群发祝福，复制，粘贴，发送给路知意。

祝福的结尾是："新年快乐，我亲爱的朋友。"

他想了想，把"我亲爱的"删掉了，又在"朋友"后面添了个"们"——"新年快乐，朋友们。"

点击发送。

几秒钟后，收到回复："谢谢，你也是。新年快乐，陈声。"

陈声眉头一展，回了句："不客气。"

想了想，补充说明："反正是群发的。"

他是群发给"朋友们"的，但她说的是"新年快乐，陈声"，这就是泛指和特指的区别。陈声满意地点点头，觉得自己仿佛占了上风。

几秒钟后清醒了些，看清屏幕上的字，又回想起自己做了些什么。

陈声："……"

他严重怀疑自己去了高原一趟，把智商丢在那里了。

一大家子聚在客厅看春晚，老宅里热闹极了。

陈声坐在沙发边上，想了想，打字问她："在干什么？"

"在厨房，煮汤圆。"

"一个人？"

"嗯。"

他扫了眼电视上的歌曲表演，顿了顿，起身也往阳台上走。

一旁的魏云涵问他："怎么了？"

"打个电话。"

"给谁打啊？"

"凌书成。"

路知意把水烧上，立在橱柜边上出神。

陈声的信息抵达时，手心一震，她低头，就看见那条“群发短信”。

对他要求不能太高，能有群发短信已经要感恩戴德了。

路知意笑了笑，回复了他。

那头沉寂了半分钟，就在她盯着锅里缓缓升腾而起的细小气泡时，手机又一次震动起来，并且不止两下，而是嗡嗡震个不停。

她手忙脚乱地接起电话。

“喂？”

他在那头顿了顿，说：“天气太冷，懒得打字。”

“啊？”她没反应过来。

“我说打字太麻烦，直接打电话比较快一点。”

路知意一愣，“有什么事吗？”

有什么事吗？没什么事。

没事就不能打电话了吗？

哈，还说是朋友，朋友个鬼啊。

塑料友情没得说。

陈声靠在栏杆上，看着蓉城灯火辉煌的夜色，半天才憋出一句：“回家了也不能放松警惕，没人监督你跑操了，你得自己监督自己。”

“……”

“每天起来晨跑，做做下蹲，一百组仰卧起坐，体能才不会退步。”

“……”

“路知意，你哑巴了？”

路知意低低地笑出了声，有些无可奈何。

“你打电话来，就为了说这事？”

陈声眼一眯，“说这事？这事怎么了？你觉得小题大做？”

“没，没没……”

“前几天还踌躇满志跟我说要当飞行员，要飞出大山。路知意，当飞行员没你想象的那么简单。”

她笑了，“我知道，毕竟从北京到洛杉矶十二个小时，体能不好只能躺着开，对吧？”

她拿上回他教训李睿的话来堵他。

陈声顿了顿，才故作冷淡地说了句：“你知道最好。”

过了一会儿，想起件事。

“初五教务处网站出成绩。”

路知意：“嗯，我听苏洋说过了。”

“能拿第一吗？”

“我怎么知道……”

“自己考得怎么样，心里没点数？”

“可别人考得怎么样，我哪知道？”

没营养的对话进行了好一会儿。实在是无话可说。

陈声握着电话，看着满城灯火，车灯川流不息，头顶偶有一架闪烁的客机经过。

总觉得不太想挂电话。

他把这归结为是除夕夜太无聊，春晚不好看，闲来无事就想与人斗嘴，找找乐子。而谈到互怼，路知意是不二人选。

遗憾的是，这回没怼起来。

他换了只手拿电话，问她：“你那边下雪了吗？”

“没有……”路知意下意识抬头看窗外，却忽然一愣，从灶台边上走远了些，一直走到厨房门口，定定地看着院子里。

下一秒，蓦地笑了起来。

“你是预言家吗？”

“什么？”陈声一怔。

冷碛镇，小院里。

红白相间的双层楼下，路知意站在厨房的门边，一只手举着手机，一只手轻轻地探出半空。

前一刻还寒风大作的夜空里不知何时飘起小雪来，晶莹透亮。这场姗姗来迟的雪，终归还是落下来了。

一丁点大的雪花落在掌心，刹那间融化成水，悄无踪影。

漆黑的夜幕中无月无星，远处的贡嘎雪山也不见踪迹，唯有凛冽的风吹来细密小雪。它们打着旋儿在院落里飞舞，绕着那昏黄的灯泡，绕着这陈旧的小楼。

路知意由衷地笑起来，说：“下雪了，陈声。”

这山间夜雪有一种难以言喻的美丽，寂静却又不僵硬，活泼得欢快，却又欢快得悄无声息。

她握住几片融化的雪，收拢手心，低头笑道：“将来有机会，我请你来我家看雪。”

这是真心话。

等到那一天，她得以抛开那些暗不见天的秘密，她一定请他来看雪，看山，看云海，看日出。

赵泉泉也能来。

苏洋也一定要来。

心情忽然无端轻快起来。因为她知道，第六年已经来了，等到爸爸回家那天，所有沉重的秘密都将揭开面纱，变作这夜空中的雪，日出后便不复存在。

风里，雪里，她弯起唇角笑得开心。

耳边传来那人懒洋洋的回应：“好。”

下一句，“新年快乐，路知意。”这一次，是特指，可不是“群发”。

从阳台上回到屋子里，陈郡伟凑过来，“跟谁打电话呢！”

“凌书成。”——百年不变的幌子，货真价实的塑料友情。

陈郡伟嘁了一声。

“鬼信。一边打一边笑，满脸的喜气，隔着一道玻璃都叫人触目心惊。”

陈声看他一眼，“成语学得不错。”

客厅里人太多，两兄弟席地而坐。

陈郡伟坐在他旁边，悠闲地从手机相册里调出英语试卷的照片，找了有作文的那一张，发给路知意。

陈声瞥见了那个微信头像，脸蛋红红的小人儿，一顿。

“大过年的，你发卷子给你家教？”

“她让我把作文发给她看看。”

“25 分的满分，你就拿了个 18 分，也好意思发给人看？”

“我有什么不好意思的？我要是能拿 25 分，要她何用？”

“……”

陈声很快看见那头回复了，手机字小，隔远了看不清，便有意无意凑过去。

陈郡伟很警觉，侧头狐疑地盯着他，“你干吗？”

“地板硌得慌，动一动。”他挪了挪腿。

陈郡伟说：“啧，屁股大，就是不一样。”

陈声想揍他，碍于长辈们都在，没动手。最后只能瞥他一眼，低声警告：“放假期间，没事少给你家教打骚扰电话！”

骚扰电话？

陈郡伟眼珠子一转：“你干吗。我打不打电话给她，关你什么事？”

陈声顿了顿，掷地有声地说：“她那么穷，漫游费那么贵，你打一次电话她就肉痛一次。还能不能做点好事了？”

这理由……陈郡伟斜眼看着他，啧啧两声，“你心疼她？”

陈声从茶几上拿了只KFC的鸡腿，一把塞进陈郡伟嘴里，堵住。

“我心疼你妈。”

从沙发上伸来一只脚，毫不客气踹在陈声背上。老爷子中气十足地吼：“当我不存在？”

陈郡伟哈哈哈个没完没了，从嘴里拿出鸡腿，拼命说：“爷爷踹得好！”

下一秒，老爷子的腿又落在了他的背上。

“幸灾乐祸，家风不正！”

“……”

初五那天，期末成绩公布在教务处网站上。

路知意查了查，悬在半空的心踏踏实实落地。她给陈声发去成绩单截图，附带一个笑脸。

陈声回复：“还行。”

九门功课，五门满分，四门接近满分，这叫还行？

路知意不是骄傲自满的人，但对于这个评价到底还是不够满意，便问了句：“只是还行？”

陈声没回她。十分钟后，从网站调出自己大一上学期的期末成绩，截图，发给路知意，多的一个字都没说。

路知意一看，心里拔凉拔凉的。

最后很不是滋味地回了一句：“哦。”

陈声：“哦？”

陈声：“这就是你的回答？”

路知意：“那你想要什么样的回答？”

陈声："比如你真厉害？"

路知意："你真厉害。"

陈声："……"

这种马屁，拍得他毫无成就感。完全是自己讨来的，毫无真情实意的夸奖。

但他凝神看着她的成绩单，又没忍住，笑了。

还是有用的，不是吗？虽然性子倔，脑子没他好用，但算是勉勉强强有点慧根，点一点就通了。

他放下手机，伸了伸懒腰，走进厨房，"妈，晚上吃什么？"

魏云涵在洗菜，"你爸爸想吃干锅花菜，我打算再炖个土豆烧牛肉。"

"有没有牦牛肉？"

"什么？"魏云涵一顿，侧头看他，"怎么突然想吃牦牛肉了？"

陈声一滞，耸耸肩，"没有就算了，随口一说。"

整个假期，路知意都在镇上给几个初中孩子补课，价格当然无法和陈郡伟的补课费相提并论，四个孩子加起来也没他一个人的高。

但路知意还是认认真真教着，山里的孩子不容易，能走出去一个是一个。

回家后就帮着路雨做做家务活，当然，体能训练也没落下，她每天都是跑着步去给孩子们上课的。

虽然她的日子在大山里，但朋友圈里却精彩纷呈。

吕艺去了京都看雪，又去了北海道看樱花。路知意仔细瞧了瞧她照片上的富士山，又在某日清晨仰头看看贡嘎雪山，傻乐了一阵。

好像还是贡嘎雪山比较漂亮啊。

赵泉泉拿了不少压岁钱，买到了一直想要的一套彩妆，发在朋友圈里闪闪发光。

路知意点了个赞，附带评论：我还是喜欢国产春娟。

苏洋回复路知意：哈哈哈哈哈哈哈哈哈你就站在此地不要走动，我去给你买点橘子。

路知意：我不爱吃橘子。

苏洋：这是个梗！

路知意：什么梗？

苏洋：你没读过朱自清的《背影》？橘子梗都不知道？不就是……算

了！

路知意：？

赵泉泉：喂，你们的重点呢！为什么不夸我的宝贝好看？

至于苏洋，有钱归有钱，并不太爱炫富。

她家一直是阿姨做饭，父母都忙生意，不会做，也没空做。但春节期间，苏妈妈下定决心要掌握烹饪的艺术。

于是苏洋的朋友圈每天都是如下内容：

“论今天苏洋有没有被妈妈做的饭毒死。【漆黑一片的蒜香排骨 . JPG】”

“真佩服我爸爸，把这坨屎一样的东西吃下去还能给我妈竖大拇指，呵呵，这感天动地的爱情。【煳成一团的土豆丝 . JPG】”

“连续拉了三天肚子，妈妈请你再爱我一次。【 / 再见】【满桌看不出是什么东西的菜 . JPG】”

路知意每天看着大家的日常，笑个不停。

她的生活有些单调，在家务与补习间来来回回，可朋友圈好像弥补了这点乏味，那些无意间交错的人生，那些成长过程中遇见的人，填补了山间的纯白一片，也叫心情变得五彩斑斓起来。

最后呢。

最后是陈声。

他不太爱发动态，偶尔发一条，也是异常言简意赅。

年后他陪老爷子去了一趟瑞士，参加一个世界性的空气动力学论坛。

图片上是他的字迹，那一页笔记本的纸满满当当，潦草而详尽地记下了一些最前沿的理论、要点。

配文：老爷子说他年纪大了，四肢退化没有手了。【 / 微笑】

路知意在去补课的路上看到这条朋友圈，笑得哈哈哈的，路人诧异地看着她，她忍住笑，落荒而逃。

还有一次，他深夜放毒。

图片上是一大桌子高端自助餐，牛小排、哈根达斯、各式各样颜色亮丽的海鲜，还有一个埋头苦吃看不清脸的人。

配文：家里的智障破天荒及格了，逼我请客吃饭，面上还洋溢着宛若高考状元一般的喜悦……可怜，年纪轻轻就疯了。

路知意又开始笑，边笑边想，这是他弟弟吗？光看穿着打扮，跟陈郡伟还挺像。

现在的年轻人都很浮夸啊。

两人鲜少聊天。

一来，陈声不是个热衷于抱着手机打字聊天的人。二来，路知意忙得要命，没工夫家长里短。三来，关系不对。

路知意呢。路知意一共发了两条朋友圈。

第一条——

镇上连续下了三天雪，院子里洁白一片，积雪丰厚。她拍了张照，照片上有小院里的白雪，也有远处浮在云端的贡嘎雪山。

配文：下雪了：）

苏洋秒回：没有自拍，差评！

吕艺跟风：没有自拍，差评！

赵泉泉紧跟其后：没有自拍，差评！

于是有了第二条朋友圈——

几天后，路雨受到同事邀请，去离冷碛镇不远的康定做客一天，带上了路知意同去。

康定的草原一望无际，康定的藏寨红白交错，康定的寺庙金顶闪耀，康定的溪边牦牛饮水。

路知意站在康定一半结冰、一半潺潺流淌的小溪边上，对着自己的倒影拍了一张。

配文：你们要的自拍。

倒影有些不清晰，流水潺潺，将她的轮廓也变得弯弯曲曲。

可她的笑容很灿烂，眼睛都弯成了两轮新月。她举着手机，穿着厚厚的白色棉袄，脑袋上还带着毛茸茸的帽子，背后是一望无际的蔚蓝天空。

苏洋：像素差评！

赵泉泉：风景好评！

吕艺：景美人也美！

苏洋回复吕艺：摸着你的良心告诉我，你是认真的吗？

路知意：哈哈哈哈哈哈。

她坐在路雨同事的面包车上，一路看着窗外绵延起伏的草原与蓝天，还有那些不知寒冷的悠闲牦牛，黑的、白的，拖着及地的长毛，偶尔哞哞叫两声，看着他们飞速路过的车影，甩甩尾巴。

末了，又一次刷新朋友圈，看见了新的留言。

陈声：牛眼睛不见了。

路知意一愣：什么牛眼睛不见了？

五分钟后，陈声回复：笑得太奔放，牛眼睛都看不见了。

路知意：“……”

你才是牛眼睛。你全家都是牛眼睛！

可下一刻，退出朋友圈，却意外收到他的消息。

他发来一张全副武装的照片——穿着厚厚的滑雪服，装备齐全地立在雪山上，姿态标准地预备起步。

那是瑞士的阿尔卑斯山，雪地上有欧洲风情的小屋，有与冷碛镇如出一辙的蔚蓝苍穹。

年轻的男生戴着滑雪眼镜，唇角挂着若有似无的笑意，露在外边的皮肤在阳光下熠熠生辉。满图都是白色调，唯有他的嘴唇是令人惊艳的一抹红。

那总是叫人想起春日格桑花的红。

他说：“怎么样，这里的雪景也不错吧？”

下一条：“见到了老爷子昔日的战友，都是空气动力学的泰山北斗，霍老也来了。我插不上嘴，但光听着也是受益匪浅。想一想，要是你在多好，和你一比，我就不会是在场唯一的傻子了。【/微笑】”

路知意扑哧一声笑出来。笑着笑着，目光落在那句话上，心里一动。

要是你在多好。

她侧头看着窗外，一颗心忽然没了着落。

Chapter 10

风　雪　与　共

春节还没过完，开学日就来了。朋友圈里一群叫苦不迭的人，个个哭天抢地。

赵泉泉发了张尸体图，配文：年轻的心灵无处安放。

路知意在回程的大巴上，想了想，回复：敢问一句，请问你的肉身安放在何处？

苏洋很快冒头：一般说来，肉体都安放在殡仪馆。

赵泉泉：……

路知意在大巴上笑成了一朵狗尾巴花。

刚开学的第一周，一众学生忙着收拾寝室，等待教务处发下来的课表，基本上无所事事，早晚操也暂时还没开始进行。

路知意有点头疼。

临走前，路雨将家中自制的腊肉和香肠蒸熟了，去店里真空包装好，让路知意拿到学校和室友一起吃。末了又单独准备了一份。

“你不是说这次放假是高年级的师姐送你回来的吗？人家大老远开车来这，多不容易。这个你拿去给人家，不是什么贵重东西，但也是一点心意。”

路知意怕小姑姑多想，之前谎报了陈声的性别，如今拿着这一袋沉甸甸的心意，就跟烫手山芋似的。

虽然是初春，蓉城还未回暖，但煮熟的香肠腊肉也不能久放。

返校的第二日，她给陈声发微信：“在学校？”

陈声：“在。”

“能出来一趟吗？有东西给你。”

“什么东西？”

她顿了顿，含糊发了句：“高原土特产。”

陈声：“……”

下一条：“时间，地点。”

最后约好，晚上八点操场见。

之所以约在操场，是因为月黑风高，不易被人看见。就算被人看见，那也可以说是运动的时候碰见了。

路知意想得挺多，毕竟陈声是风云人物，跟他扯上关系……她想起校庆那天他站在台上，隔壁空乘学院那撕心裂肺的呐喊声，头皮一阵阵发麻。

七点五十，路知意正准备出门时，赵泉泉忽然拉起肚子来。

跑了好多趟厕所，脚都软了，她拉住路知意，“知意知意，帮我买点药回来行吗？”

路知意一愣，“现在？”

看她脸色苍白，脚下虚浮，赶紧点头，“行，那你在寝室歇会儿，我下去给你买药。”

寝室斜对面就有家药店，跑一趟也不麻烦。麻烦的是，她和陈声约好八点见。

路知意一面朝药店走，一面给陈声发信息。

“你出门了吗？如果没出门，先等等，我室友拉肚子，我去给她买点药，买完再去操场见你。”

几秒钟后，陈声回复：“我已经在操场上了。”

路知意立马道歉，“对不起对不起，你等我一下，我尽快。”

她跑着步去药店买药，又急匆匆跑回来。偏偏赵泉泉躺在床上浑身发软，没有力气，她不忍心就这么一走了之，又给她倒上热水、冲好药，伺候着她喝下去，这才拎起桌上那袋熟食往操场飞奔。

陈声已经在那等了她二十分钟。

他一向不是个习惯早到的人，但今天约好了时间，还没到八点他就频频看表。

凌书成凑过来，“干吗，有约？”

陈声嘴角一弯，“嗯，有人给我带了土特产。”

“谁啊？又是神秘追求者？”

陈声这张狂的性子，出众的能力，再配上这样一张脸，女生们从来都是趋之若鹜。凌书成已经见惯不惊了。

不过这回……

“哪个女的这么有创意？不送手表钱夹什么的，居然送土特产。”凌书成情不自禁感慨一句，“这得是多想引起你的注意，才想得出这种套路！”

陈声扯扯嘴角，“路知意。”

凌书成一愣，“路知意……”

下一秒，拍拍脑门，记起来了，“哦，小红啊！”

贱兮兮凑过来，“咦，小红为啥只给你带土特产啊？按理说不打不相识，我和她才该患难见真情啊。”

陈声扯了扯嘴角，“可能是因为我长得好看，做人规矩，也没被人拿钢管打成‘铁拐李’吧。”

凌书成：“……”

离开寝室，陈声慢悠悠走到操场上，站定在跑操时他等候大家的地点，看了看表，七点四十九。

然后就收到路知意的微信，她说要迟点到。

他只好站在原地等。

刚开学，操场上锻炼的人并不多，大多是三三两两从校外步行街归来的人，途经操场回宿舍楼。

陈声立在路灯下，高高的个子，笔直的身姿，穿件浅灰色大衣，干干净净站在那。灯光在他身上染了一层淡淡的金，他低头看着手机，姿态闲适。

引得过往的人频频注目。

但注目归注目，也并没有人敢真的上来搭讪。因为这位赏心悦目的人，好看是好看，但偶尔抬头扫视一眼，脸上分明写着四个大字：生人勿近。

他在等人。

直到两个女生从他面前经过，其中一个突然停了下来，鼓起勇气走上前来，“嘿，陈声！”

陈声一顿，视线从手机上移到那人身上。

他记忆力很好，不说过目不忘，至少看过的人或物总会有印象。眼前的人挺眼熟的。略一思索就记起来了，上个月在商场见过面。

然而陈声顿了顿，淡淡地开口问了句：“我们认识？”

女生：“……”

路知意走到操场时，大老远就看见了陈声。

她本来加快了步伐，一路小跑着要去见他，可跑到一半，看见他和谁面对面在说话，又放慢了脚步。

又走近了些，终于看清他面前站的人了。

一头烫染过的长鬈发精心打理过，松松散散披在肩头。这么冷的天就穿了件单薄的大衣，里面是短裙与毛衣。下身是丝袜、短靴，相当精致。

路知意绕了绕，从操场边上往那走，停在离陈声十来步远的地方。他背对她，并不知道她就在那。

女生仰头笑着问：“你忘了？上个月我们在群光广场一楼见过，你还买了兰蔻的手霜。”

路知意一愣。

兰蔻的手霜？

陈声见她没有要走的意思，顿了顿，说：“是吗？没印象了。”

唐诗：“……”

他这态度，她是万万没想到的。

自从在商场偶遇之后，她最近时常想起陈声。

从前远远看着，欣赏成分居多，而今既然已经打过照面，有些小心思就开始蠢蠢欲动了。她最近一直在联系熟人，看看有没有能和陈声搭上线的，前几天才几经周折和陈声的室友韩宏认识了。

她先是从班上的同学 A 那知道了韩宏与陈声是室友关系，而同学 A 和韩宏是高中同学。唐诗先请同学 A 吃饭，然后让同学 A 以叙旧为由，约韩宏吃饭，自己当然就以偶遇为由，半路加入了。

总之，千方百计想和陈声有点交集。

唐诗长得很漂亮，从小到大只有别人暗恋她的份，鲜少有求而不得的时候。

可陈声不把她放在眼里，那次在商场偶遇她就看出来了，他对她连正眼都懒得给一个。这对唐诗来说还是破天荒第一次。

她不大服气，可在这种好胜心下，她也清楚自己对他的感觉，有一点像是……怦然心动。

餐桌上，她一脸惊喜地对韩宏说："你，你和陈声是室友？"

下一秒，又有些害羞，"也谈不上认识，只是见过几次。一次是运动会，一次是校庆，上个月在商场偶然遇见，还挺巧的。"

最后红着脸否认，"没有，我没有喜欢他。他连我是谁都不记得……"

直男哪里懂得女孩子的小心思和套路呢？一头栽了进去，还胸有成竹地拍拍胸脯，"放心吧，这事包在我身上。万年单身狗也是时候脱单了。"

遂又一次有了今日的偶遇。

唐诗知道他与人约在操场见面，精心打扮一番，前来见面。

可陈声的态度还是那样不冷不热。

她亦越战越勇，假意没听出他的冷淡，只落落大方笑着说："好吧，我还以为我的名字挺好记的。那我再介绍一次好了，我叫唐诗。"

她一笑，两个小梨涡就露了出来，煞是可爱。

眨眨眼，再补充一句，"'唐诗宋词'的那个'唐诗'。"

昏黄路灯下，漂亮的姑娘笑吟吟望着他。

都说伸手不打笑脸人，可陈声偏偏是个心狠手辣的家伙，不解风情，也不怜香惜玉。从小到大，对他有意思的人多了去了，要是个个都给好脸色，个个都以礼相待，只会叫人误会，耽误彼此更多时间。

他低头打量了唐诗片刻，那直截了当的眼神叫人面上发烫。

唐诗正小鹿乱撞，就听见他说了句："好的，我知道了。"

她心里一喜，觉得这一次他肯定能记住她的名字了。

然而下一句却变成了毫无人情味的逐客令："没什么事的话，你可以先走了，我在等人，不太方便闲聊。"

不远处的路知意都快笑出声来了。这人到底懂不懂什么叫作人情世故？

唐诗错愕地站在原地，彻底说不出话来。

面前的男生一如既往的好看，面容清俊如庭中月，每一个眼神动作都令人目眩神迷。可他很是冷淡地盯着她，眼神里没有丝毫温度。

她从未受到过这样的待遇，至少在人生的前二十年里，但凡她主动示好，不论男女都很给面子，不说受宠若惊，至少以礼相待。

屈辱，不解，困惑，失望，复杂的情绪涌上心头。她想走，可到底是攥紧了手问了句："我有哪点惹人讨厌吗？"

陈声看她一眼，"没有。"

“那你，那你为什么……”她说不出下文，仿佛一旦出口，就是对自己的羞辱。

陈声问：“我怎么了？”

唐诗咬了咬嘴唇，“为什么半句话都不愿意和我多说？”

陈声冷静地看着她，“我为什么要和你多说？”

“……”

“非亲非故的，我又有事在身，为什么要浪费时间和你多说几句？况且，刚才的谈话内容没有任何意义，只是平白耽误彼此的时间。”

夜色正浓，操场上有人跑步，有人过路。

陈声站在路灯下，平静地陈述着事实，伤人的事实。

唐诗用力攥着手心，指尖都发白了，最终没能说出一个字来，扭头就走。

几步开外，她的好友等在那里，忧心忡忡地追上去，叫着她的名字。

陈声没打算追上去，只是低头看了眼手表，都八点二十七了，她人呢？

迟到了整整二十七分钟！

他不耐烦地抬头巡视一周，猛然听见背后有人在低声偷笑，回头一看，嗬，靠在铁丝网那的，可不正是那姗姗来迟的高原少女吗？笑得一脸蠢样。

他没好气地说了句：“笑什么笑！”

下一刻，不耐烦地抬手，“干站在那干什么？既然早就来了，为什么不过来？”

他并没有看见，扭头离去的唐诗听见了这边的动静，忽然间顿住了脚，猛地回过头来。

眼前这一幕格外刺眼。

那个前一刻还冷冰冰的男生，顷刻间展露出了除却疏离之外的情绪，哪怕看起来不耐烦，却熟稔地朝不远处的女生挥着手，让她到跟前去。

女生走到了他面前，拎起一只塑料袋，笑吟吟递给他，“喏，我小姑姑亲手做的香肠和腊肉。”

“给我干什么？”

“吃啊。”仿佛他问了个很蠢的问题。

陈声：“我是说，无功不受禄，为什么给我这东西？”

“你有功啊。你之前送我回家，小姑姑记在心上的，说这虽然不是什么贵重东西，但也是一点心意。”她笑眯眯站在那，末了再加一句，“而且朋友之间送点土特产，你来我往，很正常啊。”

她又来了！

光天化日，朗朗乾坤，又说什么朋友不朋友！

肉不肉麻啊？

他接过那袋子，没好气地说："谁是你朋友啊！"

"你啊。"

"我可没把你当朋友。"

"是吗？"路知意从口袋里摸出手机，开始翻微信记录，然后一字一句念给他听，"鞭炮声声迎新春，年年有余年年乐，新年快乐，朋友们——这不是你发的吗？"

"……"

陈声："我那就是客气一下，群发短信不要当真。"

"是吗？不好意思我当真了。"

两人你来我往，嘴上都不饶人。

可唐诗站在不远处，清清楚楚看到了陈声眼里的笑意。

她长得漂亮，高中就有很多人追，亦分得清男生看她的眼神里都有着何种情绪，比如倾慕，比如自卑，比如跃跃欲试，比如惊艳。

而此刻的陈声与前一阵的陈声截然不同。

他看似不耐烦，眼里却分明写满了包容与耐心。

目光落在路知意身上，唐诗只觉得心脏一阵紧缩。

那女生一头短发，刚好齐耳，皮肤不白就算了，面颊上还有两抹淡淡的红，穿一身朴素到有点土气的棉衣与牛仔裤，半点妆都没化。

这样的人丢进人群里，要不是脸上那两团高原红，压根找不出来。

他喜欢她？喜欢她哪点？

冷风吹在面上、腿上，为他特意穿了双单薄的丝袜，如今冻得都快麻木了。

唐诗一动不动站在原地，听见好友齐珊珊低声说："走吧，唐诗，他就是个不知好歹的家伙，别看了。"

她问齐珊珊："你觉得那女生好看吗？"

齐珊珊："……"

"比我好看吗？"她执意要问出个结果。

齐珊珊赶紧摇头，"根本没法比。"

目光又一次落在陈声身上，唐诗心里简直冰天雪地，“那他为什么对她笑成那个样子？我哪点不如她？”

土特产。这个年头还有人送男生土特产。香肠加腊肉，真是笑掉大牙。

她眼睁睁看着陈声和路知意并肩离开，路知意在看见她时，微微一顿，有些不自在。反倒是陈声，目不斜视走远了。

唐诗一口整齐漂亮的牙齿都快咬碎了。

那头，路知意问陈声：“你怎么这样跟人说话？”

“哪样？”

“完全没有礼貌可言。”

他笑了笑，“难道我对你很有礼貌？”

“……”说的也是。

路知意回头看了眼，漂亮姑娘站在那一动不动，看样子很受伤。

她看了陈声一眼，不解，“你看不出人家对你的心思？看着你又是脸红又是含羞带怯地笑，你就不能好好跟人说话？”

“就是看出来了，所以才不能好好说话。”

路知意一愣。

身侧，年轻的男生侧头看她一眼，“既然看出人家对你有意思了，还耐着性子好好说话，这不是存心给人错觉，叫人越陷越深？”

“可你说话也太伤人了吧。”

“是吗？”陈声笑得懒洋洋的，“可我觉得，明明对她没兴趣，还假装对人好，这才叫伤人。”

路知意一愣，抬头看他。

漆黑明亮的眼睛带着若有似无的笑意，样子还是张狂得要命，可刻薄的言语下，总是可以窥见善良的内心。

她笑起来，感叹一句：“还好我对你没意思。”

陈声一听，眼睛就眯起来了，“什么意思？”

“要不然你也拒我于千里之外，我上哪找人带我去秘密基地复习？也没人肯送我回高原了。”

话是这么说，但听起来总是不大舒服。

陈声沉着脸往前走，都到宿舍楼下了，才冷冰冰说了句：“难怪送我土特产，一早就谋划好了要物尽其用。”

他扫了路知意一眼，“货真价实的塑料友情。”

说完，头也不回走了。

留下路知意莫名其妙站在原地，这人，莫不是吃错药了？

两人在女生宿舍楼下分开。

路知意进了大门，陈声在她宿舍楼对面的面包店买早餐。他习惯在早起跑操前垫垫肚子。随便挑了几样不那么甜的，排在长长的队伍中等待结账。

结果刚拎着袋子走出面包店，就看见路知意背着谁从宿舍楼里急匆匆走出来，腰都弯了还健步如飞。

陈声一顿，几步走了过去，“路知意？”

路知意一脸焦灼地抬头看着他，没工夫停下来闲聊，只说：“我室友拉肚子拉到脱水，站都站不起来，我得带她去校医院。”

偏偏寝室里一个人也没有，她只能一个人忙里忙外。

被她背在背上的赵泉泉拉到脱水还死要面子，有气无力捏了她一把，有些懊恼她怎么这么直白地把拉肚子这种事说了出来。

尤其面前站的是个男的。

更别提这男的还是帅得叫人腿软的陈声。

路知意没明白赵泉泉的意思，还以为她难受得不行，催自己赶紧去医院，忙跟陈声说：“不跟你多说了。”

可走了没两步，被陈声一把拉住胳膊，“你打算这么一路把人背去校医院？”

路知意一愣。

陈声皱眉，下了指令：“在这等着，我去开车。”

他快步往停车场走，三两分钟就将车开来了，打开后座的门，看路知意又要去背坐在路边面如菜色的室友，上前帮了一把，“我来吧。”

他没背赵泉泉，只伸手扶住她的胳膊，让她靠在自己肩上，支着她站起身来。

哪怕路知意的力气也很大，可到底男女的力量是不同的。赵泉泉几乎半点力气也没有，软软地倚在陈声肩上，感受着男生年轻有力的臂膀，在他的支撑下钻进了车里。

那一瞬间两人离得很近，她无须侧头就能感知到他温热的呼吸。

陈声很高，看似修长，但其实并不瘦削。

她察觉到了他的力量，那和路知意使着蛮力背她是不一样的，他轻而易举将她撑了起来，胳膊上的肌肉也因用力而紧实坚硬。

在后座坐下来的那一刻，赵泉泉抬头就看见他的眼睛，没有太多关切，也没有太多情绪，只是出于善意，他从她身侧放着的袋子里拿出一瓶刚买的热牛奶，搁在她怀里，“捂着吧。”

说完这话，陈声径直关了门，和路知意分别坐进车前两座，开车去校医院。

赵泉泉愣愣地看了片刻他的背影，侧头时，目光落在一旁的两个口袋上。一个装着几袋面包，一个装着……路知意从高原带来的香肠腊肉。

恍然大悟。

她先前还好奇为何路知意开了几袋分给宿舍三人，又留了几袋原封不动搁在桌上，原来竟是要送给陈声。

赵泉泉向来话多，哪怕拉到虚脱，也不忘用颤悠悠的声音开玩笑：“好哇知意，你居然瞒着我们偷偷留香肠给老相好。”

路知意险些没被“老相好”三个字震飞。

“你都拉成这样了，赶紧闭嘴吧。”

赵泉泉噘噘嘴，感受着肚子明明空荡荡，却仍然还想往外排东西的滋味，确实不敢多说什么。

她看着陈声的背影，抱着他给的热牛奶，有些闷闷不乐地想着，他俩之前不是还互相看不顺眼吗？难道剧情真的和她开学时预测的一样，不打不相识，天雷勾地火？

这预言家当得可不怎么不开心。

目光从陈声的后脑勺转移到路知意的后脑勺，她又觉得自己大概是想多了。

这两人，怎么看怎么不配。

陈声又没瞎，怎么会看上路知意呢？

当晚，挂号，看诊，办理入院手续。

陈声看着路知意把人安顿好了，点滴也挂上了，才跟她一同离开校医院。

赵泉泉要住院一晚，本来还想让路知意陪同，可护士说：“拉肚子而已，用不着人陪，有什么事情你按铃就行，护士站整晚都有人在。”

遂只能闷闷不乐作罢。

路知意看她那样子，啼笑皆非，只觉得她还是个没长大的小姑娘，便说：“明早我跑完操，顺路给你带早餐来。”

赵泉泉点头，终于没那么幽怨了。末了不好意思地看着陈声，“谢谢你啊，陈师兄，今天真是麻烦你了。”

陈声点头，“没事。”

瞥一眼身侧的女生，又懒洋洋笑了笑，“反正路知意会请我吃饭报答恩情的，对吧？”

路知意：“？”

为什么是她？

好在赵泉泉把她的心里话说了出来，“该我请吃饭的，等我好了，第一时间请师兄吃饭。”

陈声哪会稀罕她的饭，言简意赅说了句：“不用了。”

然后就叫上路知意一同回去了，两人再次在宿舍楼下分道扬镳。

路知意送的那一袋土特产，最终被 102 全寝室的人瓜分掉了。

起初陈声不肯分，可凌书成觊觎那色泽漂亮的香肠腊肉，斜眼问他：“以前别人送的巧克力啥的，你看也不看就直接扔给我们，怎么，搁小红这，你就舍不得了？”

陈声一顿，从桌上拎起塑料袋，干脆利落放到凌书成桌上。

“爱吃不吃。”

凌书成精神一振，拆封了真空包装，呼唤韩宏和张裕之一齐上阵。

路雨的手艺没话讲，那熟食色香味俱全，麻麻辣辣，刺激又过瘾，吃得大家直呼爽。

陈声倒是不太能吃辣，因为魏云涵是北方人，当初毕业分配到蓉城，和尚在检察院的陈宇森相识相恋，这才留了下来。为迁就魏云涵的口味，家中的饭菜一直都比较清淡。

他尝了几块，舌尖立马火烧火燎的，喝下一整杯水也没缓过劲来。

凌书成笑嘻嘻：“嗬，那可就便宜我们哥几个了。”

说着，还去学校超市买了几瓶可乐啤酒回来，三人继续埋头苦干。

陈声看着那空了一半的袋子，心里空落落的，一忍再忍，最后一把拎起来，板着脸说：“大晚上吃这么辣，也不怕拉肚子！”

很快把袋子收到自己桌上了。

韩宏一蒙，“这玩意这么刺激，你又不能吃辣，拿走了也不能吃，摆在那干什么？”

陈声面无表情地说：“欣赏。”

韩宏：“……”

凌书成：“……”

张裕之：“……”

原以为操场上的偶遇，大概足以打消唐诗的念头，哪知道接下来几天怪事不断。

还没开课，空闲时间挺多，陈声跟凌书成挑在上午去打球，偏偏在体育馆门口遇见唐诗。她穿一身大红色斗篷大衣，毛茸茸的白色小短靴，蓬松的鬈发恰好是麋鹿的颜色，站在大门口不知多引人注目。

看见陈声，她有些惊讶，却依然笑吟吟跟他打招呼，“来体育馆打篮球吗？”

陈声手里抱着橘红色的球，闻言一顿，说：“不然呢。你看我像是来踢足球的？”

凌书成扑哧一声笑出来。

唐诗面上一僵，却还是将手里的运动饮料递过去，“我刚打完羽毛球出来，饮料买多了，刚好给你。”

陈声说：“不用了，你留着吧。”

说完抱着球目不斜视走进场馆，头都没回。

都走出大老远了，凌书成还在回头看唐诗，用手肘碰了碰陈声：“欸，这一个还挺好看。”

“所以呢。”

“所以？万年单身狗，给个机会啊，试一试又不吃亏。”

陈声瞥他一眼，“你行你上。”

凌书成连连摆手，“免了免了，我心有所属，洁身自好。”

隔天晚上，为报答陈声借花献佛，请大家吃了高原的土特产，韩宏请客去校外的步行街吃烤肉。

所谓报答，其实不过是找了个觅食的理由罢了。寝室四人，家境都不错，出门吃饭是常有的事。这回你请，下次我来，男生本来也粗枝大叶，不像女生之间那么斤斤计较。

四人坐在大厅里喝酒吃肉时，几个女生从外面走进来，有说有笑坐到了旁边那桌。

大学城的餐厅，人多空间小，桌与桌之间只隔了一排木栅栏，栅栏上还摆满了多肉植物。

陈声没抬头，却忽然听见有人叫他的名字。

“陈声？”

他略一抬头，就看见隔了一排多肉，鬈发女生一脸讶异地站在那。

不再是昨天上午的圣诞红，这会儿换了套圣母白。

陈声还没开口，唐诗已经露出一口整齐的小白牙，笑得灿烂又迷人。

“一天之内碰见两次，这也太巧了吧？”

不是不知道这招数有多烂，而是从前仗着自己受人欢迎，哪怕招数再烂，也总能如愿以偿有人接招。

可唐诗显然不明白，陈声和那些人不一样。

他皮笑肉不笑地盯着唐诗，慢条斯理说了句：“是啊，真巧。”

语气里的嘲弄再明显不过。

结果事实证明，没有最巧，只有更巧。

下一秒，韩宏跟坐在那桌的另一个女生打招呼：“哎哎，刘文静，你也来这吃饭？”

只能说，熟人处处有，此处特别多。

韩宏与刘文静一拍即合，坚称是多年老同学，来中飞院这么久，还没坐下来好好叙叙旧，当即叫来服务员拼桌。

拼桌有讲究，韩宏说：“四男四女，刚刚好，来来来，大家交叉着坐，男女搭配，干活不累。”

一边说，一边把唐诗推到了陈声身边。

“你俩不是认识吗？来，近水楼台坐熟人。”

陈声看了韩宏一眼，身侧的女生倒是安然坐了下来，毫无异议。

事实上何止毫无异议，根本求之不得。

一顿饭吃得乱七八糟，女生们仿佛约好了似的，抛下女性之间微妙的攀比竞争，意见惊人的一致——全程有意无意爆唐诗的料。

当然，这料水分很多，清一色是好听的话。

“三天两头有人给唐诗送花，嫉妒使我质壁分离。”

“哎哎，你们学院有个叫吴英翰的，上个月跑我们宿舍楼底下跟唐诗告白，那叫一个尴尬！”说着说着，话锋一转，忽然跑到了陈声这里。“不过和陈师兄比起来，我们院的风云人物也是小巫见大巫了。上次校庆，全场观众简直都要为你神魂颠倒了。”

“是啊，我们还在说，到底要什么样的女神才配得上你这样的‘高岭之花’。”

有人开了个玩笑，“陈师兄，我们唐诗这样的女神，不知道入不入得了你的法眼？”

张裕之和凌书成就是再迟钝，也很快明白过来这场面，憋笑看着陈声，一脸揶揄。

再看韩宏，简直像是收了人巨额红包，无比卖力地配合演出，偏演技拙劣，简直是司马昭之心，路人皆知。

桌上，第一锅肉还没烤熟，五花肉吱吱作响，香气四溢。陈声却忽然站了起来，兴致缺缺地说：“我还有点事，先走一步，你们慢慢吃。”

众人一愣，前一刻还热热闹闹的氛围顿时冷了下来。

韩宏稀里糊涂去拉他，“有什么事啊？坐下来吃啊，马上就烤好了。”

女生们也七嘴八舌劝他。

“是啊，筷子都还没动呢。”

“多少吃点吧，吃饭最大，别急着走啊。”

“是不是我们太聒噪了，吵着你啦？”有人开玩笑。

没想到的是，陈声干脆利落承认了。

“是。”

饭桌上顿时没了声。

他的性子一向是有话直说，藏着掖着没意思，可话到嘴边，看了眼不知所措的韩宏，陈声又顿了顿。

下一秒，收回视线，“我忽然想起来，宿舍里还留了些熟食没吃，坏了太可惜。”

然后毫不犹豫拔腿就走。

桌上一片岑寂，好半天没人开口。

最后还是刘文静尴尬地找了个话题：“什么熟食啊，比烤肉还吸引人？”

凌书成说：“哦，朋友送的土特产。”

张裕之也好心打破沉默，笑着圆场：“人家大老远从高原带来的特产，心意最重要，舍不得浪费嘛。”

土特产？高原？

想起那个面颊泛红的短发女生，唐诗如坐针毡，面上连笑也挂不住了。

当晚，韩宏忐忑不安地回了寝室，陈声正戴着耳机在床上看书。

他腆着脸冲床上笑，“吃了吗？”

陈声看他一眼，皮笑肉不笑，“吃不下。”

“怎么就吃不下了呢？不吃晚饭对身体不好，何况你这种学神，不吃饱怎么有力气思考？”韩宏化身马屁精，一句比一句露骨。

陈声：“托你的福，胃口全无。”

韩宏：“……”

最后还是悻悻地从身后拎出一口袋打包回来的烤肉和拌饭。

“担心你没吃饭，专程点了几个你爱吃的，让服务员单独烤的，不是他们吃剩下的。”

陈声摘了耳机，与他对视片刻。

片刻后，放下手里的书，“没有下次。”

韩宏如释重负，松口气，举起双手投降状，“我保证，下次绝对不乱牵红线了。”

可陈声吃着吃着，他又没忍住，凑过来问：“可我看那唐诗挺好的啊，人长得漂亮，又对你那么用心。反正你没有女朋友，为什么不给个机会试试看？”

陈声搁下筷子，“你刚才跟我说什么来着？”

“……让你给她给个机会试试看？”

“上一句。”

“……没有下次，不乱牵红线了。”

“请你谨记在心，别说过的话就跟放出去的屁一样，放完就没影了。”

“……”

对于陈声来说，唐诗的事情不过是个小插曲，事情一过，连烦恼他的资格都谈不上。可他万万没想到，这件事情竟还有后续。

开学第二周，全校正式开课，跑操也随之开始。

赵老头把他叫去办公室，“去加拿大的项目差不多定了，你们分三批去，第一批期中，第二批期末，第三批暑假。我的意思是，你赶在第二批就行。”

打头阵没必要，形同小白耗子，试验品。

最末一拨又稍有些晚，大四上学期恐怕还没法按时回来上课，万一耽误执照考试、签公司，不划算。民航的几家大公司都爱提前校招，他不想让陈声错过最好的机会。

赵老头对这个弟子的宠爱从来都毫不遮掩，偏心也偏心得理直气壮。

他咂咂嘴，问陈声："那去之前，这跑操的活儿……"

"我带。"问题弟子答应得很干脆。

赵老头一愣。

"太阳打西边出来了？"

他还以为得多费一番唇舌，没想到陈声答应得如此爽快。

陈声双手插在裤兜里，懒懒散散摆手，"不用太感动，我一向懂事……"

话没说完，被赵老头一本书扔过来，砸在脑袋上。

"你要是懂事，我做梦都要笑醒！"

第二天，他就开始继续带大一的愣头青跑操。

寒假懒惯了，三三两两的人揉着惺忪睡眼来到操场上，有气无力跟他打招呼，"师兄早。"

他点头，想起自己大一的模样，有些好笑。

操场上薄雾弥漫，日光初露端倪。一地青草格外招摇，仿佛怕在场的人不知节气，拼命叫嚣着春日已到。

他抬头，就看见那人踏着一地青草而来。

不同于没精打采的同龄人，她身姿笔直，走路时仿佛携着轻风数缕，明明很随意的姿态，不知为何就是看上去生机勃勃。

那晚在操场上拿特产时还没仔细看，眼下才发现，她似乎和以往有所不同了。

头发长了，松松软软搭在耳边，乌黑光泽，像墨，上好的那一种。高原红没那么明显了，淡淡地浮在面颊上，像云，黄昏时候的那两朵。皮肤也没那么暗了，是健康的小麦色。

她对上他的视线，大老远就弯起了嘴角，走近了些，还一脸揶揄地打趣，"哟，你也起这么早啊？不容易，不容易。"

他想板起脸来骂她没规矩，有她这么跟师兄说话的？

可话到嘴边，却没能绷住脸，只能没好气地说："土特产好吃是好吃，下次别放那么多辣椒了！”

跑操，收操。

一整天的课。

晚上又接着跑操，收操。

每晚九点半，全校人都很自觉避开这个时间段去澡堂，因为飞行技术学院的朋友们总在这时候跑完操，大汗淋漓奔赴澡堂。

不过好在该学院男性众多，女生倒没几个，女生澡堂还不那么拥挤。

苏洋今天生理期到了，并没有去跑操，于是洗澡的就只有路知意。

她跟在本学院一众男生后面，简直像是一整个年级的人相约去搓澡，想到这，她一个人笑起来。

陈声走在最前头。她看见了，那人大概很讨厌浑身臭汗的滋味，步伐快得惊人。

路知意倒是慢悠悠地，进了澡堂，找到了一只空柜子，把换洗衣物连同身上的脏衣服都放了进去——两只塑料袋，分开放置。

她也是很讲卫生的人。

脱衣服时，手肘碰到了旁边的人，虽然力道不大，她也赶紧道歉，“不好意思。”

一扭头，愣住。

唐诗看着眼前的人，也怔了几秒钟。

她已经洗完澡了，正在穿衣服，初春的天依然很冷，鸡皮疙瘩一层接一层。可看见路知意的这一刻，她忘了寒意。

“没关系。”唐诗慢了一拍，唇角一扬，似笑非笑看着面前的女生。

近距离看，她真的一点也不白。视线落在胸口，落在腹部，落在腿上……笑意微敛。

胸虽不大，但挺拔漂亮。浑身上下没有一丝赘肉。不同于同龄女生软绵绵的身材，也没有时下流行的以瘦为美，她个子颇高，健康匀称，腹部还能看见明显的马甲线……

路知意被看得颇为不自在，又总觉得那日撞见她和陈声的对白有些尴尬，匆匆道完歉，拎着澡筐便去浴室里找空隔间了。

她并没有看见，唐诗在原地停顿片刻，目光忽然间落在她放衣服的柜子上，和澡堂里其他柜子一样，虚掩着，没有锁。

中飞院的澡堂是公共澡堂，最外面的两间大厅设有放置衣物的柜子，再往里走，便是一个个带门的小隔间。插上校园卡，按水流量计费。

路知意洗澡不慢，大多数女生要花时间在打理一头长发上，洗完澡后，还要细致地往全身上下涂一遍润肤乳。这些她都不用。一头短发只比男生长那么点，洗完一抹，清清爽爽。

润肤乳？对于高原糙汉型少女来说，不存在的。

路知意擦了擦头，将毛巾搭在肩上，拎着澡筐往外走，轻车熟路找到自己放置衣物的柜子。

随手把澡筐搁在凳子上，拉开衣柜。下一秒，蓦地一愣。

柜子里空空如也。从上到下，从里到外，什么东西都没留下。

她以为自己开错柜子了，又看了一遍，左侧大厅，从右往左数第七格，没问题啊。

那就是记错了？

路知意没有慌张，又将左右两边的柜子都打开看了看，然而柜子里统统放着别人的衣物，她只得茫然地再关上。

记错也不可能差这么远吧，左不过一两个柜子的距离。

路知意不信邪，将一整排柜子都打开看了看，却依然没能发现自己的衣物。

她从肩头扯下那条摇摇欲坠的毛巾，定定地站在大厅里，终于慌了起来。脑子里一片空白。最后只能走回那只空空如也的柜子前。

她明明记得自己把衣服放在这里的，两只塑料袋，一只在上层，一只在下层。她非但在这换了衣服，还一不留神撞到了旁边的……

路知意眼神一顿，有个念头呼之欲出。

她的衣服，十有八九被人拿走了。

洗澡时，澡堂里人来人往，大部分人都不会携带手机在身上，因为不安全，路知意也一样。

因此她无法打电话向室友求助。如今她只剩下一条毛巾——不着寸缕，和一只根本挡不住任何地方，反而有些碍事的澡筐。

初春的气温还很低，通风口源源不断有风吹进来，吹得她一身鸡皮疙瘩落了又起。

可沉下去的分明是心。

路知意并不敢肯定衣服是刚才撞到的那个女生拿走的，因为她一不知道对方的名字，二不知道对方这样做的理由。

但眼下，问题根本不在于是谁拿走了她的衣服，而在于她该如何离开澡堂。

发梢上，冷冰冰的水珠一颗接一颗滴在光裸的肩头。

看守澡堂的阿姨玩忽职守，不知去了哪里，门卫室始终不见人影。

路知意在原地站了一会儿，开始一一向周围的女生借手机，可她们谁也没带，和她一样，没人敢把手机带到公共澡堂来。

约莫过了五分钟，她终于放弃了这个念头，退而求其次。

“同学，不好意思，我能借一下你的外套吗？”

大冷天的，并没有多少人愿意做这个活雷锋，把外套借给她，自己顶着寒风回宿舍。

她低声下气问了不知多少人，终于有个女生点了点头，把刚及大腿的中长款大衣借给了她。

此时，她已经从头到脚一片冰凉，每一寸皮肤都冻麻木了。

在人生的前十八年里，路知意从未遭逢如此困境。

她也许贫穷潦倒，因考差了被师长责骂过，也曾因父亲入狱、母亲出轨的背景，在众目睽睽下觉得自尊心受损过，可没有一次遭到过这样的恶意针对。

冷碛镇的少年们不曾做这样的事情。

她冷得嘴唇发紫，却依然一言不发，只将刚借来的大衣披上。系扣子时，不知是心情所致还是冻得厉害，双手直哆嗦，半天都没系上。

借来的大衣，衣领并不高，锁骨都露在外面。下摆不太长，刚刚没过屁股下方，她几乎清楚知道，但凡她弯弯腰，就有走光的危险。

最后，她深吸一口气，一只手拎着澡筐，一只手死死攥着衣领，咬紧牙关踏入寒风里。

夜里的校园一如既往的热闹，澡堂一侧进进出出都是人。沿途都有诧异的目光落在她身上。

两三度的气温里，很难看见有人光裸着双腿在路上走，尤其是她还有着一米七几的个头，腿长得很惊人，也就因此更加显眼。

有几个女生拎着袋子往澡堂走，与她擦肩而过。她听见其中一人轻蔑地说了句：“现在的女生怎么这么不知羞啊？为了多露一点，就差一丝不挂了。”

“这你就不懂了，什么叫犹抱琵琶半遮面？”

“自以为有双大长腿就了不起了，干脆裸奔呗。”

路知意想辩解，想发怒，可攥紧了衣领，到底没有回头争辩。她没什么好争辩的，要真吵起来了，丢脸的只有她自己。

男生们的眼里除却惊讶，偶尔还有那么一两个不怀好意的，吹声口哨，叫她：“美女，约不约？”

另一人笑着用胳膊肘撞了撞前者，“神经病吧你！”

“哎哎，美女，别急着走啊。”那人恶劣地蹲下来，顺着下坡路段，还想去看看她大衣底下的风光。

“滚开！”

若不是此刻大衣底下不着寸缕，路知意一定上去踹翻他，痛打一顿。可她只能隐忍怒火，气得满脸通红。

无耻无知，无法无天。

她巴不得立马离开这里，飞也一样回到寝室，可是步伐还不能太大，因为太大会走光。

这条路忽然变得无比漫长，好像永远也走不到头。

天很冷，冷到她双腿麻木，没有知觉。呼啸的风钻进衣领，像是冷冰冰的刀子戳进去。

南风的寒冷向来不同于北方，是湿润的，是刺骨的，是无处不在的。

她低着头往前走，不顾周遭热辣辣的目光和高低起伏的议论声，怒火上升至极致，随之而来的是一种悲哀的无助感。

多年前的回忆也乱七八糟浮上心头。

五岁那年，妈妈带她去县城逛街，走着走着忽然不见了。

她茫然站在原地，左顾右盼也找不到妈妈的身影，急得哇哇大哭。路人好奇地看着她，问她：“小姑娘，你哭什么啊？”

她一边抹眼泪，一边抽抽噎噎说：“我，我找不到我妈妈了……”

下一刻，妈妈却忽然出现在眼前，一边拉住她的手往前走，一边掏出手帕替她擦眼泪，边擦边说："别哭了，妈妈只是躲起来，想看看你在走丢的情况下会有什么反应。知意，你记着，将来就算真的走丢了，也不许哭。你一哭，坏人就知道你跟父母走丢了，会来把你拐跑的。"

她抽泣着问："可是我找不到你啊！我不哭，又能怎么办？"

妈妈笑了，"你去找警察叔叔，或者干脆站在我们走丢的地方，谁来跟你说话，你都不许搭理。妈妈一发现你不见了，立马就会回头找你，所以你站在原地别乱跑，很快妈妈就来接你了。"

那时候，她悬在半空的心一下子落了下来。她记着妈妈的话，像是吃了定心丸，笃定不管发生什么事情，父母都会保护她。

天塌下来，还有他们帮她顶着。

直到母亲坠楼，父亲入狱，路知意才忽然间发现，这世上没有谁能让她依靠了。也许还有一个路雨，可路雨一个人既当爹又当妈，苍老得那么明显，她又能依赖她多久呢？

她根本舍不得依赖她。

她依赖不了任何人。

人到绝境，更易滋生愁苦。

路知意在寒风里疾步走着，心里乱糟糟涌入一大片零零散散的往事。就在这一刻，身后传来一道熟悉的声音。

"路知意！"

那人重重地叫着她的名字，像是百米冲刺一样，不要命地从后面追了上来。

路知意一怔，脚步停了，没敢回头。

然后是一阵突如其来的风，那人疾驰而来，猛地拉住她。

她正回头，肩上却忽然多了件什么，低头一看，是男生的深灰色棒球服，宽宽大大，不由分说罩住了她。

而眼前，那人咬紧牙关，眼神阴沉到极点，一个字也没说，只将手里的澡筐咚的一声扔在地上，反手就开始脱毛衣。

因为晚上要跑操，他穿的并不多，一件运动背心，一件套头毛衣，一件棒球服而已。

如今他一把脱了毛衣，上身几乎一大半裸露在空气里。

路知意终于顾不得为这窘迫状况而羞愧，错愕地望着他，"你干什么？"

他什么也没有说，只是单膝跪地，蓦地张开双臂，似乎要拥抱她。

路知意下意识退了一步，却被他猛地环住腰，下一刻，他将毛衣紧紧围在她腰间，打结的力道大得像是要当场勒死她。

“陈声……”

她低头看着他。

黑漆漆的后脑勺，柔软的发梢，紧抿成一条线的嘴唇，还有在她腰间重复打结的手指。

他就这么穿着件单薄的背心，身板看着并不太厚实，可用力时，双臂和背部亦有象征力量的肌肉微微鼓起。

她真狼狈。

他也一样。

她的狼狈害得他也跟着一起狼狈。

像是裁判的枪响，一声令下，她的防线轰然崩塌。她已经很穷了，也已经很努力让自己不要穷得那么狼狈了，可如今除了穷，她还窘迫到衣不蔽体在大庭广众下游街的地步。

原以为没人会来救她了。

妈妈死了，爸爸在那四壁之间无能为力，路雨也远在天边，她就只能自顾自活在这里，有苦自己咽，有血自己吞。

可他来了。

一次又一次。

路知意眼眶发酸，想说点什么，随便说点什么都好，只要能打消这种莫名其妙想哭的冲动。

于是她吸吸鼻子，努力让自己笑出来。

“陈声，你知道你现在特像在干什么吗？”

他一言未发，仍单膝跪在那，将套在她身上的棒球服用力向下拉，能挡多少是多少。

路知意见他没理自己，自顾自地说：“你现在特像在跟我求婚……”

话音未落，下一秒，男生猛地站起来，几个箭步往澡堂的方向冲回去。路知意错愕地看着他，直到看清他往回跑了大半截，追上了那个蹲下来看她走光的男生，然后一脚踹上那人的屁股。

被偷袭的人扑通一声，朝前跌了个狗啃屎。

“我去！”吃痛的叫声之后，紧随其后的便是怒不可遏的骂人声。

陈声一脚踩在他背上，不让他起来，末了是一句更加凶狠的脏话，听得她想笑，又想哭。

Chapter 11 以牙还牙

认识已久，路知意从未听他说过这样粗俗的脏话。

他可以懒洋洋，可以漫不经心，可以高高在上不把任何人放在眼里，却无论如何没有过这样失控的时刻。哪怕是那次去地下停车场解救凌书成，他冲动地闯入重围，也没这么破口大骂过。

围观的人越来越多,路知意终于回过神来,冲过去拉住他,“走了！别打了！”

他怒不可遏，反问一句：“你咽得下这口气？”

“咽不下。”

路知意狼狈地站在那儿，眼眶明明还有点红，却蓦地笑了。笑的时候眼里亮得可怕。下一刻，她从手里的澡筐中拿出沐浴露，咚的一声，用尽全力砸向地上的人。

一声惨叫。

接着是洗发水，毫不留情砸上去。最后干脆连同空空荡荡的澡筐也砸在他后脑勺上。

那人嗷嗷叫唤，痛得快哭出来。

同伴站在一旁，面如菜色，不敢上前。

末了，她擦了把眼睛，平静地对陈声说：“好了，这下咽得下气了。”

陈声：“……”

地上那人痛呼着：“有本事，告诉老子你们叫什么！”

陈声又是一脚踹上他的屁股，“你老子叫陈声，儿子你记好了！”

接下来回寝室的路，路知意走得格外顺畅。

她走在道路内侧，陈声就在她旁边，多多少少挡住了些好奇的目光。但凡遇到盯着他们超过三秒的人，他一个杀气腾腾的眼神就戳了过去，“看什么看？有本事再看一眼！”

毫不讲道理。

他穿件运动背心，拎着澡筐。

路知意穿得就更奇怪了，大衣套棒球服，底下裹了件毛衣，再往下看还光着一双腿。

路人：这走在路上不是让人看的？

树影摇晃一地，覆住两人被路灯拉得长长的影子。

路知意盯着那紧靠在一起的阴影，胸口异常饱胀。就连他凶神恶煞冲路人吼，她听在耳里都不觉可笑。

有人维护，有人与她站在同一条战线。

那种不知从何而来的感慨之下，还有一种细碎的心酸。

陈声不耐烦地问她：“怎么回事？”

“衣服被人偷了。”

他一顿，声音拔高了好几度，“被人偷了？谁那么不长眼睛，偷你的衣服？”

还有一句话，怕她自尊心受损过度，忍了没说——要么洗得发白，要么土得掉渣，偷来干什么？当擦脚布？

路知意看一眼他，平静地说：“确实没长眼睛，年纪轻轻就瞎了，她们先看上了你，然后误会我们俩的关系，要不怎么会因爱生恨偷了我的衣服？”

陈声眼神一定，“什么意思？”

有些心酸，有些难堪，又有些迁怒，但最后接触到他漆黑透亮的眼睛时，又烟消云散。事情因他而起，却也在他的挺身而出下结束。

路知意慢慢地吁出口气，“我也不能确定，只是猜测罢了。”

“说。”他直直盯着她的眼睛，言简意赅地命令。

最后，路知意把遇见唐诗的始末说了出来。

陈声沉默地听完，抬眼一看，已经到了她住的宿舍楼下，站定了，与她对视片刻。

片刻后，他说：“上去吧。”

没对唐诗的事情发表任何言论。

可路知意从他的表情里看出了端倪，此刻的陈声虽然没有再凶神恶煞冲人大呼小叫，也没有一句多余的话，但看上去比前一刻要冷漠很多。

嘴唇紧抿成线，黑漆漆的眼珠里藏着料峭寒意。

她记起他上学期买通教官报复他，怕这人锱铢必较，便出言提醒，“澡堂没监控，没法确定到底是不是她干的，你不要乱来。”

陈声不耐烦地皱起眉，“让你上去就上去，还杵在这干什么？想冻死？”

下一句，一字一顿，“你放心，我绝不冤枉好人。”

路知意看他两眼，扯了扯衣服，“那，这个我明天早上还你。”

又看他两眼，实在是冻得慌，赶紧扭头走了。她并不知道陈声话里有话——他绝不冤枉好人，也绝不放过坏人。

回寝室后，其余三人都被她这打扮震惊了。

“怎么回事？”

路知意含糊其词，“衣服被人偷了。”

苏洋一听，简直跳了起来，“被人偷了？谁他妈这么缺德，大冷天的偷人衣服？”

赵泉泉已经从校医院回来了，躺在床上看剧，搁下手机探了个头出来，好奇地问：“那你这身衣服哪来的？”

“借的。”路知意一边说，一边换好了自己的衣服。

脱下来的有女士大衣，也有男士棒球服。

赵泉泉看了一眼，纳闷，“你还借了不少人的衣服？男男女女都有。”

苏洋的目光也落在那堆衣服上，看见棒球服时，一愣，“这不是陈声的外套吗？”

跑操时，她也常看见陈声穿那衣服。

路知意把衣服挂好，轻描淡写，“路上碰见的，他把衣服借我了。”

吕艺指指那毛衣，“这也是他的？”

路知意点头。

苏洋一边给她倒热水，一边揶揄，“你俩上学期还针尖对麦芒呢，这学期怎么就好成这样了？他肯把里里外外都脱给你披上，自己怕是光着身子回去的吧！”

赵泉泉趴在床上，目不转睛看着她。

路知意打了个喷嚏，接过热水捂在手心，抬手揉了揉鼻子，“事情因他而起，他能不帮忙吗？”

要不是因为他，她至于落到这个地步？

按理说她该怨他的，可路知意喝光热水，上床窝在被窝里，又慢慢地回想起澡堂外的那一幕。

他在她最无助时一路狂奔而来，二话不说救她于困境之中。天气很冷，不止她怕，他也怕。可他把衣服都脱给了她，自己只穿了件背心……

苏洋熄了灯，嘱咐她：“早点睡，这会儿药店关门了，也买不成药。你要是半夜发烧感冒，别藏着掖着，有什么事我送你上校医院。”

知道她怕麻烦人，所以先把话搁在这。

这回路知意没拒绝，乖乖应声：“好。”

可闭了眼，根本睡不着。她躺在漆黑一片的寝室里，一遍一遍想起今夜的事。

他狂奔而来。他单膝跪地。他将毛衣系在她腰间。他不顾一切冲向那个戏弄她的人，大打出手。

他叫她的名字时，那再熟悉不过的三个字，仿佛忽然之间不一样了。

可到底哪里不一样呢？她说不上来。

路知意攥着被角，慢慢地吐出一口气，几分心酸，几分惆怅。

他这人，起初轻狂又张扬，有仇必报，锱铢必较，不知多讨人厌。可如今呢？如今走近了，拨开迷雾才发现，真是好得过分了。

好得叫人不知所措，不敢接受。

隔天，路知意不出所料发烧了。

早上苏洋起床，看她还在被窝里，问了句：“还睡呢，跑不跑操了？”

毕竟路知意一向自觉，永远是寝室里第一个起床的，难得有赖床的时候。

路知意迷迷糊糊睁开眼，支着身子坐起来，顿觉天旋地转。

“跑，怎么不跑？”

话音刚落，她一愣。

苏洋也愣住了，“你，你没事吧你？嗓子怎么哑成这个样子了？”

脚那头，苏洋从梯子爬上来，挤到她身边，伸手探了探她额头，“我的妈呀，这么烫！”

赶紧噌噌爬下去，“你等着啊，我去药店买退烧药。”

吕艺从床上坐起来，揉揉眼，“怎么了？”

苏洋忙着套大衣，系围巾，言简意赅，“路知意发烧了，脑门儿烫得可以煎鸡蛋，我给她买药去。”

吕艺也爬下了床，开始穿衣服，“那我去打盆冷水，拿湿毛巾给她敷敷。”

寝室里这么大动静，是个人都醒了，可赵泉泉那还没动静。

苏洋临走前，抬头看了一眼，只看见她翻了个身，假装没听见似的，把脑袋埋进被窝里继续睡。

嘴角一抽，苏洋翻了个白眼，走了。

跑早操时，陈声一扫人群，清一色男生。

武成宇站出来，声音洪亮，“报告师兄，我年级两朵金花今日请假。”

陈声一顿，“理由？”

武成宇拿出手机，一字一顿念出来：“主席，主席，帮我和路知意请个假。她发高烧了，我在寝室看着她，万一不退烧还得去校医院。今天上午的课估计也泡汤了，你替我跟吴老师也说一下情况，假条我们稍后补上……苏洋发的。”

陈声点头，“我知道了。”

扫了一眼满场男生，心不在焉地下了指令：“跑步。”

人群稀稀拉拉上了跑道，开始绕圈。

他站在薄雾里，想起昨晚的事，眼神很快沉了下去。从包里拿出手机，低头扫了眼短信，最上面那条是昨晚发的。

收件人：唐诗。

内容：明天吃个饭吧。我是陈声。

要到唐诗的电话并不困难，毕竟寝室里有个韩宏，将功补过，电话号码乖乖奉上。

他发去短信不过十来秒工夫，对方就回复了。

唐诗：欸？为什么想找我吃饭？

末尾还加了个卖萌的表情符号。

陈声：前一阵心情不好，对你态度挺糟糕的，将功补过，

意识到自己态度有些强硬，他补发了一条：赏脸吗？

唐诗秒回：好呀，那地点我挑？

他：没问题。

最后约在今晚，地点是步行街的日料店。

陈声看着一众跑步的人，少了为首那个卖力的女生，整个队伍都显得懒洋洋的，没什么精神。

竟然发烧了。

他还以为她吃苦耐劳，身强体壮，生病这种事跟她永远扯不上半毛钱关系。

他站在那，脑子里冒出一个古怪的想法——要是能把唐诗搁在砧板上，让路知意像片三文鱼那样，把她千刀万剐……光是想想，都觉得很美好。

苏洋从药店买来一大堆退烧药，亲眼看着路知意把一把五颜六色的药丸吞下去，这才松口气。“如果下午还没退烧，我陪你去校医院输液。”

路知意侧卧在被窝里，劝她赶紧去上课。

苏洋说：“要是我也走了，寝室里就剩你一个人，万一有个三长两短，叫天不应叫地不灵的，你怎么办？”

“我没那么娇气。”

“你是没有那么娇气，但生病不由人。”苏洋理直气壮，又重新把外套套上，“行了，你捂着睡会儿吧。我妈说发烧的人就是要捂出一身汗，出了汗就好了。我这会儿去食堂买早餐，一会儿你喝点热粥，吃点包子馒头。”

她一边说，一边干脆利落开门走人。

路知意连谢谢都没说出口，就听见她关门的声音，只得一个人躺在安静的寝室里，望着天花板出神。

离开冷碛镇后，能遇到这样一个苏洋，值了吧？

值了。

陈声一整天都有些心不在焉。

凌书成习惯性在回寝室后借他的笔记，“老林讲课就跟赶集似的，快得要死，前一个要点才刚讲完，又开始噼里啪啦讲下一个了。做个笔记都跟打仗似的。”

结果从陈声那拿了笔记本，翻开一看，眼睛都直了。

“不是吧你，你今天吃错药了？”

今天有门课，老师姓林，是中飞院百里挑一的名嘴，很有两把刷子。但他讲课节奏快得飞起，干货一个接一个，能跟上他的人不多，陈声是其中之一。

往常，凌书成都借陈声的笔记填补自己的知识空白，结果这回……

陈声的笔记本上半个字都没有，只有黑色水性笔涂得乱七八糟的线条，黑乎乎一片，力透纸背，好几处还划破了纸张。

陈声没理他，从衣柜里拎了件烟灰色大衣出来，换掉穿惯的休闲棒球服。

凌书成把笔记本搁下了，"怎么，要出门？"

"嗯。"

"去哪？"

"吃饭。"

"跟谁啊？哟，还特意打扮一番。"凌书成跟八卦的中年妇女一样，一脸兴致凑过来。

陈声毫不留情推开他的脸，"干什么，你审犯人？"

一旁的韩宏顿了顿，忽然悟出了什么。

"你该不会是和……"下一刻，挤眉弄眼，"可以啊兄弟，前几天还不搭理人，昨晚就雷厉风行要了电话，今天还开始约饭了。可以可以，这一招欲擒故纵很有点想法。"

他没直接把唐诗的名字说出来，可张裕之和凌书成一听这话，哪里会猜不出来。

凌书成虎躯一震，"不是吧你！好马不吃回头草，先把人拒了，一点面子也不给，怎么这会儿忽然又改变主意了？"

张裕之说："不过平心而论，唐诗确实挺好看，人挺大方，讲话也不小家子气，当女朋友的话，带出去面上也有光。"

陈声已经换好了衣服，拿起桌上的手机往外走，头也不回扔下一句："女朋友？她也配？"

语气冷而不善。

大门砰的一声合上。寝室里，三人面面相觑。

不知是谁发明的法则，约会时总要男性先到，女性姗姗来迟，仿佛这样才够绅士风度，足够凸显女性的魅力和特权。

唐诗看看时间，发现自己比约定时间早到了十来分钟，便去了步行街的奶茶店里，点了杯奶茶坐着。

她也不愿意叫陈声以为自己有多迫不及待。

面子嘛，多一点总是有备无患。

她目不转睛盯着店外,没有放过来往的每一个人,生怕一不留神错过了陈声。

手机嗡嗡震动了一下，她只是飞快地扫了一眼，又望向店外。

消息是齐珊珊发来的：“怎么样呀，见到他了吗？”

没得到唐诗的回复，齐珊珊很快又发来下一条：“他前几天在大家面前装得那么高冷，结果转头又偷偷联系你，多半是性子太傲，优越惯了。你别忘了我跟你说的，也高冷一点，怎么着，谁还不是爸妈的小公主了？”

唐诗又看了一眼，眉头一皱，把震动关掉了。

前两天?

前两天是她人生中最难堪的时刻,没有之一。她压根不想去回忆陈声的态度,也不需要齐珊珊提醒她。

之前只是单纯喜欢他，如今还有了一种赌气的成分在里头。他让她在众目睽睽下丢了那么大的人，她必须拿下他。

不拿下她，鬼知道齐珊珊她们会在背后怎么笑话她。

一整个寝室的人都是那样，或者说一整个年级乃至学院的女生都是那样，表面上恭维她白富美，背地里不知道多想看她笑话。

高冷就高冷吧，只要他是她唐诗的男朋友，就能堵住那些长舌妇的嘴。

唐诗心浮气躁地盯着店外，脑子里划过无数念头，终于看见陈声的身影。

他穿件烟灰色大衣，系着浅咖啡色围巾，休闲西裤配一双简简单单的皮鞋，双手仍插在大衣口袋里，漫不经心却又步履从容地从店外走过。

她猛地跳下高脚椅，冲到店门口时，又顿了顿，急切地在心里数了二十下，这才佯装姗姗来迟的样子，朝不远处的日料店走去。

摇曳的红灯笼下，年轻男生安然而立。

哪怕唐诗看过他好多次了，也遭受过他的冷遇，可此刻朝他一步一步走去，仍是没由来一阵紧张，心跳乱了节奏。

他的侧脸仿佛镶嵌于夜幕之中，却又鲜明耀眼，融不进那片墨色。

他静静地立在那，目光没什么指向性，漫不经心落在来往人群中，直到她走近了，似有所感，很快转过头来。

四目相对时，她听见自己心跳如雷。

怎么会有这样一个人呢？总是一副不把全世界放在眼里的样子，轻浮又张狂。可当他只看着你的时候……

当他只看着你的时候，你会觉得为了这一眼，他的轻浮不算什么，他的张狂也是那么讨人喜欢。

缺点都变成了优点。

唐诗有些紧张地攥住手心，笑话自己。

她又不是第一次跟男生约会了，这么手足无措的时候……还真是少见。

位置是唐诗定的，包间，安静雅致。

菜是唐诗点的，陈声难得有礼貌，含笑让她做主。

他甚至替她拉开座椅，自然而有风度。

唐诗给他弄得晕头转向，心头仿佛烟火盛放，喜悦都快将她炸成碎片。可她还有她的顾虑。陈声找她，会不会还有一种可能性——他知道在澡堂拿走那女生衣服的人是她，来找她兴师问罪了？

可这样的概率很小。第一，澡堂里人来人往，又没有监控，他平白无故怎么可能来指认她？第二，如果他真是为了那女生来讨公道的，又怎么可能请她吃饭，还对她言笑晏晏？

唐诗定了心神，目光落在三文鱼刺身上，“前几天你态度那么冷淡，我还以为是我哪里让你看不顺眼了。”

陈声一顿，目光落在她颤巍巍的睫毛上。

“这一阵在忙期末出国学飞的事情，你可能听说过，是我们学院和加拿大航空公司合作的一个项目。因为我的资料出了一点问题，所以情绪不太好。”

他说得很从容，听得出，其实没有多少歉意的成分。但他这么傲的人，能把话说得这么客气，已经很给她面子了，唐诗见好就收。

“那事情解决了吗？”

“解决了。”

她笑了，唇角一弯，两个小梨涡就露了出来。她心知肚明，自己笑成什么样子是最迷人的。

“解决了就好，我们可都指望着将来你学成归来，成为民航鼎鼎大名的机长，最好比《冲上云霄》里的还要厉害。”

陈声靠在椅背上，懒洋洋地笑了，晃了晃酒杯，里头的梅子酒微微荡漾，在柔和的灯光下淌着香气。

“是吗？我争取。”

陈声此人，对人对事总是漫不经心，懒懒散散。因此，院里很多人都以为他是智商高，情商低，不懂为人处世的道理，从小就养成了我行我素的娇纵任性。

可赵老头曾经说过一句话：“他小子不是不懂，是太狂，根本不把人放在眼里！”

人情世故，活了二十年，陈声多多少少也懂一些。更何况陈宇森是法官，老爷子又是研究院退下来的昔日领头羊，他从小耳濡目染，又天资聪颖，怎么会没有情商？

他不是不懂，他只是不屑于用世俗的条条框框来约束自己。

一顿饭吃下来，他依然懒懒地笑，话不多说，偶尔抬眼看一看唐诗，便能叫她面上发烫。

他也懂得心理战术，绝口不提路知意，就等着她放松提警惕，自己问起来。

果不其然，唐诗最后还是没忍住问出了口。

“那天你在操场等人，等的是……”

陈声眉眼微扬，从容不迫，“我们学院的一个师妹。”

“哦，不是女朋友？”她半开玩笑，半认真地问。

“为什么这么说？”

“我看你冲我一脸不耐烦的样子，她来了你倒是笑了。”唐诗撇撇嘴。

陈声笑了，“她来，一是帮赵书记给我带东西；二是传话，告诉我出国的项目最后还是解决了。这难道不值得我笑一笑？”

唐诗如释重负，“这样啊，我还以为……”

“以为什么？”陈声似笑非笑地转了转手里的杯子，“以为我会看上她？”

语气里的轻蔑，要多明显有多明显。

唐诗一愣，敏感地察觉出他的情绪变化，不动声色追问一句：“她怎么了？”

陈声把杯子往桌上一搁，平静地说：“她怎么了？开学第一天被我认成男生了，心里有气，就背地里骂我是涂脂抹粉的小白脸，结果被我听见了。没过几天军训，她又拿可乐砸我，差点没把我砸得在赵老头面前长跪不起。后来我的室友凌书成跟人打架，我去帮忙，结果她刚好在现场，二话不说报了警，警察把我抓走了。”

唐诗都听呆了。

所以不是男女朋友？所以他非但不喜欢她，还很讨厌她，两人梁子结得这么大？

“那她挺嚣张的啊！”唐诗蹙了蹙眉，“你没跟她计较？”

陈声若无其事地说：“军训的时候，找教官整了整她，但也只是隔靴搔痒。”

“那你就这么算了？”

他一顿，“不这么算了，又能怎么办？我还能跟她动手不成？她再像个莽汉，毕竟是个女的，我不跟女人动手。”

语气里有些意兴阑珊，不大甘心，又无能为力。

说着，他还扯了扯嘴角，“难不成要我去悬赏，找人帮我报复她？”

唐诗怔了片刻，没说话。

其实她并不是真的要报复路知意，两人非亲非故，从未说过半句话，根本谈不上结仇。她只是不服气，不服气自己没得到的，那个完全不如自己的人却得到了。

有时候做坏事并非因为内心恶毒，只不过是一念之差罢了。鬼使神差地，她就把那堆衣服拿走了。事后她都有些记不清自己当时究竟是怎么想的，就是单纯地，想让那个人也不痛快。

可听到陈声厌恶地说起那个人，她又觉得他们俩也许是真的命中注定该在一起。毕竟他讨厌的人，她在无意中出手帮他打击报复了一次。

仿佛有了一种难以言喻的默契。

唐诗顿了顿，抬眼看他两秒，又低下了头，有些不好意思地说：“那个，我要跟你承认，我昨天做了一件坏事……”

整顿饭吃下来，陈声一直都没怎么动筷子，指腹摩挲着黑色搪瓷杯，懒洋洋坐在座椅上。此刻闻言，指尖却忽地一顿，眼神都定了定。

但他依然默不作声，静静地抬眼看他，若无其事地问：“什么事？”

唐诗的眼神明亮夺人，就这样落在他面上，“陈声，我喜欢你，你知道的吧？”

答非所问。

陈声一怔，没料到她会突然说这话，但也没有什么好掩饰的，索性点了点头。

下一刻，她笑了，有些天真，有些得意，又有些做了坏事后的小愧疚，半真半假地把事情说了出来。

“我以为你们俩在一起了，所以你才对我冷言冷语，为了这事闷闷不乐好几天。结果昨晚去澡堂洗澡的时候，刚好碰见她，我室友为了帮我出口气，就把她的衣服拿走了。”

唐诗说完这话，孩子气地去瞧陈声，满以为会换来会心一笑。

可包间里，气氛凝滞了片刻。

片刻后，那个懒洋洋的，漫不经心的，好不容易温文尔雅的陈声不见了，指节分明的手不知何时离开了杯盏，靠在椅背上的身体也坐直了。

他那似笑非笑的表情像是大雨过境般，骤然不复前一刻的平静安然，目光像冷冰冰的匕首，毫不留情地落在她脸上。

“果然是你。”

果然是你。

四个字，砸在唐诗耳膜上。

陈声的忽然变脸令她一蒙，脑子里一片空白。

前一刻还唇角含笑，前一刻还目光温和，这一刻却冷冰冰地看着她，像是看着什么令人生厌的东西。

唐诗难以置信地看着他，终于意识到，她被他耍了。

她沉默片刻，把筷子搁在桌上，“所以这一顿，其实是鸿门宴？”

陈声短促地笑了一声，“难为你到现在才发现。”

“为什么？”唐诗咬咬牙，哪怕心里早有结果，却仍然想问个清楚。

为什么要这么对她。

陈声反问：“为什么？这话我也想问你。”

他面无表情地盯着唐诗，“为什么把她衣服拿走，为什么做人能低劣到这个地步，为什么明明长了脑子，却放着不用。”

唐诗蓦地抬头望着他，“你喜欢她，是吧？”

陈声冷冷地说：“我喜不喜欢她，跟你有什么关系？”

“你喜欢她哪一点？”仿佛不到黄河不死心，她就是死也要死个清楚明白，“她哪里比我好了？是她的高原红，黑皮肤，还是土到极点的……”

女生有些激动的质问声响彻包间，可还没说完，就被陈声打断。

那杯摩挲已久的梅子酒总算派上用场。他霍地站起身来，一只手端过杯子，毫不犹豫地往唐诗脸上泼去。

包间里霎时安静下来。

明亮的灯光从头顶的灯笼里洒下来，照得唐诗满面星芒，只因她脸上身上全是梅子酒，湿漉漉一片格外狼狈。

她错愕地坐在那里，忘了说话，忘了反应。

陈声声色从容，“我奉劝你，想清楚了再说话。”

唐诗终于回过神来。她从未遭受过这种待遇，简直是奇耻大辱。眼眶蓦地红了，可她死死掐住手心，声音尖锐得不正常，“你居然敢这么对我？”

“这么对你？”陈声站在那，居高临下看着她，“你该庆幸，我不打女人。”

仿佛再不耐烦跟她多说半个字，他将那空酒杯哐当一声扔在桌上，酒杯骨碌碌滚了一圈，在装着刺身的碟子前停了下来。

陈声转身就走。

都到了包间门口，掀开了一半的门帘，他又顿住脚步，头也不回地扔下一句。

“她哪点都比你好。”

傍晚八点，路知意烧退了一半，只是浑身软绵绵的，还有些乏力。

她勤奋地坐在书桌前看吕艺的笔记。错过了一整天的课，对她来说简直像错过了一个亿。

苏洋谨遵医嘱，每隔一小时就把温度计塞她衣服里，“来，量一下。”

最近一次在半小时前，量完之后，苏洋皱眉头，“怎么还是高了点啊？”

“37.9℃而已，差不多正常了。”

“差了 0.9℃！”

“0.9℃可以忽略不计。”

“……”

苏洋还准备争辩几句，路知意搁在桌上的手机忽然响了起来。

屏幕上两个大字：陈声。

“哟！”苏洋眯眼，“是我们陈师兄呀。”

很有几分揶揄的味道。

路知意赶紧拿过手机，到走廊上去接电话了。

赵泉泉正在敷面膜，回头看了一眼急匆匆出门的人，心不在焉问了句：“苏洋啊，他俩是不是好上了？”

苏洋看她一眼，“你问我，我问谁？”

陈声这一通电话打得很是离奇，就两个字：“下楼。”

路知意一头雾水，“下楼干什么？”

“让你下来就下来，赶时间，废话少说。”他二话不说挂了电话，话里带气。

路知意不知道他搞什么名堂，但听起来像是有急事，遂匆匆回寝室换了衣服。

临走前，赵泉泉又问她：“知意要出门吗？”

“嗯，有点事。”

“你不是还发着烧吗？这么晚了出门吹风，不怕病得更严重？”

苏洋扫了赵泉泉一眼，“这会儿倒是关心上了。”

但路知意赶时间，也没多理会，套上大衣就出了门。

苏洋在背后叮嘱：“别站在外头吹冷风，找个暖和的地方！”

她响亮地应了一声：“知道了！”

匆忙跑下楼，大老远就看见立在宿舍楼大门外的陈声，路知意眼前一亮。一路小跑着出了门，站在他面前，笑了。

“咦，今天怎么打扮得这么花枝招展？”

陈声一把拎住她的胳膊往外走，“跟我来。”

“哎哎，去哪？”

他步伐极快，腿又长，她拖着疲软的身躯费劲地跟上，还是皱眉提醒了一句：“你慢点行不行？有什么事就说，我没力气跟你闹。”

陈声一顿，停在原地，这才回过神来，侧头看她。

因为生着病的缘故，她的脸比往常红一些，眼波水亮亮的，仿佛淬了光。唇色也红艳艳的，像是涂抹了口红。

细看之下，眉宇间透着疲态。

他松了手，“还在发烧？”

没等她回答，他径直伸手探了探她的额头，眉头一皱，“这么烫。”

然而时间紧迫，不等他们在这家长里短。陈声放慢了步伐，“你先跟我去一个地方。”

边走又边问：“吃药没？”

“吃了。”

“那怎么还没退烧？”

“总要有个药效时长啊，又不是仙丹，吃下去就好了。”路知意还是追问，“到底去哪？”

他抬头看着前方，平静地说：“去以牙还牙。”

陈声一路拉着路知意到了澡堂外面，两人并肩站在开水房里。

中飞院的男女浴室挨在一起，澡堂对面是开水房，进进出出都是拎着水壶打水的人。唯独陈声和路知意两手空空，站在那里无所事事。

路知意问他："以牙还牙为什么来开水房？"

他言简意赅，"外面冷，避风。"

"……"

陈声目不转睛盯着对面的女澡堂。

路知意又不是傻子，以牙还牙四个字，很能说明问题了。她问他："你在等唐诗？"

那天他们在操场上说话，她一不小心听见了，唐诗这名字简单又好听，一下子就记住了。

陈声侧头看她，嘴角扯了扯，"还不算太傻。"

"你确定是她做的？"

"嗯。"

"怎么确定的？"

"你问题真多。"

"……"路知意没好气，"她整的是我，我还不能问一问了？"

陈声不耐烦地说："过程不重要，总之你知道是她干的就行了。"

他多看她两眼，这才发现她里面穿的是家居服，圆领，外面套了件大衣，脖子上光秃秃的。哪怕开水房能避避风，毕竟还是站在大门口，她可怜巴巴地缩着脖子。

陈声的手垂在身侧，动了动，最终还是没忍住，从脖子上取下围巾，就是动作不太温柔，套马似的，一把套在她脖子上。就跟昨晚往她腰上系毛衣似的，死死地打着结。

路知意险些没被他勒死，一把攥住他的手，面红耳赤地吼一句："你干什么！"

她以为他在跟她闹。

她都病成这样了，他看不出来吗？这时候还闹！

陈声松了手，好像这才意识到自己用力过猛，哼了一声，"怕你冻死，好心好意帮你系围巾，你那么凶干什么？"

"你这是帮我系围巾？我以为你要帮我人工上吊！"

陈声被她逗笑了，前一刻还紧绷的情绪骤然间松弛下来。他看着她，只觉得怎么看怎么顺眼。

小麦色的皮肤怎么了？健康！短发怎么了？清爽！高原红又招谁惹谁了？权当纯天然腮红了，多省事！

还有，他们小红性格多好啊，认真努力不做作，不知道比那些成天搔首弄姿的肤浅女生好到哪里去了。

正想着，对面澡堂有人进去了。

陈声眼神一滞，敛了笑意，拍了拍路知意的胳膊，“看那。”

对面，怒气冲冲的唐诗换了身衣服，拎着一袋换洗衣物、一只澡筐进澡堂了。毕竟被泼了一脸一身酸溜溜的梅子酒，陈声笃定唐诗今晚会急匆匆赶来洗澡。

他唇角微扬，漫不经心地问路知意：“报仇的机会来了，去不去？”

路知意看他片刻，笑了，“去，怎么不去？”

人不犯我，我不犯人。

人若犯我，我一巴掌拍死她。

她路知意活了十八年，善良是家教，忍让是美德，可善良和忍让不代表她可以任人欺辱而不还手。她可不是忍气吞声的包子。

陈声没想到这家伙这么轻易就点头了，雄赳赳，气昂昂跟在唐诗身后，转眼间消失在澡堂门口。

他还有些迷茫。

早些时候也担心过，万一他把机会都创造好了，她不肯上阵怎么办？毕竟她的个性，相处这么长时间，他也摸得个八九不离十，的确是个善良努力的高原少女。

居然这么爽快？

几分钟后，路知意出来了。

她站在澡堂那对陈声挥了挥手，示意他可以光速逃离现场了。

陈声走过去，看见她手里就拎了一件黑不溜秋的东西，没有想象中的一大袋衣物，霎时一顿，“这是……”

“打底裤。”

“……”他盯着她，“你就偷了条打底裤出来？”

路知意不想站在澡堂门口引人注目，拉着他赶紧往回走。

“打底裤够了。你说的以牙还牙啊，我昨天并没有裸奔回寝室，好歹还有借来的大衣,半路上又多了你的外套和毛衣。让她也光着腿回去,差不多扯平了。”

夜风一阵阵吹来，她围着他的围巾，眼波依然水润，又因做了坏事而染上了喜悦的光彩，竟叫人忍不住失神。

陈声说：“路知意，你知道你这叫什么吗？”

“什么？”

“裤子都脱了，你就给我看这个。”他如是点评。

路知意哈哈大笑，拎着那打底裤傻乐，“可不是吗，裤子在这儿呢。”

陈声嫌恶地看了一眼那裤子，指指路边的垃圾桶，“赶紧扔了。”

“扔了干什么？”她把它拎在手里，都快走到寝室外面了，左右看看，干脆把它挂在了路边的栏杆上。

陈声揶揄她，“可以啊，路知意，还挺善良。人家都欺负到头上了，你还把裤子挂在这，打算还给她。坏事做一半，你以为就不是做坏事了？”

路知意爽快地说：“自我麻痹一下嘛，坏一半，好一半，然后安慰自己我就是普通人，坏心眼是有的，但还没有坏透，还有救。”

她斜眼觑他，“哪像你，坏透了，根本没救了。”

陈声双手插在口袋里,眯眼盯着她,“行啊,过河拆桥,吕洞宾无限被狗咬。”

路知意笑出了声，凑过来，“那行，你说吧，要我怎么报答你？”

她的眼睛太亮了，比身后面包店闪烁的灯火亮，比日料店里的灯笼亮，比路边的昏黄路灯、今夜的星河都要亮。

陈声定定地看着她，心脏仿佛被人一把攫住。

死死地握在掌心里，透不过半点气来。

想帮她。

想替她出口气。

怕她心慈手软下不了手，却又因她做事留了一线余地而感到难以言喻的心满意足。

他这是怎么了？从前处处都看不顺眼，而今满心满眼都是舒坦。

陈声看着她。那两抹浅浅的红浮在她素净的面颊之上，渐渐变成两束跳跃的焰火，从寂静无声到烈烈燃烧，几乎要跃出面颊，将他也一同燃进去。

要她怎么报答他?

他有千百种回答，来一顿豪华大餐为难她，原地青蛙跳一百下折腾她，一会儿跑操时去操场上大喊三声“陈声帅得人神共愤”戏弄她，又或者……

鬼使神差地，陈声一把攥住她的胳膊，轻而易举撩开衣袖，一口咬了下去。

路知意惊叫一声，毫无防备，反应过来那力道不轻的一口时，赶忙缩手。可手是缩回来了，纤细的手腕上却多了两排牙印，红通通的，还带着一丝亮晶晶的痕迹。

她瞪圆了眼睛，“陈声，你是狗吗？”

陈声却扬长而去，摆摆手，头也不回扔下一句：“我吕洞宾也算是以牙还牙了。”

路知意冲他叫了一声：“神经病啊你！”

可他张扬又惬意地离去，只抬手挥了挥，一副嚣张到要上天的样子，末了还提醒一句：“今晚就别来跑操了，吕洞宾不跟你计较。你把病养好，明天给我准时到操场报到。”

路知意瞪他半天，又泄了气，忽然笑出声来。她看着他，一直站在原地看着他，直到那道背影消失在人来人往的宿舍楼外。

她一低头，发现脖子上还系着他的围巾。解下来，想要追上去还给他，可走了两步，又顿住了脚。

明天吧。明天还给他。

她抱着那围巾，手指轻轻摩挲两下，唇角不自觉弯了起来。

夜风徐来，仿佛要把一颗充盈的心吹上天际。

Chapter 12 少年风月

当晚，有人找上了门。

路知意已经在苏洋的监督下喝了退烧药，准备上床睡觉了，忽然听见有人在外面重重地拍门。砰砰砰，声音巨大无比，连隔壁寝室都没忍住开了门，探出头来看个究竟。

路知意一听那声音，已有预感，拦下了苏洋，亲自去开门。

果不其然，门外站着唐诗和齐珊珊。

唐诗此刻已经穿戴完毕，满面愠色，就差怒发冲冠了。她指着路知意的鼻子，高声质问："是你做的吧？是你把我的裤子拿走了！"

语气笃定，眼睛几乎要喷火。

一寝室的人都愣住了，苏洋见来者不善，走到了路知意身旁，盯着唐诗，"你谁啊你，说话能不能客气点？咋咋呼呼个什么劲儿啊！"

路知意伸手拦了拦苏洋，从容不迫冲唐诗说，"是我拿的，你要干什么？"

哪怕她生着病，也不会怕区区一个唐诗，哪怕门外还有个齐珊珊，她也一点不怕。

唐诗压根没想到她会这么轻易就承认，咬了咬牙，伸手就推她，"你有病吧你……"

推到一半，被路知意攥住手腕，反手往门外一推，唐诗力气不如人，踉踉跄跄往走廊上退了几步，很快被身后的齐珊珊扶住。

齐珊珊挺身而出，"你够了吧你，偷人裤子，还有脸动手？"

路知意笑了笑，“我确实拿了她的裤子，有什么问题吗？她可不只拿了我的裤子，从里到外，从上到下，没给我剩下半点东西。比起她来，我难道不是仁慈多了？”

话说到这个份上，苏洋总算明白过来，一把拉下路知意拦着她的手，挺身堵在了宿舍门口，“你就是昨天偷人衣服的那个？”

从门后拎了扫把，二话不说朝唐诗打了过去。

“还有脸上门兴师问罪？你良心被狗吃了吧你！”

路知意想笑，忍住了，赶紧上去拉苏洋。

走廊上一顿鸡飞狗跳，空乘学院的女生们学的是礼仪，是姿态，是服务，是微笑，哪里能跟飞行技术学院的女生们比身体素质？唐诗明明是带着齐珊珊上门讨债，却反而被人拿扫把乱轰一气，气得脑门都要炸掉了。

她抬手指着路知意，尖声叫道：“你很得意是吧？你以为他向着你就是喜欢你？你为什么不撒泡尿照照镜子，看清楚自己是个什么德行？长成这样，穿成这样，你以为他真的瞎了眼，会看上你？”

如果说拿走路知意的衣服尚且是鬼迷心窍、一念之差，此刻的唐诗就是半点良知都没剩下了。气到极致，委屈到极致，所有的情绪如决堤一般，压垮了她最后的理智。

她红着眼睛死盯着路知意，一字一句说：“丑成你这样，还没半点自知之明，也不想想你配吗你？癞蛤蟆想吃天鹅肉。”

这样刻薄的话，就连寝室里的吕艺和赵泉泉都听呆了。

苏洋怒喝一声：“你说什么呢！”却被路知意死死拦下。

路知意就站在门口，看着唐诗漂亮的面容，没动气，反而笑了两声。

她说：“他瞎没瞎眼我不知道，反正瞎了我也治不好。不过多谢你提醒，我确实没你好看，没你会打扮。但在我照镜子之前，我奉劝你先自己照一照。我只是长得不好看，而你呢……”

关门以前，路知意冷冷扔下一句：“你已经从里烂到外了，同学。”

回头，寝室里鸦雀无声。

走廊上传来更多恶言恶语，可只是那么短暂的一瞬，很快就被低低的啜泣声取而代之。

撇去唐诗这一茬不说，开学第一周，着实有两件值得开心的事情。

第一件，路知意以年级第一的身份，成功拿到大一上学年的学业奖学金。

第二件，她周末与问题学生，陈郡伟同志，进行新学期的第一次补课，庄淑月欢天喜地要给她涨工资。

路知意颇有些不好意思，因为陈郡伟的补课费已经很高了，而他的英语水平其实挺不错。

她推辞说："庄姐，您给的补课费已经很多了，没必要再加了。"

庄淑月说："那怎么行？一分耕耘一分收获，小伟上学期期末进步那么大，这是你应得的。"

"可是这是他自己努力，我确实……"

两人正打拉锯战呢，陈郡伟忽然插了句嘴，不耐烦地指指桌面上的期末试卷，"给你你就拿着，啰唆什么？有这工夫，赶紧做正事。"

路知意一顿，看他片刻，啼笑皆非，只得向庄淑月道谢。

房门关上，屋里只剩下老师和学生。

她与他面对面坐着，问："怎么突然之间醒悟了？"

陈郡伟说："太无聊了。"

"什么太无聊了？"

"明明是天才，非要装疯卖傻扮智障，扮太久了，我累了。"

路知意笑了，"能问问是什么让你忽然意识到这一点的吗？"

陈郡伟一抬头，就看见她目光轻快地看着自己，那双眼睛明亮夺人，透着一种欢快与活泼。

是什么改变了他？也许是她留给他那句话，也许是那次与陈声吵架。

他忽然一夜之间想通了。

无知总该留给年少，轻狂也早该抛在脑后。他十六岁了，这么一路叛逆过来，猛然抬头，才发现眼前的人也不过大他两岁，却在为生计奔波，为理想奋斗。而家中还有个更为出色的兄长，从前他总以为陈声用光芒密密麻麻把他困在了黑暗里，后来才发现，作茧自缚的明明是他自己。

陈声也好，路知意也好，他们都比他耀眼，比他洒脱，比他肆意。可原因与皮囊无关，那种耀眼纯粹是因为他们在为明天认真地活着。不是草率而随便地活着，是抬头望着天边那轮明月，脚踏实地活着。

万千思绪奔腾而过，最后脱口而出的却只有一句话。

他把手伸出来，摊在半空，问她："我的巧克力呢？"

路知意笑了，从背包里拿出路上准备好的东西，递给陈郡伟。

小孩蓦地一顿，“怎么跟之前的那个不一样？”

“之前那是圣诞礼盒，现在没有了。”

“……”

陈郡伟看着手里的咖啡色礼盒，这一个沉稳得多，不再红红绿绿喜庆无比，也没有了幼稚的小熊形状。

可他却撇撇嘴，觉得还是前一个更顺眼。

当晚，路知意补课离开后，陈郡伟去了老宅吃饭。

陈家人都很孝顺，家中有个约定俗成的规矩，若无要紧事，个个周末都回老宅，一家人热热闹闹陪老爷子吃顿饭。

长辈们吃过晚饭，还在桌上聊天，兄弟俩很有默契，双双离席，去了阳台上透气。

陈郡伟欢天喜地跟陈声炫耀，“我家教又送了我一盒巧克力。”

陈声扫他一眼，“所以呢？”

“所以我有你没有。”

“……”陈声哧了一声，“把你当小孩子哄，动辄送巧克力这种东西，不知道有什么值得开心的。”

陈郡伟当然不会说这是自己要来的，只耸耸肩，“是啊，我也不知道她干吗总把我当小孩子哄，可能我就是这么讨人喜欢吧，她忍不住想宠我。”

又凑过去，贱兮兮添油加醋，“她可没宠你啊。”

宠？

一个“宠”字，成功令陈声皱起了眉头。

他把视线从瓜田里收回来，打量陈郡伟片刻，不冷不热问了句：“你脑袋里打什么歪主意？”

陈郡伟笑了笑，“我打什么歪主意了？我怎么不知道？”

陈声看他两眼，“别以为我看不出，你小子心里有鬼！”

“你管我？”

“她可是你家教！给我放尊重点。”

“家教怎么了？家教也可以交心做朋友。”

“做你个……”他忍了忍，把脏话咽了回去，“陈郡伟，她比你大两岁，为了生计跑来教你这不成器的家伙，你少在她身上动什么歪脑筋！”

激将法成功。陈郡伟咧嘴笑了，“我说哥，你发现没，你每次提起她，情绪都激动得很不寻常。”

“不寻常你……”妈字又吞了下去，小婶婶就在屋里，他陈声尊老爱幼懂礼貌，不能在这爆粗口，最后只能不耐烦地推了把陈郡伟，“你给我离她远点！”

陈郡伟冲着往客厅里走的身影闲闲地喊了句：“她可是我家教呢，离远了，怎么讲课啊？”

陈声霍地回头，“你以为她非教你不成？”

“哟，难不成你还打算高薪挖走她？那你打算让她去教谁啊？教你？你一大三的师兄，让大一的师妹去教你？教什么？教做人吗？”陈郡伟一个问题接一个。

陈声干脆走了回来，重新站到阳台上，把玻璃门重重合上。

他居高临下地盯着陈郡伟，一字一句地说：“你别惹她。你敢乱来，我扒了你的皮。”

陈郡伟笑开了花，“哟，你扒了我的皮？我好怕呀！”

从他面前钻了过去，重新推开门往客厅里跑，边跑边叫，“你来呀来呀！”

陈声：“……”

他为什么摊上这么个蠢弟弟？

周末，路知意继续去给陈郡伟补课。

而她还在半路上，陈声这不速之客就先她一步到了陈郡伟家中。陈郡伟那一席玩笑话本是说来气陈声的，没想到却让他当了真。

陈声越想越不对劲，烦躁了一晚上，第二天眼看着快到下午两点了，干脆提前半小时去找陈郡伟。

他并没有深究自己为什么这么烦躁，满脑子都是昨天夜里和陈郡伟的对话。

那小子对他家教动了歪脑筋。

二世祖、混世魔王，不学无术，挥霍无度，这些就算了，当哥哥的看在他家庭不够美满，成长过程缺失父爱的份上，就睁一只眼闭一只眼吧。可如今倒好，这家伙居然对大他两岁的家教有了坏心眼，这算什么事？

陈声越想越气。

于情，他是路知意的师兄，哪怕口口声声说两人之间是“塑料友情”，可朋友二字，实打实地在他们脑门上戳下了印章，他不会放任不理。

于理，陈郡伟是他堂弟，两人从小打打闹闹长大，他有心要把这小子弄上正轨，绝不能走歪路。

于是隔天下午，陈声理直气壮杀上了门。

来开门的是陈郡伟，一见他站在门口，愣住了，“哥？”

陈声往里走了两步，门也没关，鞋也没脱，只因室内地暖太足，不耐烦地脱了大衣，挂在门口的衣架上，问他：“你妈呢？”

“加班啊。”陈郡伟莫名其妙，“你怎么来了？”

陈声看了眼手表，还有二十分钟就到两点了，一会儿路知意来了，他可没机会再教训这小子，遂拉着陈郡伟就往卧室走。

“哎哎，有话好说，拉拉扯扯成何体统？”

“闭嘴。”

陈声把卧室的门虚掩上，颇有些做贼心虚的意味。

可他是怀揣着菩萨心肠而来，一方面为了弟弟不误入歧途，一方面为了路知意不被人荼毒……这样想着，腰板直了起来。

陈声站在书桌边上，看着陈郡伟整整齐齐摆在桌面的英语书和一摞试卷，开门见山，“我问你，你昨晚说的那些话，是真的还是假的？”

“哪些话？”

他不耐烦地拿起那本英语书，在半空晃了晃，“你说呢？”

陈郡伟的目光落在那硕大的“English”上，扯了扯嘴角，“哦，你是说我和我家教不得不说的二三事？”

陈声面无表情盯着他，把书卷成一卷，颇有他敢胡说八道就锤死他的意味。

陈郡伟从他手里一把夺下课本，一边撇嘴，一边抚平边角的皱褶，“说话就说话，别动我书啊。要不路知意又该说我不尊重知识，藐视课本了。”

就这么一个小小的举动，成功令陈声心口一堵。

“少跟我东拉西扯，说，你到底打什么主意！”

陈郡伟说：“我能打什么主意？我这么优秀一青年，需要动什么歪脑筋才能引起别人的注意吗？笑话，你弟弟我相貌堂堂、一表人才，光是站在这儿就能叫她笑得嘴都合不拢了，她偷偷爱慕我是迟早的事。”

陈声：？？？

那股困扰他一晚上的无名怒火，在此刻犹如火上浇油，熊熊燃烧起来。

“陈郡伟，你在做梦吗？她是你家教，还大你两岁，你一个人在这意淫个什么劲。”

“两岁算个屁啊。”陈郡伟嗤笑一声，“大伯母不也比大伯伯大几岁吗？要是他俩为了这个就不在一起了，今天哪来的你？”

陈声一滞，眼神更阴沉了。

“你妈为了让你好好学习，给你左一个家教，右一个家教地请。你就这么报答她的？家教是请来让你专心学习的，不是让你用来当消遣找乐子的！”

“谁不专心学习了？谁拿她当消遣找乐子了？”陈郡伟从那摞试卷里抽出上学期的期末试卷，啪的一声拍在桌上，“我这不是开始努力了吗？她说的话我都记着呢！你也说她家里穷，我为了让我妈给她涨工资，考前还背了一宿单词，我怎么就消遣她了？”

下一秒，陈郡伟笑了两声，目光落在陈声面上。

“我说哥，你该不是自己看上她了，可她看不上你，你担心我近水楼台先得月，跑这儿来跟我发气了吧？”

像是一只胀鼓鼓的气球，前一刻还气焰嚣张、理直气壮，这一刻就被人戳破了，可陈声拒绝承认。

他这人，从小到大都我行我素，而家中长辈皆是知识分子，尊重自由，尊重个人选择，因此他的想法只要不过分，总能被接受。

也因此，他活得太顺，时常由着性子来。

幼年时，隔壁的男生拿着变形金刚耀武扬威来他面前炫耀，他转头就跟陈宇森要了一只遥控飞机，站在自家阳台上操控着，让那飞机在隔壁阳台上盘旋了一圈又一圈。

这是本能驱使，他并不知道这叫攀比心、虚荣感。

初中时，他去了最好的中学，最好的班级，班上关系户不少。

陈家人低调，陈声是自己凭本事考上的，家中并没有帮忙。因此，班主任并不知道他的背景，只宠着那几个关系户。

“你们大家看看吴成明，人家这数学作业，长期都是一个不错，压轴题也做得无可挑剔。”

呵，家里请了百八十个家教，每天辅导着写作业，还能有错？

陈声冷眼看着，转头一言不发下苦功。

初一下学期，他拿了全国奥数竞赛一等奖，而那吴成明连复赛都没进。

这依然是本能驱使，他并不知道这叫要强，不服输。

一帆风顺成长起来的人总这样，心里想什么就去做什么，不必过多考虑缘由。也因此，陈声听完陈郡伟的质问，几乎是下意识就冷笑一声。

他说："你在做梦吧。她看不上我？她凭什么看不上我？要是我真喜欢她，她欢天喜地还来不及，会看不上我？"

陈郡伟："你也太好笑了吧？凭什么你看上她她就会欢天喜地？你哪来这种莫名其妙的优越感？"

他们明明在说陈郡伟的问题，怎么说着说着就扯他身上来了？

不行，得想个辙。

陈郡伟怎么能打她的主意呢？必须打消他这念头。

最后，陈声不耐烦地往椅子上踹了一脚，"不就一'高原红'吗？相貌平平，顽固不化，还要面子，你到底喜欢她什么？还是说你同情她，想帮她，帮着帮着就以为自己喜欢上她了？"

陈郡伟总算看到他哥要破功了，激将法激了这么大半天，终于成功。

他笑了笑："你敢说你不喜欢她？"

"我有什么不敢的？我怎么可能喜欢她？"

"一点也没有？"

"半点都没有。"

"那你这么关心我和她的事干什么？"

"我……我这是怕你被她扰乱了心神，到时候成绩下降，高考失利！再说了，她一大山里出来的穷孩子，你俩八竿子打不着，你少在这想些有的没的！给我安分一点，让人好好脱贫致富，本来就不是一个世界的人，将来各走各的路不好吗？"

说急了，说烦了，火大了，陈声开始口不择言。

随便说点什么都好，只要能打消陈郡伟这愚蠢的念头。他甚至话音一落，就已记不清自己说了什么。

兄弟二人在房间里幼稚地争执，虚掩的门压根关不住那激烈的声音。

没人发现门外站了个人，定定地立在那儿，被屋内的争吵震得耳膜发胀。

奇怪的是，被震碎的却好像是另一个地方。

路知意没有迟到的习惯，提前到了十分钟。

大门没有关好，她以为是庄淑月给她留的门——毕竟以往有过这样的先例，漂亮妈妈总是很善解人意，在她来之前就备好水果、咖啡，留好了门。

她换好了拖鞋，侧头一看，发现门口的衣架上挂了件棒球服，顿时一怔。

这衣服，怎么和前几天陈声在澡堂外面给她披上的那件一模一样？

陈郡伟的卧室里传来激烈的争吵声，她不明就里往里走，可越靠近，心跳就越快。有个念头呼之欲出，却又因为太过巧合，叫她不敢随意揣测。

房间里除却学生的声音之外，还有另一道男声，熟悉到令人震惊。

怎么会……怎么会是他？

可直到她立在门口，听清了那人口中所说的话时，怦怦跳动的心脏终于安静下来。

事实上它不仅安静了下来，它卡在了胸腔里，一动不动，像是死了一样。

一门之隔，房间内的人还在激烈争执，门外的人站了片刻，悄无声息地离开了。

路知意走了。

她踏出大门时，手臂碰到了挂在衣架上的棒球服，像是触了电一样，猛地缩回手来。

她记得那天晚上，它像是救命稻草一样披在她肩上，挡住了寒风，驱散了无助。而今，它没有了半点温度。

它叫她忍不住战栗。

整整一学期，她来这高档小区无数次，一草一木都熟悉了。

她记住了单元门前的墙壁上印有无数“物流搬家”“紧急开锁”等字样，也见惯了花坛里四季常青的不知名植物。

小区的空地上总有老年人在下象棋，围观者比下棋的人还激动。

门卫从前不认得她，后来在庄淑月的嘱咐下，已然对她眼熟起来，见她便开安全门，笑吟吟问一句：“来啦？”

她总是笑着点头，“来了。”

习惯真是种可怕的东西。她习惯了别人家的小区，跟她毫不沾边的花草树木和本该八竿子打不着的门卫大叔。

路知意一路走出小区大门，门卫奇怪地问她："这就走了？"

她点点头，"走了。"

并没能如愿挤出一抹微笑来。

她走出小区，往地铁站的方向走，走到一半又停了下来，茫茫然看着周遭来往的人群。她问自己，她做错事了吗。

如果没有，为什么要走?

她需要这笔补课费。

陈郡伟已经逐渐步上正轨，昔日的问题学生在好转，她亦认真备课，倾囊相授。他们都在完成自己应尽的义务。

她为什么要走?

从前没有想过事情会这么凑巧，一个陈声，一个陈郡伟，同样都姓陈，可她却从没往这上面想过。

如今骤然撞见两人，她才后知后觉明白过来。

其实蛛丝马迹是很多的。

比如陈声的朋友圈里出现的那个埋头苦吃的少年，哪里是和陈郡伟穿着相似呢？分明是同一个人。

比如陈郡伟在她面前欲言又止好多次，动辄提到"我哥"，她总在好奇片刻后就一门心思继续讲课，压根没想过他的言外之意。

比如庄淑月对中飞院好像很熟悉，与她聊天时，话里话外都清楚学校的各种情况。

比如陈声莫名其妙就知道她教了个问题学生，偶尔旁敲侧击问一句，"你那学生还跟你针锋相对吗？"

路知意在原地站了好一会儿，看看手机，距离约好的补课时间已经过去了六分钟。

她以前从没迟到过。这样想着，她又转身往回走。

门卫迟疑地看着她，想问什么，又没好意思问出来，只得再一次打开安全门，"又回来啦？"

她点点头，步伐安稳地朝里走。

跑什么跑？她又没做亏心事，讲课尽职尽责不说，庄淑月要加钱，她还百般推辞。送陈郡伟的那盒巧克力价值不菲，她自己可从来都舍不得买，也是为了回报庄淑月的善意，嘉奖陈郡伟的进步，才忍痛下手。

她不过是无意中听到了陈声和陈郡伟的对话罢了。

即使在那言语里，她穷且不堪，但陈声只是陈述了一个事实，对于这个事实，她并没什么要辩解的。

她无从辩解。

路知意重新走到了陈郡伟的家门口，即使知道单元门的密码，还是摁下了陈家的门铃。

几秒钟后，对讲机里传来陈郡伟的声音："喂？"

她平静地说："是我，路知意。"

她前所未有的清醒，前所未有的明白，刻在路知意这个名字后面的，是贫穷的大山，落后的高原，高强度的日照和一无所有的困窘。

路知意和陈声撞了个正着。

她进门时，陈声正若无其事坐在沙发上，手里拿着遥控器，有一搭没一搭调着频道，实际上压根没看屏幕，只是装模作样罢了。

他只顾着"开导"陈郡伟，一时忘了时间，等到她按响门铃时，已经没法溜了，干脆老神在在坐在这。

陈声在等，等路知意露出震惊的表情，然后他就可以揭开这个秘密。

哈，你看，世界还真小，他俩在这么大个蓉城里竟然还能二度撞见，这说明哪怕没在学校认识，他们也会在另一个地点、另一个时间相遇。

这就说明他们的友谊是命中注定的，并非塑料的。

可出人意料的是，路知意没有露出半点惊讶的表情。

她淡淡地抬眼看了看他，说："你还没走吗？"

然后将背包取下来，拎在手上，对给她开门的陈郡伟说："进屋吧，已经晚了十分钟了，直接开始补课吧。"

陈声愣在了原地。

他琢磨了片刻那句"你还没走吗"是什么意思，表情忽然就僵住了。

下一秒，他从沙发上猛地跳起来，"路知意！"

路知意没有回头，也没有应声，只是催促陈郡伟进屋，"外面有人看电视，把房门关了吧。"

她进了陈郡伟的房间，把书包搁在椅子上，翻了翻桌上的卷子。

“这周的周考？”

陈郡伟也有些呆，愣愣地点头，“对……”

“还不错，117 呢，又进步了。”

他神色复杂地看着路知意。

路知意平静地回头，“怎么还不关门？”

陈郡伟的手搁在门把上，迟疑片刻，依言照做。只是关到一半的时候，有人已经从沙发上来到门口，从外面抵住了门。

陈声急促地问：“你刚才来过？”

路知意埋头看试卷，平静地说：“嗯，来过。”

陈郡伟站在一边，有些手足无措。

她看都不看他，态度冷淡成这个样子……陈声根本无须细想，已然明白她听见了什么。

可他到底说了些什么？

直到这一刻，他才开始回忆。于是不久前说过的话变成尖锐的针，一根一根往脑子里扎，他忽然间觉得那里面一片空白。

就好像理智已被扎得千疮百孔。

“路知意……”他的声音里有着少见的焦灼，“你先出来，我们谈谈。”

“谈什么？”她仍然没抬头，就好像那卷子里能看出一朵花来。

“你先出来，出来再说！”

“还是算了吧。”她抚平卷子边角上的褶皱，“我是来上课的，拿人钱财，替人做事，不然庄姐白给我那么多补课费了，这样多不好。”

她把身侧的椅子拉开，“小伟，坐，我们还是老规矩，先看单项选择……”

话音未落，手腕被人一把攥住。

那人从门外大步流星走过来，牢牢抓住她，丝毫不退步，“路知意，我有话跟你说。”

路知意试图抽回手来。

可他力气大，她抽不回来。

她终于抬头了，看着他，有些不耐烦地说：“你看不到我在上课？陈声，你是不是总这样，你的事情永远是天下第一重要，别人不管有什么要紧事，都得先让着你、围着你？”

陈声一顿，松了手。

她黑白分明的眼睛定格在他眼底时，他分明从中看见了冷漠和防备。除却上学期开头结梁子的那一次，她从未这样看过他。

陈声想说什么，手在身侧动了动，最终只说出一句："我在客厅等你。"

他转身离开，还把门也带上了。

在路知意又一次的嘱咐下，陈郡伟无措地坐了下来，隔着一道门都听见陈声踹茶几的声音。

他心不在焉地想着，那茶几好像挺贵的，是他妈托人从云南带回来的红木家具。

抬眼再看路知意，她云淡风轻地盯着卷子，"单选错了两个，还不错，先看第八题吧。"

中途，陈声先忍不住了，在这屋子里待着，简直每一秒都是煎熬。他开了大门，打算出去透透气，关门声震天响。

路知意在听到那道关门声后，终于从卷子里抽身而出，对陈郡伟说："作文讲得差不多了，你自己试着再改一遍，我去趟卫生间。"

她开了卧室门，看见空无一人的客厅。茶几有点歪，并不在原来的位置上，左侧一角有半个鞋印。

她顿了顿，目不斜视往卫生间走。

路知意并没有上厕所，她拧开水龙头，洗了把脸。

初春的天气很冷，而蓉城又多是用的地下水，冰得和冷碛镇的井水有的一拼。她掬了一捧水，往脸上浇了浇，那刺骨的寒意叫人浑身一个激灵。

抬头看着镜子，她看见湿漉漉的自己。光线充沛的狭小空间里，她那暗沉的皮肤无处遁形，高原红一如既往停在颧骨上。

她伸手摸了摸它们，然后看见自己的手——一双布满薄茧，粗糙难看的手。

看着看着，面上有水珠滚落在手心，她以为是刚才打湿脸颊的自来水，可那灼热的温度简直像是要烫伤她被冷水浸湿的皮肤。

她擦了把脸，抬头看镜子。镜子里的人在哭。

她有些诧异，有些怔，好像一时之间弄不明白自己为什么会哭。

她是个很坚强的人，从小就懂事，父母不在身边后就更懂事了。都说穷人的孩子早当家，她完美诠释了这一点。

就连高一的时候，站在台上念那篇《我的父亲》，被班上的男生一语道破真相，她也没有哭。

可是此刻，站在陈郡伟家，把自己藏进卫生间里，情绪却来得汹涌突然。

路知意把水龙头拧开，水流哗哗作响。她想，她就浪费一次吧。就这一次。

不是她不节约水资源，实在是不想让自己变得更狼狈。

她扶住那纤尘不染的水池两侧，埋着头，滚烫的热泪像是眼前的水龙头，一旦拧开，就开始肆意流淌。

视线模糊了，脑袋里嗡嗡作响，浑身血液都在往头上冲。

她平静地讲了将近一个小时的课，却在此刻记起了陈声说的话。

所有的话，一字不差往耳朵里钻。

“你在做梦吧。她看不上我？她凭什么看不上我？要是我真喜欢她，她欢天喜地还来不及，会看不上我？

“不就一‘高原红’吗？相貌平平，顽固不化，还死要面子，你到底喜欢她什么？还是说你同情她，想帮她，帮着帮着就以为自己喜欢上她了？

“我有什么不敢的？我怎么可能喜欢她？”

“半点都没有。

“她一大山里出来的穷孩子，你俩八竿子打不着，你少在这想些有的没的！给我安分一点，让人好好脱贫致富，本来就不是一个世界的人，将来各走各的路不好吗？”

他嘲笑她养猪，嘲笑她穷困，嘲笑她穿得破破烂烂的鞋。

她以为他是不一样的。

她以为这些日子相处下来，他是真心透过这副皮囊，看到了她的好。

他那么帮她，尚有梁子的时候就替她解围付账单，后来自告奋勇开了六个多小时的车送她回家。他从澡堂里冲出来，撞见她的窘迫，是那么气急败坏，那么情绪失控。他带着她去澡堂报复唐诗，一心一意帮她出气。

她以为他是不一样的。

路知意伏在冰冷的水池上，翻来覆去地想，她以为他是不一样的。

可事实却是，他们都一样。

唐诗让她出丑，陈声救她于水火，看似天壤之别，而今时今日她才看清楚，本质上他们没有差别。他们家境富裕，不可一世，践踏她这穷人的自尊，帮她也好，害她也好，都不过是把她当成蝼蚁，轻而易举便想左右她的生死。

她对自己说：看明白就好，路知意，将来远离他们。

越远越好。

可她用力扶住冷冰冰的水池，指尖都泛白了，却依然止不住热泪直流。

哭什么呢。非亲非故的，看透了就好，有什么好哭的？

她紧紧闭上眼，下一秒，一幕幕零散的画面凭空出现。

他站在细碎的尘埃里，说着墙上挂着的空气动力学发展史。他坐在朴素的小店里，举杯说，“路知意，敬我们共同的堡垒”。他开车送她回家，在二郎山顶说她家乡的人和动物都有一双干净漂亮的眼睛。他在宿舍楼下不轻不重地咬她一口，得意扬扬地说吕洞宾把狗咬回来了。

路知意睁开眼来，看着镜子里的自己，用力地擦了擦眼眶。

就这样吧，路知意。

把他忘了。

他不值得你喜欢。

余下的时间，路知意擦干眼泪，若无其事继续上课。

陈郡伟听不太进去，一直察言观色，最后终于没忍住，试探着说：“路知意……”

“路老师。”她平静地提醒。

陈郡伟一顿，改了口，“路老师，其实我哥，我哥他不是那个意思。”

路知意看着刚刚给他批改过的作文，“上课时间，不要说不相干的内容。”

“……”

“你看看这个地方的时态问题，我已经给你圈出来了，前后……”

“那我呢？”

路知意一怔，抬头看着他。

陈郡伟看着她的眼睛，“我哥是不相干的人，那我呢？上课时间，你是家教，我是学生，我总不是不相干的人了吧？”

她沉默片刻，笑了笑，“你说得对，我是家教，你是学生。你不是不相干的人。”

握着笔，她定定地望进陈郡伟的眼里，“但我们有交集的地方，只有这里，这里每周末的四个小时，在这段时间里你是我的学生，仅此而已。”

讲完了那篇作文，路知意收拾好背包，推门而出。

客厅里，去而复返的陈声在沙发上坐立不安，见她出来，几乎是噌的一声站起身来。

路知意却没看他，兀自换好鞋，离开前嘱咐了一句："小伟，我留给你的那个话题，你自己尝试着写一篇三百字的短文，练一练笔，别忘了。"

陈郡伟神色复杂站在玄关处，低低地应了一声，看着陈声急急忙忙追出去，心里也有冲出去的渴望，但脚下却像是生了根。

他也想安慰她。

他也想说点什么，随便什么都好，只要她愿意听。

可欠她一句解释的是陈声，他陈郡伟追出去说再多，对她来说也于事无补。

路知意走得很快，走过了印满广告的单元门外，走过了老人们下棋的地方，走过了熟悉的花草树木。

她在半路上被陈声叫住。

"路知意！"

她脚下没停，还是走得飞快，直到那人一把抓住她的胳膊。

陈声挡在她面前，面色难看至极，"不是说好下课谈谈吗？"

路知意抽回手，抬头盯着他，"我只说上课不谈别的，并没有答应过你什么。"

"你……"

他有些难堪，从来只有别人追着他的份，什么时候变成他这么低声下气、惴惴不安等待俩小时，结果对方还冷言冷语？

陈声有些烦躁地把手揣回外套口袋里，那句话憋了半天，还是说了出来，"对不起。"

面前的人没什么反应。

他的目光落在她过于平静的神情上，有些诧异。

"你怎么不说话？"

"你指望我说点什么？"路知意笑了笑，"没关系，我原谅你？"

陈声被她堵得一滞，"路知意，我都跟你说对不起了，你要不要这么小气啊？"

"我小气？"路知意看着他，"陈声，你搞清楚一点。道不道歉是你的事，要不要接受是我的事。"

她绕过他往前走，可陈声不依不饶跟了上来。

"你这人至于吗？"

"多大点事啊？"

“我不就嘴上说了你几句吗？”

“你看看你，见好就收不行吗？干什么蹬鼻子上脸啊？路知意，我告诉你，我陈声从小到大说过的对不起，一只手都数得清，你……”

那纤细的背影骤然间停了下来。

路知意回头看着他，淡淡地说：“好的，那我谢谢你，谢谢你这么看得起我，谢谢你把一只手都数的清的对不起，爱心奉献了一个给我。我没蹬鼻子上脸，也没生你气了，你不用再跟着我了。”

陈声简直难以置信，看她继续往前走，下意识又跟了上去。

路知意终于不耐烦了，“你到底要干什么？”

他被问得一怔。

他要干什么？

初春的下午，四点过后的阳光算不上热烈，轻薄地笼在大地上，浅浅淡淡镀上一层金。这样好的天气，他们却无暇欣赏。

陈声知道她没消气，也知道自己说得太过火，可他并不知道要做什么，又到底该做点什么。

他已经道歉了，不是吗？这人还这么不给他面子，以他的性格，根本就不该过多纠缠，扭头走掉就行，谁稀罕追在人背后还低声下气。

陈声我行我素 20 年，没人见过他好言好语低姿态。

他肯低头道歉已经很难得了。

她到底还要他干什么？

陈声烦得要命，皱着眉头走上去，一把攥住她的背包，“坐我的车回学校。”

路知意被他拉得重心不稳，险些朝后一倒，好在最后站稳了。忍了多时，这一刻终于爆发。她一把拍掉陈声的手，冷冷地说：“不必了，我自己回去。”

那一下打得很重，啪的一声，干脆利落。

他的皮肤本来就白，霎时就红了一片，顿在半空。

难堪至极。

陈声扯着嗓门问她：“路知意，你到底在较什么劲儿？”

路知意就这么看着他，良久，笑了笑，心灰意冷地说：“就这么着吧，陈声。你走你的阳关道，我走我的独木桥。我谢谢你半年来同情我家贫人穷，好心帮我那么多次。但我们差距太大，就跟你说的一样，明明是两个世界的人，为什么要勉强走在一起做朋友？”

陈声心里咯噔一下，说不清那阵突如其来的慌乱是为了什么。

“我都说了对不起了，你听不懂吗？那些话不过是为了警告陈郡伟！他是你学生，好的不学，偏学人早恋，还对你有想法。我是为了你好，为了他好，你用不着拿我的话来气我！”

“我没说气话。”路知意静静地望着他，“一开始确实很受伤，但后来仔细一想，你说得其实很有道理。”

“我……我有个屁的道理！”陈声已经怒不可遏，恨不能扒开她的脑子看看里面到底装了什么，“都说了是无心之过！那些话骗骗陈郡伟就算了，你较什么真？”

她较什么真？

路知意仰头望着他。

他真好看，即使逆着光，生着气，眉宇之间依然透着水墨画的意蕴，每一个线条、每一个细微的神情，都叫人想装裱成画。

她其实根本没有跟他较真。

她只是在跟自己较真。

那些话从唐诗口中说出来时，她是如此心平气和，全然不在意，可换做是他，她就觉得天崩地裂了。

他说得没有错，她穷、黑、土，家中养牛养猪，鞋子穿旧了也不舍得丢。这些东西陪了她十八年了，她从未因此自卑过。她活得比谁都坚强，活得比谁都努力。

可是今天，它们从陈声口中说出来，第一次具备了粉碎自尊的力量。

她，路知意，这么多年来终于明白了自卑是什么东西，这滋味比那晚赤着双腿跑出澡堂更叫人无地自容。

路知意望着他，他越光鲜好看，她越觉得骨子里都透着卑微。

是他的态度太友好，给予她太多，她才有了今日的错觉，以为他们不知不觉走到了一起，跨越了千山万水，跨越了重重阶级。

事实证明，她该清醒了。

在无可救药陷入他给的蜜糖砒霜之前，死了这条心吧。

路知意笑了笑，眼眶蓦然一红，仰头冲陈声说：“多谢你一个学期以来的关照。”

说完这话，她头也不回地走了。

冷战就这么开始了。

起初，陈声以为路知意只是一时气急，等她消气了，一切就会重回正轨。

可路知意显然不是这么想的。

跑早操时，陈声顶着两只黑眼圈站在那儿，翘首以盼着路姓师妹的到来。

好不容易把人盼来了，他若无其事地走到她面前，把手里的烧卖和豆浆递了上去，“凌书成去步行街的老张那买的，买多了。”

老张是步行街摆摊的老伯，摊子没有名字，卖些手工做的烧卖、包子，豆浆也是自己磨的，味道原汁原味，很受欢迎。每天早上，一群学生和步行街的居民都在那排着长队等早餐。

因为要跑早操，众人都起得早，也没空去吃早饭，陈声知道她也空着肚子。

他亲自去买了一顿早餐，捧在怀里热乎着，眼巴巴盼着她来，又拿凌书成当幌子——天知道那个懒鬼这会儿还在床上睡大头觉。

“谢谢，我不饿。”路知意头也没抬，径直走进人群里。

陈声的手僵在半空，只剩下还冒着热气的烧卖与豆浆。众目睽睽之下，他吃了瘪，却又没处申诉。

更可笑的是，一整个早上，路知意没有向他投来一眼。

一眼都没有。

陈声拎着冷掉的早餐回到宿舍，恰逢凌书成起床，看见他手里的东西，欢天喜地迎上来，“呀，给我买的？老张家的吧？”

屁颠屁颠跟在他身后，凌书成笑成了一朵花，“这感天动地的室友情……”

话音未落，只见陈声没吭声，用脚踩开书桌旁边的垃圾桶，咚的一声把塑料袋扔了进去。

凌书成：？？？

“你大爷啊！扔了都不给我？”

陈声一脚踹开椅子，心烦意乱地坐下来。

他对自己说，行了吧，别自讨没趣了，她的面子是面子，难道他的就是狗屎？什么他妈放低姿态，他管她要干什么，爱咋咋地！

她爱跟谁做朋友，就跟谁做朋友！

然而这股气在晚操时又莫名其妙消失了。

陈声站在跑道边上，看着众人做引体向上。她在离他最远的单杠上，一言不发，动作标准。

他忍了再忍，还是没忍住，走上前去碰了碰她握住杠杆的两只手，“张太开了，收拢一点。”

声音放得很轻，温柔里带着讨好的意味。

哪知道路知意干脆利落地从单杠上跳了下来，扭头就往操场外走。

他一顿，气不打一处来，“路知意，你给我站住！”

她背对他，顿住了脚步。

陈声气冲冲走到她面前，“我纠正你动作，你往哪走？”

路知意淡淡地抬头看他一眼，“三十组我已经做满了，是你说的，做满了就结束。”

陈声凶巴巴憋出一句，“给我回去！动作不标准，重新做三十组！”

操场上人渐渐少了，大家都先后做完三十组引体向上，嘻嘻哈哈散了。

苏洋站在一旁，迟疑着要不要上来插句嘴，却见路知意扭头对她说：“你先回去，我再做三十组。”

苏洋又不是傻子，一眼看出这两人闹别扭。但日子这么久了，她早就清楚这两人不打不相识，结梁子已经是八百年前的事了，遂点头，“那行，我先去洗澡了。”

单杠处逐渐只剩下路知意和陈声两人。

她重新攀了上去，一声不吭开始重做引体向上，虽然刚做完三十组，还有些喘，额头上也冒出了细汗。

陈声站在那儿，看她做了五组，就开始后悔。

她做得很标准。

事实上一个学期了，她没有什么任务完成得不好。

他的无理取闹像是找碴儿，像是小孩子不服气，趁职务之便欺负她。

他看着她额头上细密晶莹的汗，心里很不是滋味，却又搁不下面子，最后只得绷着脸说：“行了行了，下来吧，下次注意点，姿势要标准！”

路知意跳了下来。

他看着她脑门上的汗珠，指尖动了动，最后漫不经心地从外衣口袋里掏出一包纸巾，送到她面前，“喏，擦擦汗。”

明明装作若无其事，可眼里却又带着讨好的意味，尤不自知。

有风吹来，汗湿的额头有些凉。

路知意低头看着他摊在半空的手，忽地想起上学期，他也是这样站在操场上，递来一包纸巾，让她擦擦下巴上的墨渍。

她一走神，脑子里浮现出多年前一首红极一时的歌。

那个女歌手唱着："仿佛还是昨天，可是昨天已非常遥远。"

她盯着那包纸巾，片刻后笑了笑，"不用了。"

疏离而客气的态度，然后头也不回地转身走了。

陈声又一次僵在原地。片刻后，他一把将那包纸巾扔在地上，骂了句脏话，又狠狠踩了两脚，气冲冲走了。

他发誓，除非他疯了，否则绝对不会再用热脸贴她的冷屁股！

绝，对，不，会！

然后睡了一个极不安稳的觉，天亮了。

陈声躺在床上，顶着两只又严重了不少的黑眼圈，筋疲力尽地望着天花板，生无可恋地想——

再试一次吧。

最后一次了。

这次她要是再不知好歹，他一定头也不回就走，将来谁爱搭理她谁搭理她去！

他就给她最后一次面子！

最！后！一！次！

值得一提的是，"最后一次"这四个字，成了接下来一周反复循环在陈声脑子里的魔咒。

Chapter

13

山　间　心　上

开学第三周，高原集训总算来了。

因开学伊始，师生们要筹备的事情很多，所以原计划定在开学第一周的集训一拖再拖。

最后是赵书记拍板：“时间不等人，先把日子定了。说一千道一万，不如放手去干！”

就这样，为期两周的集训正式拉开帷幕。

要去高原集训的是全体飞行技术学院的大一学生，六人一组，每组分配一名高年级学生做队长。整个行程有三名带队老师，八名教练。

新兵蛋子们出发的前三天，韩宏骂骂咧咧回了寝室，生无可恋地瘫坐在椅子上。

“我的天，赵老头要我去当带队的！”

凌书成在打游戏，闻言一顿，“找你？你成绩年年吊车尾，挂科家常便饭，他疯了吗找你带队？”

韩宏：“呸，凌书成你怎么说话呢？”

“用嘴，配合声带震动，将气流从鼻孔吸入，嘴唇控制咬字，以此达到说话的目的……”凌书成在嘴边、喉咙处依次比画，末了扯开嘴角，“算了，你智商低成绩差，解释了也听不懂。你知道声带在哪吗？”

韩宏：？？？

“我去你的！”

张裕之一边大笑，一边凑过来拍了拍韩宏，“不过说真的，到底为什么偏偏找上你啊？”

韩宏顿了顿，臭着脸说：“赵老头说我上学期又挂科了，让我将功补过，拿这个抵学分。”

凌书成一脸幸灾乐祸地表达同情，“啧，要是我们学院有漂亮小师妹，这一趟你还有点盼头，清一色都是小师弟，真的没有任何期待。”

韩宏哈哈一笑，“你还别说，大一就俩小师妹，我这组还真有一个。”

一边说，一边去看陈声，“喂，你们小红在我这组。你最近不是被她搞得心烦意乱吗？要不要我趁机帮你公报私仇？”

陈声一顿，眉头霎时扬了起来，“她在你这组？”

脑子里嗖嗖转过无数念头，他抓住了要害，唇角一弯，一周以来头一次笑得如释重负。

赵书记为这高原集训的事忙得天昏地暗。

学生们集体离开校园，安全是个问题。高原地势险，稍不注意还有高原反应等在前方，身心健康更是关键。

集训还没开始，办公室这头已经开了无数个会。

他焦头烂额，好不容易休息十分钟，有人敲门。

“进来。”他筋疲力尽地坐在椅子上，声音都哑了。

门开了，他的得意门生兼问题学生，陈声，拎了盒茶叶进来，搁他桌上。

“听说最近您老特辛苦，我从我爷爷那要了盒茶来，给您下下火。”弟子关切地凑近了些，指指他的下巴，一脸担忧，“哟，您都这把年纪了，居然硬生生把痘给熬了出来，这得是多操心啊？”

赵书记眯眼看他，面无表情。

“你闯什么祸了？”

“什么祸都没闯。”

“那你想从我这捞什么好处？”

“您有什么好处能让我捞的？”

赵书记眯眼，冷笑一声，“我还不知道你？臭小子，无事献殷勤，非奸即盗！”

目光落在那盒茶叶上，定了定。他知道这是好东西，他爱喝乌龙，也没跟人说过，但陈声替他打过开水泡过茶，竟然暗自记在了心上。

脸上虽然没什么好表情，但心头还是软了几分，这家伙，不枉他疼他这两年半。

陈声大言不惭，“您这从来没什么好处可讨，能讨来的向来只有苦差事。可我看您这一阵累成这样，于心不忍。这么着，我这人一向讲义气，知恩图报，这回也帮您分点忧吧。”

赵老头：“你要帮我分什么忧？”

陈声：“高原集训，韩宏不是要帮您带个队吗？他这人，您不知道，出了名的不靠谱。为免他节外生枝给您添麻烦，我去盯着他。”

赵老头：“……”

面无表情打量陈声片刻，他低头把集训名单打开，看了眼韩宏那一组，挨个把名字念了一遍：“武成宇、李睿、于涵、路知意、张成栋、徐勉……”

抬头再看陈声，眯眼，“说吧，谁跟你结了梁子，你要去报复谁？”

陈声：“……”

气不打一处来。

“您把我想成什么人了！我是那种斤斤计较，有仇必报的小人？”

赵老头毫不迟疑点头，“你是。”

“……”

陈声没好气地扭头，把门一拉，走了。

五秒钟后，他又拧开门把重新进来，黑着张脸，“路知意。”

“什么？”赵老头这回没反应过来。

陈声忍气吞声站在那，满鼻子满眼的不自在，“不是报仇，是赎罪。”

赵老头低头，重新看了看名单，“女生？”

陈声不作声。

他扬起了眉毛，“哟，你对人家有意思？”

“我对她有意思？”陈声强忍住没把“放屁”二字说出来。

赵老头：“不成，这趟是去训练的，你少跟我开玩笑了。我能让你打着训练的幌子去扰乱人家姑娘的心神？你又不是不知道，我们中飞院能招个女飞行学员有多不容易，能叫你去糟蹋了？”

陈声一动不动站在那，好半天才低声下气说：“不是追她，是还债。”

“我管你是干什么！”

他蔫了吧唧站在那，一脸懊悔。

“也没别的念头，就是前一阵做错了事，恶语伤人，心里过不去。韩宏这人，大大咧咧不靠谱，也不会照顾人……您就让我替他去了吧，将功补过，好好看着她，也看着其他人，一定顺顺利利把人训好了带回来。”

赵老头没说话。

陈声又抬头打量一眼，看见赵老头斜眼盯着自己，眼珠子一转，说：“这队长也算是干部吧？能计入档案不？”

赵老头把名单册子朝他砸了过来，“我呸，变着法子套路我！”

下一刻，没好气地摆手，“你自己摊上的活儿，给我听好了，再苦再累也别跟我嚷嚷，必须得出色完成任务！”

陈声蓦地笑了，“我办事，您放心。”

正要走，又忽然想起什么，“您老还缺人吗？”

赵老头：“缺，不缺能答应你去祸害人吗？”

陈声扯扯嘴角，“我们这学期课少，基本都是实训，凌书成那家伙成天在寝室打游戏，要不，您把他也抓壮丁，跟我一块儿去？”

“他肯去？”

“我都肯去，他为什么不肯去？”

赵老头拍板，“成，那就你们俩一块儿去。”

陈声走了。来时蔫了吧唧，去时欢天喜地。

赵老头看着他的背影，摇摇头，没好气地笑了。可他是真松了口气。带队这事，说大不大，说小不小，学生干部毕竟有限，没那么多人手可用，最后不得不动用了上学期挂科那几个，他心里悬着呢。

陈声肯主动找上门来，再好不过。

这小子嘴上是浮了点，但能力没得挑。更何况他去也不会耽误文化课，体能训练之余，还能弥补档案上干部经历的不足，一举两得。

要去高原集训，苏洋可忙活了好几天。

事实上不止苏洋，飞行技术学院的男男女女们，虽说女的就俩，也都忙得不可开交。

爱美是人的天性，要顶着超强度的紫外线集训十四天，一众年轻人都忙活起来。买防晒，买隔离，买面膜，买棒球帽。虽说男生们不爱被人称作小白脸，但小白脸怎么着也比小黑脸强啊。

路知意原本就是高原来的姑娘，什么也不用准备，可苏洋拉着她去商场购物时，她迟疑片刻，点头同意了。

苏洋说："你这头发长长了，干脆去修剪一下吧，不然跟野草似的。"

路知意："好。"

"一整个冬天都没买过新衣服，换季打折，买一套吧？"

"好。"

"虽说你是高原上长大的，但女孩子还是要重视一下皮肤问题，太黑了也不好看。"苏洋从自己买来的东西里抽出一瓶，分给她，"防晒的，你也用用。"

路知意说："这是你买的，我不能要……"

"废话真多，让你拿着就拿着，迟来的新年礼物，行不行？"

"可我也没送你新年礼物啊。"

"谁说的？你送了香肠腊肉啊，一饱口福，这是我的回礼。"

那天回寝室时，路知意变了个模样。

原本有些毛糙的短发柔顺不少，学生气地搭在耳边，额头上有少许轻薄的刘海。苏洋把上半截的头发替她笼在脑后，挽了个小丸子，还随手买了只毛茸茸的小草莓发圈给她扎上。

接着，苏洋拉她到化妆品专柜，让人给她修了修眉，又逼着她买了只唇膏，浅浅的杏色，不算浮夸。

高腰蓝白色连帽卫衣，五折，不是什么名牌，但款式简单可爱。

路知意个子很高，腿长而直，穿上修身的小脚裤，配上那双一百块买来的"假货"阿迪慢跑鞋，很引人注目。

没人规定肤白才算美。

何况她如今也不算黑，肤色是小麦色，另有一种健康的美。

她花光了一周的补课费，站在镜子前看见这样的自己，定了定神，有些许安慰。可安慰之后，内心又空落落的。

她变肤浅了。可内心有另一道声音对她说：有内涵不代表不重视外在，内外兼修也不算肤浅。

她患得患失，悲喜交加，瞻前顾后，怕这怕那。所有的惶惶不安都是心动的痕迹，铁证如山，不容辩驳。

路知意站在镜子前，闭了闭眼，对自己说："挺好的，花两周时间定定心神，十四天后她路知意又是一条好汉。清心寡欲，从我做起。"

隔天早上，她和苏洋起了个大早，与众人一起在图书馆前等候。学校派了五辆大巴，接送师生们去二郎山半山腰的集训基地。

六人一组的分组名单已经在昨晚公布了，路知意和苏洋是分开的。想也知道，他们年级就这么两朵金花，要都分在一起了，别的组该有意见了。

虽说和苏洋分开了，但路知意还挺高兴的，因为她跟武成宇和李睿在一组，平常这两人就很跳脱，武成宇还是年级主席，大家都是同班同学。

有武成宇在，他很自觉地一到图书馆门口，就开始照着名单吆喝："李睿，李睿在哪？啊，到这来，跟我站一起。还有于涵、路知意。喂，路知意，别跟苏洋啰唆了，赶紧来这！咱们一组的到时候坐一块儿，有事好商量！"

没一会儿，一组六人都站到了一处。

武成宇、李睿跟路知意一个班，大家很熟，另外三人分别是于涵、张成栋和徐勉，来自别的班，但每天一起跑操，就算没说过话，也挺面熟。

众人安心等着老师和高年级的带队师兄到场。

没一会儿，武成宇忽然咦了一声，"那不是陈声师兄吗？"

路知意一顿，抬头看去。

只见清晨的日光下，那人单肩背着黑色书包和身侧的两名室友一道向图书馆走来。

其中一个她再熟悉不过，毕竟上学期她还闯入地下停车场，冒着生命危险和陈声一起把瘸了腿的他救出来。

路知意很快收回目光，眉头拧了起来。

他也去？

去就去。这么多人，这么多组，她不还信有这么巧，他会是她这组的队长。

这么想着，眉头又松开了些。

师生们陆陆续续到了，那边厢的人也越走越近，越走越近。

路知意低头摆弄手机，头也没抬，内心拼命祈祷他走远些，别过来。

直到某一刻，面前的太阳光彻底被挡住，阴影笼在了手机屏幕上，也笼在她的面上、身上。

路知意从头发丝到脚板心，每一个细胞都有种不好的预感。

下一秒，身侧几人异常响亮地笑道："师兄好！"

"哈哈哈，缘分缘分，居然又是师兄你带我们。"

"完全拉高了我们队的平均颜值！"

她僵在原地，慢慢地抬起头来，看见陈声目不斜视，直勾勾对上她的视线。

“师妹对我有意见吗？”

“……”

“看见我来，大家都在打招呼，你怎么一声不吭呢？”他唇角上扬，如沐春风般对她笑道。

路知意：“……”

文静如她，有一句脏话不知当不当讲。

大巴车一辆接一辆停在图书馆外，总负责人林老师站在最前方，挨个点名。被点到的学生答完到，依次上车。

路知意这组，武程宇跟于涵先上车，自然而然坐在了一起。她跟在李睿身后上了车，便顺理成章坐到了李睿身边。

陆续坐得七七八八了，高年级的队长也上来了。

陈声下意识去看路知意，发现她跟一男生坐在第三排左手边，顿了顿。

然而留给他们几人的只剩下最后一排。最后一排到第三排之间的距离……

陈声不动声色走到第三排，“李睿是吧？”

被师兄点名，李睿受宠若惊，“欸，我是！”

陈声微微一笑，“我没吃早饭，怕路上晕车，你能跟我换个座位吗？”

他指指最后一排，“我坐那。”

李睿不疑有他，响亮地应了一声，“没问题。”

正欲起身，就被路知意一把摁住肩膀。

他疑惑地侧过头去，看见路知意平静地站起身来，“你就坐这吧，我跟他换。我不晕车。”

陈声：“……”

眼睁睁看着路知意往最后一排去了。

李睿咧嘴笑，“师兄，来来来，坐。”

陈声脸色难看地坐了下来。很好，都过了一个星期了，她还这么沉得住气，看来是铁了心要跟他绝交了。

路知意坐到了最后一排的窗边，恰好挨着凌书成。

凌书成笑嘻嘻跟她打招呼，“小红啊！”

路知意一头雾水，“你叫我什么？”

“……”

凌书成十分机智地转移话题，“一直没机会感谢你，上次你见义勇为，替我报警又帮我打架。结果我腿瘸进了医院，也没来得及谢谢你的大恩大德。”

大恩大德……

路知意笑了，“不客气，举手之劳。”

目光落在他腿上，“你腿怎么样了？”

凌书城蹬了蹬腿，“嗨，没啥事了，早就已经健步如飞了！都是师妹的功劳，没齿难忘，没齿难忘啊。”

路知意被他一口一句成语逗笑了，“成语学得不错。”

凌书城：“因为我有文化，知识渊博，学富五车，腹有诗书气自华。”

说着，他把一旁的韩宏拿出来当反面教材，“你再看看这个，这个就没什么文化，一脸颓废，由内而外散发着‘学渣’的气质。”

韩宏：“你当老子聋的啊？”

后排的三人有说有笑，前排的陈声就没这么高兴了。

他眯着眼，盯着路知意脸上的笑容，怎么看怎么碍眼。凭什么她对他就没有半点好脸色，对凌书成和韩宏就可以笑得这么灿烂？

一旁的李睿好奇地顺着他的目光往后瞧，见他盯着路知意看，一脸了悟。

“师兄，你也觉得路知意变好看了吧？”

陈声一顿。

她一直用后脑勺对着他，根本不正眼瞧他，要不是这一刻她抬头与凌书成说话，他也看不见她的正脸。

之前都忙着气急败坏去了，此刻才安安静静多看她两眼。

好像是有哪里不一样了。

她剪头发了，多了一层轻薄的刘海，软软地搭在额头上，笑起来时眉若远山，若隐若现。

低头时可以看见脑袋顶上那只小小的丸子，因为头发太短，碎发太多，毛毛糙糙的，透着随性的味道。

再往下看，今天穿了件没见过的卫衣，蓝白色，胸口有一只小小的桃心，跟往常的风格很不一样。

等等，嘴唇怎么红艳艳的？她化妆了！

陈声怔怔地看着她，看她低头抿嘴笑，看她嘴唇开开合合与凌书成说话，看她侧过头去望着窗外，看她前额的刘海被风吹起来，微微晃动……

李睿在耳边叫他：“师兄。”

“……”

“师兄？”

“……”

最后只能伸手在他眼前晃了晃，“师兄，要发车了，司机让大家系好安全带。”

陈声蓦地回过神来，猛然回头，神色复杂地系上安全带。

李睿开了个玩笑，“怎么，师兄也被路知意迷倒了？”

陈声抓住了重点，霍地侧头看她，“也？”

下一句，“有谁被她迷倒了吗？”

李睿笑了笑，指指前座的武成宇，“主席啊。上学期就开始关照路知意了，那时候路知意的高原红还很明显，皮肤也比现在黑，但他说他欣赏的是人家的内涵。”

扭头再看一眼，李睿嘿嘿一笑，“谁知道路知意居然越来越漂亮了，看来主席还是很有先见之明的嘛。”

陈声面无表情坐在那儿，扯了扯嘴角，“是吗。”

人长得不够漂亮，行情倒是很好，一会儿迷倒个高中生，一会儿迷倒个年级主席。

他恨恨地回头，用力剜她一眼，即使她根本看不见。可目光落在她的侧脸上，他却听见脑子里划过另一道声音：不够漂亮吗？不见得吧。

只是不够白而已，不爱打扮，素面朝天，穿得也土气。

可是今天她化了妆，哪怕只是涂了唇膏，扎起头发，换了套衣服，好像完全不一样了。

大巴沿着熟悉的路线，一路开往二郎山。四川一共有两个地方地处高原，分别是甘孜州与阿坝州。这次的集训偏偏选在了甘孜，冥冥之中像是一个巧合。

陈声原本还心烦意乱，却在看见窗外熟悉的景色时，慢慢松开了眉头。

那团淤塞在心头一周的火气，逐渐冰消雪融。

他记起了那一天，他执意要开车送路知意回家，她就坐在他身旁，笑得眼睛弯弯，指着正在超车的小轿车后座对他说，“你看，那里有条大狼狗在冲我吐舌头。”

想着想着，他出神地望着窗外，弯起了嘴角。

李睿坐在一旁，老是觉得有道若有似无的目光落在自己这，侧头一看，正对上陈声甚至可以称得上是温柔的目光，顿时毛骨悚然。

“师兄啊，你，你别用这么充满爱意的眼光望着我……”

陈声：“……”

“滚。”

刚发车不久时，车上的年轻人还兴致勃勃地看风景，看了一个多小时后，渐觉无趣，又因起得太早，纷纷打起盹来。

李睿睡着了，抱着书包低着头，微微打起呼噜来。

陈声也有了倦意，却又下意识回头去看，这一看，可不得了。

韩宏坐在后排正中央，仰着头打瞌睡。凌书成在他旁边，手肘支在他肩膀上，托着下巴睡。而路知意呢。

路知意不知不觉靠在了凌书成的肩上，也迷迷糊糊睡着了。

三个人睡得很和谐，靠在一团毫无违和感。

陈声睡意全无，啪啦一声松开安全带，噌的一声站起身来。

李睿被他的动静弄醒了，睡眼蒙眬地问了句：“师兄，你上哪去啊？”

陈声没吱声，径直往最后一排走去。

他站定在凌书成面前，伸手戳了戳。

凌书成迷迷糊糊睁开眼来，一见他，张口，“陈……”

只发出一个音，下一个字就被一把捂在了嘴里。陈声看了眼路知意，示意凌书成起来。

凌书成比嘴型：“那我上哪儿去？”

他头也不回指指第三排。

“……”

临走前，凌书成看着陈声小心翼翼托着路知意的脑袋，以免她醒过来，然后又小心翼翼地坐下去，把她的侧脸安置在自己肩膀上。

摇摇头，他一脸同情地走了。

年级第一又怎么样？感情方面迟钝成这个样子，啧，榆木脑袋，开不了窍。

睡太迟，起太早，路知意睡眠严重不足，在车上什么时候睡着的都不知道。后来大巴上了坑坑洼洼的塌方路段，猛地一颠簸，她总算醒了过来。

醒来时，她发现自己枕在凌书成的肩上，赶忙直起身来，“不好意思，一不小心睡着……”

话说到一半，她僵住了。眼前哪有什么凌书成？

那人云淡风轻坐在那儿，冲她笑得很得意，“不要紧。”

路知意朝前一看，凌书成不知什么时候坐到了第三排。想都不用想，一定是陈声指使的。她沉下脸，扭头去看窗外。

陈声却说：“睡好了？离基地还早，要不再睡会儿？”

她一言不发。

坐近了，他看着她的后脑勺，这才有机会看清那只小小的丸子和丸子上扎着的粉红色毛绒草莓。

车在颠簸，那只草莓晃晃悠悠，晃晃悠悠……

陈声不得不克制住自己罪恶的手，以防自己一不小心捉住那玩意儿。

他凑过去，“路知意，你今天化妆了？”

“……”

“新衣服？挺好看的。”

“……”

“还剪刘海了，不错，比之前那个适合你。”

“……”

哪怕她一声不吭，不搭理他，他也不甚在意。

天将降大任于斯人也，必先苦其心志，劳其筋骨，饿其体肤。陈声觉得，这一整个星期以来，她给他的惩罚差不多就是这样。

你瞧，他的铮铮傲骨如今一根不剩，只要她不拔腿就走，还能老老实实待在他视线范围内，他居然就觉得挺满意了。

视线渐渐落在她的腿上，他撇了撇嘴，敲了敲座椅扶手，“裤子太紧了啊，下回注意！”

最后，目光定格在那双阿迪慢跑鞋上，嘴角不自觉地弯了起来。

他沾沾自喜地说：“鞋子挺好看的。啊，这话我好像跟你说过了，是吧？但今天还是想再说一次。”

为什么呢？

因为这是他买的。

陈声看着她的小草莓，看着她的新卫衣，看着她的慢跑鞋，最后看看她搁在腿上的手，没有冻疮的痕迹，全好了。她一定用了他买给她的手霜，脸上的皮肤好像也变好很多，大概面霜也是用了的。

他也有些困了，闭眼靠在座椅上，慢慢地笑起来。然后一点一点，一点一点，把脑袋朝某人的后背靠了过去。

那人背脊一僵，迅速伸手支开他的头。

他闭着眼睛硬靠上去，“干吗啊，我都借你靠了那么久，你就不能借我靠一下？”

身后，刚刚睡醒的韩宏抬起头来，恰好听见这一句，非常爽朗地拍了拍他的后背，指指自己的肩膀，咧嘴一笑，“干吗呢，占人便宜呢？来来来，靠我的，哥哥的肩膀永远为你敞开。”

陈声：“……”

他的室友，都是一群蠢货！

他直起腰来，不睡了，睁着眼睛看着路知意的后脑勺。

“你准备接下来的几个小时都这么扭曲地坐着？”

路知意终于说话了，“如果你想让我舒舒服服坐着，就去跟凌书成把位置换回来。”

“不可能。”他斩钉截铁。

路知意不耐烦地回头盯着他，压低了声音，“陈声，话是你说的，我也听在耳里。我知道你看不起我，看不起我就离远一点，何必一直招惹我？”

何必一直招惹她？

陈声终于看到她的正脸，她瞪圆了眼睛，哪怕充满了怒气，也叫他想起山间经过的那头小马，清澈见底的眼眸，优哉游哉地甩着尾巴。

那双眼睛用很多种情绪瞧过他。弯得像新月的，恨铁不成钢的，喜不自胜的，同仇敌忾的。

这一刻，山间的林木从她身后一闪而过，日光透过林叶间隙，时有时无投影在她身上。

何必一直招惹她？

他怔怔地看着她，终于有了答案。

他蓦地伸手，轻而易举覆在她眼睛上，她下意识闭上了眼，让他得逞了。温热的皮肤，浓密的睫毛，还有因为震惊而微微一动的眼珠，都在他指腹的感官之中。

下一刻，路知意猛地睁开眼，干脆利落拍掉了他的手，冷冷地盯着他，“陈声，你有病吧？”

陈声笑了，收回手来，慢条斯理地说了句：“嗯，刚刚确诊的。”

“……”

“你不问问我是什么病？”他似笑非笑睨她一眼。

路知意解开安全带，噌的一声站起身来，往第三排走，拍拍凌书成的肩，“换座位。”

陈声没拦着，也没生气，只是定定地看着她。

凌书成睁眼就对上路知意杀气腾腾的表情，无语片刻，“哦。”

总在睡到一半的时候被人弄醒，心烦意乱地回到最后一排，他没好气地冲陈声说：“你们俩烦不烦啊？小朋友过家家，自己玩自己的，干什么老打扰人睡觉！”

陈声却没搭理他，只盯着路知意的背影笑。

凌书成：“怎么，你已经被小红气疯了吗？都这样了还笑得出来？”

陈声慢慢地收回视线，长叹一口气，“是疯了。”

疯魔了。

为她。

集训基地在二郎山半山腰，实打实的水泥跑道，零星的几栋建筑与光秃秃的山壁为伴，看上去一片凄凉。

一众年轻人都在呐喊：说好的山清水秀呢？

在操场上集合完毕后，众人按照分配的房间入住宿舍。女生里就只有苏洋和路知意两人，理所当然住进了一间房。

房间里除了一扇窗、一张床，别的什么都没有。而那所谓的床，不过是铁架子上搭着几块木板，苏洋抹了一把，满手灰……

正抱怨呢，就听见操场上传来口哨声，通知大家去领床单被套。

基地是租借的，人家只租场地，不出人手，中飞院跟来的老师就那么几个，便把高年级的队长们全部使唤上了，帮着分发东西。

地上放了几十只编织袋，里头分别是日用品、床上四件套和饮用水。

水是三升一桶的，很沉。

陈声守着一地的被子，懒洋洋站在那摆弄手机，谁来了都不动，只往地上随手一指，“自己拿。”

于是一个接一个的人来到他面前，都只能得到这样冷漠的待遇。

“师兄好。”

“自己拿。”

“师兄我来拿被子。”

“自己拿。”

“师兄……”

“自己拿。”

直到某一个瞬间，有人站到了他面前，二话不说弯腰去拎被子。

他的视线从手机上离开，落在那人身上，一下子来了精神。

“拿被子？”

路知意自顾自地拎起一个袋子，转身要走。

陈声几步走了过来，拎过她手里的塑胶袋，“我帮你。”

“用不着。”

“这会儿是用不着，但你一会儿还要拎水、拎日用品。”

“我多跑两趟就行。”

两人争夺着那床被子，谁也不肯退让。

路知意干脆松了手，一脸敌意地看着他，“你能不能别这么烦人？”

陈声泰然自若，“这叫烦人吗？身为高年级师兄，我就想帮师妹师弟做点事，怎么了？”

众人：“……”

你刚才明明不是这样的！

结果是，路知意再冷淡，也拗不过铁了心要缠上来的陈声。他强行拎着她的水、被子和一堆日用品，一路把她送回二楼尽头的房间。

“这什么破地方？”陈声还没进过自己的房间，一来就被叫去领补给品，进了路知意的房间一看，满脸嫌弃。

路知意挡在他面前，指指地上，“东西放这就行，谢谢你了，慢走。”

陈声的视线这才从墙边挪到她面上，目光相对。

他低头看着她，“还在生气？”

“你走吧。”她避而不答。

“什么时候才能消气？”

“……”路知意看他片刻，“我说过，早就没气了，只是看明白了。”

“你看明白什么了？”

“看明白了我们不是一路人，还是保持距离为好。”

“是吗？”

陈声不置可否，居高临下看着她那丸子上的草莓发圈，看它随着她的呼吸微微晃动，片刻后，一个没忍住，伸手把它摘了下来。

她扎好的上半部分头发倏地落下，轻飘飘地搭在耳边，松散开来。

路知意勃然大怒，伸手去抢那发圈，“陈声，你有病吧你？”

陈声将那发圈牢牢握在手心，勾唇一笑，“早跟你说了，是有病，刚确诊。想不想知道是什么病？”

路知意看了他片刻，平静下来，“你转身。”

“干什么？”

她笑了笑，“我让你转身。”

终于给了他一个好脸色。

陈声半信半疑转过身去，“你搞什么……”

话音未落，屁股上猛地挨了一脚。

路知意把他一脚踹了出去，砰的一声关了门。

隔着一扇毫不隔音的木门，陈声听见她冷冰冰地说了句：“慢走不送。”

他捂住屁股，难以置信地盯着那扇紧紧关着的门，脸上的表情千变万化。

“路知意，你给我开门！”他使劲拍门板。

“开门！

“你吃了熊心豹子胆是不是？居然敢踹我屁股！

“我告诉你，这世界上敢对我动手的人还没出生呢！

“你再不开门，等我逮到你，有你好看！”

他一个人在门外说了半天，里面的人毫无反应。

陈声咬牙切齿一扭头，看见走廊上站着苏洋，拎着大包小包，目瞪口呆地盯着他。

他眯着眼，把手从屁股上挪开，一脸警告地说：“你什么都没看见。”

苏洋：“本来没看见，但你一说，我全听见了……”

“……”

“师兄，你的屁股还好吗？”

“闭嘴！”

陈声怒气冲冲地走了。

苏洋看着他，扑哧一笑，拍门，“是我，他走了，开门吧。”

路知意终于开了门。

苏洋拎着大包小包钻了进去，气喘吁吁往地上一放，抬头问她：“你俩怎么回事啊？”

路知意没吭声。

苏洋打量她片刻，“行了行了，见好就收啊，看把人气成什么样了？我说你，胆子也真够大的，平常看着不大出声，居然往人屁股上踹。哎哎，那可是陈声啊！”

拖长了的口气，仿佛她做了天大的坏事。

路知意：“陈声又如何？”

眯眼，弯腰，从那一堆东西里拿出床垫，开始往木板床上铺。

“他脾气是坏了点，人也狂了些，但对你还是没得说的。”苏洋笑了笑，“我早八百年前就在想，你们到底什么时候才会捅破这层窗户纸，眼下看来，快了。”

路知意手上一顿，“苏洋，你想象力太丰富了。”

“是吗？”苏洋笑嘻嘻凑过来，“你敢说你不喜欢他？”

房间里有片刻的岑寂，谁也没说话。

“我不敢。”终于，路知意直起腰来，慢慢地转头看着她，眼里一片语焉不详的黯然，“不敢说不喜欢，也不敢喜欢。”

苏洋被她那神情弄得一怔，“他到底做什么了，把你气成这个样子？你俩前一阵不还好得跟穿连裆裤似的？”

他做什么了？

路知意坐在床垫上，有些疲倦，有些麻木。

那些话，她再也不想去回忆一遍了，一遍都不愿意。可它们就在耳边，一静下来，就能听见。

正式开始集训前，林老师安排了一次团建活动。

团建，顾名思义，团队建设。一般在户外进行，为了培养集体荣誉感，增强团队间的协作力。

“咱们好不容易来到高原，先别急着训练，第一天就去山顶露营吧。要求是每个队在四小时内登上二郎山的红岩顶，分别找一处空地，搭建帐篷，生火做饭，露营一晚。”

林老师笑笑，“这次活动也是请示过赵书记的，我们一致同意，团建做得最好，爬得最高的那一队，期末综评加5分，优先评奖学金，外加一个团队表彰名额。”

没人觉得这有什么难的。

爬山嘛，中飞院出来的，个个都是运动健将，还会怕这个？

搭建帐篷嘛，没吃过猪肉还没见过猪跑吗？

只要不是在这大山旮旯里集训，野营也快乐，更何况还有奖学金和表彰名额，大伙个个摩拳擦掌，跃跃欲试。

然而，事实证明年轻人想太多，姜还是老的辣。

高原反应摆在那，不动不知道，一动吓一跳。那陡峭泥泞的山路放在平时，也就爬起来费劲点，可搁在高原地带，常年云雾缭绕，一脚一个泥坑，压根爬不动。

在高原前行一步，等同于平地上的四步。

人群陆陆续续爬个十来米，就不得不停下休息，掉队的大有人在。还有人爬到缺氧，扶住路边的树就开吐，这一幕刺激了不少人，跟着吐的也不少，画风一言难尽……

就连凌书成都敲着腿，脸红脖子粗，“不行了不行了，这背上还负重十公斤，要不是怕晚上没帐篷睡觉，我真想把背上这堆玩意儿扔下山！”

所有人里，只有路知意没高原反应。她爬起来很轻松，扭头看了眼凌书成，再看看和凌书成差不了多少的陈声，顿了顿。

原本一个队的帐篷和生活用品，该大家分担着背，但凌书成和陈声逞能，把她的东西都给拿了过去。

她等了几步，从凌书成背上解下了那只帆布包，二话不说背在自己身上了。

凌书成：“哎哎，那可是十来公斤啊！”

“没事。”

路知意背好了包，继续健步如飞。

陈声脸一黑，“那我呢？”

她头也不回，压根不搭理他。

凌书成一脸同情地拍拍他的肩，“兄弟，生平第一次我在女生面前比你有面子，要不是你我二人的兄弟情感天动地，这同情的表情我都快装不下去了。”

路很陡，每一步都是泥泞，越往崖顶走，植被越稀疏，到后来连棵树都没有了。好多时候，大家全靠拉扯住路边的灌木、藤蔓，才能继续往上攀登。

队伍陆陆续续停下了，随便找了处空地就安营扎寨，但路知意还在往上爬。

她不停，同队的男生们也不愿意认输，颇有一种谁先开口谁就输了的意味，只能脸红脖子粗，喘着大气跟上她。

他们都知道她的家境，也都明白那五分和那个表彰名额对她来说有什么分量。

可路知意还是不好意思这样为难大家，半路上回头，“要不，我们也随便找个地方扎帐篷吧。”

武成宇：“那怎么行？后面还有俩队跟着呢，咱们要做第一！”

凌书成看一眼陈声，笑了，“是，咱们要做第一。毕竟这队里可有俩年级第一呢！”

武成宇立马补充：“还有我这年级主席！”

大伙就这么决定了，不到断气，绝不放弃。

再往上，靠近崖顶没路了，脚下湿滑，坡度几乎呈七八十度。有时候走三步滑两步，鞋子都看不出本来的颜色了。

到了一处陡坡，路知意挑有坑的地方，踩稳了，回头一一去拉身后的人。

这种时候，没人顾得上拘小节，李睿拉住她的手，上来了。

然后是武成宇。

接着是于涵。

再接着是张成栋、徐勉。

凌书成也抓住她的手，爬了上去。

轮到陈声了，他看着那只纤细的手，薄茧仍在，粗糙依旧。可她就是用那只手稳稳地拉住众人，背上负重十公斤，岿然不动地立在那儿。

陈声有些动容，朝她伸出手去，正欲拉住往上爬，那只手却忽地收了回去。

下一秒，他听见路知意对凌书成说：“你拉他一把。”

“……”

凌书成很知道好歹，喘着粗气一屁股坐在地上，“没力气了，歇会儿。我哪还拉得动他？”

众人纷纷坐在地上喘气。

陈声还站在那陡坡之下，就这么望着路知意，手还停在半空。

她看他两眼，淡淡地说：“那你等会儿，等他们歇好了，随便谁拉你一把。”

陈声：“……”

火大，怒从心中起。恨不能从这跳下去，让她后悔个大半辈子。

他咬牙切齿问：“路知意，我怎么了你，你非得当众这么对我？拉我一把会死吗？”

路知意看他两眼，“我家养猪。”

“？”

“而且我这人，又黑又穷，又土又丑，怕握个手都玷污了你。”她说得云淡风轻。

陈声简直要呕血了。说他锱铢必较，说他斤斤计较，他哪比得上她？他真的自愧不如！

抵达崖顶时，男生们谁也顾不得形象了，连陈声这种爱干净的人也一样，呈大字形瘫倒在地。

云雾仿佛就在触手可及的地方，环绕着他们，在空气里滞留不去。

这是一个阴天，没有阳光。

一望无际的苍穹近在眼前，厚重的云层覆住深蓝色的天空，混杂在一处的色彩变成了很浅很淡的蓝。一切都变得很慢，很安静。

这一处是崖顶，周遭的制高点，一小片空地上有青青的草，泥泞的土，不远处有牦牛摇着尾巴哞哞叫。

已近中午十二点，众人爬了整整四个小时，把其他人甩在后面，不知道谁的肚子咕咕叫了一声，可饿虽饿，没人有力气生火做饭。

路知意站在红岩顶，望着远处的云雾，“今天天阴，看不见贡嘎雪山。”

武成宇：“看什么贡嘎雪山啊，我现在眼前只有金星，饿得头晕眼花，半点力气都没了。”

路知意笑了，“先歇会儿，歇会儿再搭帐篷。”

她从背上取下背包，扔在地上，又去李睿的背包里翻找食物。大家分工不同，有的背食材，有的背水，有的背帐篷。

午饭是自热米饭，这主意是凌书成出的，昨晚偷偷摸摸溜到基地外面的小卖部买的。不得不说，非常实用。在这种累得人仰马翻的状况下，谁还有工夫去做饭。

下午的时间就用来搭帐篷，一个可容十人的超级大帐篷，在陈声的指导、壮汉武成宇的执行下，众人七手八脚帮忙，用了一个小时才搭起来。

帐篷一搭好，没人吱声，但都不约而同钻了进去，铺上毯子，合上拉链就开睡。

八个人，一女七男，痛痛快快躺在厚厚的毯子上，盖上被子就闭眼。

武成宇最夸张，闭眼不到三秒，震耳欲聋的呼噜声已经响彻帐篷，众人都忍俊不禁。

原本李睿躺在路知意身边，陈声最后一个走进来，看了眼，跨过好几具“尸体”，推了推李睿，“往那边躺躺。”

李睿迷迷糊糊往旁边挪了挪，陈声就这么钻到了两人之间，自觉地躺了下来。

被子有三床，武成宇、凌书成和于涵一床，张成栋、徐勉和李睿一床。李睿本来还给陈声留了那么半截被子，示意他钻进去，把剩下那床留给路知意。

再不拘小节，人家毕竟是个女生嘛。

可陈声顿了顿，无视李睿留下的那点被子，十分自觉地钻进了路知意的被窝。

路知意浑身一僵，一把攥过被子，把他踢了出去。

帐篷很大，可容十人，如今八人，绰绰有余。

她如临大敌地抱着被子躺在那，察觉到背后有人慢慢地凑拢了。他的声音像是什么奇怪的东西，顺着耳根子钻了进来，热乎乎的，细微却又不容忽视。

“路知意，你要冷死我吗？”

她默不作声背对他，抱着被子不说话。

陈声干脆就这么躺在那了，“成，你不给我被子，那就冻死我好了。”

他也不去拉李睿的被子，就这么直挺挺睡在那里。

山间温度极低，这会儿是午后，尚有七八度，等到天黑后，不知道会到零下多少度。帐篷虽然是保温的，但毕竟只是帐篷，没有被子，睡在这铁定会生病。

路知意僵持了好几分钟，最终妥协了，松开手，把被子朝他那用力扔了一角。

她听见他低低地笑了两声，迅速钻了进来。

“离我远点。”她压低了声音，恶狠狠地说。

Chapter 14

近 情 情 怯

莫名其妙睡进同一个帐篷,然后盖上同一床棉被,哪怕帐篷里还有另外六人,路知意也老大不自在。

她背对陈声，睡在最里面，听见六人均匀的呼吸声，混杂着男生们打呼的动静，怎么也睡不着。

偏偏陈声在她背后戳了戳，小声问：“睡了？”

她闭着眼睛没搭理他。

陈声蹬鼻子上脸，开始在她背后画圈圈。

“真睡着了？

“假的吧。

“装的还挺像。

“快醒来，我有话跟你说。”

“你有完没完？”路知意猛地转过身来，一把攥住他的手，巴不得把那根作乱的手指头掰断。可转身的那一刻，她就知道她中计了。

陈声与她面对面侧卧着，黑漆漆的眼珠仿佛淬了光，一眨不眨地盯着她。

他的手还在她那，被她握着的地方滚烫灼人，路知意一顿，慌忙松了手。

近在咫尺的距离。

她听见他低低地叹了口气，说:“路知意，到底要我怎么样，你才肯原谅我？”

从前没听过他用这样的语气说话，无可奈何至极，仿佛低到尘埃里。他安静地望着她，眼里有她茫然无措的倒影。

路知意呼吸一滞。片刻后，她听见自己淡淡地说了句：“那你从这山顶上跳下去好了。”

忙碌了一上午，众人筋疲力尽，起床时，已是日暮。

武成宇这才想起还没插旗子，赶紧从背包里找出那面队旗，又从地上捡了根木棍，把旗子绑了上去，插在空地制高点，让它迎风飘扬。

队旗是出发前临时设计的，林老师给每个队都发了一面小彩旗，陈声挑了面大红色的，队里八人，一人一笔画点什么，队旗就这么诞生了。

实际上花里胡哨，乱七八糟，根本看不出旗子上画的是什么。

不过那也不要紧，路知意说，意思到了就好。

晚饭就要自己生火了，这是团建作业。陈声背的铁盆和木炭派上了用场，于涵背的铁架子一架起来，木炭在下，锅在上。

徐勉扇风，凌书成点火，张成栋准备食材，路知意亲自上阵做饭，陈声……

陈声负责拿出手机拍照。作业要求，做好饭了，录像为证。

他拿着手机四处走，风景拍一拍，帐篷拍一拍，众人生火做晚饭更要拍一拍。趁路知意不注意，他给了她很多镜头。

不仅尽职尽责摄像，陈声还担当起解说来，指指那一口简陋粗暴的锅和被张成栋切得土豆不像土豆、火腿不像火腿的食材。

“接下来就是见证奇迹的时刻。”他如是嘲讽。

这一顿说是饭，不尽然，毕竟本队从队长开始，个个都是懒汉，没人愿意生火煮饭，最后决定烤肉吃。

食材有新鲜鸡肉、香肠、腊肉、土豆、火腿肠和切成块状的五花肉。调料就只有盐和食用油。没人对这顿饭有任何期待，不过是为了填饱肚子罢了。

本队唯一的贤妻良母型选手，路知意同学，理所当然扛起了做饭的大旗。

她动作娴熟地倒油入锅，又用长长的筷子将食材放进去，油锅吱吱作响，不时有油星子溅出来，烤肉的香气很快钻入鼻子里。

鸡肉变成了金黄色。

香肠微焦，害羞地卷了起来。

土豆块上开始冒出无数小汗珠，吱吱作响。

最后，一顿原本毫无期待的晚饭，变成了众人围坐在炭火旁，顶着寒意大快朵颐。没有平日里烤肉店的调料，没有餐厅里雅致高端的装潢，甚至没有像模像样的碗筷，只有人手一根木筷，笨拙地叉起一块肉来，顾不得吹凉就送入口中。

那外焦里嫩的滋味，那炭火烤出的香气，就这样融化在舌尖，伴随着呼哧呼哧的哈气声——因为太烫了。

黄昏来临，气温下降。厚重的云层挡不住夕阳的余晖，天边有橙红色的云雾在流动，满眼亮堂，满眼辉煌。

陈声把能量饮料分发给大家，第一个举瓶，“敬大家，都是一个帐篷里睡过的了。”

凌书成哈哈大笑，“敬路知意，这顿饭是我二十年来吃得最满足的一次。”

武成宇：“那我敬我自己好了，拖着这壮硕的身躯爬到将近四千米高的地方，我爸妈知道一定会感动得老泪纵横！”

于涵说：“我敬两位师兄，一路上都很照顾我们。”

李睿说：“我敬学校，把老子折腾到这鸡不生蛋鸟不拉屎的地方来。哈，没想到吧，老子还能自得其乐。”

徐勉想了半天，憋出一句：“那我敬大自然好了，有生以来第一次看见这样的美景，实在很震撼。”

张成栋：“我敬我爸妈，含辛茹苦养我这么多年，盼着我成为一个了不起的飞行员。希望有朝一日坐在驾驶舱，有机会带他们来这看看。”

越说越感性了。

轮到路知意，她笑了笑，说：“我感谢高原，我生在这里，长在这里，我珍惜它给我的一切。”

说着，她揉揉自己的面颊，“包括这高原红。”

众人哈哈大笑，凌书成居然拿起饮料瓶子当麦克风，“大家好，我是歌神‘凌学友’，下面我有一首歌要献给路知意同学。”

他拍拍屁股爬起来，一脸做作地开唱：“高原红……美丽的高原红……”

一群人笑得七倒八歪，路知意也跟着笑起来。

夕阳无限好，哪怕近黄昏。

夜幕降临，火光烈烈，油滋滋的烤肉，被山间气温冰冻的饮料，还有围坐在火堆前的那些年轻面庞，大抵会是这群少年事隔经年后，关于青春最深刻的印象。

最后灭了火，收拾好现场，众人搓着手回了帐篷。

云层太厚重，看不见星星。

因为山顶没有信号，手机也无法上网查天气预报，最后路知意定了个闹钟，说夜里两点起来看看，如果有星星，就叫醒众人一起围观。

凌书成掏出一副扑克牌，嚷嚷着要打斗地主。

众人采用轮换制，四人斗，输了的两个蹲在一边，让剩下的上，直到一轮结束，新的输家来替他们继续蹲着。

值得一提的是，提出这规矩的凌书成本人，基本上蹲了一晚上，频频和他同在一家的陈声，万分艰难地控制住了自己，才没在众人面前暴打他一顿。

山间一片漆黑，只有帐篷里有手机的亮光。

大抵是人在高原，始终不如在平原上有精神，没打多久，个个都打着呵欠躺下了。

李睿嘿嘿地笑着说：“老子长这么大，头一回跟大姑娘睡在一起。”

凌书成不紧不慢看了陈声一眼，“睡在一起你也不敢干吗，咱们护花使者陈大队长在这，谁敢乱来？”

武成宇立马接嘴，“还有我在，谁敢动路知意一根汗毛，先从我尸体上踏过去！”

然而这话说完不到两分钟，他就睡着了，响亮地打起呼来。

又是一片热闹的哄笑声。

先前的拘谨渐渐没了，路知意躺在最里侧，哪怕睡在她旁边的就是陈声，她也没那么介怀了。

她只是默不作声听着他的呼吸声，心头有些酸楚。

有太多这样的时刻了，因为年轻，因为肆意，因为他笑得那样开怀，以至于她一不小心就忘记了两人之间的隔阂与差距。

她忘了自己是大山里的孩子，也忘了她这散不去的高原红，颇有代表性的深色皮肤。

她忘了他站在阿尔卑斯山上发来的照片，忘了他那历史辉煌的家境，也忘了他曾自大狂妄、目空无人，包括她，他也一样看不起。

她忘了两人之间所有的不对等，竟然开始飞蛾扑火，不自觉地向他靠拢。直到他一语道破真相，拆穿了她自以为是的俩人的那些相似之处。

他们的确是有相似之处，可在那为数不多的相似之外，是天壤之别，是巨大的无法跨越的鸿沟。

路知意安静地侧卧在那，眼前是漆黑一片，身后是他轻微均匀的呼吸声。

帐篷里明明睡着八个人，有人打呼，有人翻身，有人呼吸声沉沉，可她偏能辨别出他的声音。

陈声。

陈声。

于她而言，他的一举一动、一言一行，都引人注目。可越这样，越心酸。非她计较，实在是两人之间差距悬殊，无法再靠近一步。

半夜的时候，路知意的手机震动起来。

她从枕下摸出来，一看，两点。揉揉眼，她坐起身来，套上羽绒服，准备去帐篷外面看看星星出来没。

借着手机的微弱光线，她弓着腰站起来，却忽然发现……陈声不见了。

手机的光线从里到外照了一遍，她在心里默数，加上她自己在内，确实只有七个人，陈声不在帐篷里。

外面至少是零下几度，他一个人出去干什么？什么时候出去的？

路知意心头一凛，跨过还在熟睡的几个人，轻轻拉开了帐篷，走了出去。

一阵冷风迎面扑来，哪怕穿着羽绒服，也禁不住打了个哆嗦。她用手机在附近照了一圈，除了几头牦牛的影子和在风里瑟瑟发抖的低矮灌木，别无他物。

山顶景色优美，但并未被开发，整个甘孜州相对来说都很落后。比起阿坝州来说，旅游业严重滞后。因此，二郎山开发得并不算好，高处的山顶是没有建筑，也没有厕所的。

这大半天来，众人都是随地大小便，当然，面子要紧，尽量能走多远是多远，专挑灌木多的地方解决问题。

路知意回忆片刻，记起来了。陈声并没有解决过生理问题，好像是面子上过不去。

她朝空地另一头走了一段距离，试探着叫他：“陈声？”

无人回应。黑魆魆的山顶，一点光线也没有，回应她的只有牦牛低沉的叫声。

路知意有些心慌，又大叫了几声他的名字，直到猛一回头，看见半空中划过一道惨白的光，漫无目的地晃了晃。

她踏着泥泞朝那个方向跑过去，一脚深一脚浅也顾不得，站定了，往陡坡下一看，只见十来米远的下方，有人拿着手机，打着灯光，朝她挥动。

“陈声？”她也打着手机灯光朝那照去。

两束光汇合在一起时，她看见陈声坐在那陡坡下方，背后是一棵低矮粗壮的树。再往下，陡峭的山壁直通万丈深渊。

这一处与他们上山的那条路刚好位于山的两侧，他们走的当然是比较缓的坡，而此处是陡坡，稍有不慎，一旦滑下去就完蛋。

路知意心跳一滞，脚有些发软，“你在那干什么？”

那人倚在树上，朝她笑笑，“跳崖啊。不是你说的吗，只要我从山顶跳下去，你就原谅我。”

“我问你在那干什么！”路知意的声音尖锐得有些不正常，几乎是扯着嗓子冲他吼。

陈声听出她的怒气，顿了顿，苦笑着说：“上厕所。”

“你跑到悬崖边上上厕所？你脑子短路吗？”路知意攥紧了手，浑身都在发抖，“上来！”

出人意料的是，陈声没动。

他靠在那树上，低头看了眼自己的脚，最后说了句：“你先回帐篷，把凌书成和武成宇叫来。”

路知意终于发现哪里不对劲了。

她猛地将手里的灯光朝脚下照去，果不其然，这一处的泥泞有一道长长的划痕，显然是有人踩在上面打滑了，一不留神滚了下去。

“你受伤了？”她朝着坡下急迫地问了一句。

陈声没答话。她已然了悟。

哪怕目空一切，但陈声并不是精神病，就算因为面皮薄，想找一处远一点的地方上厕所，也不可能往陡坡下面跑。

他是踩入了湿滑的泥坑里，猛地跌了下去。

路知意呼吸一滞，再看他背后那棵树。

那棵在崖顶少见的树，被飞鸟带到此处，生根发芽，汲取这山巅少得可怜的养分，终于长成今日的低矮灌木。

如果没有它，陈声会怎么样？他会滚落山崖，葬身于二郎山。

这样的念头叫她手脚发凉。

路知意只迟疑了片刻，山间温度奇低无比，她只在这站了一会儿，已然冻得浑身发冷，陈声不能再等了。

凌书成又怎么样，武成宇又怎么样，白天爬山时他们都看见了，除了她，没人能在这山上和在学校时一样行动，如履平地。

她蹲下身，把手机磕在泥地上，顾不得脏了它，只能让它保持竖立的状态，照着她要下坡的路。

陈声仿佛察觉到了她的意图，厉声命令："路知意，我让你回去找凌书成和武成宇来！"

她不吭声，在这昏暗的光线里，一下一下在湿滑的陡坡上找落脚处，踩稳了，才开始探下一步路。

那些年帮家里赶牦牛时，她爬惯了山路。

她是大山里的孩子，知道如何与这恶劣的环境相处，你要顺着它的脾气来，不能反其道而行之。

自然是值得敬畏的。

可为什么值得敬畏？因为哪怕是这山里的人，也有不少葬身其中。

高原地区有一种水果，当地人叫它仙桃，其实就是野生仙人掌的果实。这种野生仙人掌多长在悬崖绝壁之处。它的果实和它一样遍布尖刺，可剥开绿皮之后，却是柔软无比的内瓤，尝一口，水汪汪，甜滋滋。

曾有一阵，这种水果红极一时，不少人以采摘它为生，可它生长在悬崖绝壁处，因此丧生的人也不少。

后来，政府禁止当地人采摘这种仙桃，其一是太危险，其二是过度采摘导致这种植物一度数量锐减。

路知意儿时的玩伴就曾因此失去父亲。她深知大山虽然温和沉稳，但并不意味着没有危险。

她试探着，走两步滑一步地朝着陈声靠近。陈声咆哮着要她回去，可她充耳不闻。

他的视线落在她偶尔滑上几寸的脚上，那双鞋，那双他绞尽脑汁低价卖给她的慢跑鞋，早已泥泞不堪，看不出本来面目。他看着它打滑，看着它松动，看着它起起落落，有那么片刻，觉得心头有火在烧。

终于，路知意站稳在他面前，低声问了句："哪儿受伤了？"

他紧紧攥着手机，看着她松散在耳畔的头发，看着她在微光中若隐若现的两抹红，那把火越烧越旺。

“不是叫你不要下来吗？你听不懂人话？”

“脚扭了？”她蹲下身来，试图找到他受伤的地方。

“路知意！”他一把攥住她的胳膊，“你知不知道下面是什么地方？”

“能走动吗？”她指指他明显布满泥泞的那条腿。

陈声的嘴唇张了张，又闭上了。

他有满腔怒火，或许那不是怒火，是别的什么，他分不清。他只知道他的胸腔被那团说不清，道不明的东西充斥着，整个人都要炸裂开来。

“不是要离我越远越好吗？何必管我死活？”

“你死了，上面那几个回去都交不了差，我也一样。我还想拿团建第一，想加分，想拿奖学金。”

“只是这样吗？”他笑了一声，“只是这样，值得你冒着掉下去的危险下来救我？”

路知意顿了顿，“不然呢？你还想要什么原因？”

她望着那看不见底的山谷，把他的胳膊拉过来，架在自己肩膀上，“靠在我身上，我撑着你上去。”

离开这里要紧。

他的手搭在她肩上那一瞬，手背擦过她脖子后方，冷得像冰。她下意识抬头一看，看见陈声冻得发紫的嘴唇。

陈声终于没有再和她争辩，只说：“左脚扭了，试过几次，没爬上去。”

“掉下来多久了？”

“没多久，十分钟不到。”

“为什么不叫人？”

“叫过了，都睡得像猪一样，没人理我。”

“谁让你跑这么远上厕所？”

“我不想明天早上你们起来，看见不远处有我的排泄物。”

她竟有些想笑，可嘴唇刚扬起来，眼眶就热了。

因为他说：“冻得要死不活等在这。我在想，我还有那么多轰轰烈烈的大事没有做，要是真死了，多不甘心。”

他侧头看着她，平静地说出下一句：“尤其是，我还有话没有告诉你，路知意。”

夜间的山顶潮湿不已，云雾缭绕，脚下的泥土全都被染成了松软的稀泥。

路很陡，哪怕路知意一个人走在上面也很费劲，更别提她还架着个陈声了。

两人费力地抓住那少得可怜的灌木，路知意踩稳了，又努力拉扯陈声。他左脚扭伤，使不上劲，两人跌跌撞撞，走三步滑两步。

短短十来米，爬上去竟用了十来分钟。

终于踩在踏实的山顶上时，路知意松了手，扑通一声坐在地上，大口喘气，已然筋疲力尽。

陈声在她身旁坐了下来，侧头看她额头上细密的汗珠，凝神片刻，从外套口袋里拿出纸巾，递给她。

路知意只看了一眼，“不用。”

又恢复了先前那冷若冰霜的态度。

陈声看着她，低声笑了笑，“路知意，我们俩是不是也算得上差点就生亦同衾，死亦同穴了？”

毕竟盖过同一床被子，从悬崖峭壁上互相扶持着归来。

他指指那边的悬崖，“要是刚才掉下去，你猜被人发现之后，会不会说我俩殉情？”

久久没等到她的回答，陈声顿了顿，但胸口那团火越烧越旺，终于烫得他开了口。

“路知意，我知道你还在生我的气，歉我道过，但现在回想起来，不够诚恳。那天说了那么多伤人的话，是我不对，但那些话并不是我的本意。

“我这人，不可一世，一路走来顺风顺水惯了，从来不懂得失败是什么滋味，眼里只有自己。可刚才摔下去，爬不上来，叫天不应，叫地不灵，我才忽然开始后怕。万一没有人发现我不见了呢？万一没人来救我呢？”

他说：“我在想，如果我就这么死了，我最遗憾的是什么。”

这话在崖边已经说过一次了，可他还要再说一次。

“路知意，我还有话没告诉你。”

路知意却没说话，只仰头望着天，半晌才轻声说了句：“星星出来了。”

陈声亦抬头看天，原本想说星星有什么好看的，他有更要紧的事想告诉她，可仰头的一瞬间，话音戛然而止。

同一片天，高原上的星星竟和城市里的全然不同。

他们坐在海拔接近四千米的红岩顶上，抬头一看，漫天星河。

原来人在高处，真的离星辰更近一步了，没有鳞次栉比的高楼大厦，没有不夜城的辉煌夜色，此处什么也没有，一片漆黑。可陈声生平第一次发现，原来真正的夜色是不需要人间烟火点缀的。

过去看到的是城市里寥寥无几的星星，今日所见，是深蓝色苍穹如幕布般蔓延眼前，星河陡现，耀眼到令人屏息，令人震撼，令人词穷。

云雾散尽，明珠漫天，仿佛伸手便能触到其中一颗。

陈声静默地望着这一幕，听见路知意在耳边轻声说："我知道你要说什么，但现在换我来说。"

"我知道我比起城里的女生来说，土里土气，眼界匮乏。我没有光鲜亮丽的外表，没有白净好看的皮肤，我甚至做惯了农活，浑身上下都是贫穷的烙印。可是陈声，我从来不觉得这是我的缺点。"

他慢慢地收回视线，侧头看她。

路知意依然望着天上，平和而从容，有风吹过，她散落耳边的发尾被吹得烈烈飞扬。

"因为我知道，哪怕她们生活得锦衣玉食、花团锦簇，可她们抬头时望不见这样的星河，清晨时也看不见这里的云瀑、日出。她们没听过牦牛饮水时会唱着怎样欢快的歌，也不知道路上开满的花叫什么名字。她们没有抱过刚出生时胖乎乎的小猪，也不知道费尽千辛万苦爬上这样高的山峰是为了什么。"

她侧过头来望着他，笑了，"可我知道。我是山里的孩子，我知道伸手就能摘到的星星有多亮。"

她伸出手去，在半空中收拢五指，轻飘飘的一个姿势，仿佛将星辰纳入手中。

然后笑了。

"你不觉得奇怪吗？明明是同一片天，为什么在城里的你和在这里的我，看到的却是完全不一样的星河？"

陈声望着她，很久很久没说话。

山间真冷，刚爬上来出了一身汗，被风一吹，像是要结冰。脚踝扭伤的地方一阵阵疼得厉害。

可这些都不及他胸腔里的波动来的剧烈。

他望着她，说："路知意，星星不在天上。"

在她疑惑地朝他投来目光的那一瞬，他伸手拉过她，吻上了她下意识闭上的眼睛。温热、颤动，睫毛像蝴蝶振翅。

路知意反应过来后，立马伸手推开他。

他笑了，说："在这里。"

他目不转睛地望进她的双眸。哪有什么漫天星河？星星只有一颗，在她眼睛里。

气氛有短暂的凝滞，路知意平静地擦了擦眼睛，仿佛要擦去他留下的痕迹。

"陈声，我并没有原谅你。"

他说："我知道。"

"我以前没有自卑过，我穷，一无所有，活得像野草，但这些都是我引以为傲的东西。因为一无所有，所以懂得为想要的一切去挣扎奋斗。"路知意静静地看着他，"旁人说什么做什么，好比唐诗看不起我，好比赵泉泉看我的眼神，这些我都不在意。

"直到遇到你。直到亲耳听见你说出那些话，我才知道我并不是不在意。"

人活一世，又不是一座孤岛，哪可能不食人间烟火，对他人的轻蔑毫不在意？可那些目光只能是来源于和她毫不相干的人，不能来自她在意的人。

她在意他。

她中意他。

她仰慕他。

她从看不起他，到逐渐开始依赖他，并且毫无知觉。

路知意摊开手，借着手机的光线展示出自己的贫穷，"你看，我们差别多大。"

这双手布满薄茧，粗糙不已，偶有伤痕，肤色偏深……

她的目光落在陈声那白皙纤长的手指上，他曾用那双手背过她、拉过她，握住方向盘送她回家，从车窗里伸出来漫不经心挥舞两下，在开水房里替她系上围巾，抓住她的手腕用力咬上一口……

过往铺天盖地袭来，她想哭，想笑。

年少时同龄人早熟，藏着掖着的喜欢，她从来不知是何物。晚熟如她，一心读书，盼着从大山里走出去。可走出去后，她终于尝到这姗姗来迟的感情。

可没人告诉过她，这感情并非全是欢喜。在她的贫穷与卑微之后，还藏着苦涩，藏着自卑，藏着患得患失，藏着怯懦退缩。

陈声攥紧了手，心脏一阵紧缩。

他说："对不起。"

“对不起，路知意。

“是我一时鬼迷心窍，知道小伟对你动了心思，心里又急又气。我只是为了打消他的念头，随便说点什么都好，只要他不再纠缠你。我只是一时情急……”

脑子里乱糟糟一片，他理不清头绪，想把它们一股脑说给她听，可二十年来疏于交流感情，很多话卡在喉咙里，反倒失去了侃侃而谈的能力。

他想去握住那只饱经风霜的手，却见她轻轻地收了回去。

路知意静默地与他对视片刻，摇头说：“你不是一时情急，那些事实都在你心里，你没有因此看不起我，但你都承认了它们。”

“我黑、平庸、不好看，家里穷，养猪放牛，还有这样一双手。我和身边的同龄人格格不入，没有好看的衣服，没有漂亮的妆容。我一心扑在学习上，可不管怎么勤奋努力，都不及你的天分和聪明。

“陈声，很多话说出来时不经大脑，反而更真实。”

她扬起嘴角，轻声问他：“你要知道，像我这种一无所有的人，一旦拥有了什么，是死也不会松手的。你想好了吗，你真的要接受我的一切？我的好，我的坏，我的贫穷，我的一无所有。”

陈声想说点什么，喉咙发紧，一个字也说不出。

他知道她原谅不了他，因为就连他也原谅不了他自己。无意中的伤人，最为致命。偏偏他一击即中，还击中了要害。

那些念头翻来覆去很多遍，他只说出一句：“路知意，我没有看不起你。”

路知意点头，“我知道。”

她站起身来，“差不多了，回去吧，再待在这该冻出病了。”

她弯腰去拉陈声，想扶他回去，可陈声不愿就此罢休，用力把她朝身边一拽，她便猝不及防跌倒在他身上。

他还有话没说完。

与此同时，凌书成在片刻前发现帐篷里意外消失的两人，穿好衣服走了出来，开着手机上的电筒，一路寻来，蓦然看见叠在一起的两人。

起初没看清，他下意识把灯光朝那一团黑影照了过去。

下一秒，对上路知意和陈声的目光。

凌书成手一抖，险些没把手机扔了，好不容易拿稳了，捂着眼睛怪叫一声：“不好意思，不好意思，打扰了打扰了！”

然后转身就往帐篷里跑。

跑到一半，他想起什么，又回头叮嘱：“大冷天的，野战虽刺激，千万别冻病了！”

转回去，没过两秒又扭头，再添一句：“记得做好安全措施，别闹出人命了啊！”

“……”

交心的时刻异常短暂，稍纵即逝。

没多久，帐篷里的人都穿好衣服出来了，听路知意讲述了陈声险些跌下山崖的过程，个个瞠目结舌。

凌书成笑嘻嘻地冲路知意说：“美女救英雄，干脆你让陈声以身相许得了！”

有人立马跳了出来：“我武成宇第一个反对这门亲事！”

李睿：“你凭什么反对？”

于涵：“凭你这壮硕的身躯，发达的四肢？”

张成栋：“和你这简单的头脑，死绝的浪漫细胞？”

武成宇：“？？？”

换做平常，陈声一定会加入嘲讽大军，给予致命一击。可今天，他没有再说什么。

他和众人一起坐在湿漉漉的地上，仰头看着那一片壮丽的星河，慢慢回想起李睿在大巴车上说过的那一席话。

李睿说，武成宇从上学期开始就喜欢路知意了，在她还没有展示出过人的成绩时，在她皮肤最黑，高原红最艳丽时，在无人发觉她的美时。

有那么一刻，陈声忽然记起自己那日对陈郡伟说的气话，说来奇怪，因为话不过脑，他转头就忘，这些日子无论如何也记不起来自己究竟说了些什么。

可这一刻，他悉数回忆起来。

他看着那璀璨星河，苦笑片刻。事实上他还不如武成宇。傲慢如他，根本配不上路知意。

可那又怎么样？

拖着一条肿得老高的腿，他和众人看了大半宿星星，他人看的是天上星，而他看的却是眼前人。

看着看着，陈声心不在焉地想，是他错了，道个歉如果不能让她消气，那就另想办法弥补。横竖今天为了排泄，差点滚落山崖，老脸都丢尽了，也不差这点了。

最后裹着被子挤进帐篷，躺在她身后时，他破天荒没去画圈圈，也没去拉扯她的头发，规规矩矩睡在那。

路知意觉得后脑勺一直有道火辣辣的视线，大有要把她点着的趋势，最后迫不得已回头低声呵斥："不睡觉，瞪着我干什么？"

陈声："静思己过，忏悔自我。"

"……"

陈声真的有忏悔自我吗？

路知意对此只有两个字评价：呵呵。

下山时，他们这队花了比别队多一倍的时间。

本来就爬得最高，不少人只到半山腰就安营扎寨了，而他们这队从山顶下去，花的时间自然要多一些，再加上陈声脚扭了，事情就更麻烦。

从来上山容易，下山难。

从小体能就出类拔萃的陈声，生平第一次体会到无能为力的滋味，他作为本队唯一的队长兼"残疾人"，不得不在众人的轮换搀扶下，艰难地往山下走。

当然，他也找到了苦中作乐的法子。比如每当扶他的人变成路知意时，他就自觉变成软体动物，软绵绵地趴在她肩上，仿佛喝了什么化骨水。骨头这种东西，不存在的。

路知意多次冷着脸提醒："你使点劲儿，站稳了。"

他就一脸生无可恋地捶捶自己的腿，末了望着山下，"算了算了，队长成了拖后腿的，你还是放开我吧，让我直接跳下去一了百了，免得继续拖累你们。"

众人谴责的目光齐刷刷投来。

路知意："……"

用不着他自己跳，她只要咬咬牙，就能亲手把这戏精推下山。

凌书成感慨万分："兄弟，奥斯卡实在欠你良多啊。"

抵达半山腰的公路时，大巴车已在那候着了，所有人都在等待这队一口气爬到顶峰的体能健将，比不要命，他们自愧不如。

可按理说一小时前陈声等人就该下山，迟迟没下来，林老师急得要命，都准备再等十来分钟就亲自带人上去搜山了。

好在他们平安归来。

可回是回来了，林老师一见陈声瘸了腿，心头一惊，立马冲上来，"这是怎么了？怎么还受伤了？"

凌书成正欲开口，陈声一个眼神戳过去，险些戳穿他的脊梁骨。

凌书成顿了顿，立马把隐形的话筒递给武成宇，“你来。”

武成宇谨遵队长教诲，严肃地回答了这个问题。

“搭帐篷的时候，有根杆子没安牢固，掉下来了，队长为了保护我们，冲上去挡住了杆子，结果自己被砸伤了。”

除了凌书成和路知意保持沉默，其余六人，连同陈声在内，都纷纷点头。

林老师一听，大为感动，拍拍陈声的肩膀，“好样的，我就知道你小子顾全大局，有担当！”

颇为感慨地看看这一队灰头土脸的家伙，在林老师眼里，他们身上那不是灰，是万丈金光。

“你们这队，有骨气！虽然条件艰苦，但冒着严寒和高反，一鼓作气爬上了山顶，这事我会向学院汇报的。团建第一，当之无愧！”

众人都欢呼起来。

唯有凌书成侧头与路知意交头接耳，“我们到底上山干什么去了？”

路知意：“进修演技。”

从山顶回到集训基地后，全体人员修整半天，次日才开始正式训练。

出人意料的是，陈声没有再来打扰过路知意。也许是因为脚伤在身，他接下来好几日都不见人影，完全销声匿迹。

苏洋都有些纳闷了，“前几天不是还围在你身边打转吗？怎么说不见就不见了？”

路知意很淡定，“不见最好。”

“难道是脚伤太严重，送医院去了？”

“不知道。”

路知意若无其事地继续吃饭，结果因为心不在焉，送进嘴里的是一块野山椒，刚嚼了两下就吐了出来，辣得两行清泪挂腮边。

苏洋一边递水杯过去，一边嘲笑她，“你接着装，我很期待你一会儿把鸡屁股也给吃下去。”

今天中午的盒饭是野山椒煎小鸡，高原这边的餐馆，做出来的伙食很不拘小节，鸡屁股也混杂在菜里。

路知意忽然想起什么，淡淡地说：“鸡屁股就鸡屁股，爱一个人就要爱他的全部，凭什么你把它身体吃了，还嫌弃它的屁股？”

“……”苏洋抱拳，“这逻辑，我服。”

很快，集训正式开始了。

这次集训主要是为了提高飞行学员们的前庭功能，也就是如何在飞机颠簸的过程中保持身体的最佳状态，不眩晕呕吐。

更为专业一点的说法来自林老师，“通过本次训练，希望能改善大家中枢神经对血管系统的调节机能，增强承受强负荷的能力，促进平衡机能稳定性和判定方位的能力……”

当然，此处省略的一千字，对于摩拳擦掌的群众来说，没有任何意义。

总而言之，这次集训，新兵蛋子们终于见识到了飞行员的两大杀器：旋梯和滚轮。

所谓旋梯，就是架在单杠上的长梯，像高空跷跷板一样，中间固定在单杠上，梯子两端能够上下活动。

武成宇第一次看见这玩意，兴高采烈地攀住一边，“李睿，你去另外一面，咱们来个成人跷跷板。”

凌书成一脸善意地走到他身边，“这东西不是这么玩的。”

他让李睿走远些，指点武成宇，“我教你，来，你先爬上去。”

武成宇不疑有他，攀上梯子。

凌书成说：“不是在上面趴着。换一面，你背朝下，脸朝上，靠双臂和双脚的力量吊在这梯子上。”

武成宇又照做了。

凌书成：“攀稳了没？”

武成宇咧嘴笑，“攀稳了。”

话音刚落，凌书成用力地把梯子往下一按，然后松手，“开始爬，从这头爬到那头，然后给我爬回来。”

武成宇拖着沉重的身躯，开始从梯子一头爬到另一头，刚过了杠杆重心，梯子就开始往另一边倒。他控制不住身形，天旋地转间，扑通一声落地，砸在水泥跑道上。

凌书成咧嘴一笑，“这就对了，老子当初被这玩意儿折腾得要死不活，现在轮到你们了。”

……

练完旋梯，接着练滚轮。

滚轮分两种，定向滚轮和不定向滚轮。这东西看上去就像个大型溜溜球，中空，由两个超大的圆环组成，圆环之间以铁轨连接。

学员们要做的，就是整个人攀在滚轮中间，握紧铁轨，然后由凌书成滑动滚轮，他们就连同这滚轮一起咕噜咕噜滚远了。

用苏洋的话形容："这完全就是仓鼠笼子里那鬼东西。可怕的是，仓鼠是用跑的，我们只能跟着滚！"

一天的训练下来，十之八九的人都吐了，路知意也不例外。

下午五点，训练结束，所有人往宿舍走，随处可见踩在平地上都晕头转向、头重脚轻的人。原本还有人约好训练结束后一起去楼顶看高原的日落，这下兴致全无，纷纷回宿舍"躺尸"。

武成宇游魂似的经过路知意身旁，对李睿说："还看个鬼的日落，再这么下去，老子的性命最先陨落！"

路知意惨白着脸笑出声来，笑着笑着，又想干呕。

好在由于陈声不见人影，就只剩下凌书成监督众人的日常训练，凌书成和陈声最大的区别在于：能水则水，并且没有最水，只有更水。

第一天，他还像模像样折磨大家，第二天就开始磨洋工——同志们爱练不练，革命靠自觉。

李睿和张成栋最先偷懒，坐在一旁，三天打鱼两天晒网。

路知意没吭声，只一个劲爬上滚轮，晕了下来歇会儿，歇好了又继续上去滚。

高原日照强，她抹了苏洋给的防晒霜，带了三大瓶矿泉水来操场，一练就是大半天。吐了就喝水，晕了就躺会儿，晒得满面通红，咬牙继续上。

最后是李睿先坐不住了，没吭声，又默默杀回了训练场。

张成栋一个人在旁边坐着，看了一会儿，也摸摸鼻子，重新再战。

武成宇还算刻苦，全程和路知意一起滚，路知意滚哪他滚哪，到最后居然奇迹般第一个适应这两项训练。

他趴在滚轮上四处乱滚时，像只肥嘟嘟的仓鼠，还兴高采烈冲路知意嚷嚷："看我看我！路知意，看我厉害不？"

他没看见，操场旁的升旗台边，有人在那坐着，手边摆瓶矿泉水，拿着手机拍着什么。

见他这么冲路知意吼，那人眯了眯眼，退出照相软件，发了条信息给凌书成。

凌书成低头看了眼，笑了笑，暗骂一句小肚鸡肠。

但为着他们感天动地的兄弟情，他还是不紧不慢追上了武成宇的滚轮，“哟，滚得挺不错的嘛，这会儿不晕了？还有工夫调戏队友。”

武成宇咧嘴笑：“哈哈哈，不晕了，不晕了。”

凌书成点点头，“不晕就好，抓稳了啊。”

武成宇：“啊？……啊啊啊啊！”

第一个“啊”，表疑问；之后的无数个“啊”，表震惊。

因为凌书成轻轻握住他的滚轮，使出全力朝前一推，武成宇立马以光速开始朝前滚，离路知意越来越远，越来越远……

陈声坐在升旗台边，看着越滚越远的武成宇，再收回目光看看另一边渐入佳境的路知意，没忍住，即使知道自己幼稚，还是笑了。

不怪武成宇，他的小红有一种独特的魅力，哪怕满头大汗，灰头土脸，也总能吸引人的目光。

他一天一天坐在这，因脚伤不能上阵，反倒多了些时间和空间，隔着一定距离看看她。

他看见队员们偷懒了，也看见他们因她的刻苦而重上战场。

他看见她一次一次因为眩晕而下了滚轮，在一旁大吐特吐。换做之前，他一定上去递纸巾、送矿泉水了，可这次也许是因为脚伤，也许没有脚伤他也不会去打扰她。

他记得她说过的话，有朝一日，她也要成为一名优秀的飞行员，守护他们共同的堡垒。

为了那个目标，她需要强大起来。

陈声坐在夕阳底下，看着远处的山壁，天边的落日和头顶一望无际的苍穹。近处，无数的小黑点在操场上挥洒汗水。

这让他想起曾经的自己。

他忽然前所未有地意识到，眼前的路知意，绝非是靠漂亮的外表、姑娘家的娇媚吸引众人的。她是高原上的格桑花，看似柔弱纤细，一吹就倒，却拥有与这凛冽狂风对抗的英勇不屈。

那朵格桑花是红色的，像她脸上两抹淡淡的色彩，热烈执着。

而他侧头，看见脚下的石缝里长出来的那几朵花，忽然笑了。他伸手摸摸其中一朵，看它晃了晃脑袋，手指微微一缩，竟不忍摘下。

她要保有她的铮铮傲骨是吧。那么，今后换他来迁就她。

他来迁就她的傲骨，他来做那个俯首称臣的人。他陈声横行霸道二十年，不可一世，目空一切，直到今天一朝落败。

可他心甘情愿。

两周的训练已到尾声，学员们被关在这荒凉的山间基地集训，不得随意外出。

甘孜州是藏族自治州，有浓厚的宗教氛围，且山间地势复杂，学员们在基地以外的地方没有安全保障。林老师为保证全体学员平安健康地度过这两周，每天都让人守在大门口，虎视眈眈控制人员进出。

但很显然，他多虑了。

除去锻炼前庭功能的两大杀器，学员们每日还要继续跑操，做各种各样的基础体能锻炼，基本上不训练的时候都瘫在床上，并没有人舍得把这去了一半的生命浪费在游览观光上。

唯一的伤员，陈声，脚踝扭伤，并没有多严重，谨遵医嘱，每日喷云南白药，休息一两周也就差不多了。

而直到两周集训接近尾声时，他也没有参与集训，始终处于销声匿迹的状态。

留在基地的最后一夜，全体学员在操场上举行篝火晚会。

终于解脱的年轻人从小卖部搬来大箱大箱的啤酒、饮料，林老师和教练们睁一只眼闭一只眼，横竖关在这基地里，他们看着，没人能出岔子。

索性就让他们玩个痛快。

林老师也有些感慨，年年都随着大一新生去不同的地方集训，眼前是一批一批新面孔，个个朝气蓬勃，可他不行，他在一年一年地老去。

这大概就是教师这一行的宿命。

凌书城在操场上带队训练了最后一下午，在晚会开始前，回房间换了件衣服。

他问坐在窗边伏案疾书的陈声：“篝火晚会，去不去？”

怕陈声不去，他踹了一脚他的腿，“不是早几天就好得差不多了吗？真够可以的，把带队的任务都交给我一个人，自己窝在这享清福，也不怕发霉！”

陈声说：“我在思考人生。”

凌书城冷笑两声："那你思考出什么结果了吗？"

"还没。"

"在这思考不划算。依我说，你干脆去找棵苹果树，说不定被砸醒，立马悟出个'万有引力第二定律'。或者找个打雷的日子去山顶被劈个几下，任督二脉一通，说不定还能练成个大神功。"

陈声懒得搭理他。

他只是忽然想明白了，死缠烂打对于路知意来说真没什么意义，也掉价。长这么大，他没追过人，直到那天在山上闲聊时，听徐勉提了一句。

徐勉说，他寝室一哥们为了追女生，在网上东拼西凑抄了篇情书出来，结果落款时把作者的名字也给写了进去。对方收到情书时，完全没觉得这是告白来着，惊悚地看着末尾徐志摩的落款，无话可说。

陈声嗤笑一声，第一个念头是，这年头还有人写情书？

远古人？活化石？

可这些日子闷在屋子里养伤，他在窗边看路知意，毫无头绪地想着他该如何走近她。即使一心妥协，总要有妥协的行动去证明内心的坚定吧。

他艰难地想着，要不，就真的写封情书吧……

小红同志那么自然质朴，这个好像还挺适合她。

可这事是真难。

"路知意……"

叉掉！太生疏！

"亲爱的路知意……"

叉掉！太肉麻！

"师妹……"

呸！

陈声一把揉了第N张纸，有种自己在写武侠小说的错觉。

光是一个称呼，已然令他头疼不已。被人称为学霸、学神、天才已久，二十年来他学得风生水起，没被什么学业上的障碍困扰过，可如今却在一封简单的书信上遇到了翻不过去的大山。

陈声想起四个字，近情情怯。

他觉得可能真是天要亡他。

Chapter 15 暗里着迷

陈声的信永远停留在开头那一句。

烦透了。

他都快要不认识“路知意”三个字了。

凌书城换好了衣服，看着那一地纸团，再看看陈声黑着的一张脸，幸灾乐祸地在旁边感慨：“哎，这事儿吧，挺伤感。没想到你也有今天，兄弟我也挺替你心酸的。”

话是这么说，他那一脸笑意已经盖不住了。

在旁边得意地看陈声烦躁半天，最后，他还是怀揣着这塑料兄弟情走了过来，神神秘秘凑到陈声面前，“别说我没提醒你啊，今天是路知意的生日。”

陈声一顿，侧头问：“你怎么知道？”

“中午我统计队员身份证号，无意中发现的。”凌书城很得意，“我就看了两眼，也没跟别人说，免得他们年级那武成宇动什么歪脑筋，来个生日告白，你到时候哭都没地方哭去。”

凌书城看他在出神，接着又提供情报：“之后我趁着没人在周围，问了路知意，今天是她生日，不用庆祝吗。她说她从小到大很少庆祝生日。所以我估摸着，兄弟，你的机会来了。干脆一不做二不休，趁着篝火晚会来个当众表白加生日祝福……哎哎，你去哪？”

陈声没等他说完话，蓦地扔了笔，穿上外衣就往外走。

他脚是差不多好到能行动了，但还有些隐隐作痛，走路的姿势有些别扭。

但心情急迫，也顾不上那么多。

凌书城一头雾水："去哪啊？篝火晚会要开始了，你真的不趁着晚会跟她说句生日快乐什么的？"

回应他的是陈声很快消失在走廊上的背影。

当晚的篝火晚会，人声鼎沸，火光冲天。年轻的飞行学员们喝酒的喝酒，唱歌的唱歌，歪七倒八，欢声笑语一片。

路知意坐在火堆周围，手边摆了瓶冰红茶。

苏洋开了罐啤酒，"好不容易解放了，你喝什么冰红茶呢。来来来，喝酒！"

路知意不喜欢酒的味道，呛人，火辣辣的，喝了还上脸。

她的目光在那群欢乐的面庞里扫视一圈又一圈，依然没看见那人的影子。

其实他不在挺好的，她本来也要和他保持距离。

没有什么感情是时间冲不淡的；如果有，那说明时间不够长。

可两周时间不见，她隐隐在期盼着什么，如今见陈声依然没来，一颗心还是无法避免地沉了下去。

他不是死缠烂打吗，这么快就放弃了？放弃了也好。

可另一个声音反驳她：是吗？你真的希望他放弃？

烦死了。他在，被他烦；他不在，她还是被他烦。

路知意干脆利落接过苏洋递来的酒，一口喝下小半灌。冷空气把啤酒冻得很凉，酒入喉头，浑身一个激灵。

但是爽。

她很快就红着一张脸和周围的人热热闹闹疯成一片。他们吼着解放了，吼着要当飞行员，吼着所有人都会梦想成真，吼着二十年后天上见。

她懒洋洋、醉醺醺地躺在操场上，却依然忍不住去看人群。

他不在，他一整晚都不在。

19 岁的路知意慢慢地喝光了第三灌啤酒，笑着举杯敬空气，无声地说了句："生日快乐，高原少女。"

新的一岁，长点心，忘了他。

二十年后，谁还不是条好汉了？天上再见，她会用她高超的飞行技术把他甩在后面，只留个飞机屁股给他看！

陈声就是那鸡屁股，她嫌弃得慌。

正闭眼吹着夜风，听着人群喧闹，感受着火堆散发出来的炙热气息时，有人坐到了她身旁。

路知意心跳一滞，倏地睁开眼睛。

正对上的，是凌书成的脸。

她听见咚的一声，那颗刚刚跃起来的心又沉了下去，摔得个稀巴烂。

凌书成看她片刻，弯起唇角，“怎么，看见是我，很失望？”

“没有。”她淡定地说谎。

“苏洋呢？你俩成天秤不离砣的，怎么没见她？”

“去小卖部买吃的了，她不吃香菜。晚上的盒饭是香菜牛肉，她一口没碰，这会儿饿得慌。”

凌书成拎了几罐啤酒来，盘腿坐她旁边，心里酝酿了半天。

他以为陈声那家伙好歹会抓住机会，来跟路知意说句生日快乐什么的，今晚时机多好啊！火光烈烈，酒意上头，最适合意乱情迷了。

说真的，这两人磨蹭这么久，他这旁观者看了都急。

陈声还没对谁这么上心过，凌书成看出来了，那万年单身狗，这回是真的栽进去了。

一寝室，就数他和陈声关系最好。

兄弟有难，两肋插刀！

如今陈声不在，他总得帮忙想点法子，推波助澜一把。

哎，没办法，他就是这么热血善良讲义气。

凌书成开了两罐啤酒，一罐递给路知意，“咱俩也走一个。”

路知意本来觉得今晚已经差不多了，不能再喝了，看他两眼，没说话，还是接过了啤酒，和他在半空碰了一下，喝了一大口。

凌书成问她：“你和陈声，怎么回事啊？”

“什么怎么回事？”

“别装傻啊，我旁观者清，你瞒不过我。”凌书成意有所指，伸出食指和中指，对着自己的眼睛比画两下，“The big brother is watching you。”

路知意没忍住笑了，“《一九八四》，乔治·奥威尔。”

陈声他们寝室，怎么尽出些稀奇古怪的人。

凌书成啧了一声，“还挺见多识广，不过我今天不跟你交流读书心得。我问你，路知意，你对陈声到底怎么个想法？”

“没什么想法。”

“没什么想法？前一阵你俩不还好得很吗？你送他香肠腊肉，他自己不能吃辣，还不准我们吃，最后怕浪费，一个人坐在书桌那儿，一口肉两口饭三杯水，辣得眼泪直流。”

路知意一顿。

“那天晚上你衣服被唐诗拿走，陈声一声不吭回来，脸色难看得要命，后来二话不说就牺牲色相，下了个套让唐诗钻进来。”

路知意攥紧了冷冰冰的啤酒罐子，“什么套？”

“他摆了个鸿门宴，请唐诗吃饭，因为不确定到底是不是她干的。具体说了些什么他没跟我聊过，但我知道他肯定憋了一肚子气，还得好言好语去哄那女的。”

凌书成看她一眼，平静地说：“你可能不知道，陈声这人，从来没对谁妥协过。当初不去上早晚自习，辅导员说要记他的过，他也不肯低头，非要靠成绩证明自己没有错。要他放低身段，好言好语去哄人，比登天还难。”

“……”

路知意沉默地坐在那儿，脑子里乱糟糟的。

她问过陈声，问他怎么确定是唐诗做的，他不肯说。

半晌，她抬头看凌书成，“所以呢？”

“所以呢？”凌书成皱眉，“所以他掏心掏肺地对你好，你为什么反而疏远他？”

“因为我们不是一路人。”

“都走了这么远了，才忽然发觉不是一路人，我能问问是什么让你突然醒悟了吗？”

路知意沉默片刻，才说：“对于生活富足的人来说，随手帮一把路边的阿猫阿狗，也许不是什么难事，说不定转头就忘了。但阿猫阿狗会把这份恩情记在心里，把那个人记在心里。”

“你以为他把你当作阿猫阿狗？”

“至少他是站在高高在上的位置，施舍我，同情我。”

凌书成看她半天，忽然哈哈大笑，一口气喝光剩下的啤酒，将那罐子朝粗糙的水泥地上一扔。

咚的一下，罐子弹远了。

他一把拉过路知意的手，不顾她条件反射往回缩。

“你的冻疮呢？全好了是吧？我问你，那手霜还好用吗？”

路知意猛地抬头，错愕地望着他。

凌书成松手，指指她的脸，毫不客气地说：“皮肤好很多了嘛，白了一些，高原红也不明显了。怎么样，那兰蔻面霜用着还不错吧？”

他笑了笑，目光落在路知意的慢跑鞋上。

从红岩顶下来后，她就将鞋子刷得干干净净，如今一点泥巴也没有了，就像他第一次看见它一样。

那一车鞋，其实只有三十双，全是陈声亲自挑的，十种款式。他明知道她最多买一双，却还是认认真真挑了每一款。他还说路知意肤色不白，不能选颜色太挑眼的。

凌书成看着那鞋，淡淡地问了句：“怎么样，这鞋子跑起步来，是比以前的帆布鞋轻松多了吧？”

黑夜里，火光闪烁，木柴发出噼里啪啦的爆裂声。

路知意整颗心都悬在半空，忘了跳动。

她缓缓对上凌书成的目光，心里早有猜测，可她不敢去想，不敢去证实，最后竟只说出一句：“什么意思？”

“你这么聪明，年级第一呢。什么意思，能想不到？”

凌书成站起身来，打算走，可到底没忍住，还是回头俯视着她，说：“路知意，做人要讲良心，他是把你的窘迫看在眼里，但究竟是同情还是心疼，恐怕有待商榷。”

“你说他高高在上，说他施舍你，那现在我把你不知道的事情告诉你了，请你再仔细想想。如果他真的不在乎你，只是为了满足自己的同情心，他有必要背着你做这些吗？

“花了那么大力气，又是租人又是租车，把一车鞋拖到学校里，亏损了一整年的压岁钱，就为吸引你去买一双你以为的假货。”

“好不容易买了面霜、手霜送你，怕伤你自尊心，大过年的叫上我一起想法子，最后还是我出了个馊主意，让他发中奖短信。”

凌书成的影子被火光拉长，蔓延一地。

“路知意，他对你怎么样，没人比你更清楚。”

说完这句，他扭头走了，没几步又倒回来，从地上再捡一罐啤酒，嘀咕道：

“一口气说这么多，渴死老子了。”

路知意不知道自己是如何回到宿舍的。

苏洋买了一堆零食回来，泡凤爪、薯片、奥利奥和一些杂牌蛋糕，在操场上叫上她一起吃，她不记得自己到底有没有吃，也不记得凌书成走后她做了什么、说了什么。

心乱如麻。

十二点半，她和苏洋都洗漱完毕，爬上了那木板床。

床板咯吱作响，翻个身都很大动静。

操场上的火光已经熄灭了，所有人都喝了酒，带着醉意爬进温暖的被窝，准备迎接第二日返校的大巴。

她还醉着，头晕目眩。

苏洋喝得比她多，爬上床就睡着了，呼吸都比往常沉重。

路知意睡不着，听着她的呼吸声，侧卧在被窝里，明明头脑昏沉，却无论如何都闭不上眼。

将近一点时，走廊上忽然传来一阵急促的脚步声，紧接着，房门被人拍响。

那人低声说：“开门，路知意。”

被窝里的人猛然一僵，下一刻，掀开被子坐起来，穿好鞋，急匆匆去开门。

另一边的苏洋翻了个身，没醒，很快又睡了过去。

路知意不知道自己在哆嗦什么，外套忘了穿，就这么一身秋衣秋裤，趿着拖鞋站在门边，拧开门把的那一瞬，她感觉到自己双手在微微发抖。

门开了。

这间寝室位于走廊尽头，旁边就是一扇窗，大开着，操场上彻夜明亮的路灯洒进一星半点微弱的光，将漆黑一片的走廊照亮些许。

她借着那光线，看见了门外的人。

他穿着黑色大衣，手里拎着一袋什么，呼吸有些急促，头发还略显凌乱。

路知意头晕目眩站在那里，不知该说些什么，脑子里还乱成一团。

她听见他沉默片刻，说：“对不起，来迟了。”

来迟了？

他们并没有约定什么，何来来迟一说？

路知意的脑子没转过弯来。

陈声在黑暗里看了眼屋子里熟睡的人，忽然伸手拉过路知意的手腕，“跟我来。”

“去哪？”

他没说话，拉着她一路爬上了顶楼。

宿舍的顶楼是一片平地，空空荡荡，四周有围栏。

从这里望下去，可以看见光秃秃的山壁，一片狼藉的操场，不远处的小卖部和从半山腰一直蜿蜒向下的公路。

远处是一片青山，因夜色正浓，变成了影影绰绰的墨色，几乎没有什么车辆行进。

高原地广人稀，安静得像是世外桃源，没有人间烟火的气息。

陈声将手里的袋子放在地上，抬眼才发现路知意只穿着单薄秋衣，毫不迟疑地脱下外套，披在她身上。

他有那么片刻的怀疑，怀疑她会脱下来还给他。

那大衣沾染着他的体温，瞬间阻隔了高原的寒风。

这一次，路知意没有拒绝。

陈声弯腰，从那袋子里拿出只纸盒，解开绸带系成的蝴蝶结，将罩在外面的盒子摘了开来。

他取出蜡烛，插在蛋糕上，用早已备好的打火机点燃。

最后，他将那只不大的蛋糕端起来，直起腰，送到了路知意的面前。

他说：“虽然来晚了，但生日还是要过。”

那只蛋糕长什么样子，路知意早已无暇分辨。

事实上她已经很多年没有吃过生日蛋糕了。

脱离了童年，家逢变故，后来就没有过生日的习惯了。也许是穷人家没这么多讲究，她也不是什么小公主。往常生日路雨会给她做长寿面，吃顿好菜好饭，但也就仅此而已。

而眼下，她披着他的外套，站在这宿舍楼顶，感受着四面八方吹来的风。

风里是熟悉的味道，她的家乡。

眼前是陈声，她的心上人。

她神色复杂地问了句：“你什么时候知道的？”

“晚上，凌书成回宿舍告诉我的。”

“蛋糕哪来的？”

“本来想去镇上看看有没有，借了小卖部的摩托，开到镇上一问，没有面包店。镇上的人说县城有，我就骑着摩托一路问到了县城。”

从这里到县城，一个小时的车程。

他就骑着摩托，顶着高原的风一路呼啸而去，又匆忙返回。从夕阳西下，到这凌晨时分。篝火已灭，他错过了午夜 12 点。

也错过了她的生日。

路知意下意识去碰了碰他端着蛋糕的手。

冰的。没有半点温度。

她的目光落在那只蛋糕上，县城的面包店不像蓉城的连锁店，可以做出那么精致的西点甜品。这里的不过是些小店铺，生日蛋糕做得相当粗糙。

蜡烛在风里闪闪烁烁。一个奇怪的数字，18。

她说：“我今年 19 了。”

陈声说：“我知道。”

“知道还买 18 的蜡烛？”

“这是个祝福。”

“祝福什么？”

“祝福你永远是 18 岁的少女。高原少女，路知意。”

路知意说：“可我不愿意永远当个高原少女，我想走出大山。”

“是吗？”他低头看着她，“那就走出去吧，反正你已经走得很远了。”

“很远吗？至今也才走到蓉城。”

“蓉城？不止。”他笑了笑，低声说，“你走得很远，千里迢迢，从冷碛镇走到了这里……”

他左手稳稳端着蛋糕，右手轻轻指了指胸口。

他说：“路知意，你在这里。”

那只手轻轻地拍了拍胸口的位置，意有所指。

路知意慢慢地伸出手，覆在他冷冰冰的手背上，隔着一只手的厚度去触碰他的心跳。

她喃喃地说：“那是走得挺远的。”

陈声低低地笑出了声，胸腔也跟着颤动。她的手搁在他胸前，感受到了他的笑意。

陈声问她：“有多远？”

“很远。”

“别用程度副词，具体一点。”

路知意顿了顿，说：“我们之间，大概隔着山川河流、沙漠戈壁、汪洋大海……差不多有那么远。”

陈声笑了笑，从她手心里抽出手来，反过去覆在她手背上，十指慢慢收拢。

他淡淡地说：“那又怎么样？就算隔着一整个赤道那么远，我也一样去见你。”

下一句，“毕竟是老本行，开着飞机绕赤道一周，不信追不上你。”

路知意笑了，那蜡烛在风里摇曳生姿，明明并不耀眼，却叫她眼眶泛酸。

真奇怪。

明明白天还在怨他，明明前些日子还对自己说，从今以后远离他。

那些意难平，她原以为要用很长时间才抹得平，却不料此刻面对面站在楼顶的冷风里，他只用了一只蛋糕，一件外套，它们就悉数被抽离了身体，随风而去。

陈声把蛋糕递到她面前，“许个愿，路知意。”

她凝视着那只普普通通的生日蛋糕，没说话，干脆利落凑上去，噗，一下吹灭了 18 岁的蜡烛。

陈声一顿，不可置信，“不是让你许个愿吗？”

路知意没吭声，只接过他手里的蛋糕，轻轻放在地上，起身就拉住他的衣领，踮脚亲了上来。

那一个吻稍纵即逝，仿佛蜻蜓点水。

陈声几乎没来得及反应，只看着眼前的人很快凑上来，又很快松了手，离开他的唇。

一刹那天昏地暗，风止，心寂。

来不及感受。

来不及思索。

他甚至只能隐隐约约感受到那一瞬间她贴上来时的柔软与温热，除此之外，别无其他。

陈声定定地站在那里，仿佛被人施了定身咒一般，却听见眼前的人低声说了句：“已经实现了。”

她的愿望，就是这个。

简单到一踮脚就能办到，也难到耗尽 18 年的勇气才跨过他与她之间的楚河汉界、山川河流。

陈声看她良久，若有似无地叹口气，“一年一次的愿望，就这么被你浪费了。”

下一刻，他握住她的手臂，将她拉向自己，将唇重新覆了上去。

奔波一夜，他是冰冷的。

双唇相触时，他能感觉到她微微战栗，有些退缩。可他不容她退缩，双臂收拢，将她圈在怀中。

起初是试探，长这么大，他没亲过谁，她是头一个。唇与唇紧贴在一起，辗转摩挲，似爱抚，似折磨。

她的温热足够灼伤他的寒冷，可此刻飞蛾扑火也甘之如饴。胸口仿佛被人洒下火种，星星之火燎成漫天烈焰，足以把这些日子备受冷落的不甘与苦楚都烧得一干二净。

然后是不知足。

只是这样反复摩挲，不够，远远不够。

他轻咬她的嘴唇，入侵她的城池，哪怕毫无技巧，毫无经验可言，却也凭着本能攻城略地。

黑漆漆的夜，四面八方吹来萧瑟的冷风。

他看见她闭着眼，被他箍在怀里的身体在轻微颤抖，是紧张，也是放纵到极致的爆发。

可陈声没有闭眼。

他一直望着她，望着终于近在咫尺的人。

此刻，她离他前所未有的近。

明明是一片黑夜，眼前却仿佛天光大亮，春暖花开。他看见一望无际的草原上红日东升，青草飘摇，牦牛饮水，水荡漾。他看见青山起伏蔓延至天地的尽头，而在那日光最盛的地方，有一朵浅红色的格桑花。

他感受着她急促而温热的呼吸，感受着这个生涩而不成熟的吻。

闭眼时，胸口一片滚烫，眼里也是。

二十年来，他没喜欢过谁。如今遇到她，他丢盔弃甲，一败涂地。

真怂。

怂得他无可奈何，却又欢天喜地。

最后他离开她的唇，在她耳边低声说：“一年就这么一次机会，好不容易许了愿，我帮你多实现几次，这样才划算。”

天台风大，两人席地而坐，一起吃蛋糕。

路知意看他穿得少，便把肩上的大衣分他一半。

陈声以为她要把衣服还给自己，眉头一皱，“你穿着。”

她不由分说搭了一半在他肩上，“一起。”

陈声又立马松开眉头,从善如流与她一同披上那大衣,眼角眉梢都藏不住笑。

可惜这次买的蛋糕太甜太腻，入口就能尝出奶油的低劣品质。

陈声有些不是滋味，便说：“这次太仓促，条件有限。明年给你买个更好的。”

“已经很好了。”

“这样的也叫好？”

路知意挖了一勺奶油送入口中，慢慢抿了抿，说：“这是最好的。”

风在吹，撩动她耳边的发，因两人靠得太近，发尾在陈声面颊上轻轻扫动，有些痒。

他笑了，看看那并不精致的蛋糕，握住她的手，就着她的勺子吃了一口。

“嗯，这是最好的。”

再没有哪个蛋糕会比今日这个更甜了。

正如再没有哪一夜会比今夜更动人，有山，有风，有热吻，他与她皆是第一次尝到这青涩懵懂的年少欢喜。

哪怕还有些许的不完美，也足够美了。

蛋糕太甜，两人没吃完，最后放在一旁了。

操场上的篝火还在冒烟，不少垃圾散落在地。晚上解散前，林老师已经通知下去，明天早上全体人员八点起床，先到操场收拾干净场地，然后才能离开。

他们坐在楼顶，看着眼前的一地狼藉，仿佛在欣赏美景。

路知意问他：“为了骗我去买双跑鞋，你亏了多少钱？”

陈声倏地侧头看她，片刻后反应过来，“凌书成跟你说的？”

路知意没回答，只伸出手来，低声说：“手霜很好用，我还真以为是我人品爆发，莫名其妙都能中奖。”

陈声笑了。

“还有，”她抬头看他，“要你低声下气去哄唐诗，牺牲色相帮我报仇，我想想就觉得很难受。”

陈声挑挑眉，“也就忍一时之气，男子汉大丈夫，能屈能伸，这点算什么？”

路知意：“不是为这个难受。我是一想到你成天对我都没什么好脸色，反倒对她那么体贴温柔，就心里不平衡。”

“……”

陈声眯起眼来，“我对你怎么了？怎么就没有好脸色了？”

“要是我手里有镜子，现在就给你照照看，你就知道什么叫没有好脸色了。”

陈声无语。

他们就坐在那，聊着些没营养的话。

偶尔也有稍微有营养一点的。

“陈声，你第一次上天是什么感觉？”

“紧张。”

“除了紧张呢？”

“除了紧张还是紧张。”

路知意笑了，“没觉得很自豪？没觉得辛苦这么久，终于如愿以偿坐进驾驶舱了？没看看窗外的蓝天白云？”

陈声：“满脑子都是油量多少，高度多少，进入平流层没，和机长一一播报。哪有什么工夫去自豪，去欣赏蓝天白云。”

路知意慢悠悠呼出口气，“也是，换我上去，到时候肯定比你还紧张，毕竟长这么大，我连飞机都没坐过，很难想象将来会载着一整架飞机的乘客上天。”

“不用担心，长这么大你也没恋爱过，不也第一次谈，就谈到我这么个绝世珍品了？”

感动不过两秒，他就开始原形毕露。

可这样也好，若是叫他忽然之间变得情意绵绵，她才不知该如何应对。路知意歪着脑袋看他，心下有些好笑，又有些如释重负。

最后她说：“我们俩现在算什么情况？”

陈声：“处对象？”

她沉吟片刻，“这事还是先保密的好。”

陈声不悦，眯起眼，“为什么？我见不得人吗？”

“我们还太年轻，谁知道将来会怎么样？万一你一时冲动，明天醒来就后悔自己摊上个养猪的‘高原红’……”

“路知意。”他一字一顿打断她，“你还来劲了是吧？我就说了那么一次，你是打算记一辈子？”

路知意笑了，“反正先等一等。”

“等什么等？亲也亲了，抱也抱了，有什么好等的？”

“等我变得足够好。”她有些认真地对上他的目光，“等下学期我开始模拟飞行，等我拿个奖，等我……”

她揉揉自己的高原红，“等我再变厉害些，变漂亮点。”

陈声说：“够了够了，你已经很好，很厉害了。”

一脸“你就不要推辞了，赶紧给我个名分吧”的表情。

路知意被他逗笑了，伸手去摸摸他皱起来的眉头，把那团不耐揉开了，然后才说：“陈声，再给我一点时间，我想以最好的模样站在你身边。”

不是众人眼里被他挑中的幸运儿，是可以与他比肩而立的存在。

她凑过去，鬼使神差第二次主动出击，在他唇角碰了碰，低声呢喃：“我必须是你近旁的一株木棉，作为树的形象和你站在一起。”

陈声眸光微暗，再一次将她拉近，另一只手将披在两人肩头的大衣掀起，盖住头顶，挡住星星，挡住月亮，挡住这山间暗暗窥伺的数缕夜风。

吻她以前，他说：“如果私底下你懂得用这种实际行动弥补我受伤的心，那这个要求也不是不可以……”

剩下的话语，悉数融化在热吻里。

聪明如他，一向懂得见风使舵，见好就收。

陈声回到寝室时，凌书成已经睡着了。他本来没打算吵醒他，但躺上木板床后，只觉得浑身上下都燃着火光，热血沸腾。

翻来覆去好多遍，数羊都数到了 563。

最后，他翻身坐起，走到凌书成那边，推了推他，“醒醒。”

凌书成迷迷糊糊睁开眼，有气无力挥挥手，“滚滚滚，半夜三更才回来，别吵我。”

陈声把冷冰冰的手伸进他被窝里，二话不说贴上他的脖子，凌书成杀猪般惨叫一声，彻底清醒过来。

两人面无表情在黑暗里对视着。

凌书成：“陈声，我有没有跟你说过，有时候我真的很想亲切地问候一句你大爷？”

陈声说：“去吧，我大爷今年八十二岁了，丧偶多年。今天我就把他交给你了。”

说完，他自己先笑了。

他拍拍凌书成的肩，诚心诚意道了句：“谢了。”

凌书成：“谢什么？”

脑子一转，他仿佛悟出什么，上下打量陈声片刻，“你俩和好了？”

和好了？陈声唇角一勾，想说把和字去掉，可回想起路知意的叮嘱，他刹住了车。这会儿还不能说。

真烦，就跟已经在跑道上提速准备起飞了，结果机长说你先继续这么跑着，就是不能上天一样。

他这会儿憋得慌，恨不能张嘴号上两嗓子，把整栋楼的人都叫醒。

醒来吧醒来吧，别睡了，这大好的日子，被窝是青春的坟墓！

凌书成：“你是高兴了，请问你高兴你的，把我弄醒干什么！麻烦你偷着乐成吗？别扰人清梦成吗？尤其我还是单身狗，请你有点道德心好吗？”

陈声怡然自得地望着窗外，“这花好月圆，良辰美景，睡什么觉啊？起来嗨。”

凌书成：嗨你个头啊！

看着陈声春意荡漾的笑容，他冷笑一声：“所以说，每一个成功男人的背后，都有一个我凌书成这样的神助攻。说吧，打算怎么感谢我？”

陈声：“陆空对话和航天英语，一对一培训，PPL 包过。”

PPL 是民航总局组织的实飞考试，通过后即可拿到私人飞行驾驶执照。凌书成卡在这两项上大半年了，执照考试总挂在这上头。

几乎是一瞬间，他的眼睛亮了，“不开玩笑？”

陈声哧哧地笑，“你见我什么时候开过玩笑了？”

他心情很好，站在窗边望着外面，面上始终带笑，不一会儿又含羞带怯地摸摸嘴唇，笑意更浓。

凌书成：啧，发情期的牲口。

碍于还有求于人，没敢开口嘲讽。

路知意那边呢，也没比陈声好上多少。

天台上坐久了，回宿舍时手脚发冷，钻进被窝半天都没暖和起来。可她缩在那里，胸口却像藏着一团火。

黑暗里又是笑，又是心酸。

她不知道那种心酸从何而来，但人到欢喜深处，仿佛灵魂都在叫嚣，过往一幕幕袭来，叫人难辨欢喜忧愁。

睡前手机震动了一瞬，她手忙脚乱打开来看，看见他的信息，短短五个字：晚安，路知意。是他的风格，言简意赅，没有什么缠绵悱恻。

可恋爱中的人就是这么神奇，生生从这简短的五个字里看出了甜蜜，看出了欢喜。

她回复他："晚安，陈声。"

如此简单的对白，若不是名字字数不同，简直堪称对仗工整。

她在黑暗里盯着刺眼的屏幕好半天，最后警告自己收敛些，闭眼睡觉，明天还得早起。

可睁眼是他，闭眼也是他。醒着是他，梦里还是他。

她梦见她初到中飞院那天，陈声上台致辞的场景。

他穿一身白衬衫，袖口挽至手腕处，背后是一片深红色幕布，于偌大的礼堂抬起头来，准确无误地在人群里找到她。

梦里，他什么也没说，就这样目光明亮地看着她。

路知意被操场上的口哨声唤醒时，眼前还是梦里的场景。昨夜两点才回寝室，又喝了酒，睡眠不足，脑子昏昏沉沉。

可她像是打了鸡血，猛地翻身坐起来。

窗外日光正盛，高原的天空湛蓝一片，青山如黛，云开雾散。她像是从未见过这熟悉的景致一样，抱着被子，慢慢地笑起来。

下一刻，枕下的手机又震动了两下。她似有所感，拿起来一看。

陈声："下楼，赶紧的！立刻！马上！现在！"

她一顿，发了个问号过去："？"

陈声："我严重怀疑昨晚我做了个非常真实的梦，赶紧下来，告诉我那是真的！"

路知意扑哧一声笑出来。

下一句，他不紧不慢发来一句："笑了吗？"

紧接着，"早安，路知意。"

嗬，这算哪门子的开场白？

她没好气地瞪着他的冷笑话，却不得不承认，好心情已经从醒来这一刻开始。

Chapter 16 年少痴狂

八点整，全体人员在操场集合，收拾昨晚篝火晚会留下的残局，一个小队负责一个区域。陈声这组在升旗台边上收拾一地的空酒瓶、零食袋。

路知意目不斜视捡垃圾，一眼没去看陈声。毕竟她有言在先，两人的关系要保密。

陈声离她不远，拿着扫把有一下没一下地舞着，有心过来说两句，看她那眼观鼻鼻观心的样子，只能作罢。

论装模作样，他可赶不上她。昨晚的画面一幕幕在脑海里重演，他就是拿着扫把，也能扫着扫着就笑成朵花。

真是想想心里就不平衡，她怎么就能若无其事专心干活呢？

手里的活做了一半，人人手里的垃圾袋都装得七七八八。垃圾库在操场另一边，武成宇跑来献殷勤。

“路知意，你就不用跑这趟了，东西给我吧，我替你扔。”

路知意一抬头，首先看见的不是武成宇，是看见不远处的陈声。武成宇背对他，并不知道有人冷眼旁观着这一幕。

他面无表情站在那，手里拿着扫把，就这么一动不动杵在地上，默默地盯着她。

路知意装作没看见的样子，收回视线，对武成宇说：“不用了，你扔你的，就这么几步路，累不着我。”

武成宇热情地抢过她手中的垃圾袋，“咱俩谁跟谁啊，你跟我客气啥！”

然后兴高采烈奔向操场另一头。

陈声叫住他：“这么喜欢助人为乐啊？”

武成宇笑嘻嘻，“别人我还不乐意帮呢，也就看在是路知意的份上，这才搭把手。”

陈声面无表情把手里的垃圾袋递过去，“那你乐不乐意帮我也搭把手？”

“其实不大乐意……”武成宇诚实地坦白，抬头对上队长山雨欲来风满楼的表情，狗腿得立马接过那袋垃圾，“但队长有令，我上刀山下火海，在所不辞！”

一旁的凌书成看他屁颠屁颠走远了，摇头感慨，“这智商，感人啊。”

都在陈声手底下跑一个多学期的操了，更别提这两周还朝夕相处，这傻大个居然还没看出来他陈师兄和路师妹有一腿……

陈声淡淡地说:“他刚才说什么来着？上刀山下火海，只要我下令，他就肯干，是吗？”

“……”

凌书成：心疼小师弟。对不起，师兄帮不了你。毕竟师兄也没见过大活人上刀山下火海，想看。

九点整，操场打扫完毕，五辆大巴候在基地大门外，林老师又开始点名，点一个上一个。

路知意还是和本队的人坐一车，不得不和苏洋分开，两人没法在同一辆车上。这回跟她坐一起的是武成宇。

几个高年级的师兄依然最后上车，留给他们的还是最后一排。

路知意一看见陈声上来，就有种不祥的预感。果不其然，他一见坐她旁边的是武成宇，脸色就沉了下来。

她赶紧扔了个“昨晚我说什么了”的眼神过去，拼命示意他别乱来。

经过他俩旁边时，陈声脚步顿了顿，最终阴恻恻看她一眼，走了。

路知意松了口气。

心里其实有点乐，好像忽然之间发现了那家伙的新优点啊，脾气大归脾气大，其实很听话，答应过的事情哪怕不乐意，也一定会遵守。

又等了十来分钟，大巴发车了。

告别待了两周的高原，告别此处的天高云阔、青山红日，众人打道回府，要重返蓉城，迎接大城市的钢筋水泥、高楼大厦了。

老样子，车开了没多久，全车人都开始自觉打盹。

武成宇在她耳边东拉西扯了一会儿，从“期末考试你真厉害”到“路知意你这个运动健儿”，最终还是没忍住困意，把撩妹抛到脑后，先睡为敬。

路知意丝毫没感觉到被撩动了心弦，内心对武成宇只有四字评价：钢铁直男。

她直起腰来，看了眼逐渐睡熟的武成宇，又环绕一圈，发现车内的人都睡了个七七八八，就连最后一排的陈声也靠在座椅靠背上闭眼休息——他坐在靠窗的位置，来高原时她就坐在那里。

她弯了弯嘴角，小心翼翼起身朝后走，站定在最后一排，拉了拉凌书成的衣袖。

凌书成睁眼，刚要说话，看见她把食指竖在嘴边，嘘了一下。翻了个白眼，他无声地说：“换座位，是吧？”

路知意含笑点头。

他松开安全带，面无表情朝武成宇身边走，面对这两人突然间的自我，他的内心已然毫无波澜。

于是陈声在半路上醒来，侧头想跟凌书成说句话，目光却落在了路知意身上。

什么时候换人了？

他难得失神片刻。

片刻后，他回过神来，淡淡地说：“难为师妹还记得我，和武成宇聊得风生水起，我以为你早就忘了我的存在。”

路知意想笑，忍住了，故作镇定地说：“哦，跟你没什么关系。是凌书成说他晕车，我才跟他换了位置。”

“……”

陈声眯眼看着她，脸臭得没法说。

这次她没忍住，扑哧一声笑出来。

车上暖和，她上来时就把外套脱了，搭在身上。此刻，那件外套派上了用场，成了最佳掩护，掩护她从外套下面慢慢将手伸过去，点了点陈声的手心。

下一刻，被一把捉住。

谁也没说话。

路知意扭头看窗外，陈声继续闭眼打盹，整车人都借着这六个多小时补眼。

国道盘旋在群山之中，一路翻山越岭。窗外的牦牛化作绿草的点缀，一轮红日挂在山头，大巴车穿破云雾，乘着日光，一路远去。

没人知道他们的秘密。

大衣之下，他将她藏在手心里，摸了摸那有些粗糙、存在感极强的薄茧。她微微一缩，却被他牢牢握住。

谁也没说话，但她分明听见了什么。

他在告诉她：别躲。

高原一行，陈声原以为收获颇丰，一桩大事落下心头，哪知道返校后，新的麻烦来了。他想着两人好歹也是亲过一场的关系了，每天一起吃顿饭应该是很正常的事，可路知意一口否决了他的提议。

“不是说好先不公开吗？每天一起吃饭，不就直接露馅了？”

陈声看着她的消息，怨念深重。

“说的就好像你以前没跟我一起吃过饭似的。”

路知意反应过来：“也对。”

下一句，理直气壮：“我这不是做贼心虚吗？”

陈声：“所以现在我们俩亲也亲了，抱也抱了，反而比以前距离更远，连顿饭都不能一起吃了，是这个意思吧？”

听起来，好像是有点惨。

路知意原本在做航空理论的题，这回搁下笔，在书桌前好好考虑了一下，说：“一起吃饭也行，但不好太频繁，免得被人看出点什么。”

“所以？”

“所以，要不这样，反正平常我们也有课，还是照以前一样，该怎么吃饭就怎么吃饭。你和凌书成他们去，我和苏洋一起。周末我们再一起吃饭，怎么样？周末大家都离校了，也没多少人会注意我们。”

她觉得自己很机智。

哪知道……

“不怎么样。”

陈声黑着脸把手机一把扔桌上。

没名没分就算了，还被人当作一周一次的任务来完成，他陈声什么时候这么讨人嫌了？众人眼里的香饽饽，搁她这就成丢人现眼带不出手的臭豆腐了。

可这气也就气了两秒，两秒后，他又臭着脸把扔远的手机捡了回来。相比起一顿饭也不能一起吃，他最后还是妥协了，毕竟能吃一顿是一顿……

自尊心受损的陈声，默默安慰自己，他这是大丈夫能屈能伸，不碍事。

想当年，老爷子还拿钢筋比喻过他，说他从小被惯坏了，死不服输，绝不妥协。这要搁革命年代，肯定是江姐、黄继光这号人物。

哎，为了路知意，他可真是成长了。

陈声一面伤春悲秋，一面沾沾自喜。

全寝室就张裕之没去高原带队，正听凌书成和韩宏在一边绘声绘色聊着所见所闻，回头一看陈声，就发现他变化莫测的面部表情。

张裕之拍拍凌书成，下巴朝陈声一努，“哎哎，那边怎么回事啊？”

凌书成：“你看着像怎么回事？”

“像春天来了。”

“兄弟好眼力！”凌书成抱拳，“佩服佩服。”

“真是去高原一趟就动了凡心？”张裕之啧啧称奇，“他不是一向看破红尘、断情绝欲了吗？是谁啊？对象是谁？我看看到底有多美，居然融化了我们的万年冰山。”

韩宏也早就看出端倪来了，虽说没和陈声、凌书成一个队，但光是一来一回的大巴车上，这三人频频换座位，他就是再迟钝也能悟出点什么了。

遂嘿嘿一笑，“倒不是美得有多惊艳，比较特立独行吧。”

凌书成笑了，“你这么说，我们声哥可要不高兴了，情人眼里出西施，我们小红在他眼里必须美得惊天地泣鬼神啊！”

陈声终于眯着眼回头了，“我们小红？”

凌书成立马改口：“不不不，你们小红，你们小红。”

全寝室笑成一团。

这事也没什么好瞒，陈声没打算瞒着，他做事一向随性，根本不理会别人的看法。

可难就难在，他答应过路知意。

叹口气，他还是开了这个口：“这事你们知道就成，别说出去。”

张裕之奇了，“为什么？”

还是凌书成比较机智，一口猜中，“小红不让？”

陈声的脸垮了那么一点，三人就立马会意了，果然是小红不让！

凌书成又开始一脸开心地故作悲伤，“哎，兄弟，这事儿也挺伤感。没想到你这香饽饽也有今天，明明女人缘是咱们几个里头最旺的，今天居然沦落到被人当成地下情人的地步……”

陈声淡淡地说：“地下就地下，至少我有。”

瞥一眼凌书成，“你连地下情人都没得当，还是同情同情自己吧。”

陈声这地下情人一说出口，不仅凌书成，连韩宏和张裕之也愤怒了。

说谁连地下情人都没得当呢?

这不全学院的女生加起来都没超过两只手吗？叫他们上哪儿去找地下情人呢！要不是因为女生少，中飞院也不会被人戏称为“蓉城男子技术学校”了。而他们飞行技术学院，是男子技术学校中首屈一指的男子部门。

一整个寝室，除陈声外，另外三人难得站在同一阵线，奋起而攻之，拿他和路知意的事情大做文章。

陈声很淡定：“你们尽管说，我无所谓。毕竟匹夫无罪，怀璧其罪。”

韩宏更加愤怒了，“秀文言文比秀女朋友更过分，欺负谁语文不好呢？”

凌书成好心替他翻译：“这话的意思就是，一个人本来没有罪，却因为拥有宝玉而获罪。”

张裕之：“也就他把小红当块宝玉，咱们又不稀罕。”

话题渐渐就扯远了。

四人揶揄归揶揄，室友情还是很不错的，陈声如今初食人间烟火，其余三人也替他高兴。只是这么一来，韩宏很快想起集训途中，他带的那队聊天时也曾提起过路知意。

想了想，他对陈声说：“在山上露营那天，我听人说小红家境不太好，吃过不少苦。”

陈声一顿，“这事你听谁说的？”

路知意很要强，轻易不会把家事拿出来博人眼球，尤其拒绝别人的同情。

韩宏解释了一句：“这不是每个年级都要评优秀贫困生助学金吗？就跟我们年级似的，评审小组都是从各个班抽出来的人，我那队就有人看过小红的《家庭情况调查表》。”

想了想，韩宏添了句：“我没别的意思，就是说你俩看着不太像一路人，既然郎有情妾有意，人姑娘勤奋上进，你可别欺负她。”

凌书成立马鼓掌，“可以啊韩宏，刚还说听不懂文言文呢，这就开始引经据典了，郎情妾意都会用了！”

韩宏：“呸，滚滚滚。我这说正事呢，你少打岔！”

陈声不动声色地问了句：“你还听说什么了？”

“也没别的了，大概就是她爸是村支书，她妈好像是教小学的，具体情况那人也忘了。反正就说她家挺穷的，她又是大山里的姑娘，平常很勤奋，人也很热心，很难得。他们班的人都还挺服她的，评优评奖也一致推选她。”

韩宏并不知道，那人记岔了，把路雨记成了路知意的母亲。

差之毫厘，失之千里。

他啰唆了几句，让陈声不要玩玩而已，若非认真，少去招惹人家姑娘。

陈声眉头一皱，“还用得着你来说？”

转身就出了门。

从别人口中听说她的好，她的穷，陈声心里很不是滋味。他不知道自己出门去做什么，只是忽然想看她一眼。

最后，陈声去面包店买了些甜点，曲奇饼干一盒，甜甜圈两只，杯子蛋糕一个，还有些杂七杂八的，拎着袋子走出来，停在女生宿舍大门外。

他给路知意发了条短信：“下楼。”

楼上，路知意看见短信一惊，走到阳台上探头一看，看见大门外的人，匆匆往外跑。

苏洋：“哎，干什么去？跑这么风风火火的？”

路知意含糊地答了一句：“下楼买点东西。”

“买什么？”

没回应了。

另一边，赵泉泉和一行人从校外归来，踏着夜色往宿舍走。

上学期刚开始，她就报名加入了空乘学院的宣传部，今晚是部门聚餐，吃完饭众人又去 KTV 唱了一晚歌。

宣传部横跨三个年级，有大三的部长、副部长，也有大二大一的干事。

这是赵泉泉第一次和副部长说话，但却并不是第一次看见她。

副部长在学院也算是知名人物，家境优渥，容貌出众。本来他们空乘学院也就盛产相貌姣好的男男女女，毕竟毕业后，相当一部分人能够成为空乘人员，哪怕是不那么出众的人，也能担任地勤。干这一行的人个个都相貌周正。

而副部长呢，她是这群漂亮面孔中的佼佼者。

她叫唐诗。

赵泉泉曾经在寝室里听说过她的大名，也曾隔着一道门听她闹上门来找路知意算账——虽然那一回唐诗铩羽而归。

赵泉泉挺庆幸的，还好当时唐诗没看见在床上敷面膜的她，要不然今晚不知道多尴尬。

但她也因此而沾沾自喜，因为她比在场人知道的都多。

再漂亮，再被人捧着，还不是被路知意比下去了？

赵泉泉虽不信陈声对路知意会有什么情愫，但亲眼看到唐诗这号大人物也在陈声手里翻了车，还是喜闻乐见的。

一行人有说有笑，穿过操场往宿舍走。

赵泉泉是部里的新人，又是大一的师妹，很没有存在感，插不进去话，全程最多赔笑，走也是走在人群最边上，冷不丁一抬头，竟然看见陈声站在她宿舍大门外。

第一个念头是，他真好看。

事实上，恐怕人群里看见他的人，都会这样想。

开春了，蓉城没那么冷了，他穿着纯黑色卫衣，下面是黑色运动裤，手里拎了只袋子，悠闲地站在那。

宿舍楼外有棵大树，遮住路灯的光，只有少许光线透过树叶间隙落在他身上。

他的侧脸一半消融在阴影里，一半忽明忽暗在光线中。

人群里有不少认识他的，也有不认识但欣赏他美色的，你碰我，我碰你，互相推了推手肘。

而陈声这边，忽然之间迎面来了一大波人，喧哗吵闹，他下意识侧头看了眼。

目光平平地掠过唐诗，唐诗面色骤变，他却压根未在她身上过多停留，唯有在看见赵泉泉时，顿了顿。

他记得，这是路知意的室友，上回拉肚子拉到校医院去的那一个。

于是赵泉泉在发怔之际，就见陈声对她微微点头，算是客气地打了个招呼。

部里这群一晚上都没多看她两眼的人，骤然之间朝她投来诧异的目光，不少连话都没跟她搭过的人，也纷纷注目。

这一刻，她俨然成为人群的焦点。

她能感觉到，就连唐诗也用滚烫的目光盯着她，仿佛要在她身上烧出个洞来。

赵泉泉本不是个胆大的人，她从小就懦弱怕事，只是嘴碎话多，可此刻，她忽然萌生出一个念头来。

也就在那一瞬间，她脱离人群，走到了陈声面前。

她鼓起勇气，仰头冲他笑了，“大晚上的，在这干什么呀？”

陈声有些诧异，明明也就是一面之缘，他连她的名字都不记得，她怎么会用这种熟稔的口气跟他说话？

可也只是片刻，他就回过神来。

难道路知意在寝室里透露了他俩的发展进度？

一定是了。

这么一想，他有点想笑，嘴角微微一弯，“我在等人。”

这一幕落在众人眼里，别有深意。

就连唐诗都看出来了，陈声和赵泉泉说话时，眼神明亮温柔，藏不住的笑意一点点流淌出来。

赵泉泉能感觉到那些目光像是要在她脊梁骨上戳出几个洞来，虚荣心得到了极大满足，回头淡定地对大家挥挥手，“那我就先上去了。”

在那些神态各异的目光下，她又冲陈声笑了笑，“我上去了。”

陈声点头，“嗯。”

依然礼貌又温柔，他心里想的是，这是路知意的室友，会吹“枕边风”的人，他得客客气气地，才能在她寝室里落个好。

赵泉泉背对他往楼里走，唇角是止不住蔓延开来的笑意。

她想，唐诗又怎么样？部长副部长又怎么样？

从步入大学起，就算踏入了半个社会，她也算是见识了一学期这圈子里的攀高踩低，她知道自己没资历、没背景，这群人没把她放在眼里。

可今天不一样。

今天，他们所有人不管心里在骂她还是羡慕她，至少都看见了她。

他们所有人，都齐刷刷把目光投向了她。

但也就是一刹那的喜悦，她在踏入宿舍楼时，抬头就撞见了飞奔而下的路知意，风风火火，急急忙忙。

赵泉泉一愣，“知意？去哪呢，跑这么……”

话音未落，她面色一变。

路知意没注意她的表情，脚下一个急刹车，站在原地跟她打招呼，“出去买点东西。你回来了？今晚玩得开心吗？”

赵泉泉顿了顿，说：“开心。”

路知意笑了，“开心就好，那我先出去了。”

赵泉泉见她又一次风风火火往外跑，没急着上楼，站在原地，转身往大门外望去。

她看见路知意往外奔跑的背影，轻盈欢快。

待人跑出了门，她就看不清了，大门外的树和灌木丛挡住了视线。但她用脚趾头也能想出来，那里有谁在等着路知意。

果不其然，等路知意回到寝室后，手里多了个纸袋子。英文标志，戴高帽的厨师老爷爷画像。那是对门面包店的包装袋。

赵泉泉坐在桌前，回头看了眼，目光落在那只纸袋上时，一阵失神。

几分钟前，她在陈声手里看见的袋子，如今真的出现在路知意桌上。

他真的看上了她？

苏洋惊奇地问了句：“哟，路知意，发财了啊，买这么多吃的？”

甜点这种东西，分量少，价格贵。

路知意勤俭节约这么多年，很少这么奢侈过。

倒是路知意有些不好意思，有心跟苏洋说实话，但赵泉泉和吕艺都盯着她，最后就含含糊糊说：“大家一起吃，一起吃。”

其实是舍不得的。

不是因为东西贵，而是因为这是他送的，什么都可以分享，但感情不可以。

可路知意头皮发麻看着这一大袋甜点，保质期短，她一个人压根解决不完。

还是……分了吧……

她让众人挑了喜欢的东西，自己坐在桌前，选了个模样可爱的杯子蛋糕，咬了一小口，偷偷拿出手机发信息。

“买这么多吃的干什么？”

脸上有点红。

期盼着他觉得那表情符号可爱，又巴望着他别看出她故意装可爱。

路知意是个还挺严肃的人，从前聊天时，从不用表情。

陈声很快回复了，言简意赅两个字。

“喂猪。”

盼星星盼月亮，“陈 • 小可怜 • 没名没分 • 声”终于迎来了能和路知意共进三餐的周末。

可事情并没有这么简单。

因为他这时候才想起来，路知意从高原集训回来，又要开始给陈郡伟补课了。

于是周六早上，他在路知意的嘱咐下，天不亮就爬起来，在镜子前搔首弄姿半小时，衣服都换了好几套，头发也特意梳过，还用了发胶定型。

他爬上凌书成床边的梯子，摇了摇还在睡梦中的人，“你觉得路知意喜欢成熟点的大背头，还是帅气点的凌乱美？”

凌书成：“她喜欢什么我不知道，我只知道我喜欢你安静如鸡，闭嘴，下去！”

陈声下了结论，“你嫉妒我。”

然后爬下梯子，又对着镜子搔首弄姿片刻。

他看着镜子里的自己，有些好笑，又有些无语，好像一朝变回了小孩子，花枝招展爱打扮，惴惴不安没自信。

他叹口气，把手揣在大衣口袋里，随手扒拉两下头发，怕她看出来他这么刻意，然后抬腿走出门。

清晨的薄雾里，他早到了五分钟，站在她的宿舍楼下，看着远处渐渐升起的朝阳。

她很快下来了。

梳着半丸子头，刘海蓬松鬈曲，嘴唇闪耀着星光般的杏红，灰白色卫衣加小脚裤。

她化妆了，打扮过了，踩着他廉价卖给她的慢跑鞋，刚开始飞快地跑出楼道，一看见他，又赶紧放慢步伐，生怕自己显得太心急。

陈声远远地对上她的目光，蓦地笑出声来。

两个傻子。一个比一个心急，一个比一个幼稚。

路知意走到他面前，“等很久了？”

他说：“刚到。”

看看她左顾右盼，就是不看他的眼睛，他优哉游哉地伸出手去，一把攥住她的手腕，“走吧。”

路知意：“？？？”

下一刻，拼命缩手，“会被人看见的！”

“你放心，周末，咱们院里没人起这么早。”他自顾自拉着她往食堂走。

路知意挣脱不得，只得做贼一般左右看，生怕遇见熟人。

她鼻子尖，忽然闻到一股奇特的味道，凑近陈声瞧了瞧，“你抹发胶了？”

“……”

陈声瞥她一眼，“你涂口红了。”

“你穿衬衣和新大衣了！”

“你烫了刘海。”

“你还擦皮鞋了！”

两人对视片刻。

陈声：“对，我就是打扮过了，你要怎么样？”

路知意：“……我能怎么样？”

她摸摸丸子，咳嗽一声，“我也跟着你一起搔首弄姿，好好打扮呗。”

吃早饭时，路知意说了今天的安排。

“一会儿我去图书馆看看书，中午吃过中饭，就去小伟家补课。”

陈声这才记起陈郡伟这号人物，眼神微眯，片刻后，指节在桌面一击，“我送你去。”

路知意：“用不着那么麻烦，我骑车去就行。”

“不是为了你。”

“？”

陈声淡淡地说：“那小子动了歪脑筋，我得去帮他打消念头。”

路知意一脸警惕，“你要干什么？”

“我能干什么？”陈声“温柔”地夹起一块咸菜，送入口中咯嘣咯嘣嚼碎了，“革命的种子，必须扼杀在萌芽状态。”

去陈郡伟家补课之前，路知意在图书馆待了一上午，陈声乐意当跟屁虫，跟她一人捧本书，自习室排排坐。

两人中间隔了张桌子，面对面。

路知意原以为，两个人安安静静坐在一起，看一上午书，这画面简直无限美好。但很显然，她想太多。

任谁坐在你面前，直勾勾看着你，都很影响阅读好不好？

更何况还是他……

可想而知，这天上午的学习时光，多半是荒废了。那几页内容路知意反复看了好几遍，都处于神游天外的状态。

离开图书馆时，路知意心情十分复杂，两人的第一次共处就这么以失败告终，说沮丧谈不上，说开心也开心不起来。最后，她告诫自己，下次再来图书馆，一定要坚定地拒绝陈声同来的要求。

一定要！

她兀自下着决心，陈声却拉住她的胳膊，往通往校外步行街的方向走，“今天不去食堂。”

路知意：“去外面吃？”

陈声“嗯”了一声，“请我吃饭。”

“我没带钱。”

“我借你。”

“……”

陈郡伟一连两周没有看见路知意了。

她留的作文，他认认真真写完了。她批改过的卷子，他闲来无事也一一翻阅了一遍。她爱做批注，用秀气小巧的字体写出一手流畅漂亮的英文。

他像做贼一样，私底下偷偷模仿，模仿完了，又把草稿纸揉成一团，塞进垃圾筐底下。

周六这天，还不到两点，他就准备好了全身心投入补课大业中，可以说是翘首以盼了。

挂钟指向两点时，有人敲门。

她来了！

陈郡伟像只花蝴蝶，扑着翅膀就去开门，哪知道门一开，脸就垮了下来。

“哥？你怎么来了？！”

路知意不是一个人来的，在她身后还站了个闲人，带着一脸闲闲的表情，此刻对上陈郡伟的目光，皮笑肉不笑，“怎么，不欢迎我来？”

陈郡伟嘀咕：“知道不欢迎你还来。”

“你的意见并不重要。”陈声把路知意推进门，自己也跟着进去了，十分自在地换了双拖鞋，就跟进了自家大门似的。

庄淑月又不在家，看样子是对路知意很放心，所以全权将小伟托付给她。

陈声嗤笑，“就跟刘备托孤似的。”

陈郡伟立马拍马屁，“那也是因为我们路老师和诸葛孔明似的，才高八斗呗。”

陈声扯了扯嘴角，“她像不像诸葛孔明我不知道，但你和扶不起的刘阿斗，确实半斤八两。”

“……”

第一回合，陈郡伟败。

路知意很快带着陈郡伟去了书桌前，开始进入正题。陈声这回可不愿意一个人待在客厅了，硬生生坐在陈郡伟的床上，拿了本书装模作样看起来，实际上是监督两人的补课全程。

错过的这两周，陈郡伟的英语周考又有了进步，头一回上 120 分。

路知意夸他有进步，陈郡伟还没来得及笑开呢，就听见一旁看书的人不轻不重地哧了一声。

“我高中的时候，英语但凡下了 130，就会被抓去办公室喝茶挨揍。”

作文批改到一半，陈郡伟有一些语法上的小错误，被路知意耐心地指出来。知道他自尊心强，路知意很和蔼地说了句：“也不是什么大问题，以后仔细点，写完检查几遍就行。”

看书的人又不咸不淡插了句：“是啊，对他不能要求太高，这就是 120 和 130 的差别。”

全程，陈声都这刺猬模样，动不动扎陈郡伟两针。

陈郡伟起初还跳起来跟他撸袖子，大有要干架的意思，后来也不知怎么的，忽然就消停了，心灰意冷坐在那，任由路知意讲课、陈声挑刺了。

看他这副模样，陈声和路知意对视了一眼。

接着，陈声起身离开，扔了书，“我去外面看电视了。”

路知意若无其事，“你早该出去了，废话多得要命，打扰我们上课。”

房门关了，屋子里窗帘大开，充沛的日光倾泻一地，就连透明的尘埃也清晰可见。

陈郡伟的目光落在草稿纸上，她的字体凌乱地写在上面，却依然字迹清晰，秀丽好看。

他顿了顿，问："我哥要来找碴儿，你也不拦着？"

路知意没说话。

他懂了，自嘲地笑了两声，"你是有意带他一起来的吧，来看我笑话，给我个下马威，让我别痴心妄想，回头是岸？"

路知意的目光从书本上离开，慢慢地落在陈郡伟面上。

少年人与客厅里的陈声有几分相像，一样明亮倔强的眼睛，一样紧抿而不服输的嘴唇。阳光下，他面颊上细微的绒毛清晰可见，陈家人长得真是好看，头脑与样貌的基因都很强大。

路知意看着他，片刻后，笑了。

"小伟，我确实是有意带他一起来的。他要来，我没拦着，也觉得是时候一起来见见你了。因为你是我学生，也像我弟弟，我有了喜欢的人，希望能带来让你看一看。"

她伸出手去，隔着两岁的差距，摸了摸他的头。

他歪了歪脑袋，不愿被当成小孩。

当初看出了陈声对她的感情，一半是为了气一气那个从小到大都一帆风顺的哥哥，一半是抱着恶作剧的心态，所以说出那番他对家教有歪脑筋的话来。

他根正苗红，怎么可能在这个年纪对他土了吧唧的家教动什么心思？

可此刻，内心却又真有些矛盾，有些不是滋味。陈郡伟慢慢地问出一句："是因为我比你小，是吗？如果我和他一样大，如果我不是你学生，你就不会嫌弃我了吧？"

"嫌弃你？我没嫌弃过你。"路知意笑了，"这事跟年龄有什么关系？我喜欢他，又不是因为他比我大两岁，就算他比我小两岁，我也一样喜欢他。"

她心想，反正看陈声那性格，幼稚得无边无际，跟小伟没什么差了。

路知意目光温和地望着眼前的少年，说："小伟，你别以为你以前对我态度恶劣，我就很讨厌你。其实你很像曾经的我，很犟，又不服输。但我希望你把这不服输用在对抗挫折，对抗命运上。对待爱你的人，偶尔服一服输，也没什么好丢脸的。"

她说："父母的过错，就留在父母那一辈吧，别用他们的失败来惩罚自己。人生还很长，你要为自己过。"

这话是对他说的，也是对自己说的。

路知意最后笑了笑，再一次伸手去摸小伟的头。这一次，他没有躲开。

他听见他起初讨厌，后来不知何时又渐渐不再排斥的家教对他说："拿破仑说，最困难之日，就是我们离成功不远之时。"

陈郡伟慢慢地抬起头来，看着他的家教。

变好看了。皮肤白了些，淡妆之下，眉目清秀。那双眼睛尤其明亮，像是藏着光，藏着星星，藏着太阳。

其实对她，他说不上喜欢。起初是厌恶，厌恶她与他年纪相仿，却拿出大人的模样来教他训他。

他离经叛道好几年，习惯了和常规反抗。

她就是他眼里的教条和常规。

后来，她在他的卷子上方写下了那句话："在满地都是六便士的地方，他却抬头看见了月亮。"

再后来，她俨然成为他眼里的月亮。

陈郡伟的眼里仿佛有光，忽明忽灭，情绪不明。

他沉默片刻，看她静静等待的模样，忽然泄了气，只能百无聊赖地挥挥手，"好了好了，别灌鸡汤了，我都怀疑你是不是高中的时候把名人名言从头到尾背了一遍，张口就来。你少自作多情了，像我这么光芒四射的美少年，闲着没事才会对你动心思！"

他还哧哧地笑了一声。

路知意笑了。

门外，把耳朵贴在门板上的人也终于松了口气。

四点一过，陈郡伟眼睁睁看着陈声把他的路老师领走了。

他站在门口，强忍住把那耀武扬威的人打一顿的冲动，告诉自己冲动是魔鬼，冲动有惩罚。

陈声还当着他的面，拉住了路知意的手，死死拽着不让她挣脱，片刻后消失在楼道里。

路知意压着声音凶他，"够了吧，幼稚成这样？"

陈声理直气壮，"我们一个唱白脸，一个唱红脸。我这唱红脸的不就该这样？我这叫送佛送到西，演戏演到底。"

出了单元门，路知意又试图挣脱，"行了行了，演到底了，现在能松手了吧？"

可他却攥得更紧了。

“嗯，现在不用演了。”

“……”那你倒是松手啊。

他侧头看她一眼，嘴唇一弯，“现在是发自内心，想要牵住我们‘鸡汤王’。”

“……叫谁‘鸡汤王’呢？”

“谁一口一句名人名言，谁是‘鸡汤王’。”

片刻后……

“陈声，你偷听我们讲话？！”

“明明是你们声音太大，门板都挡不住。”

路知意憋了半天，“论不要脸，我只服你。”

陈声低笑两声，“幸亏我不要脸，要不然……”他静静看着她，也不说话。

路知意心跳慢了半拍，下意识问：“要不然什么？”

陈声也不说话，带着她一路走到公交站，坐上公交车，在这座他熟悉而她陌生的城市四处游荡。

“你带我去哪？”路知意问他。

他只说：“找个地方吃晚饭。”

最后，公交车停在郊外的路边，路旁有条小溪，有整齐的田野，还有不远处的农家小院。

陈声避而不答这是什么地方，只带着她往里走。

三月风正好，春光明媚，蔷薇爬满小院。

下午五点的太阳带着午后的清新，又添了几分夕阳西下的暖色调。

他站在田野上，一只手揣在大衣口袋里，一只手拉着她，吹着风，心想……

幸亏我不要脸，要不然，哪里追得到你？

他们究竟到哪来了？

答案揭晓时，路知意震惊了。陈声居然把她带到他爷爷家了！

她拔腿要跑。

陈声一把拎住她的衣领，“怂什么怂啊？家里没人，都去逮我小叔叔了。”

路知意：“逮你小叔叔？”

片刻后，她回过神来。哦，他小叔叔好像就是陈郡伟他爸啊。

“你小叔叔从芝加哥回来了？”

“回来了，在北京开会，顺便约了我小婶婶摊牌。老爷子一听，二话不说就撵了过去。我爸妈不放心，也跟着护送他去了。”

他从口袋里摸出钥匙，开了门，领着路知意进去。

“乡下小别墅，我爷爷早年穷惯了，后来退休金虽然高，但也改不了一口暴发户气质，别介意啊。”

路知意嘀咕一声：“我就是想暴发户都暴发不起来，有什么资格介意？”

陈声笑了。

他神神秘秘回过头来，“一会儿我带你去摘草莓。”

路知意睁大了眼。

陈声又问：“你会做鱼吗？”

“会，怎么了？”

“那边的小河里有鱼，摘完草莓，去钓一条来当晚餐。”

路知意的眼睛又瞪大了一点。

她顿了顿，问：“还有什么更劲爆的安排吗？你一口气告诉我得了。”

没想到陈声还真点了点头，“有。”

他把钥匙随手扔在鞋柜上，两脚一蹬，把鞋子踹飞，然后赤脚踩在木地板上走进去，拿了两只杯子，从墙上的全自动饮水机里倒了两杯热水。

走回来，把其中一杯递给路知意，“先喝点水。”

路知意讲了半天课，偏偏今天陈郡伟心里有事，忘记给她接水，她还真是渴了，遂咕噜咕噜往肚子里灌水。

正喝着，忽闻下文。

“最后一个安排，今晚咱俩就住这了。”

“噗……”她才刚喝下去的水，一口全喷在陈声脸上。

陈声用暴发户气质来形容的乡间小别墅，其实并不暴发户。陈老爷子只是早年吃过苦，所以过惯了勤俭节约的日子，很多老旧的东西都不舍得扔。

带路知意四下参观时，陈声指指客厅，“也就这里能见人，都是我爸和我二姑看着布置的。”

布艺沙发，浅色木质地板，原木家具，还有一系列非常先进的家用电器。

“至于其他房间，那就没眼看了。”陈声带她走进书房，“上个世纪六十年代的木头桌子，我爷爷年轻时亲手做的。那个书柜，是他和我奶奶结婚的时候，嘱咐师傅按照那木头桌子给打成一套的。”

墙上挂着两位老人家的照片，头发花白，精神矍铄。裱框后，照片四周有留白，有人用遒劲有力的笔迹在上方题了三字：吾与妻。

路知意定睛看了片刻，笑着说："你爷爷奶奶很恩爱啊。"

陈声的目光也在照片上停留了一会儿，唇角微弯，"嗯，爷爷很爱奶奶。我十岁那年，奶奶生病，爷爷就不去所里了，亲自守了她两年。后来奶奶病重，生活不能自理，大小便失禁，爷爷始终没假手于人，不让我爸请看护，说是奶奶骄傲了一辈子，不能到这时候丢了面子。他不是外人，只有他来照顾奶奶，奶奶才安心。"

路知意一怔，没有想到陈声的奶奶已经过世了。

陈声笑了笑，跟她讲起老一辈的故事。

老爷子出身农村，老太太却是城里长大的，家世好，相貌好，在那个年代算是学历很高的。理所当然的，家里不让她嫁给这么个农村青年，一无所有就算了，还心高气傲，从来不觉得自己配不上她。

"我曾外祖父说，人贵在有自知之明。很显然，我爷爷就是毫无自知之明那一挂的。他从没觉得自己出身不好，也没觉得两袖清风有什么不对。我曾外祖母为难他，要他给出超出他能力的彩礼，结果那年他拎了两只山鸡，请人帮忙从山里的老家运了三只大花猪，一起送上我奶奶家，可把他们全家吓了一大跳。

"他说那就是他能给得起的彩礼，末了把手一摊，说即使一无所有，也还有一个金疙瘩能保我奶奶衣食无忧。"

路知意奇道："他有什么金疙瘩？"

陈声扯了扯嘴角，"爷爷说，他就是那个金疙瘩。有他在一天，就不会让奶奶过一天苦日子。"

狂是狂了点，但还挺感人。

路知意长叹一声，"总算知道你这不可一世的劲头是哪来的了。"

陈声点头，"没办法，祖上遗传，基因优良。"

这间书房，处处透露着主人的勤俭质朴，老旧的书桌上有不少擦伤，痕迹斑驳，桌面铺了一方玻璃，下面压着不少老照片。

路知意找到了陈声，笑出了声，"你小时候这么胖？胳膊大腿都有三条杠！"

陈声顿了顿，冷静地说："你看错了，那是肱二头肌。"

路知意笑得更厉害了，"那还真是先天肌肉发达，一看就是做飞行员的料。"

在老宅里参观了一会儿，陈声看着时间也不早了，带着她去屋后的田里摘草莓。这个季节，春草莓已经熟了，一小块翠绿色的田里缀满了红艳艳的果实。

“你家还有草莓田？”

“一小块而已，奶奶病了之后，忽然想吃草莓，爷爷就请人在屋后种了些。后来奶奶走了，倒是便宜了我和小伟。”

那草莓在夕阳底下红得发亮，仿佛宝石一样，胖乎乎的，娇艳欲滴。

路知意没忍住，在衣服上蹭了蹭，咬了一口，眼睛一亮，“甜。”

陈声一回头，看见她这就吃上了，瞥她一眼，“洗都没洗过，也不嫌脏。”

可她一副捡到宝的表情，他顿了顿，拉过她的手腕，把剩下半只吃了。

路知意一脸炸了的表情，“那，那个我吃过……”

陈声继续低头摘草莓，淡淡地说了句：“是挺甜的。”

“……”这个人……

接着是钓鱼。老宅附近就有一条小河，陈声轻车熟路地在田里挖了几条蚯蚓，拎着老爷子的渔具往河边走。

傍晚的夕阳映照在河面上，波光粼粼。偶有风过，水生涟漪，远处的山，近处的树，还有漫天晚霞，昏黄的天际，都在水面荡漾开来，成了晕开的油彩画。

路知意与他安静地坐在一起，谁也没说话，怕把鱼吓跑。可是风来，风去，云开，云散，其实早已道尽千言万语。

鱼上钩时，陈声霍地举起鱼竿，干脆利落地收线。他坏心眼地把那条足有三个手掌大的鱼甩进了路知意的怀里，鱼尾左扭右扭，溅她一脸水。

路知意叫出声来，往后一倒，坐进了田里，一屁股都是泥，怀里还抱着那条活蹦乱跳的鱼。

陈声哈哈大笑，冷不丁被她用力一抛，那鱼就落在了他的怀里，他也落得个一身水的下场。

踏着夕阳回小院，磨刀霍霍向草鱼。

路知意站在老宅门口，回头看看这昏黄的落日，摇曳的田野。远山近水逐渐暗淡在消失的光线里，宣告着白日的结束。

那时候的她满心欢喜，多年后才意识到，这竟像是一个鲜明的隐喻，昭告着人生里无数辉煌灿烂的瞬间，总有落幕之时。黑夜总会来临，好在漫长的煎熬与等待后，黎明会如期而至。

后记

一点碎碎念

这是我的第十三本书，陈声与路知意的故事。

自忖不是个勤奋的人，从小到大并没有坚持下来什么，唯独涂涂写写还一直在继续。前几天朋友问我：这是第几本了？我茫然地数了数，自己都被这个数字吓到了。

我从未想过那个对于很多事都三天打鱼两天晒网的自己，能一直写到第六个年头，一路写到了今天。

从头到尾修改这个故事时，我忍不住笑了出来。除却陈声的狂妄可爱、路知意的认真固执，这个故事里有更多令我愉悦或动容的瞬间。比如甘孜州的蓝天白云，高原上的牦牛与格桑花，冷碛镇的纯朴村民和那承载着我姑姑影子的女人——路雨。

那一刻，我忽然明白自己为何坚持至今了。

去年夏天，我徒步登上红岩顶，一面被高反折磨得赌咒发誓说下次再也不来了，一面为入目的云海霞光目眩神迷。后来，陈声与路知意也来到了红岩顶。

上高中时，我第一次明白因为我的自私，姑姑错过了拥有爱情和婚姻的最好年华，而她摸摸我的头，笑着说她有我就够了。后来，路雨将同样的爱倾注于路知意。

我生在巴蜀，尔后扎根成都，深深眷恋着这座南方小城。后来，这群少年们也出现在了蓉城。

所以，与其说我创造了这个故事，不如说它记录了我。它记录着我人生中最美好的年华、最深爱的人、最痴迷的风景与最想完成的心愿。哪怕关于姑姑的心愿最终未能实现，但我想，现实中的遗憾理应在笔下得到圆满。因为人们总说艺术来源于生活而又高于生活。那么在这个故事里，路雨理应好好活着，与她的小侄女一同幸福地过完这一生。

另外，感谢无限耐心的小琛，身为飞行员的他为我提供了诸多专业知识，不厌其烦地解答我这个飞行菜鸟提出的蠢问题。

感谢老陈，身为新晋“容嫂”的他在马尔代夫的蜜月期间也对我无限包容和理解，默默陪伴我不间断地完成这个故事。

感谢捧着书读到此处的你，也许是故人，又或是新朋友，谢谢你分享我的喜怒哀乐，与我共赴一场关于飞行、关于青春的梦。

第六个年头，很高兴见到你。

容光

于成都

2018 年 3 月 21 日